海，蓝给自己看

·张妮 著·

陕西新华出版传媒集团

太白文艺出版社

图书在版编目（CIP）数据

海，蓝给自己看 / 张妮著. — 2版 — 西安：太白文艺出版社，2017.9（2022.3重印）
ISBN 978-7-5513-1233-2

Ⅰ. ①海… Ⅱ. ①张… Ⅲ. ①短篇小说—小说集—中国—当代 Ⅳ. ①I247.7

中国版本图书馆CIP数据核字（2017）第180113号

海，蓝给自己看
HAI, LAN GEI ZIJI KAN

作　者	张　妮
责任编辑	李　玫
整体设计	李　欣
出版发行	陕西新华出版传媒集团 太白文艺出版社
经　销	新华书店
印　刷	三河市腾飞印务有限公司
开　本	787mm×1092mm　1/16
字　数	240千字
印　张	22
版　次	2014年11月第1版 2017年9月第2版
印　次	2022年3月第2次印刷
书　号	ISBN 978-7-5513-1233-2
定　价	65.00元

如有印装质量问题，可寄出版社印制部调换
联系电话：029-81206800
出版社地址：西安市曲江新区登高路1388号（邮编：710061）
营销中心电话：029-87277748

前言

身为女人，我享受了做女人的乐趣。做一个贤惠的妻子、智慧的妈妈、别致的女人是我的最大理想。父母的仁爱、丈夫的宠爱、儿子的可爱让我成了世界上最幸福的女人。虽然生活中也历尽艰辛，不断超越，但是因为有了爱，无限辛苦也成为人生最美好的回忆。当我在实现自身价值的时候，当我爱的人和爱我的人都因为我的存在而幸福时，我也不枉人生走这一遭了，即便化作春泥逝去那柔情的双眸也依然是甜美的。

如果一个女人兼具了大女人的智慧与美德、小女人的柔情与别致，那她一定会是一个最美的女人。当夏娃与亚当的故事诞生的时候，这美丽的世界就任由男人和女人一起演绎了很多动人的故事，生生不息，而女人也成了爱和执着的缔造者，诠释着其独特的韵味。

西汉李延年之《北方有佳人》曰："北方有佳人，绝世而独立。一顾倾人城，再顾倾人国。宁不知倾城与倾国，佳人难再得！"女人是与非，自有时间这位主人来评说。今天我不想谈太多的道理，女人该怎么活着，很多书籍做了精彩的讲解。我只想将创作的一些关于女人的故事讲给大家听，也许没有真实的名姓，也许稍加整合和修饰，也许你会看到一点儿自己的影子，也许你觉得有点儿遥远……这都无关紧要。这只是生活的一个缩影，如有相似，也纯属巧合。对于每个主人公我不想做太多的评议，每个人都有自己独特的个性、不同的环境、特别的苦衷、真实的活法。只是俗语说："当局者迷，旁观者清。"或许换个角度看，人生就会变得轻松快乐。海为自己蓝，女人要为自己活，活出一个真正的自我，活出一个动人的自己。我只愿这些故事如涓涓细流渗入心田，启迪我们的心智，温暖我们的心灵，让女人更加完美、更加生动，让这个世界因女人的存在而更加美妙，我便满足了。

最后，送给女人们一段话：

不认输，不放弃，
才会有未来，才会死而无憾；
不要等待来生，那太遥远，
是女人，我们就要多彩的今生。

我愿女人开心，也愿男人开心。因为大家开心了，世界也就更加美好了。

序言：写在前面的话

周治民

认识张妮，是在一次偶然的机会。2013年中华诗源、黄河流域最大的湿地——洽川举行"走进洽川"面向全国征文活动，一篇《洽川情深》让我知道了这个名字。国庆节颁奖礼上，我第一次见到她，一个颇有个性但很内秀的女孩，这是我对张妮的第一印象。虽然只是这么匆匆一见，我也为古莘杏坛有这么一个年轻优秀的教师感到欣慰和自豪。

前几天，张妮来到我办公室，递给我一本《海，蓝给自己看》的书稿，说是自己写的，准备结集出版，万事俱备，只等我来给书写一篇序。拿着书稿，我颇感踌躇，因为对于文学，我只是一个爱好者，如何能为结集的书写序？但又想，张妮作为一名普通的教师，能够写出这么厚的一本书，难能可贵，我有责任、有义务推介她，让以她为代表的草根文学在合阳教育这片沃土上生根发芽、枝繁叶茂，于是欣然答应。

书的名字很别致，《海，蓝给自己看》，这很容易让人想起《世说新语·容止》里记载的山公评价嵇康的一句话"岩岩若孤松之独立"。的确，张妮虽是一个女性，但有着不让须眉特立独行的性格，多年来，她就是用手中的笔，勾勒着自己平凡而又多彩的人生。

张妮是一个有着梦想的阳光女孩。她经历坎坷，父亲英年早逝，母亲一人拉扯三个儿女。正是家庭的艰难，才造就了她不服输的倔强性格。她坚信："任何事情没有不可能，只有把

1

别人认为你无法做成的事情做成了，这才叫优秀。无论生活多么艰难、多么不幸，我都不会放弃自己的理想。人生只有走出来的美丽，没有等出来的辉煌。"正是花一般的园丁梦，让她选择了教书育人这个神圣的职业。2001年正在上师范学校的她在家乡的《合阳报》上发表了一篇《长大后我就成了你》的文章，在学生中引起了轰动。正是这种倔强的性格，才促使她刚生完孩子就参加学习，二十八天参加教育心理学考试，三十八天去县里讲课，六十八天就上了班。她用她的真心付出、辛勤浇灌，赢得满园春色，桃李芬芳。

张妮是一个有着社会担当的知识女性。她关注社会、了解社会、洞悉社会，将对社会的感触发于笔端，体现了一名教师的社会良知和社会责任感。《网》《潜规则不是秘密》《如此"城管"秦霸王》《逃脱》等文章向人们揭示了一个又一个社会上的丑恶现象，发人深省，引人深思。她善于发现人性美、表达人性美。《女大学生村官》《哑媳》《带着姐姐上学》《快乐牧羊女》，文中的主人公一个个都是平凡人，做着平凡事，但有着积极向上的乐观情怀，善待生命、善待家人、善待工作，这些人用自己的执着沉淀出无声的人间真情，传递着生活的正能量。

张妮更是一个在女性世界里徜徉的草根作家，她善于观察、勤于思考，以女性特有的细腻向人们展示了不同层次女性的全部：恋爱、婚姻、生活、家庭、工作等社会现象和问题都诉之于笔端。《婚姻七年之痒》《爱情看守所》《女人何苦为难女人》《生了闺女我怨谁》，文中塑造的形象来源于平常的生活，又阐释着生活的哲理，揭示假丑恶，弘扬真善美，凸显了时代发展带给人们观念的变化和传统道德伦理对女性的不平。她不避讳、不掩饰、不做作，用手中的笔为女性呐喊，道出了一个草根作家对社会、对人生的深深思考。

我看好张妮，更看好张妮这钟情文学、热爱生活的精神。如果把张妮比作一朵花，我想应该是玫瑰，带刺的玫瑰。有着古莘大地厚重的文学滋养，有着笔耕不辍的勤奋精神，张妮一定会在文学的道路上越走越远，也必将成为文学百花园里一朵艳丽的奇葩！

目录
Mu lu

海,
蓝给自己看

1

海，
蓝给自己看

海，蓝给自己看

海，

蓝给自己看

爱 的 诠 释

取之于天然的生命，还之于真诚的人生。

我一直坚信只要我是真诚纯洁地对待这个世界，这个世界就会回报给我太多的幸运。只要心中有爱，广博无私，相信生活处处都有感动。

忙忙碌碌走过青春的岁月，却不明白上帝是眷顾自己还是磨炼自己。最近常常想起小时候的情景，那盆爸爸烧的香喷喷的烩菜，还有自己那倔强而天真的笑脸，常常因为太倔而被妈妈骂，那全家忙碌的身影和院子里那幸福的笑声。虽然那时的生活并不富裕，父母整天为了生计而奔波，可我们彼此没有计较，只是为幸福生活的信念而努力而坚持。人性的善良在那时候是那样的真切。

不知道父亲的离去带给我们多大的伤痛，因为那时候我们还小，不知道痛的滋味。可父亲面对癌症的坚持却在我幼小的心灵上烙下了刻骨铭心的记号：用长围巾勒紧腰间的肿瘤，靠紧墙壁咬碎坚固的牙齿，也不要打那用全家开支紧缩出来辗转了多少熟人才买到的止痛针杜冷丁，他说那是将死的人才要注射的，他要为孩子而活着，每天忍着剧痛直到熬成皮包骨头、对我交代的最后一刻。生命逝去了，可爱远远没有终止。他这样一位仁慈、善良、博爱的长者，对一个陌生者都会伸出援助之手，不要回报、不会顾虑，我数不清他帮助了多少需要帮助的人，其中又有多少陌生的人，也许是上天真的眷顾他，不忍心他在人间受尽磨难。他就这样带着对我们姊妹三人的不舍离开了，永远地离开了。但是他却让这种仁爱、坚持、自强不息流淌在我们的血液里。以后的日子里，不管生活如何磨难，我们都在用不屈的毅力去超越；不管经济社会的今天，人与人之间如何冷漠，我们的内心都会充满爱；不管前路如何坎坷，我们都会永不服输。也许我们干不出惊天动地的事业，可我们会在平凡中探寻出价值，而好多好多的人都不会明白其中的深意。

想起那不谙世事的校园青春，那执着学习的倔劲，留下了欢乐，留下了感动，留下了同学们的纯真，留下了好多的难忘。校园里永远多的是那份青春的纯真，少的是社会的世俗，所以永远值得每个人怀念；作为一个努力的学生，常常被老师宠着，被朋友们惯着，一路也是带着爱而走过。

而今，结婚生子，尽管经历了自己难以承受的一些岁月，但幸福时光还总是眷顾自己。看着自己对儿子的教育成效日渐凸显，这么多年的手把手引导总算有所回报。而老公这样一个沉默寡言、只知付出的人也将我慢慢惯坏了。他毛病愈来愈少，把我宠得像个公主，像他这样一个爱家没有恶习的男人，是女人们羡慕的好男人，我无法挑剔。可是大家不明白，对一个活在梦里的女人来说，我在乎的只是我们这种不离不弃的亲情，而不是大家眼里所谓的金钱、物质的满足。

事业也算颇有进步，尽管前路漫漫，可是还有一个努力的方向。我爱孩子们，就像热爱我的生命；我珍惜事业，就像珍惜我的青春。人生路上不断有不可预料的灾难，我们很幸运，这么多年一直有爱支撑，有贵人帮衬着，还能这样平淡地活着，跨过一道又一道坎。在不断地付出收获、收获付出之后却迷失了方向，我不知道自己想要追求的到底是什么，也许我真的是一个高傲而糊涂的女人。我不知道怎样来界定幸福的含义，就这样被幸福的车轮推着往前走。

时间历练一个人，生活告诉我：取之于天然的生命，还之于真诚的人生。

人生来去无痕，今天我能做的是只要活一分钟，就要多为我爱的人和爱我的人做点儿什么；我不怕死，但是多活一分钟，就可以多为自己的梦憧憬一分钟。我不是悲观，我清楚地看到了我要努力，尽管幸福也累，无奈也累，可这就是生活，我不会诠释的人生。

冬天过去了，春天一定会来的，不是吗？别让生活撕裂了幸福的心。

因为心中有爱，女人会很幸福。

我对生活不抱怨

她的泼辣让困难变得渺小；她的利落让生活变得丰富。

她出生在一个可以吃饱穿暖的家庭，她很幸福，父亲在陕北上班，唯一美中不足的是母亲一生病，家中就少劳力了。于是她很早辍学，去公社参加劳动为家里多挣工分，然而乐观的她在这样艰苦的生活中也能淘出几分乐趣来。她总说：有好多的人饭都还吃不饱呢，我们还能有点儿钱花就不错了。后来她进公社医疗站工作，正值花样年华的她，相中了同村一个勤劳帅气的小伙子，只是小伙子家里人口多又很穷，所以她家里人义正词严地反对这门婚事。大人拗不过孩子，最后她还是如愿以偿地出嫁了。害怕女儿嫁过去日子过得苦，母亲还是陪嫁了在当时来说还算很不错的嫁妆，油画板箱、座钟等。女人年轻的时候大概都这么执着于自己的梦吧。

婚后不久，他们就得搬出那间房子，因为还要腾出房子给下一个孩子结婚用。于是，他们一个院子、两个碗、三双筷子，开始了自己的人生。追求梦想的过程总是很幸福的，大公社里起早贪黑，他们无怨也无悔，终于靠自己的勤劳在新院子里盖起了第一座房子，过着卿卿我我的幸福生活，不久就生下了一个可爱的女儿，因为疼惜，为女儿取名"妮"字。没错，这个女孩就是我，她就是我的母亲。

母亲的人生如同她的名字——萍，漂浮而摇曳，可她却始终为自己生在广阔的大海而幸福。

人们都说"贫贱夫妻百事哀"，也许颇有几分道理。在有了弟妹后，繁重的生活压力下，父母也常会吵架，甚至摔个东西，母亲也开始为生活而奔波计较。可"贫贱夫妻百事哀"这句话在他们身上似乎也不尽然，生活是苦，可是没有哀，因为他们始终没有放弃对人生幸福的追逐。然而天有不测风云，在生活正靠勤劳而千变万化时，年仅三十六岁的父亲却得了癌症，母亲四处借钱总算为父亲捡回一条命来，在几经手术之后维持了十年。在这十年中我看到了父亲与病魔抗争的勇敢，也看到了母亲为生活而奔波的执着。母亲靠沿街卖凉粉、卖包子维持生活，为了姊妹都能够上学，她每年暑假都会拉下脸面，低三下四地四处去借学费。无论刮风下雨，无论酷暑寒冬，母亲不敢停止她的小生意，因为每天会有三个孩子在等着吃饭呢。母亲受尽生活困苦，单身抚育我们成长，直到后来我们工作才放心。

母亲没有多少文化，我们也常常看问题不一样，我几乎是在母亲的训斥声中长大的。因为自尊心强，性格倔强，好多事达不到尽善尽美我就很不满意，我就问母亲："你的人生没有遗憾吗？"母亲常说："有什么遗憾的，我对生活不抱怨。上天给了你生命，你就得活着，而且得好好活着。那些遇到点儿事就退缩甚至寻死觅活的人，有什么出息？"也许正是对父亲的这份感情，对孩子的希望，对生命的热爱，让她不为贫苦嘲讽，乐观地对待每一天，她才会因放得下而收获更多人生的快乐。

玫瑰心语

明天的太阳肯定比昨天的新，因为它迟来一天。所以无论多大的苦难，都要乐观地生活着。活着，就有希望。

爸爸，我要做个努力的女儿

爸爸，我要做个努力的女儿。

爸爸，尽管您只是个普通的农家父亲，尽管您瘦小的身躯无法承受癌症的摧残，尽管您不是高官，也没有厚禄，尽管您无法逃避死亡，尽管您无法照顾我们一生，可我依然感到无上的光荣。因为您留给我的是善良、仁义和大度。

爸爸，我要做个努力的女儿。

爸爸，尽管我只是个普通的农家女儿，尽管我没有强大的体魄，尽管我没有丰盈的高层关系，尽管我没有坚实的家庭后盾，可我依然没有丧失对未来的希望。因为我拥有的是坚强、自尊和骨气。

爸爸，我要做个努力的女儿。

爸爸，我攀上对面的山坡，只为寻得那黄灿灿小小的迎春花。小时候跟您一起去田间的那一刻，我就爱上了这勇敢坚毅的花儿。它是春的使者，挟着希望，带着生机，在乍暖还寒的时节里，冲破冷飕飕的风，悄悄地无怨无悔地攀爬在山坡上，有的含苞待放，有的笑开了眉眼，嫩黄而绿的小花苞依偎着如柳的花枝一条条地垂下来。每年，我都喜欢摘些迎春花插在小玻璃瓶里悄悄放在窗前，每每闻到那淡淡的清香，就好像走进了大自然之中。去世前，您再三叮嘱我：“妮儿，你是正月出生的，你要像迎春花一样坚强，照顾好母亲和弟妹。”我狠狠地点着头，我不知道这一点头意味着多少的责任。幼小的我只知拼命学习却不知人世艰难，虽然努力却依然面临许多不为人知的痛楚。可是，无论多苦，爸爸，女儿一直很努力。因为我坚信：人生只有走出来的美丽，没有等出来的辉煌，天再高又怎样，踮起脚尖就能够接近阳光。只要我肯努力，就能迎来一个崭新的世界。

爸爸，我要做个努力的女儿。

爸爸，还记得吗？我刚一出生，您就很高兴，笑呵呵地为我起名——妮儿，简单而又美丽。尽管我不是男孩，可您总说我很听话，大大的眼睛惹人疼。您总是把好吃的糖果留给女儿吃，您说妈妈为女儿改的绿喇叭裤女儿穿着很漂亮。

女儿会说话了，您就在庭院里教我写字，您还在厨房里教我做饭，您告诉我：“火心要空，人心要实。”只要我肯真诚地对待这个世界，这个世界就会真诚地回馈女儿。

女儿上小学了，您说女儿学习好，您要出去好好挣钱，将来让女儿住最好的房子，上最好的学校。从此，您早出晚归地出车排队去拉煤，因为一车煤可以挣二十多块钱，每天太阳还没睁开眼睛您就出发了；星星都要下班了您还不能回来。只有女儿酣睡了，您才会亲亲女儿的小脸蛋，再去吃那一大碗已经捞出来一下午的扯面。女儿太小，时常看不见您，所以记不住您的样子，只知道自己的爸爸长得特别帅。小学毕业了，我们住上了新的厦房。可是您却得病了，因为要去西安治病，妈妈也要去陪同，女儿只能和弟妹相依生活，虽然生活很艰辛，每顿饭只夹个馍吃，可是那夹着的蒸萝卜片儿也会好香。听说您一下火车就吐了一盆血，十二岁的女儿含着泪写了一封长信告诉爸爸要坚强，您哭了，您说女儿很懂事，整个病房的人也都感动得哭了。好人好报，医生说您是癌症下靠毅力活下来的极少数人中的一个。我为爸爸骄傲，尽管您最终没能逃脱病魔的恶爪。

上中学了，那些对富人来说微不足道的学费和生活费，对我们来说却高昂和沉重。可是每逢最重要的节日，你们总是选出最好的礼物给我。那天，您为了庆祝我上师范学校了，让女儿选一件最喜欢的礼物，在画板和字典之间女儿选择了画板，因为字典好多同学都有，我可以借来用的。您遮盖了整个世界的悲哀只为告诉女儿：这个世界依然美好。

上师范了，您旧病复发，永远地离开了这个世界，带着那块儿肿瘤，带着被疼痛磨碎了的牙齿，带着满腹的遗憾离开了这个世界。生命的最后一刻，只有女儿在您身边，您说："你再为爸爸取一次药吧，记住一定要坚强地活着，爸爸相信你的执着。"

您走了，永远地离开了。

从此，每周放假时，女儿一个人站在学校门口看着同学们陆陆续续被家人接走，一个人回味着父亲曾送自己上学时的幸福。等所有的同学都坐车回去了，然后一个人沿着五十多里的公路边走回家去，女儿不觉得累，因为女儿知道只要第四辆公交车返回来的时候，就可以走到家了。

您走了，永远地离开了。

从此，女儿要学会一个人面对整个世界，一个人面对所有的不屑和嘲笑。

从此，女儿知道了这个世界还有不公，可是女儿不能流泪，更不能放弃。

从此，女儿明白了，只要活着，女儿就要不畏艰辛，不怕嘲笑，做得更优秀。

从此，女儿懂了，这个世界没有不能实现的美好理想，只有不肯努力的决心。而众人只看到你中午才起，不知道你天亮才睡；他们嘲笑你痴人说梦，看不到你背后决心；他们看到你荣华围绕，看不到你辛酸努力；他们觉得你嘻嘻哈哈没心没肺，不知道你夜晚伤心难过。所以你必须非常努力，才能看起来毫不费力。

爸爸，我要做个努力的女儿，让爸爸放心的女儿。

因为只有做个努力的女儿，才能让九泉下的父亲永远为女儿自豪！我要让整个世界都知道：没摘到春天花朵的孩子，一样拥有春天。

爸爸，女儿会让你成为世界上最骄傲的父亲！

　　任何事都没有不可能，只有把别人认为你无法做成的事情做成了，这才叫优秀。无论生活多么的艰难，多么的不幸，我都不会放弃自己的理想。因为自信、勇敢的生命才是最美丽的，我坚信：人生只有走出来的美丽，没有等出来的辉煌，天再高又怎样，踮起脚尖就能接近阳光。只要我肯努力就能迎来一个崭新的世界。

感 恩 的 心

康德说过："在晴朗之夜，仰望天空，就会获得一种快乐，这种快乐只有高尚的心灵才能体会出来。"仰望苍穹时，会感觉到自己的渺小，也会看到心灵的无限广阔，所以拥有感恩之心，生活处处都是感动。

滴水之恩当涌泉相报。

你们给了我一滴水，请让我用心回报给你们整个大海；你们给了我一份温暖，请让我回报给你们满心的祝福。

我喜欢大自然，感恩大自然的福佑。大自然是个能工巧匠，创造出了无数自然而然的奇迹。我喜欢仰望蓝天，俯瞰山川河流，欣赏大自然给予我们的所有美好。大自然是有心的，它懂得给予，给予了我们生存的土地，需要的一切。大自然是有心的，所以它除了给予，也会发脾气，如果我们不珍惜它的赐予，它就会发生地震、水灾、泥石流……来惩罚那些让它伤心的人。所以我们要感谢大自然，感谢滋养我们的万物。

我珍爱世界，以感恩大自然对我的孕育。

我感谢父母给了我生命，给了我健康的心灵。爸爸以他坚强的臂膀扛起家的责任，无论风吹、无论雨打，都只为我们的幸福而祝愿。感谢我的母亲在父亲离开后一人挑起生活的重担，告诫我们堂堂正正做人，踏踏实实学习。忆往昔岁月，感谢我的父母给了我一颗纯洁的心灵，一个明净的童年。

淳朴和善良是父母给予我人生的最大财富，坚强和执着是父母给予我的最伟大的精神力量。如果不是父母带我来这个世界走一遭，我怎知道世界的精彩和人生酸甜苦辣的原汁原味？怎懂得真正的幸福是什么？

我努力地学习，以感恩父母珍贵的馈赠。

我感谢我的老师，教会了我丰富的知识。他们谆谆的教诲，真切的帮助，启迪了我的智慧，丰盈了我的大脑，让我有了创造未来的积淀，让我有了梦想成真的源泉。我爱你们，我要尊敬你们，你们就是我人生航行的领航人。

我不断进步，感恩老师对我的指导。

我感谢我的领导，他们指导我以创新开始工作，以负责结束工作。这些长辈鼓励我，要以真才实学开拓自己的广阔领域。他们让我明白只要功夫深，铁杵磨成针，不是所有的人都是坏人，不是所有的领导都喜欢黑暗，只要用心工作，金子在哪儿都会发光。

我勤奋敬业，感恩领导对我的栽培；

我赤诚回报，感恩亲朋对我们的帮助；

我掏心掏肺，感恩我的家人对我的支持。

感谢我的朋友、学生，让我单调的生活变得丰富多彩；

感谢我的敌人，因为正是他们促使我成功，让我在面对逆境、挫折的打击时更有勇气地面对生活，坚定不移地实现自己的人生梦想；

感谢上天这丰厚的赐予，让我生命中多遇贤德之人，无论您是傲掌官场的骄子，还是精于商务运作的显贵，是忙于读书研究的学子，还是奔于生计的普通百姓……在晶莹剔透的心海里，你们都是平等的生命，我会同样地尊重。因为鲜花和荣誉背后，我看到了傲掌官场的辛劳和无奈，看到了商务运作的世事无常，看到了读书研究的执着和煎熬，看到了奔于生计的繁忙和琐碎，这些让我明白了人活着的真正意义。也许我记不住您的名字，可我不会忘却恩人的模样。

我为生命歌唱，我为自然赞美！

感恩一切，感恩食之甜美，感恩衣之温暖，感恩花草鱼虫，感恩一路走过相遇的你、我、他。

懂得感恩了，生活就不再复杂；懂得感恩了，内心就不再煎熬；懂得感恩了，追逐就不再辛苦。感恩了，你就能听到丛林中鸟儿之间的蜜语；感恩了，你就能抚到小溪流过的脉搏；感恩了，你就能感受到生活中无所不在的爱。有了感恩之心，人与人之间会变得和谐亲切，我们随之也会收获愉快和幸福。

如果有来生，我希望自己是一只知更鸟，没有顾虑，没有悲哀，自由自在地飞翔，不带走一片云彩，不受到一丝伤害，衔环结草，用感恩之心荡漾起人生的回馈之舟。

玫瑰心语

鸦有反哺之义，羊有跪乳之恩，人也应该有感恩之心。感恩之心让女人的生命之树常青，获得内心最实在的幸福；感恩之心让女人在越走越宽的路上更为自信和坚定。因此，懂得感恩的女人会宠辱不惊，超越梦想，越伟大越懂得谦卑，从而编织出属于女人自己的最唯美的人生篇章。

平凡教师的教育梦

教育让我明白了生活需要开拓，打开了一扇窗就打开了整个世界，而开拓需要机遇，更需要的是智慧和能力。对于教师来说，爱心和实力是一生永不贬值的核心财富，所以我很享受跟纯净的孩子们在一起的快乐生活。

——题记

在林则徐眼里，梦想是"苟利国家生死以，岂因祸福避趋之"；在杜甫的眼里，梦想是"安得广厦千万间，大庇天下寒士俱欢颜"；在范仲淹的眼里，梦想是"先天下之忧而忧，后天下之乐而乐"；在李白的眼里，梦想是"长风破浪会有时，直挂云帆济沧海"；在今天的中国人眼里，梦想是实现国家富强，民族振兴，人民幸福。公元 2012 年 11 月 29 日，中国历史上浓墨重彩，习总书记在这一天向世界宣示"中国梦"，实现中华民族伟大复兴就是中华民族最伟大的梦想。有梦想的人，可以化渺小为伟大，有梦想的国家可以化平庸为神奇。于是，我们圆了奥运梦、世博梦，更圆了前人难以想象的飞天梦、潜海梦。

人生因梦想而高飞，人性因梦想而伟大。梦想是美丽的，展翅高飞是鸟儿的梦，自由奔放是骏马的梦，百花盛开是春日的梦，教书育人，是我的梦。为学生的幸福人生奠基，是千千万万教师的梦。2001年9月10日正上师范的我在自己的家乡报《合阳报》上发表了一篇题为《长大后我就成了你》的文章，以表达我对献身教育事业的决心。

没有梦的人走不出黑暗的征途，没有理想的人看不到成功的曙光。我爱孩子们，就像热爱我的生命；我珍惜事业，就像珍惜我的青春。我不知道我是何时走进孩子心底的，我只知道诚心能叫石头落泪，实意能叫枯木发芽，我要把最美的眼神，最灿烂的微笑，最诚挚的爱传递给他们。渐渐地，我意识到我已经放不下了，我深深地爱上了孩子，爱上了教育这个职业。2002年我以满腔的热忱投入乡村的教育教学工作中，初出茅庐，更多的是热情。我不断地向各位年长的老师请教，学习经验，常常假日也在学校。那个周日，因为看教参书太久迷迷糊糊就在办公室睡着了，闻到呛味就急忙往出走，可是一靠近门就又晕又吐，原来煤气中毒了，妈妈劝我住院，可我舍不得离开孩子们，就在学校里输了三天液。孩子们不顾领导阻拦非要从教室里冲过来看我，孩子气的我竟然也哭了，为孩子们的真诚而感动，因为感动，我经常去宿舍看看孩子们有什么需要帮助的，有时候还送好吃的或亲自做饭给孩子们吃，这些乡村孩子很朴实很懂事，这么辛苦我无悔。

两年后的一天夜里，有个怀孕的女同事突然难受，我以为她没有吃好饿着了，便扶她到我房里休息，给她熬些热汤喝。可是好转一会儿以后她又难受了，我赶紧打电话联系她的双方亲人，可是许久没有消息。尽管上完三节晚自习的我已疲惫不堪，还没结婚的我也什么都不懂，可我不能弃我同事于不顾呀。我一边照顾她一边联系救护车，可是开救护车的司机不认识我们那个小地方还需要我去门口接应。已经深夜，大家都睡了，时间紧迫，为了在车来之前做好准备，我赶忙找门卫要钥匙开大门，一边等车还要一边返回来照顾她，辗转往复。因为时间紧迫，到了医院后医生必须要B超证明，可她宿舍的钥匙坏了，还得撬门。这一忙就忙到了天亮，又该上早读了。

第二天一早，大家议论纷纷，有人跑来对我说："真是不懂事，这事也管，你还没结婚，这以后对你可是不吉利的。"我微微一笑说："这都是迷信，再说，人命关天，我不能不救，就算以后对我真不吉利，我也认了，救同事母女两命，我无悔！"

工作几年后，适逢教育课程改革，我突然发现，教育仅仅靠热情是远远不够的。看到孩子桌前掩盖过头顶的书籍，看到家长远去他乡，用汗水和泪水浸泡过的沉甸甸的生活费，看到孩子辗转于学习班苦练多种技能，看到家长忙前跑后，用时间和真诚锻打出的孩子无笑的脸庞……作为农家出身的贫家女，我的心在滴血。我们到底想让孩子过怎样的生活？看到一些学生废寝忘食，在高考的独木桥上挤来挤去，最后仍然为了工作而辗转反侧；看到一些学生常抱书本却两眼惺忪不知所以然的无奈，在学校里煎熬着如花的青春岁月，等待最后那张盼望已久的毕业证书；看到那些年龄尚小的孩子却去偷盗、诈骗、搞传销，杀人放火……参与着种种不法的活动，甚至于跳楼、跳河……一幕幕触目惊心的场景，作为担负教书育人职责的老师，我常常在叱问自己：你做了些什么？难道我们教师只满足于日出而做、日落而息的固定模式传授知识，把性格各异的学生烧烤成块块大小相同的砖块吗？只为求得完成任务培养高分，而拼死追求第一的荣誉证书和奖金吗？不，这不是教育的初衷。课程改革势在必行，我辞去班主任工作将重心转移到教学研究上。我住在学校门口的土房子里，晚上常常有老鼠蜈蚣来光顾。为了准备明天的教学新秀赛讲，睡得太晚了，熟睡中我做梦在拿书看，总觉得对面有谁在跟我拽书，睁开眼，眼前趴着一只大老鼠，我吓得惊叫。第二天我强支撑着赛讲完，走出赛讲的地方不远处就晕倒了。在那个土房子里我待了九年，虽然很破旧，但那是我青春圆梦的地方；虽然在国家的好政策下，房子都已修缮，坏的也都不住人了，可我依然难以忘记自己教育成长的地方。因为在那个地方我写了很多的教研文章。有同事打趣地问："这么多年，你得了那么多省、市荣誉，学校的荣誉、职称你都不争，生个孩子也不请假，你傻呀？"我笑了：是啊，我常常也在问我自己傻不傻，可是我是老师呀，我深深地眷恋着这片热土，我舍不得离开我的学生呀！

往事回首，是啊，为了公正地对待学生，我惹怒了自己的亲叔叔。那年，两个孩子发生矛盾，一个是叔叔的孩子，一个是肖刚，肖刚的父亲是个软弱的木工，母亲是个精神病患者，生活很困难。作为一个老师，我绝不能让我的学生受委屈。虽然在很多地方都存在教育的不公平，但我不愿意更不能让我的学生对生活失去信心。肖刚的父亲看我大义灭亲，这个朴实的农民内心非常过意不去，执意要帮我们班修桌凳。看着这个老实却很真诚的农民，微乱的头发下掩盖着一张和蔼而又略带忧伤的脸庞，褪了色的旧衣服下潜藏着一颗质朴的心，我既感动又震撼，偷偷把修桌子的钱塞进他兜里。几年后，一个高挑的小伙子提着家里的一袋杏来找我，还生气了："老师，你不认识我了？你忘了，不是你的关心，我那只眼睛或许都……算了，不说了，我知道你不肯让我买，这是我家那棵大树上结的。"说完，一把塞到我怀里。听着孩子绘声绘色地给我讲述他这几年的经历，我只是看着，痴痴地看着他，我清楚地看到了，那是一张多么灿烂的笑脸。杏子很酸，可是我吃在嘴里却很甜很甜。谁说孩子不懂爱，他们的内心永远是明净透亮的。后来叔叔知道了原委，也体谅了我的难处。所以我说，你只要是真诚地对待孩子，就算一时不谅解，日久天长了，所有的家长还是会理解的。

回首往事，是啊，为了孩子们废寝忘食，家访，甚至受委屈。因为眷恋，因为舍不得，挺着大肚子和他们一块儿领书，搬砖铺地，直至工作到生孩子的前一天还在阅期中考试的卷子。生完孩子就参加学习，二十八天就去大荔参加教育心理学考试，三十八天去县里讲课，六十八天就上了班。有人说："你傻呀，人家生个孩子巴不得请几年假，你连公假都不休。"只有我知道，我是真的舍不得我的学生。

也许，我真的是个傻子，为了教育，全心全意，因为忙于工作，让自己的儿子一次烧伤，一次被狗抓伤了脸，两次手术，偌大的伤疤让我痛心自责不已。六岁的儿子在进手术室时，对我说的一句话是："妈妈，我一个人进去，我会坚强的，你快回去上课呀。"出手术室时的一句话是："妈妈，你怎么还没走呀，你给校长请假没？我好了，你快休息吧。"我失声痛哭，因为我明白：孩子是懂我的，是理解妈妈的。我想我的孩子也能像自己的妈妈一样坚强勇敢。我坚信只要心是赤诚的，工作是尽心的，家长一定会认可，领导也一定会公正地对待。

我不想说生活太累，我不想说教书太苦，在这个世界上好多事情是不需要原因和理由的，又有多少珍贵是用金钱买不来的。其实，永恒就是那么不可触摸，有的时候，它就在我们身边。当我们用赤子之心创造美丽的时候，或许我们会忍受孤独，或许会遭遇误解，可当我们在平凡中创造出价值的时候，所有的苦难都会成为人生的一种财富，因为在经历了千锤百炼之后，教育还给我们太多别人看不懂的幸福。看到孩子们健康快乐地成长，心中不免泛起幸福的涟漪；想到自己培育的是祖国的未来，我又怎么能够放弃？

新中国"站起来了"，改革开放富起来了，"空谈误国、实干兴邦"是习总书记对中国人的谆谆告诫，只有每个人拿出实干的精神和劲头，干好自己的那份工作，中国梦才能美丽、才能够坚实。教育要进步，教师要实践，课改出名师，教研出人才，我们在校长实干兴校、强校兴教的理念下，脚踏实地地做好自己的本职工作。我知道只有谦虚上进、团结创新、追求卓越，把工作当成事业，人生才会光彩夺目！

茶也醉人何必酒，书能香我不须花。作为人民教师，我深知：没有辛勤浇灌，哪来桃园春色？没有真心付出，哪来桃李芬芳？没有笔耕墨耘，哪来祖国繁荣富强？也许是处女泉美丽的莲花浸润着我的性格，也许是梁山的气韵陶冶着我的情操，在合阳这片有着深厚文化底蕴的土地上，在教育的天堂里我执着追寻。甘为春蚕吐丝尽，愿为红烛照人寰。作为一个党员，我为生活在这样一个富强、民主、文明、和谐、美丽的国度而骄傲，我愿以青春之躯为教师的选择注解，圆了学生的幸福梦，把学生培养成感恩的人，大写的人！

玫瑰絮语

　　我是一个平凡的老师，也许我做不出惊天动地的事来，可是为了报答国家的培养，我希望自己尽心尽力做好自己的本职工作，带给孩子们的是春天和希望，是幸福和未来。我坚信，孩子长大了一定会明白老师的良苦用心的。

洽 川 情 深

万千芦苇一望无垠，夏日绿波万顷，红嘴鸥翩翩飞翔于苇荡上空。我们不说话，停驻于苇荡边，不语。

你我相遇，纯属偶然。

"你好，你是小江吗？"那天，朋友留给我一个电话号码，说是同班同学小江的。一直放在书桌上，毕业好几年了，一直忙于工作，与同学们少有联系。那天，突然有事，翻起那个笔记本，便想起了这个同学，随手就拨通了电话。真是忙晕了，因为着急，竟拨成了我自己的号码，拨得太快还错拨了一个数字。

"噢，你是？"

一听对方的声音，知道错了，就赶紧挂了。

第二天对方将电话打了过来，听声音是昨天那个男的，他问："昨天是你找同学吗？你是哪儿的？我们的号码很接近啊！"我笑了笑："是啊，谢谢，我是合阳的。""什么，合阳的，快问问，叫什么？"听到电话那边还有个女孩在着急地大喊。"我叫妮儿。"说完，我就挂了。

几天后，那个电话再次打过来，你说："真是巧噢，你知道那天电话中问你叫什么的那个女孩吗，她叫小梅，她说你是她的小学同学。"我也笑了笑，"真的吗？这天下的事可真巧。"小梅就是我的小学同学，只是不常交往。不过，这么远的距离，提起同学自然有几分惊喜。有了小梅，更添几分亲切，于是我和你成了间接的陌生朋友，偶尔打了几次电话。

那天，再接到电话，没想到你已经站到了我的家门口。两只手上分别提了几箱东西，你高高胖胖，透过门帘还没看清楚你的脸，就先看到了你的肚子。你掀开门帘进来了，笑着对我说："合阳人知书达理，你这个小姑娘不会把我赶出去吧？"这么直接这么真诚的一个人呀，你的突然到来让我很惊讶，但更让我感动。

那天，你吃过饭，微笑着对我说："带我到你们这儿的好地方去转转吧。"于是我们相约去了洽川处女泉。

"关关雎鸠，在河之洲。窈窕淑女，君子好逑。"中国第一部诗歌总集《诗经》的开篇之作《关雎》中所描写的地方就在洽川，生动地描写了周文王和太姒定情、迎娶的场面。没想到今天，洽川也成了你我相约一生的起点。合阳洽川风景名胜区是 2004 年国务院公布的国家级风景名胜区，位于渭南合阳县境内，地处关中平原东部、黄河中游的秦、晋、豫交汇处，是一处湿地型旅游区。我们一起顺着这里的小路漫步。在路的一边，隔着一个小水塘，塘里的小石柱上分别矗立着两只丹顶鹤，我以为那是石头雕的，你却笑着说："不是，你快看，那只翅膀都动了。"当时我觉得我自己好笨呀，你却说我满是天真。

再往前走，我们来到了处女泉边上。清风徐来，天高云淡，芦苇茂密，芦絮飘香，环顾四野，令人心旷神怡，置身于野趣盎然的处女泉边，你我坐了下来，你让我给你讲述处女泉的来历，我就神情专注地讲了起来。我们这里属低温温泉，大如车轮，小似蚁穴，状如汤沸，水温保持在三十摄氏度左右，含有多种矿物质和微量元素，适宜夏季沐浴。相传，当地姑娘出嫁前，都要来这里洗浴，在幽静的黄河滩中，在中华民族母亲河的怀抱里，在飘浮着白云的蓝天下，茂密的芦苇围成一道天然屏障，用清纯的泉水洗去姑娘满身的尘土和疲劳，光彩照人地去迎接人生的幸福时刻，泉就由此而得名了。

还讲了关于太姒的故事。我讲得很陶醉，你听得很投入。你说："难怪这里出美女、才女，你也不逊色呀。"我有些不好意思地转过头去，说："我们去远处的荷塘看看吧。"

洽川因有天下罕见的瀵泉，水质优良、水源充足，又有千秋贤相伊尹当年耕作过的有莘之野，土壤肥沃，所以为栽植莲藕提供了得天独厚的条件。数片荷塘相连，在此起彼伏的蛙鸣声中远望"万亩荷塘接天际"，近观"小荷才露尖尖角"，出现了"接天莲叶无穷碧，映日荷花别样红"的一番动人景象，真是"万顷芦荡，千眼瀵泉，百种珍禽，十里荷塘，一条黄河"。听说这莲的下面便是呈象牙色的九眼莲藕，吃起来脆嫩清香。于是你我顺着田间小埂漫步于荷塘中间，采荷花，摘莲蓬，品味着农家田园生活的乐趣。远离了喧嚣的闹市，繁多的工作，陶醉于其间，享受起这难得的假日。

恋恋不舍地离开这边，你说我们再一起去《黄河魂》那边看看吧。看着我们想要过去，就有一个大叔驾着自己的小马车过来。因为不是很熟识，我们没有挤在一排，而是相对而坐。那时候，那条通道还没修好，走的是疙疙瘩瘩的土路，马车猛地摇晃，我还没缓过神来，我们已经相撞了，我手上自己编的那个心形手链挂住了你的扣子，等抬起头来你我都笑了。于是这个小饰物就更换了主人，成了你的礼物。因为时间关系，我们到那边转了转，就匆匆离开了。

你说我淡淡的茶色却有入心的茶香。

我说我不是茶，我只想做一滴微香的甘露。

你说我似玉，外表朴素内心却如翡如翠。

我说我不是玉，玉易碎，我只想做一朵品性高洁、中通外直的莲花。

十天后，你捧着一大束玫瑰花在大街上向我求婚。也就是那天，我们拍了婚纱照。缘分做媒，我们相隔两地竟然也成了闪婚一族，认识十八天就步入了婚姻的殿堂。

也许太过仓促，我们婚后从宁静走向相恋，孩子的出生让我感到忙碌而紧张，我们来不及相互了解就开始履行婚姻的责任，各自不同的生活习惯让我们激烈地争执，但是不同的是我们用真诚跨越了很多闪婚一族不能坚守的时期，过上了平凡而幸福的生活！

洽川，相信我们再来的时候多的是一分成熟，不变的却是永远的深情。我们一家三口再来洽川时，洽川已今非昔比，有了横穿湿地的大西高铁，现代与传统完美结合；有了冲浪快艇，有了沙滩摩托，娱乐与自然激情融合；可以竹筏漂流，可以沙滩踩泥，还有了提线木偶戏的演出，历史与原生态相撞。新洽川就如刚刚沐浴过的少女，展露出自己最高傲的风姿。儿子玩得特别高兴，拉着我的手说："妈妈，我们不要走了，这里又美又好玩！"你我看看儿子，相视而笑，因为我们彼此明白，没有情定洽川的过去，就没有现在这个可爱的小家伙。

　　忽然下起了蒙蒙细雨，芦苇荡开始随风摇曳，小鸭子沿着水边嬉戏，形成了一个个小扇面形水流。这可急坏了正教孩子们学习游水的鸭妈妈，它扑扇着翅膀奔了过去保护自己的小鸭子。你要为我撑伞，我拒绝了，我喜欢雨点滴在两颊的顺畅，喜欢这回归自然的感觉，喜欢这淳朴的乡间风光。走在石头小路上，踢着小水潭，任凭正滴落的水珠打湿我乌黑的长发，不知不觉间我们又看到了那最圣洁的莲花。刚才还争先恐后探出头来比美的半开的莲花姑娘们，这会儿都淘气地想躲到碧绿的荷叶下。荷叶妈妈可不退缩，摇摆相撞，尽情享受这细雨的洗礼。闭上眼，我仿佛已经躺在了万亩荷床中央，淡淡的清香和着雨丝的清新洗涤我所有的疲惫，幸福顺着荷塘开始延伸。你说："处女泉洗涤的是生命，而洽川风景洗涤的是人的灵魂。这是人间天堂。"我说："是啊，洽川之莲教会了我们如何做人，我们在合阳这片土地上安家吧。"你重重地点点头，因爱而舍弃你的故土，因爱与我相依相守。

　　中国文化先师孔夫子曾说："芝兰生幽谷，不以无人而不芳，君修道立德，不为穷困而改节。"你说既然约定了就要牵手走一生，那就让妮儿如兰花般含情脉脉陪君一生。

玫瑰心语

　　在爱的发源地相知，在情的感召下相爱，莲花丛中一点情，今世相守走一生。真诚可以让陌生成为熟识，处女泉的爱巢里，你我携手倾世，爱了恋了。爱情的季节里，洽川为证，珍惜就不会错过。

梦　魔

　　望着漆黑的夜，不知道在没有月亮的夜晚，你们是不是迷失了方向，是否在焦灼的山沟里寻找自己美丽的过去？

　　这是一个偏远的山区，静静的山林，满山的小花，一座小学校，一群少不更事的孩子，还有三个老师。那一排校舍是群众们砍掉自家院子的大树集资的，是村委会在全村挑出中年劳力自己盖的，没有什么玩具，学生最喜欢的玩处就是操场四周的小杨树林，那些细长的茎类植物沿着小树攀援，孩子们可以在这儿搭棚子、过家家，林子里常常回荡的是孩子们银铃般的笑声。因为条件有些差，留不住老师，所以仅留下老、中、青这么颇富代表的三代人——三个教师。十二岁的段佳欣是这所山村小学中的一个女学生，喜欢微笑却不爱说话，一笑起来眼睛就眯成了一条缝，聪明可爱的她很讨朋友们的喜欢。段佳欣喜欢用手托着下巴看山看水看花看太阳，她喜欢自己家乡这些美丽自然的景色。她喜欢坐在山里的大石头上，想着心事，憧憬着未来。她盼望着、盼望着，盼望着通过自己的努力，有一天也可以亲自去看看山沟外面的大世界，她想知道山外面的世界能不能美过自己的小山沟。

段佳欣有个好朋友叫杜盼盼，杜盼盼比段佳欣大一岁，是个留级生，虽然学习成绩不怎么好，可是憨厚可爱，齐齐的刘海像一把多齿的小梳子，圆嘟嘟的脸儿好像能拧出水来。段佳欣喜欢和她一起玩，因为她的心纯洁得如山里刚被雨水洗过的新叶子。这俩女娃子每天上学的时候就比赛奔跑，看谁先到达学校，紧接着，一帮天真无邪的小伙伴都会拥过来跟着跑，瞬间这里就成了整个世界最欢乐、最纯净的一角。

忽然有一天，杜盼盼再也没有笑容了，她的思维开始变得迟钝，说话也变得缓慢，她不上学了。段佳欣好困惑，她不知道杜盼盼为什么好好的就不来了，如果只是因为学习方面的原因，那她还没有差到那种非要辍学不可的地步。虽然杜盼盼没有妈妈，但父亲一个人还是有能力抚养她的。杜盼盼慢慢长大了，有了难事总是舔着自己的小指头，她是一个女孩子，不愿意将自己的心事告诉给爸爸，何况自己的父亲还是个沉默寡言的人。尤其是关于女孩子方面的那些事，她更不愿意说，她会觉得很不好意思。所以除了段佳欣外，杜盼盼几乎是一个没有朋友的孩子。杜盼盼已经离开学校两个月了，不知道离开学校的她生活得怎么样，段佳欣很想念她，也很担心她。

下午放学了，李贵老师说："段佳欣，你一会儿到老师办公室来。"李贵老师一米七五的个头，那黑黑的有些自来卷的头发下覆盖着一张偏黄的长方形的脸，好似刚犁过的不平整的一块麦茬地。"好，老师，我收拾完文具就来。"段佳欣一口应承着。同学们陆陆续续背着书包离开了，老师大概是让自己整理作业吧，谁让自己是班里的学习委员呢，段佳欣这么想着，就背着书包向老师办公室的方向跑去，办公室也是老师的住处，在乡下教师住房就是教师办公的地方。看段佳欣进来了，老师斜视着窗外的阳光，有些刺眼吧，他轻轻拉上了绿色的窗帘。段佳欣跑进来，气喘吁吁地问："老师，有什么事吗？我一会儿还要回家呢，爸爸妈妈会着急的。"李老师坐在一张破木椅上，拉着段佳欣的手说："你先到老师这儿来，咱们今天放学早，一会儿整理完作业本老师就让你回去了。"段佳欣圆圆的大眼睛紧紧盯着李老师，感觉李老师的手慢慢地挪到了自己的脸上，段佳欣惊叫道："老师，你要干什么呀？不整理作业我就走了。"李老师没想到这个女孩这么倔，连忙说："没事，对不起啊，佳欣，老师是觉得你挺可爱的。我忘了，科代表已经把作业整理好了，你走吧。"段佳欣转身就走了，出了门她不敢回头看，一口气奔回了家。从此她的心里就蒙上了一层阴影，每天晚上她都会从噩梦中惊醒。

段佳欣不想让父母担心，就没有将此事告诉爸妈，可是自己心里总还是隐隐约约的害怕，她想去找好友杜盼盼说说心事。段佳欣绕了二里的庄稼地来到了杜盼盼的家，两孔旧窑洞紧靠着一个大猪圈，猪圈上面的圆木梁上篷着几块石棉瓦，三面大小不一的石砌矮墙里三头大黑猪正挤在石槽子跟前抢食吃。当段佳欣问起杜盼盼为什么要离开学校时，提着猪食桶的杜盼盼还没说几句话，眼泪就像断了线的珠子一样滚落下来，那把破旧的大铁勺"啪"的一声掉在地上。她放下手里脏兮兮的铁桶，说："半年前，李贵老师单独叫我到他的办公室辅导功课，并伺机奸污了我，从那一天开始在每一个夜里我都会梦见一个黑糊糊的人影伸出硕大的手想要抓住我。父亲知道了，说怕丢人就不让我再去上学了，佳欣，你可不要告诉别人，要是别人知道了，父亲会打死我的，他一个人生活已经够难了。"对这个懵懵懂懂的小姑娘来说，每次回忆起这段惨痛的经历，都是一场噩梦。在此之前，杜盼盼的母亲难产死了，从六岁开始，她就学会了除草、间玉米苗，做饭、喂猪，帮着父亲干家里的农活。她的童年就像野草一样任其疯长，色彩是灰色的，充满单调和苦涩，所以她很少笑。自从被李贵"欺负"后，杜盼盼上课再也无法集中精力了，上李贵的课，看都不敢看这个老师，学习成绩也越来越不好了。她怎么也控制不住自己，她甚至幻想有一天，亲手把李贵杀了。从此，杜盼盼什么都不喜欢了，不爱跳皮筋，也不理同学，挥之不去的阴影笼罩着她的生活，父亲看着杜盼盼整天心不在焉，害怕惹出事端，就让杜盼盼退学了。段佳欣知道了杜盼盼的经历，更恨这个李贵老师了，她心想："这个坏人，迟早要遭报应的。"每次想到这个人的时候，段佳欣就狠狠地握紧了小拳头。

从此，段佳欣恨透了李贵，她每夜都做噩梦，和杜盼盼一样生活在阴影之中，被梦魔缠绕。段佳欣知道自己年龄太小了，根本就斗不过这个老师。何况李贵几十年的教龄摆在那里，他已是多年的模范教师了，那么多的光环护着他，就是说出去，别人也不会信自己一个小孩子说的话。段佳欣决定好好学习，有一天，靠自己努力考上政法学校，将这个伤害好友杜盼盼的人绳之以法，幼稚的段佳欣这样想着。

几年后，段佳欣再次见到杜盼盼时，杜盼盼已经出嫁了，变得又黑又瘦，高高的颧骨下一双眼睛瞪得吓人，说话有些含混。听村里人说，杜盼盼嫁的那个男人知道了她被糟践过的事，整日里借故打她，欺负她，没过多久，杜盼盼说话就颠三倒四的，精神出了问题。杜盼盼疯了，就被那个男人送回了娘家。又过了一年，她被嫁到了一个更远的山窝窝里，被嫁的那个男人根本没看上杜盼盼，只是因为找不到媳妇，想找个女人给他生个孩子将来留个后人。因为杜盼盼精神失常，不会照顾自己，孩子刚生下来就夭折了。那个男人一气之下把杜盼盼从屋里赶了出去，然后反锁住了家门。杜盼盼一个人蹲在家门口，山林里吹过的风冷得她直打哆嗦，她嘴唇青紫，肚子饿得咕咕叫，就一个人拖着虚弱的身子往前走去，走着走着就迷了路，在漫无边际的山谷里，传来几声狼叫的声音，杜盼盼又怕又饿，躲在一棵大树后抓着仅有的几片叶子往嘴里塞。八个月后，传来了杜盼盼去世的消息，事实上并没有几个人知道杜盼盼为什么会落得这么凄惨，只听她老公说是下山不小心摔死了。

　　杜盼盼死后没多久，段佳欣就听说，四十四岁的乡村教师李贵因涉嫌强奸、猥亵多名小学女生被当地检察机关批捕，与李贵涉嫌强奸猥亵小学生一案的相关责任人已被行政问责。一想到李贵被抓了，段佳欣就觉得安心许多，这个缺失道德的教育败类终于受到了应有的惩罚，杜盼盼的老公也在下暴雨时被山上的一股泥石流吞没了，好友杜盼盼终于可以了却一桩心事，死而瞑目了。

　　段佳欣从政法学校毕业后，去法院工作，她一直秉公执法，因为只有这样她才会觉得心里舒服。她想：自己的好姐妹盼盼在天堂看着自己这样做，也一定会很开心。

玫瑰心语

　　学校是孩子们的天堂，老师是孩子们心目中最权威、最可信任的人，身为楷模的教师，请不要在孩子心中埋下仇恨的种子。发生在成人世界的这些变化和较量，孩子们不会懂得，也不愿意知晓，他们只想快乐、健康地成长，拥有一个幸福的童年。

妈妈，我不想这样

亲爱的妈妈：

　　您好！

　　当您看到这封信的时候，我已经按你们的心愿考上这所你们认为也是大家所认为的国内很好的大学了。离开家去上学的那天，我有好多的话想给您说，可是看着你们送我时那高兴的样子，我把想要说的话都收了回去。今天，女儿给您写这封信，就是想把这么多年的心里话，好好跟您说一说。

　　妈妈，我记不清楚太多，可我还是有些印象，三岁的我被您送进了一所全托的幼儿园。那里虽然是双语学校，可是学费很高，您就省吃俭用地攒钱，您说那所幼儿园会培养出我的自理能力。可是，妈妈您知道吗？我根本不想去什么全托的双语幼儿园，那里一天到晚都看不到自己的妈妈，我不想要那些好玩的玩具，我只想跟自己的妈妈在一起。我就哭呀，哭了两天，可我还是拗不过您，被留了下来。可是您知道吗，您每次送我之后离开时，我都会趁园长妈妈和小朋友不在，一个人躲在一个小角落里捂着小嘴巴哭很久。妈妈，我不想这样。

六岁了，我要上小学了，我的书包变重了。为了能让我进入一个大家都费劲想要进入的第一小学，您不知托了多少熟人，受了多少冷落。那次您是硬生生被人从办公室里推了出来，那天您也差点儿给校长跪了下来，回到家里因为委屈，您一个人躲在屋里哭了一夜。第二天醒来，您好像什么事都没发生过一样为我收拾好新的书包，笑嘻嘻地对我说："解决了，问题都解决了，你可以上学了。"您说，怕我跟不上，每天下午让我去老师那儿补课。妈妈您知道吗，上了一天的学，不管学好学坏，我已经累了，很累了。到了假期，您还让我去参加各种补课班，舞蹈、画画、弹琴……一个暑假您花去了自己半年的工资，可一向过日子特仔细的您却一点儿也不心疼，还每天送我往返于各个培训班之间。我不想去，可您说："舞蹈能提高气质，弹琴能培养情操，画画可以更有素养，多一种技能，将来多一条出路。"我去了，可是，妈妈，您知道吗？这些我统统不喜欢，我只喜欢在家看书，喜欢随心地唱唱歌。可每次我唱了流行歌曲时，您都会很不高兴。别人都说现在的孩子多幸福，假期多呀，可我的小学却是在繁忙中度过的。妈妈，女儿好累，在我的小学生活里是没有假期的。妈妈，我不想这样。

上中学了，入学那天，您好高兴，因为我考了我们学校小升初的状元，您骄傲地告诉那些家长这个喜讯，看着他们投来羡慕的眼光，您幸福地笑着！中学的科目越来越多，您给我买了很多的资料，您不许我再唱歌，您说："你的成绩已经退了好几名了。"中学三年的每个周日，每个寒暑假，我都参加了数学、英语、物理……好几门补课班，我每天按时去，按时回，比你们上班还守时。其实，那些补课老师所讲的内容我在学校都已经学会了，为了放松，我会在补课的老师那里贪玩，可是他们是不敢告诉您的，因为他们害怕我给家长告了黑状，家长明年就不会再让我去他们那儿补课了。所以补课的那段时间，竟成了我最快乐最偷闲的一段回忆。我累了，我的中学是在沉重的压力下度过的。妈妈，我不想这样。

那年，我考上了高中，大家都为我祝贺，可您却心里不高兴，因为我以几分之差没有进入高中的火箭班。您忍着心中的不快对我说："还有希望的，只要后边考得好，还是会被调进去的。"从此，每天对面那排楼房的灯光都灭了许久许久，您还在陪我学习，直到深夜寂静无声。高考那段时间，您什么都不做，专职照顾我，我成了家里的重点保护对象。看着您奔忙的样子，我努力地学呀学呀，因为我怕看见您那双失望的眼睛。

小考、中考、高考，您比我还紧张，在考场外一直等我考完，我不知道我在考场内时，考场外的您会怎样忐忑不安。在那考点外挤得满满的人群中，我努力寻找您的笑脸。后来，我按照您的心愿如愿以偿地考上了这所名牌大学，好多人来为我祝贺，您摆了好几十桌酒席呢。妈妈，您知道吗，我不喜欢，我真的不喜欢。我只想我们全家人在一起庆祝就足够了。妈妈，我不想这样。我不想一辈子辗转于分数和考试中，我想唱歌，快乐地唱歌；我想看书，自由地看书。

妈妈，谢谢您一路陪女儿走过，您付出了很多，可是您所希望的都是女儿不喜欢做的。您的付出让女儿觉得好累好累。因为我不喜欢跳舞，可我要比其他的女孩跳得好；我不喜欢弹琴，却每年都要考级；我只想自己画画，可却要按老师的规定去画，妈妈，我好累呀！我不想这样。

我一直想对您说，可是女儿不敢；我一直想对您说，可是您从没给过女儿说话和选择的机会。今天女儿上了大学，女儿长大了，离开妈妈，去了更远的地方，我看得出您舍不得我离开，其实女儿也舍不得离开妈妈，女儿好想靠在妈妈怀里说说心里话，因为您是线，而女儿是线那头的风筝。以后的日子里，工作、婚姻，还得按您的意愿去走，因为您会说，这么做都是为我好，女儿不会让您伤心的。我知道我改变不了什么，可我只想勇敢地对妈妈说一次：妈妈，我真的不想这样。

妈妈，女儿还会像昔日一样的听话，努力。只愿妈妈能够身体健康。

妈妈，今天，女儿真的长大了，想要自己去试飞！

祝：

健康开心

您的女儿：乔韵涵

2012 年母亲节

作为家长，作为母亲，我们常常一厢情愿地强加给孩子很多东西，有时候自己的倾心付出未必是孩子想要的。我们只知道带给孩子丰富的物质，教育他们考取优异的成绩，可是我们忽略了，除了这些，我们还有责任教给孩子的是思维的方法、做人的道理、开心的真谛、成功的意义。我们可以教导他们成长，却无法替代他们走完他们自己的人生。

带着姐姐上学

一颗亮晶晶的流星，从银河中飞了出来，滑过深蓝色的天空，无声无息地向北面坠落下去。这颗流星似姐姐纯净的灵魂，划破黑夜的长空，跟妹妹做最后的道别。

10月8日上午9时，医护人员正在对连体女婴进行手术前的全身麻醉。经过七十多名医护人员十三个小时的努力，当晚21时，连体姐妹大妞和小妞在儿科医院顺利完成了分离手术，术后两姐妹生命体征平稳。大妞和小妞度过"分身"后的自由第一夜，妹妹小妞心跳、呼吸等生命体征平稳，而患有严重先天性心脏病的大妞一度心率、血压突然下降，病情危重。所幸经过紧急抢救，转危为安。

经过一段监护、治疗，姐妹的情况都稳定了下来，这对姐妹开始了各自独立自由的生活。两姐妹能够都存活下来，已经是一个奇迹了。

小妞七岁了，妈妈把她送到几里外的学校去上学，大妞因为心脏病的原因不能去。她们的家在山里，三面环山，周围都是层层梯田，梯田里是花椒树，周围还有一些果树。花椒树上一堆一堆的红花椒挤在刺丛之间，如同两姐妹坚韧求活的生命。两姐妹一直生活在一起，小妞每天都会沿着蜿蜒的山路去山外上学，在上学之前，她们会一起吃饭，一起玩耍。她们最喜欢玩躲猫猫的游戏了，柿子林里、麦草堆后，可是因为姐姐有心脏病，小妞就故意躲在很容易被找到的地方，这样姐姐就不会做太剧烈的运动了。

自从小妞上学后，爸爸妈妈都去田里干活，大妞一个人待在家里会觉得特别孤单。她想像妹妹一样可以每天背着书包去上学，只是因为身体缘故，这个简单的愿望也成了一种奢望。她多少次在自己的大脑里勾画出一幅幅学校的美丽图画，可这只是一个很美丽的梦。因为路程远，小妞要比其他的同学早起一个多小时，大妞每天也会一早起来替小妞收拾好学习用品，还会每天送妹妹去上学，她走着走着就是不肯回去，小妞怕累坏了姐姐，就先背姐姐走一段，然后再劝她回去。太阳快落山就该到放学时间了，大妞就坐在高高的山头等妹妹回来。给天空中一抹夕阳映衬着大山，如同一幅山水画，一个坐在山头的小女孩正在远眺，因为那里坐得高看得远，会很早很早看见妹妹的身影。一路上，有石头、有水流，有时还会有风雨，石头旁边长着小花，狭窄的河流里藏着歌声。每天两姐妹都一同回家学习，小妞会用自己的小手在书上指指点点，俨然一副教书先生的样子，一本正经地给大妞讲很多学校里的事情。除了讲一些新发生的趣事，小妞还会把今天所学的知识，再像老师教给自己那样，也教给姐姐。每次，大妞都会学得特别认真，因为能听妹妹讲课，已经很幸福了，小妞上学后，她还会偷偷拿着小棍在土地上划拉着，练上好多遍。

日复一日，年复一年，每一个日出日落之后，小学生活就结束了。小妞要到城里去上中学了，大妞很难过地蜷缩在墙角。看着姐姐伤心，小妞不忍，她恳求妈妈爸爸，让姐姐也随自己一同去。大妞的身体状况很特殊，学校不肯接收，小妞也知道姐姐的状况确实不适合在人群聚集的地方生活，她不断哀求着爸爸。爸爸考虑再三，就答应在学校外面给她们姐妹租间小房子。小妞为了照顾大妞也不能住校了，和姐姐一块儿住在出租屋里。每天到了吃饭时间，小妞就会在学校食堂买了饭给姐姐送回去，然后等到自己晚上回去了再给姐姐上课。小妞没有多余的时间和同学玩，因为她每天上完学的第一件事就是迅速赶到姐姐住的地方，常常因为赶时间太急就会扭到脚。夏天的时候，穿着短袖还是会有汩汩的汗水从两鬓淌下；冬天的时候，风刮到脸上，会觉得阵阵刺痛。风里来雨里去，朝夕相处的两姐妹，感情越来越好，身体分离了，可是共同的爱心始终还在。

小妞要去外地上学了，还像以前这样安排学习和生活，家里根本就负担不起。妈妈说："学完中学的知识，认识几个字就够了，大妞就别再去了，待在家吧。"爸妈已经够辛苦了，大妞虽然对未来还很憧憬，可是她不想让父母再为了自己这个病恹恹的孩子为难下去了。看着姐姐好几天沉默不语，小妞说："爸、妈，我要带姐姐去上大学，不用你们管，大学校里有扶贫款的，再说我还可以边上学边打工，我会照顾好姐姐的。"看着孩子们这么懂事，父母无话可说。

小妞再三央求，学校食堂才同意，自己每天吃饭时间可以去食堂洗碗，以免除自己和姐姐的伙食费。学校知道详情后，很感动，还帮小妞在学校腾出一间旧房子，让小妞姐妹免费住。小妞又像以前一样，每天到了吃饭时间，她就在学校食堂买了饭给姐姐送回去，然后晚上再给姐姐上课。

就这样，坚持到大学毕业的前一学期，最终大妞因为心脏病突发无法救治，离开了这个世界，离开了妹妹，小妞难过了很久。

大妞的生命虽然短暂，可我们看到了坚毅，看到了妹妹对姐姐的一片深情，大妞是带着笑容离开的，幸福的笑容。

玫瑰心语

生命如风，需要跋山涉水，大浪淘沙，寻找真谛；生命如水，百折迂回，奔腾不息，汇入大洋。每个人都拥有生命，但并非每个人都能读懂生命。斗转星移，跌宕沉浮，人生需用执着沉淀出无声的真情。我们无法决定生命的长度，但我们可以拓展生命的宽度。

恋上青苹果

那年，小米十五岁了。

初中起，就有好多人追小米，但是小米不懂什么是谈恋爱，更不懂什么是爱。直到遇到了江。小学，初中，小米都是一个学习还不错的学生。江，小米的校友，不抽烟、不喝酒，还有不打架，小米自己这么认为。

高中了，江告诉小米：我喜欢你，从初中开始就暗恋你。江看起来干净帅气，小米喜欢江身上那股酷酷的味道。每一次和江见面，小米都是那么开心。于是小米欺骗父母，请假陪江去逛遍陌生的大街小巷，去公园，去人迹罕至的山上，甚至陪江去给别的女孩子送零食。江也总是像个哥哥似的，很疼小米。为了偷偷跑出家和江约会，小米想了很多的理由。小米答应了江，做了江的女朋友。一直很乖的小米，开始整天攥着手机等着江从另一个班里发出的爱情信息，不再努力做同学们眼中的好学生。

大家都说江是个富二代，小米配不上。可是小米觉得江就是喜欢自己，自己也喜欢江，喜欢江的讲义气。

高二了，学习的压力不断增大，更或许是初恋的人都幼稚吧。小米每天不再关注学习，为江哭，为江笑，一个月除情侣号码之外也要花费将近两百多元煲电话粥。江总是诱导小米跑出学校，抱着小米躲在阴暗的角落里尽情地亲吻。

"天黑了，我该回宿舍了。"小米家在乡下，只能在学生宿舍住着。

"等会儿再说……"

"我真的该回宿舍了，班主任和宿管员都会查的。"小米用力推江。

"我们都不回去了。"

小米从未在外留宿，那夜例外，江抱着小米。没有人知道夜的黑暗，江尽情地吻，让小米呼吸困难。然后江把小米拉到没人的草地，用力按下去。那个年纪的小米并不懂那是什么意思，只知道江也在浑身颤抖……好恐怖。天已经彻底黑了。

江在电话里用羞涩的声音说："我喜欢你，你喜欢我吗？"小米很害羞，江催促了好几次，小米才羞答答说出口："我也爱你。"小米分不清楚什么是爱什么是喜欢，但是小米的心颤抖了，那种初次接触爱情的人才会有的感受。

小米喃喃地说："我把最宝贵的给你了，你会娶我么，会负责么？"江很认真地说："我会负责的，你不用管了，我一定会娶你为妻，一生一世照顾你，否则天打雷劈。"

那天起小米就不再看帅哥了，江就成了小米的全部。为江开机二十四小时，为江上QQ，一天到晚脑子里都是江。高三了，可是江变了，全都变了，开始和别的女孩子开玩笑。小米开始发火：是你告诉别的女孩子你没有谈恋爱，是你告诉她们你很有钱，呵呵，你别狡辩，我用别人的QQ号试过你的，你也是这么讲。过于在乎江的小米，开始吃醋，讨厌江天天跟别的女孩子聊天，开始偷偷上江的QQ号码。江开始以忙推脱，不想跟小米聊天了。可是每次小米自己下线了，再登陆江的QQ，都有女孩子正在跟江聊天。

离高考就剩三个月了，有一天，小米呕吐得厉害，她以为自己得了胃病，决定到医院去看看。到了医院，小米才知道自己怀孕了，她很害怕，就找江商量。江也很害怕，说："不敢让家里人知道，我们自己悄悄去医院吧。"

那天，江叫了自己的好友强，小米也叫了自己的好友芳，四个人一同去了一个小医院。走进医院妇科，小米和芳还是一副满不在乎、兴高采烈的表情，她为江能陪自己来感到特别高兴。医生告诉小米：先去做个 B 超吧。医生看了 B 超，生气地说："这是冬天衣服厚看不明显，都快分肢了才来做，真不知道害怕，躺着吧。"在医院的妇产科室里，小米在尖叫着；在医院的小楼道里，江和他的室友强却在"嘻嘻哈哈"边笑边抽着烟，烟雾盘旋着变成烟圈飞出很远很远。小米摇摇晃晃地捂着肚子出来了，被芳搀着，满脸的笑容被一脸的痛苦取而代之。医生告诉小米，最少要休息两周，而且将来还有不孕的可能。

小米请假了，租住的是学校外面的小屋子，她躲在里面，哭了整整一晚上。强和芳很关心小米，有时放假会去看看她，每次小米都会假装很开心。

该报志愿了，江上了父亲托后门找的一个本科学校，小米翻遍所有地图，想找一个可以离江近一点儿的学校。因为小米一直想考艺术学校，江告诉小米的母亲上艺术学校太花钱了，不如让小米将来自考完成，还说文凭都是一样的。于是小米妈妈也动摇了，但是她并不知道，这个男孩是因为已经不爱小米才这么做的。

入学了，小米收到了江的短信：分手吧，我们当初都太幼稚了，我们家是不会同意我娶一个没学历的、不会生孩子的女孩儿的。

小米哭了一夜又一夜，发高烧了也没人照顾，欺骗妈妈说在学校学习，她不想所有人看到自己的伤口，看到自己那散乱的头发、苍黄而瘦的小脸。

小米很后悔过早地品尝了早恋的恶果，没有纯洁的身体，没有本科学历，因为后悔，小米哭了整整一个月。她不知道自己的未来会不会幸福，一个人坐在小床上，望着窗外发呆。

玫瑰心语

记得有语文老师说：如果你爱一个人，不是下课给人家买买水，不是短信发来发去，也不是周末一起出来唱唱歌、聊聊天、吃吃饭，而是做一个出色的人。因为以后的以后，可能还有别的人爱他。你要做的是把别人都比下去，要比其他人都优秀。要相信，未来不只是未知，爱情本身美好，关键在

于你如何选择人生和你个人对爱情的态度。我们不要让无知伤害了自己，因为未熟的果子太酸太涩，不合时宜的爱太重太沉，我们幼小的心灵承载不起。

错过了夏也错过了春

茫茫人海，走进走出，苦苦寻觅自己想要的那个人，却看不见他的踪影。

小伊虽不是女人中最亮眼的那种，但是浓眉大眼的她却是一个心气特别高的酷酷的那种大气女人，小皮衣、牛仔裤，是她的最爱，唯独不喜欢高跟鞋。上高中时她曾钟情于一个叫阿风的男生，青春有梦的女生心里总是甜甜的，每天渴望着一种纯纯的爱情：男生女生可以一起看星星、看月亮，一起讲故事。那种纯纯的爱情又往往那么孩子气，那么变化莫测。阿风是那种瘦瘦高高的男生，又不喜欢说话，只是特别喜欢打篮球，短短的寸发显得更加精神。小伊虽然心气高可是又很内敛，她总以为最初的那种邂逅以及彼此眼神之间的默契足以稳住这个男孩儿的心。小伊觉得自己特别幸福，连学习起来都有了一股拼命的劲头，爱情总能让人浑身充满力量。

突然，小伊生病了，这次有些重，妈妈执意让小伊休养一段时间，小伊被妈妈带回了家里。临走时，小伊恋恋不舍，再三嘱咐自己的好友丽君，让丽君一定帮忙照顾好阿风。

小伊回到了家里养病，可是每天只要躺在床上，心里就会很惦记阿风，担心他吃不好穿不好，有没有女孩围着追他，好在有自己最知心的好友替自己照顾，小伊会安心许多。

一个月后，小伊返校了，虽然生过病，但是现在满面的光彩已取代了所有恹恹的病状。她那扎得高高的马尾辫，走起路来左右摇摆，意气风发的光彩感染得整条马路随着阳光的跳动而闪烁。同学们都觉得，小伊病好了之后整个人都变得精神了，唯有小伊内心明白：自己这么精神是因为可以看见自己内心最崇拜爱慕的风了。小伊按捺不住内心的激动，正想上前跟风打个招呼，对面却已经有人赶在自己前面打招呼了："风，我给你拿了参考资料和一杯牛奶，喝了吧。"这个打招呼的人正是丽君。这种热情远远超越了朋友的界限，亲切得让小伊震惊。小伊悄然离开了，错乱的步子伴着自己躁乱的呼吸，她的内心有一种说不清楚的复杂，可是她不敢往坏处想，丽君一直是帮着自己的，何况当初还是自己执意拜托丽君照顾风的。

校园里的一切依旧很美、很静，上课、活动、休息，一切都依旧。丽君，小伊，阿风，也依旧。外表冷静的小伊内心从那一刻开始没有平静过。她不想也不愿意去想，可是同学们那种异样的目光却让自己内心隐隐作痛。终有一天，没等小伊开口，阿风却说话了："咱们分开吧，以后咱们就做普通朋友。"说完，就快速离开了。小伊一句话也说不出来，她还没缓过神来，虽然她早感觉到迟早会有这么一天。

小伊冷静了一段时间，她明白了，甚至也有些埋怨自己，埋怨自己的天真。心想：当初真该听妈妈的话，高中真的不适合谈恋爱。小伊下了狠心，上学阶段再也不谈恋爱了，吃一堑长一智，受伤之后的小伊决定，自己这辈子一定要找一个非常满意的男朋友。

学习的日子总是匆忙的。很快就毕业了。

年轻的小伊很快地投入到了工作中。单位上年轻的同事很多，自己的同学也很多，大家在工作逐步稳定后都陆陆续续找到了适合自己的对象。小伊看着同事的男朋友送来的鲜花和水果，内心也会波澜起伏，这心里不知是羡慕还是妒忌。倒也不是自己倔强，最近介绍的那些对象自己是真的觉得不称心。

身边的朋友陆陆续续都结婚了，而且好多都有了孩子。自从工作稳定后，小伊内心的择偶标准是大变：对方一定要看起来高大英俊，还要有工作，城里要有房，对方的父母也要有工作，她再也不是以前那个只谈爱情的纯情主义女孩儿了。

人们都说：上学阶段和工作阶段对待婚姻的态度完全不同。也许随着阅历的变化真是这样吧，抑或是缘分还不到吧。

按理说，这样的要求也不算太过分，可是就偏偏没有合意的。先是看着别人结婚，现在是看着别人有孩子，每每看到别人一家三口吃饭、逛街，那全家甜甜蜜蜜的样子，那种家的幸福总让人心里酸酸的。再加上周围人们的三言两语："小伊你看，人家比你年龄还小，孩子都两岁了，你也该结婚了，可别挑花了眼。"

小伊真的是百口莫辩，她都有些怀疑自己了：难道真的是自己眼太高了吗？不是呀，我就是想找一个符合自己条件的呀。

那日，同学聚会，吃饭时大家都谈论着自己的老公怎么怎么好，自己的孩子怎么怎么聪明可爱。只有小伊无语，尽管大家也都不好在她面前提起这些事，可是无人的时候，自己内心还是莫名的难过。

以前有好多人给小伊介绍过对象，可是现在自己二十九岁了，虽不是太大的年龄，过了这个茬，还真是少有人再给自己介绍对象了。

小伊再也不想等了，开始的高傲已被现实洗刷彻底了，她相信缘分会来的，她一定能找到符合自己条件的那个人。不屑交往的她开始愿意交很多朋友了，终于在那群人中她找到了自己想要找的那个人，父母都在上班，城里也有住处，生活也算安逸，只是对方是离异家庭，有一儿一女，婆婆在他们婚前就提出要求：不许小伊再生孩子，怕有了亲生孩子后对前房的那两个孩子不好了。为了这桩婚事，小伊也是自愿答应婆婆要求的，她想过了，老公除了离过婚，其他方面的条件还是很优越的。可是为什么自己想要的都有了，这心里还是觉得不踏实？总觉得与自己当初内心期望的那种幸福大相径庭，为什么所有的一切都按自己的心意，自己的要求和条件来了，心里还这么不舒服？这生活到底缺少了什么呀？小伊想不明白！

这个世界上，总有一半人不理解另一半人的快乐，总是看着别人幸福，自己苦恼。其实每一次创伤都是一种成熟，每一次失去都是一种获得。自己的苦与乐，幸福与不幸福只有自己心里最明白。生活中的各个层面，包括事业和爱情，都会有很多属于自己的机遇和幸福，需要我们自己把握，这种把握不受任何因素的影响。有时候错过了夏也就错过了春，明年还有春但也不是今春这般模样。

快乐的牧羊女

远远地一摇一摆地跳着，挪动着两条粗短的腿，腆着一个圆圆的大肚子，唱着歌蹒跚而来。走近一点儿，你可以清楚地看到她的肚子上赘肉的颤动。二十多岁的牛萌萌，倒是有股生龙活虎的劲头，那短短的头发，一只挺标致的鼻子下面，却是一张大嘴，生得两片厚厚的嘴唇。那裹在头上的大手巾，大红的上衣，绿绿的裤子，一副洒脱高傲的神态，看那架势，好像是个拿了奖杯的胜利者。

现在的女人都怕自己胖，像牛萌萌这样胖到一百六十多斤的女人或许还有，但像牛萌萌这样胖胖的还这么快乐的女人却很少很少。牛萌萌最大的喜好就是唱歌、牧羊。这座大山就是牛萌萌心中的草原，那条蜿蜒的河流就是她歇脚的地方。

牛萌萌的任务就是每天早上把羊赶到附近的山上，将羊儿引领至水草最肥美的地方，原生态地放养。牛萌萌这个牧羊女，是和羊儿欢欣雀跃、一路欢歌到达目的地的。傍晚，透过层层树枝丫杈，那西边如血的斜阳泛着圣洁的银光。微风悄悄地拂着她的面庞，牛萌萌轻轻挥着羊鞭，远眺秀丽的山峰，唱着《山路十八弯》一路赶着自己的羊儿回家。放牧时，她选择避风向阳、地势高、水源较好的牧地，并先放阴坡后放阳坡，先放沟底后放沟坡，先低草处后高草处，总之使羊儿少走路，多吃草；冬季坚持顶风出、顺风归，使羊儿对冬季寒冷逐渐适应；母羊放在近牧地，育成羊和羯羊放在较远的草地，瘦弱羊单独组群，放在草多的牧地。萌萌看羊很仔细，不会使羊吃到带泥的草、有霜的草和雨淋的草。放牧的时间是牛萌萌一天最开心的时光。牛萌萌的生活是如此地欢乐而惬意，没有城市的喧嚣和吵嚷，也没有世俗的困扰和奢望，没有孤旅的惆怅与悲怆，更没有功名钱势的傲慢与张狂，有的只是生活的幸福和美好。

别样的心情、另样的人生，这就是牛萌萌的生活，无忧无虑的生活。

她养了二十六只羊，有山羊，有绵羊，这些羊都是牛萌萌从三五月龄的公羔和七八月龄的母羊养起来的。这些羊羔在牛萌萌的照顾下健康无病，皮毛光顺。牛萌萌每天都会给这些羊羔逐只称重记录，然后按羊只体格、体重和瘦弱等相近分组，分栏养着。一直到给它们接种三联四防疫苗、口蹄疫疫苗才会放心。

为了空气流通，干燥卫生，牛萌萌盖的羊舍是坐北朝南，阳光充足、保暖性很好，冬季，她还在羊舍出口和通风口挂上草帘。她在羊舍里边放了碟机和音响，把这些羊羔当自己的孩子一样照顾，这些羊也已经习惯了和牛萌萌在一起，习惯了有音乐的生活。

冬季除大风雪天气外，牛萌萌都会坚持每天放牧，特别是在初冬，干树叶仍比较丰富，耐寒植物也有生长，这时她会抓紧放牧，晚出早归，让羊儿尽量多采食一些青草。为了及时补饲在冬春枯草期羊群仅靠放牧很难满足的营养需要，牛萌萌采用半日放牧、半日补饲的牧羊方式，对羔羊、种公羊和怀孕母羊，她还会多添加一些胡萝卜等青绿多汁饲料。给羊儿们喂草的时候，牛萌萌是转着圈地跳舞唱歌，她给每只羊都取了名字，每次她唱起某首歌来，相关的那只羊就知道主人会马上来喂自己，羊儿就会顿时很安静，吃得特别好。萌萌看起羊来，两眼忽闪忽闪的，好像在和自己的羊儿说话。她还会跳起舞步，费的劲儿也大，速度却没快多少，遗憾的是因为太胖了，萌萌那两条肉乎乎的手臂就得甩得很起劲，圆滚滚的肚子上上下下颤动，可是她依然会跳得开心，唱得幸福。

萌萌走太远的山路会累，为了放牧时不过分疲劳，萌萌就唱着慢调的歌，不跳沟壕、不爬陡坡、不走冰道、不使羊群受惊吓；归牧时她唱起回家的歌，羊群就会控制得很好，不会追赶和拥挤。她结实，健美，跳起舞来你会迅速感觉到，这个姑娘身上充满着无限青春的活力。"电话没人接，我想你已经睡了，收了线才不担心，你的烧退了没，已经几天了，找不到时间来陪。"每次有羊儿生病的时候，萌萌就唱起黄品冠的歌曲《健康快乐》。每天她还会在羊圈里唱谢娜的《简单快乐》和《捧你在手心》，牧羊时唱蔡卓妍的《小酒窝》。都说"穷人四宝"：每一夜都睡得香，每一餐饭都吃得下，不怕人生的转弯，处处无家处处家。这四宝萌萌都有了，所以萌萌每一天都充满希望，充满快乐。

萌萌的羊长得很壮，在三聚氰胺之后的一次次奶粉事件的报道影响下，萌萌的生意却一天比一天好，太多的人从四面八方赶来，买萌萌这里最天然的放心羊奶。

除了买羊奶的人，还有好多人是想来看看牛萌萌这个快乐的牧羊女以及她那自由、悠闲、幸福的音乐生活。

雨后朦胧的彩虹、遍地无名的野花、落日迷人的晚霞，还有子夜清澈的星空，那青青的草儿、壮壮的羊儿，都记录着萌萌的生活，与羊为伴就是牛萌萌的所有乐趣。

天苍苍，野茫茫，风吹草低见牛羊。牧羊女的一生，注定与羊息息相关，与快乐密不可分。

玫瑰心语

只要自己想做，自己觉得幸福和快乐，做什么都是做，为什么不能做一些让自己最快乐的事？其实幸福很简单，无关金钱，是内心一种状态，无论富有还是贫穷，都可以过得开心、幸福。喜欢的事就勇敢地去做，不要让人生留下遗憾。生命里有限的每一个日出日落不可以随意辜负，快乐不快乐全在于女人自己。

彩 虹 来 了

彩虹，一个满胸细腰的打工妹，一双大大的眼睛透出女人的神气，又瞟出一丝不安。

"知道吗，前巷的二牛找了个外地媳妇，叫彩虹，还特别俊，听说要了不少彩礼呢，大家还说人家二牛找不到媳妇呢，现在瞧瞧，可是俊得不得了。""是吗，看来姻缘这事是时候要到呀，二牛爸这回可放心了。"乡亲们在村口、在古井边议论着。

大牛、二牛都是高中毕业生，可兄弟俩，到现在还没一个找到媳妇。这二牛妈找不到一房满意的儿媳妇，心就像被烤熟了的沙漠，干煎着就是没辙。村里人也不知道这问题到底出在哪里了？有人说：都怪二牛妈平时不善打理家务，又喜欢跟人斤斤计较，谁敢要这样的婆婆呀。有人说：两个都是书呆子，整天穿得乱七八糟，送女人个礼物都不会，谁会嫁呀！有人说：开始时挑花了眼，年龄越来越大，几个光棍待一起时间长了，能不傻吗？有人说：钱也都不知道挣哪儿去了，没房谁会愿意呀，还不如当初生两个闺女呢，咳！

要说大牛找媳妇大家还不信，但说二牛找媳妇大家还相信几分，因为二牛比大牛精明些，大家这才会信的。

这事就得从头说起了，二牛和大牛也都算勤快，说傻吧也倒不傻，还不缺胳膊少腿的，这咋就偏偏找不到媳妇呢？大牛喜欢种地，没事就扛着锄头跟在他妈妈后面，也不说话，就是到地里闷头干活。二牛就不同了，喜欢说话，因为这样，对人也就显得热情，没事了他还喜欢倒腾一些新鲜玩意儿呢。不知道是不够机灵还是缺乏恒心，这两兄弟无论干什么都不会干得长久，问题的根子到底在哪儿，无人知晓。以前也有人给他们介绍过一些对象，可是人家女方交往一两天找个原因就不愿意了。眼看着就过三十五岁了，婚姻还没着落，你说心里能不急不慌吗？大牛就开始怪怨父亲，说人家女娃肯定是嫌咱家没房，父亲想了想儿子的话，思忖再三，就用这么多年的积蓄在自家院子里盖了两层楼。房是盖好了，两层楼前还有一个圆形小花园，只是缺少女主人的打理显得寂寞了些。二牛就说话了，大哥说的才不对呢，人家女方肯定是嫌咱家没钱，所以一家几口又开始拼命地挣钱、攒钱，攒钱、挣钱，家里没有花钱的人全是挣钱的主，几年下来也攒了不少，可依然没有姑娘愿意上门。巷子里就有人劝大牛的父母，还是给孩子找二婚的吧，兴许就会好找多了。大牛还不乐意找二婚的，就有人给二牛开始介绍；二牛去见面，大牛也跟着去了，一个灰色的旧夹克掉了两个扣子，下边打满褶子的灰裤子腿管大得好像还能塞进去一条腿，头发上不知抹了些什么玩意儿，长而亮得发光，与自己的衣服实在有些不搭。姑娘一看大哥邋邋遢遢都还没媳妇，这老二就先找上对象了，一个家就两条光棍，转身就跑了。

几番周折后，事情也就放了下来。

大牛和二牛的父母能不急吗，头发都熬白了许多。

没想到今年二牛去外地打工，竟然领回来这么漂亮一媳妇，父母能不高兴吗？大牛爸说了："都按姑娘的要求来，这多喜庆的事呀，值了！"大牛妈也觉得自己一下子就在镇子上抬起了头，走在巷子里，逢人就打招呼，那些收紧的皱纹像个大盘子似的展开，嘻嘻的笑脸让平时不和她打交道的邻里和路人有些莫名其妙。

明天就要结婚了，大家都在张罗着，好多小孩子都挤进去看那个漂亮的外地媳妇，彩虹满脸羞涩，悄悄地闭上了屋门。因彩虹家在外地，只能明天去镇外的县城转一圈，就算是从娘家出阁了，唯一的女方亲戚就是一个和彩虹一块儿打工的远房表哥。

这是几世修来的福气呀，二牛家张灯结彩。

第二天新娘去城里化妆，镇子上的人都围在门口等着目睹这位外地新娘的芳颜。大家盼啊等啊，吉祥的时辰都过了，迟迟不见新娘到。二牛爸赶紧给接媳妇的人打电话："喂……喂……喂……"电话怎么都打不通。这都下午了，胸前挂着新郎花的二牛才急匆匆回来，大喘着气说："找遍了县里所有的照相馆化妆店，也没找着彩虹。""新娘不见了，新娘的表哥也不见了。"镇子上顿时炸开了锅。听说把几万块彩礼钱和三金首饰都带走了，大牛爸差点儿气晕过去，大牛妈一屁股蹲坐在地上，大哭着："我这什么命呀，骗子呀……"帮忙办喜事的人一看事情这样，都悄悄散开了。

整个院子里从热闹一下子变得寂静无声了。

玫瑰心语

与其在失落中渴望侥幸，不如从自身寻找原因。看来，一个人的能力和气质不只是学历能够决定的。如果只活在自己的世界里，不能够学会生活，就是有再多的知识，不会运用也只是空中楼阁，海市蜃楼。不是骗子骗术太高，是我们自己还不够精明和细致。

婚姻七年之痒

婚姻如一本书，写满了学问。

正常的男人在婚后三年、七年、十年的时候，总会有"出轨"的想法，或主动，或被动，所谓"三年之痛""七年之痒"还是很有道理的。

杨亚卓和马小川，相恋六年后开始了正式的婚姻生活，他们彼此相依相处了六年，杨亚卓相信凭借这六年的了解一定能换来恩爱的一生。可是婚姻与爱情完全是两码事，现实跟想象的完全不同。

刚结婚时一切还好，都如当初，依然像恋爱时那样亲亲热热，恩恩爱爱，有时还互赠一些小礼物，或者假日一起坐过山车疯狂一次。

杨亚卓放弃父母给她二十多年的姓，被冠上了马太太的名称。一年后，她为小川生下了一个女儿。在这十月怀胎的女人专利幸福时光中，只要你肯呼一声，不等声落小川就会飞快地来到亚卓的身边，自己想吃什么小川也都会第一时间买给亚卓。就这样甜蜜地度过了非常快乐的一年多，即使自己妊娠反应有些强烈总是呕吐，可是有小川在身边守着、疼着，亚卓还是会觉得

心里蛮幸福的。

随着孩子的出生，夫妻两个人开始有了小摩擦。有了孩子后要做的事实在太多了，那段时间，孩子颠倒了黑白，白天睡觉，晚上又常常会哭闹，让小川整日休息不好。小川上班不是迟到就是没精神，时不时还会打个盹，老板看见了，冷冷地盯着小川看了足有十分钟。迷糊的小川根本没看见老板，还像个瞌睡虫一样，圆圆的脑袋几次磕到了桌子上，再加之他最近工作还总出差错，你想，能不被老板责备吗？小川在同事们面前强撑着，可是心里也是又委屈又不高兴。杨亚卓看着自己生了孩子后这身形全变了，皮肤松弛了，腰间的赘肉也像个游泳圈似的，每天还要带孩子，她再也懒得打理自己了，她彻底烦透了。婆婆总说："亚卓，女人生了孩子都这样，慢慢会变好的。"亚卓还是不高兴，心里打着小鼓：是能恢复，可是有几个女人能恢复到从前，那些话只不过是自我安慰罢了，没有一个女人能斗得过时间。

终于亚卓爆发了。这一天，因为丈夫稍晚回家，亚卓就大发雷霆，天翻地覆地开始数落丈夫的种种不好：挣不了多少钱，还不管孩子，不再做饭，等等一切。以前小川身上数不清的那些好都不知道瞬间藏到哪里去了。杨亚卓太生气了，她把孩子抱进卧室，扔出一个枕头，愤愤地关上卧室的门，不让老公进卧室睡觉！无论丈夫怎么解释，杨亚卓也不肯让丈夫进卧室，丈夫只好睡在了沙发上。睡在沙发上的丈夫也是越想越气，这个女人怎么生了孩子就变成这样了，喋喋不休，简直不可理喻！第二天起床后，小川发现妻子没起来，连早餐都没做。看着儿子饿了，小川的妈妈就做了一个煎鸡蛋送过来："凑合吃吧，吃完赶紧上班去。"都结婚了，还是妈妈在心疼自己，小川想到这里就更生气了。时间来不及了，丈夫小川着急地敲着卧室的门："亚卓，我的文件在卧室，你开门呀！""啪"——文件和外衣被摔了出来，同时门又关上了。小川气呼呼地拿起文件包就去上班了，真是早上起晚耽误一天事，这一整天小川都是急急忙忙的，做啥事都赶不到正点上。总算到了下班时间该回家了，可是一想到妻子昨天和今天的表现，想到家里乌烟瘴气的样子，他独自徘徊在回家的路上。他想回去脚下却不由地返了回来，心想这晚上回家肯定还没有饭吃，于是郁闷的他打电话给朋友，叫上了好朋友一起去喝酒，到很晚才进家门。到了家里可想而知，一场家庭战争在所难免。就这样一连吵了好几天，两个人都就心照不宣一样地不再提及此事，也许是吵累了，吵烦了，就这样过起了平静的日子。日子回归平静，见面很少说话，搭起话来比熟人更客套，这件事让每个人的心里都开始有了一个结，彼此的心灵也慢慢地变得疏远了！

孩子渐渐长大了，被送进了幼儿园，两个人不再需要为孩子整日奔忙。看到孩子念儿歌的可爱样子，两个人都觉得很幸福，关系也缓和了很多。亚卓靠在小川身边说："我们一定要好好挣钱，让宝贝受最好的教育，过最好的生活。"小川点点头，有了孩子后，两个人第一次谈话这么轻松。此后，两个人都开始努力打拼自己的事业。

马上到年终了，老板要看业绩，小川的任务还没完成，他压力很大。笑人富来恨人穷，总有人喜欢雪上加霜，那个秘书小吴因为跟小川发生过矛盾，逮住机会就在老板面前说他的坏话，小川很生气也很烦恼，可是作为一个男人，他不愿意把自己工作上的痛苦和压力说给家人听。两口子一直在忙工作，杨亚卓推销化妆品的生意越来越好，忙得不亦乐乎，很晚了才回来。夫妻好久都没有在一起亲热了，匆匆吃过晚饭，小川就满脸堆笑地凑到了亚卓面前，他想抱抱亚卓，他想和亚卓在一起亲热亲热，释放掉工作上的所有不悦。可是亚卓却使劲推开了小川："我今天都跑一天了，脚都快磨出泡了，才看完孩子，累了，改天吧。"小川觉得挺扫兴，一脸懊丧，坐下来抽着烟。一觉醒来，亚卓看见小川还在原来的位置上坐着发呆，说："你咋还不睡呢？对了，咱家的电快用完了，记得明天交电费和物业费，我明天还要出去卖货呢，快睡吧。"小川抽完烟，两手交叉撑住头，靠在床头上：这结了婚咋就这么多事呢，琐碎取代了恋爱时的幸福，生活彻底变成了单调的华丽，没一点儿乐趣。

杨亚卓口才好，每天能卖出好多产品，她越来越能干，总让小川去幼儿园接孩子，有时孩子叫着饿，小川还要给孩子做饭。也许谁挣钱多谁就说话更管用，杨亚卓慢慢地收回了家里的财政大权，这挣钱的本来就是该管财政的，心里这样想着杨亚卓就随之掌管了家里的所有收入和支出。她再也不问及小川的事业最近怎么样，心情怎么样，小川已经不知不觉地从自己关注的视线走远了。单位年终分红小川分得最少，小川心里很不甘，自己以前总是业绩最好的，如今让家里拖累得成了拖后腿的尾巴。看老板和那些没结婚的同事看自己时那不屑的眼神，他就不痛快。小川下了决心，等过完年，下个季度一定要全力以赴，挽回自己失掉的面子。新年很快就结束了，小川让杨亚卓辞去工作，在家好好看孩子照顾好家，自己好去挣钱。可是亚卓坚决不同意，小川就生气了：结婚前的亚卓那么温顺可人，自己无论做什么她都会不问理由地支持自己，而现在怎么变成了这个样子？亚卓也生气地涨红了脸，我为这个男人生了孩子，现在都变成黄脸婆了，何况自己现在拼命地卖化妆品不也是为这个家吗？自从生了孩子后，结婚七年间，这个男人再也没送过自己礼物，连自己的生日也会常常忘记。彼此只想着自己的委屈，两个人越吵越凶，不知怎么的，话赶话就说到了离婚上。

痒，从生理上说，是病痛的一种，是一种正常的生理现象。试想，谁没有痒过呢？找医生看看，很快就会康复的。婚姻也是一样，夫妻两个长久地生活在一起，难免也会有个痒，有个痛的，这是很正常的事情，人们大可不必谈"痒"色变。同样的道理，婚姻上痒了，也要慎而为之。不能仅仅因为一次偶然的邂逅，一句温柔的关怀，一个会意的眼神就让自己把持不住，继而做出撕裂自己婚姻之事，到时，弄得妻离子散，后悔的还是自己。

玫瑰心语

大多数离婚的夫妻都是因为分居两地，因为工作，为了挣钱，为了养家糊口，男人再难也要迎难而上，奋不顾身，而女人这个时候，经历了从女孩到女人，从女儿到媳妇的蜕变。结婚以后，恋爱时期的激情与新鲜感被生活中的柴米油盐磨损殆尽，浪漫的情调也被孩子无休止的哭闹和顽皮的折腾弄得情趣全无，婚姻开始变得平淡而琐碎，这时候，夫妻间有了争吵，有了疏离，"痒"随之而发生，能不能治愈，就看夫妻各自能不能恰当处理，宽容地跨越婚姻的每个倦怠时期。

爱情看守所

  手机的兴起，让人们的生活方便了很多，避免了长途的跋涉，也拉近了人与人之间的距离。处在恋爱阶段的幸福男女每天用手机传达着自己的甜言蜜语，手机成了娇娇的红娘。可是婚后的手机却让男人们叫苦不迭，洞悉了男人秘密的女人们对老公的手机严加盘查，让男人不得安宁。娟平时对老公就奉行严格的"检查制度"，几乎每天都要偷偷查看老公的手机，尤其是老公升职之后，查手机成了她每天比吃早饭更重要的一件事。而她的老公知晓这一切后，自然也想出了各种办法应对，两个人之间的感情越来越糟。可是娟并没有意识到自己有什么问题，按她的话说，是管理方法还不够先进，看老公看得不够仔细。其实好老公难道是管出来的吗？我很质疑，我告诉我的朋友："我从未翻过我老公的手机。"朋友无奈地笑笑，说："不可能，现在的女人谁不翻呀？"我无话可说，就算自己真的没有翻过对朋友也解释不清楚了，我无奈地笑笑。

  翻手机真的成了娟的一项固定工作，早晨老公还没起床早早就要翻一翻，老公下班了趁着老公不注意还要翻一翻；晚上老公睡着了还要轻轻掀开被子，悄悄去外衣口袋里拿，小心翼翼地，因为一不小心碰出声响就得把自己吓个半死。甚至连老公建洗澡这个最佳的时段也一定不会放过。娟竟然乐此不疲。

其实娟也是个勤快的女人，她会把家里打扫得特别干净，连花盆的外沿也会用抹布擦来擦去，小缝隙也要仔细吹吹。她会把老公的衣服洗好熨好，放在柜子里备用。她很喜欢洗衣服，这不仅可以让老公心情愉快，而且每次都能收集到老公包里那些意外的小钱。娟的老公太忙也很大气，从没在意过这些小事情，所以娟从害怕到安心，慢慢一切已成习惯。

每次和朋友吃饭，建都会主动买单，毫不犹豫地从里面衣兜里掏出一沓钞票。建做房产生意，这两年生意一直不错，所以对待亲朋都很豪爽。今天有个朋友来借钱，建说："都是伙计，我回来了，你现在就来拿。"朋友来了，建马上从口袋里掏出钱给了。朋友很感激，坚持要好好数数，建说："不客气，好朋友还数啥，要数你自己慢慢数吧，我先喝茶。"朋友也做生意，做事利落，很快就数完了，他把钱往桌子上一甩，哈哈大笑："伙计，你考我呀，差两张，小伙子。"建先是吃了一惊，随后马上笑呵呵地说："是啊，是啊，补两张。"两人是多年的交情了，也都没有在意，一起品茶了。

可是建心里明白：又是老婆搞的鬼，他只是懒得计较而已。其实连他也想不明白，老婆又不缺钱，干吗每次都要从自己包里偷偷抽一两张钱呢。想不明白也就不想了，整天那么忙，就随她了。

可以说有很多女人在这个问题上处理得不太好，除了查手机，还总以钱来牵制男人。有的人怕老公钱包满了，出去花天酒地，所以动辄检查男人的钱包；有的则是出于抠门小气，舍不得给老公零花钱，所以把老公的钱包管得死死的，由此引发男人私房钱的屡禁不止。君不见网络上关于男人如何藏私房钱的帖子满天飞舞，而报纸上关于男人私房钱败露的尴尬事更是没少见。所以说，女人想通过控制金钱和手机来控制男人的心，可是爱情和婚姻是看住的吗？聪明女人应该少管制男人的东西，多温暖男人的心。

娟时不时还会打电话给老公，表面看来是在问候，实际是想看看老公每天在干什么。按娟的婚姻理论：老公必须得看住，只要他按点回家，随时抽查定能确保万无一失。

我们不知道建这样不计较能够坚持多久，总之两年后建离婚了，我们不知道原因，只听建说他过够了这种像看贼似的生活。

虽然男女组合为一个家庭，有共同的利益，但双方还是个个体，还有各自的尊严和空间。女人难免是有好奇心的，尤其是婚姻中的女人，会更在意老公的手机和票子。可是在意归在意，如果你是个女人，如果你觉得这个男人是属于你的，最好还是不要去耍那些小聪明，不碰这些东西为上。因为聪明女人知道少管制男人的钱，多温暖男人的心。

顶　　替

让孩子考个好大学，是父亲多年的愿望，也是家里一辈一辈人的祈盼。

许子墨是个女孩，可是父亲偏偏给她起这个名字，就是希望自己家里能够出个文化人。许家是个大家族，人是挺多，可是没一个是高中毕业的，家里最小的是子墨，一家人自然就把所有的希望都寄托在子墨身上。子墨也还算争气，小学升初中、初中升高中都顺顺利利考上了，虽说不是火箭班，可也排在全级前列，考个好一本还是有希望的。子墨相信自己可以通过努力实现父母的心愿。经历了黑色的高三岁月，子墨是满怀自信走进考场的，同样，也是自信满满地走出考场的。从子墨的笑容你就能感觉到成功就在眼前。

所有参加高考的孩子都在期盼着自己能被录取到一所好学校，一个好专业。那个暑假，她每天都会早早地去村口等待邮递员的到来，一天，两天……村里好几个孩子都已经收到了录取通知书，放炮请客，热闹地庆祝。为什么子墨的通知书还没有等着到？子墨妈妈的心就像被猫抓了一样，忧虑恐慌，她不敢往不好的一面想，她宁愿相信子墨一定会考上。邻居姜婶看子墨妈妈忐忑不安，说；"你就别操心了，子墨比我们建成学习可好多了，这建成都录取了，子墨还能录不上？"虽然话是这么说，可是没个正式东西拿到手，总是心里不安。

为了安慰爸妈，子墨装着一副满不在乎的样子，可是自己心里也有些忧虑。考试的那些题目自己大部分都会做，就算有几个错的，那考一本也应该没有问题。再退一步，就算考一本有问题，考个好二本也是绝对没有问题的。子墨这样想，就一直在等待着好消息传来。眼看着村里一拨一拨该入学的都走了，自己的入学通知书怎么还没有到？学校里发的被褥肯定不暖和，母亲想着自己亲手缝的被子孩子铺着会更舒心，她把上学要带的被褥全做好了，里里外外全是三表新，只等着子墨入学带去用。

通知书不到，全家人都心急如火燎。

两个月过去了，依然没有消息，子墨打电话给自己的班主任，班主任说："凭你的能力应该没有问题，老师再帮你问问。"子墨的好朋友小溪和子墨报的是同一所大学，她从几十里地的外村匆匆跑到许家，通知许子墨赶紧到学校报到。此时许子墨才知道学校已经开学了两个多月，她跟着小溪慌忙赶往大学里去问个究竟，但当她把户籍关系出示给学校工作人员时，意想不到的事情发生了，学校工作人员说："你没有入学通知书，现在不能接收你。"子墨当时一想，觉得他们说的也对，学校哪能没有一点儿规章制度随意报名呢，就没有再争执下去。后来他们让许子墨回去再找找看看，是不是通知书送错了？回到村里，子墨跑到各个村子去打听，五十里外的邮电局她不知道跑了多少回。可是两个月来还是没有找到通知书的去向。无奈之下，许子墨再次回到学校，希望学校能查一下档案和高考成绩，让她入学。然而这次工作人员彻底拒绝了她。对方告知许子墨，她已经错过了开学时间，即便找到了通知书，也延误了开学时间，依照学校规定也得按自动退学处理。

这问题到底出在了哪里，子墨不知道。她只知道全家人对她彻底失望了，大伯母说："你奶奶不是整天夸你这个孙女学习好，这好那好的，咋了，不是照样没被录上，还不如我儿子，虽说考个技校，可是不在家里吃闲饭呀。"大伯母酸溜溜的一席话说得子墨更加气恼，她收拾了行李跑到城里去打工了。在打工的几年时间里，家里人对子墨的不屑和失望随着时间的流逝已经慢慢淡化了，父亲告诉子墨："这女孩不比男孩子，年龄大了就找不到好对象了，该考虑婚姻了。"自己没有考上理想的大学已经让父亲失望了，子墨不想让父亲再难过，就答应了。

结婚两年后，子墨外出办事碰到了自己的好友小溪。小溪对子墨说："没想到我们文绉绉的子墨都结婚了。你知道吗，咱们班学习挺差的那个，就是那个副县长的女儿竟然和我在同一所学校上学，哎，你说你学习那么好都没被录取，她咋就考上了呢？这好事怎么全让她们家占上了。"听到小溪这么说，子墨觉得事情不对头，回家后她开始一层一层寻找自己没被录取的原因。功夫不负有心人，费了两年多工夫子墨终于查出，原来是学校将自己的通知书交给了这个副县长的女儿，于是副县长的女儿顶替自己上了大学。副县长的女儿已经在银行上了班，工作也很认真。此事在当时也引起很大的轰动，但由于市政府机关出面协调，由顶替人补偿被顶替人三万人民币，市政府补助三万人民币并安排被顶替人许子墨免试入电大读书，有关责任人也做了处分。大家都在议论：电大生怎么可能有好的工作？可是事已至此，子墨一个穷孩子又能怎么办，这恐怕是一个"皆大欢喜"的结局了，只是子墨却过的再也不是自己打小就想要的理想生活了。

许子墨她不甘心，她决心好好学习来挽回逝去的一切，把这几年该学的知识都努力学回来，她想在电大好好学习，将来干出一番事业证明自己的实力。子墨电大毕业后，和老公开了一家公司，十年后成了当地有名的民营企业家。

玫瑰心语

无论什么时候开始，重要的是开始后就不要轻易停止。不论你在什么时候结束，重要的是结束之后就不要悔恨。你清楚地知道你想要的并为之努力，外界的任何人或事物都不足以影响你的航向。现在回头想来，一个困难，一次挫败，以往的所有积累，把你推到今天这个位置。在你获得成就前，过往都是云烟。每个不能打败你的事件，只会把你变得更加璀璨。不盲目乐观，不轻言放弃。前半生不要怕，后半生不要悔。

郑美美的应征历程

　　听说市里要举办富豪甄选全球佳丽为妻的活动，全球约有五万单身女性通过网络、电话报名，其中不乏外籍华人。二十八岁的郑美美高高的鼻梁上，一对透明的水晶眼球散发出如花般的青春气息，红润的樱桃小嘴说出的话来总能让人甜蜜好久，唯一美中不足的就是下巴有些凸出，不过妈妈说了："地包天，有饭吃，这样有福气。"美美动心了，她想报名参加佳丽海选。可是父亲不同意，他关掉电视说："富人花钱也该涉及道德良知与社会责任的衡量和拷问呀，什么富人选妻，这是找老婆还是选妃嫔呀，数万美女应征，看似你情我愿、各遂所求，其实更像一桩买卖。再有钱也不能拿钱往人脸上砸呀，不许你去啊。"妈妈削了一个苹果递给美美，说："别听你爸的，这都什么时代了，法律又没有规定一个富豪不可以办一场选老婆大赛，我觉得咱家美美条件挺好的，这一米八的个头，这长相，早赛过那些专业模特了，应该去试试。"美美笑了："双亲大人，你们国际大讨论吧，讨论好了告诉女儿，我先去休息了。""这孩子，真是的。"父母都笑了。

郑美美，二十八岁，公司管理者，硕士学历，年薪超过六位数。因为平时工作非常忙，周末还要充电学习，所以以前就一直没有好好考虑自己的终身大事。她心想：有一定的物质条件是自己择偶的标准之一，何况自己并不是冲着他们是富豪而来，只是想着一个人如果能创造出这样的财富，那么这个人的素质、涵养也就相对高，会有一定思想，可以相互进行交流。现在自己也到了这个年龄，是考虑婚嫁的阶段了，正好有这样高端交友的活动，感觉很适合自己，何不趁此机会试试看。

那天早上，美美精心打扮了一番，穿上了自己最漂亮的那件淡蓝色小包臀的裙子就早早去应征了，头发上那淡蓝色的发卡和裙子搭配起来更加和谐雅致。她本以为自己来得挺早的，谁知外边已经排了长长的两行队，里面已经开始工作了。写字楼外，围满了人，她们窃窃私语；写字楼内，正在进行着层层筛选。

这个高档写字楼的内部装潢很豪华，给人金碧辉煌的感觉。每一个厅里都有专门的工作人员正在接待报名的人。金光耀眼的大厅里面摆放着很多长方形的桌子，没有轮到的应征者，可以坐在那儿喝着咖啡耐心等候，桌子两侧各有一把竹椅相对，给人一种悠闲而紧张的氛围，环境的悠闲，气氛的紧张。在金灿灿的水晶灯映衬下，桌子也金光闪烁，好像在回应着水晶灯的这份热情。

这些应征的女孩子，有的穿着旗袍，有的穿着衬衫，各有各的风格，显然都是经过设计打扮的，美美看了看，有比自己小几岁的小妹妹，也有比自己大几岁的大姐姐。有些人做好了充分的准备，也有很多人都是抱着试试的态度凑凑热闹。总之，各有各的想法，各有各的目的，连自己要应征的男主人是谁，好多人都还不清楚。

没想到应征的人这么多，美美觉得这个竞争程度并不亚于千军万马挤过独木桥的公务员考试。美美激动地说："爸爸说得还真有几分对，这跟古代为皇帝选妃一样，一排人站出来让人选来选去。只不过现在不是给皇帝选，是给有钱人选了。"况且，在报名时就声称如果跟女方确定恋爱关系后，就送女方保时捷跑车一辆。美美一看这个情形，就有点犹豫了，可是自己向来不肯服输，总不能还没正式参加就退出吧，何况现在只是在交朋友，即使被选上了，到时说不定我自己还不愿意呢，反正也没人能强制我。美美就坚持了。

尽管应征女士报名免费，但必须经过严格的层层甄选，样貌、才艺一个都不能少。美美形象气质佳，所以很快过了第一关。

最难的是"面相关"，看看美美们是否有旺夫相。应征的人中大部分在这一轮就被淘汰了，而美美长相清丽、鹅蛋脸，指长也符合标准，所以很容易过关了，风水大师说，美美额头宽、下巴圆润，还算旺夫吧，再配合生辰八字看了看就让美美过关了。美美觉得自己挺幸运的，她过了形象气质、心理测试及性格分析、风水专家面相分析这三关，顺利地进入文化素质及才能考核的第四关。这当然更不是问题了，这可是美美的强项。

果然如愿以偿，美美脱颖而出，进入复赛。

有一个营养专家问美美："平时做饭吗？""有时会做。"美美回答。"最擅长的菜是什么？写出你最拿手的几个菜的原材料和做法。"美美开始填写了，不过做饭一直都是妈妈做，自己还真是懂得少，美美有些犹豫有点心虚。这时，刚好有一个女孩子落选出来，嘴里还在嘟囔着："这哪是选老婆呀，还绑上测谎仪，这是选全能超人呀！"美美也跟着笑了笑。不知谁会那么幸运？总之，经过多次甄选，活动最终只甄选出十八名女性，晋级比率仅为1：3000。在这残酷的竞争下，美美也落选了。虽说当初只是抱着试试看的态度，但没有进入决赛总是有点遗憾。也不知道将来进入决赛后被裁掉的人会不会遗憾，只有她们自己知道了。

美美回来了，她没敢告诉父亲自己应征这件事。

玫瑰心语

可以说，富豪征婚是一种金钱权势的展示，没有强制性，也是私人的事，你也可以说，贪图金钱是正常的人性，不该受到什么谴责。何况当下，关于相亲征婚类的节目和活动比比皆是，为未婚男女提供了方便，也拉近了大家的距离。可是女人要记住，无论你是以哪种形式走进婚姻，爱情还是选择婚姻的最高标准，女人内心该有一把自己的尺子。

沉重的回报

"我一个人养活你们姊妹四个，容易吗，这次，是必须的。"母亲又在唠唠叨叨。小通有三个姐姐，小平、小凡和小普。小平为了生活早早放弃了学业，成为家庭的主劳力，小凡在一家人的帮助下考上了北京的一所学校，后来和同班同学结了婚在北京安了家。小普因为学习一般，中学毕业了就出去打工。小通虽然学习一般，可是因为他是家里唯一的儿子，母亲执意要供他上大学。

小凡能上北京的大学，是母亲觉得最荣耀的一件事。母亲逢人就夸："我们家小凡可有出息了，现在在北京上班呢，她上班那公司可大了。"每每听到母亲这样说，看到母亲满面的笑容，小凡是既高兴又满心的委屈。高兴母亲这样说，想到这么多年的艰辛终于可以使一家人在村里抬高面子而安慰，委屈的是母亲夸大的说法更让自己感到压力大而无奈。

自己头上扣上出人头地的光环，不仅得打肿脸充胖子，还要满脸微笑满心情愿。在北京这个偌大的城市，自己只是一颗不起眼的微尘，一个小小的公司职员。相比农村夫妻，自己和老公俩每月挣三万多块钱，当然是个巨额数字了。可是毕竟自己也是白手起家，累死累活十几年了才在四环买了一套八十平方的房子，此外还要生活，还要给双方的家里再寄点，还有每月那足够准时的按揭款，生活过得好艰辛。每天随便吃点就得挤公交车，还得看一些人的脸色。整天省吃俭用连个孩子都不敢生，可在自己母亲眼里自己就是赚大钱的人，在村里人眼中自己就是进了北京城的主。每次无论是亲朋还是乡亲来北京，母亲都要叮嘱小凡：一定要招呼好，人家一辈子能去几回，可不能让别人回来说咱忘本了。

所以今天是这个来北京看病，明天又是那个来北京办事，还有的想来旅游。总之能帮的忙要帮，不能帮的也要想办法帮，否则就得落下个发达了就瞧不起农村人的口舌。

那次，刘叔回去了，就说开了："人家小凡可有本事了，现在是在北京站稳脚跟了，人家北京那套房子都要一百多万呢，上次我去还是人家给我联系的医院呢，这闺女有出息。"听母亲打电话来这么说，小凡真不知该说什么好，上次为了给六叔找那个教授自己托了多少人，花了多少冤枉钱。

老公工作很忙，每次老家来人都会耽误很多事，那次，老公都发火了。小凡总是笑嘻嘻地对老公说："农村人是不讲究，可是心眼实在，下次不会了。"老公也只能是无奈地摇摇头。其实，小凡心里何尝不委屈，可是又能对谁讲呢？

小凡一个人躺在床上的时候常常会想：自己这个大学生做得太累了。自己拼死拼活不敢有一丝懈怠地上学，工作了要回报全家，要还当初家里欠乡亲们的人情，还要在纷繁的城市里艰辛地生存。自己真的太累了，她有时候甚至想：自己要不上这个学，就在小地方过个小日子，或许会比现在轻松很多。不要羡慕的眼光，只要真实的自己；什么都不用管，可以过平凡的日子，可以踏实地睡上两天，就足够了。

可是今天的自己除了努力拼命，没有一丝偷懒的机会。匆忙的城市生活让自己不能停下脚步。早上一醒来，看看日历又到月底了，该给弟弟寄学费了。晦暗的天空，雨就要来了，小凡拿了把伞又匆匆离开了家。

　　何时何地，你都要明白，你是活给自己看的，别把别人的评价看得太重，凡事只要问心无愧，就不必计较太多。那些肤浅的赞美，是阳光中的尘埃，迷惑你的视界；那些非议与诅咒，亦是麻醉你的毒药，终会让你乱了心智，无论路途多险，步履维艰，切勿被动地改变自己。只要我们懂得感恩，真心地对待别人，定会收获真诚，唯如此，你才可能会与众不同。

飘零妹红尘泪

那年，小彤十七岁。

小彤第一次离开小镇，第一次买票，第一次搭火车，去陌生的地方，只为躲避父母为自己所答应的那门亲事。小彤是个好孩子，勤快懂事，不善言谈，大家都这么觉得。小彤姊妹三人，一个弟弟一个小妹，母亲没文化，靠种地采药度日，小彤的父亲又嗜毒成性，方圆百里欠了不少的债，包括订婚的这家。

小彤只身来到这个陌生的城市，身上所带的钱没几天就花光了。下午，天气阴了下来，不一会瓢泼的大雨倾泻而下，小彤的衣服湿透了，她躲在天桥下，两手交叉搂着双肩，一直在打喷嚏，头发上的水"滴滴答答"往下掉。

一场暴雨过后，她更饿了，看到一些人正围着来往的汽车发小广告。小彤就追上前去打听，小彤没有学历，可是她那张洁白的脸颊，会掉出石榴似的泪花的眼睛，惹人爱怜。那几个年轻人让小彤也跟着来做，从此小彤进入了奔忙的日子。一天早上，小彤浑身发软，摸摸头，滚烫，可是她强撑着慢慢爬起来，她不能停下来，她要挣钱，不然会饿死的。发了一年多的广告单，她每天就着咸菜过日子，跟人合租住在一个黑暗的地下室里。

小彤眼睛深陷，眼角青黑，比以前更瘦了，尽管她很思念乡下的弟妹，可如今这样的境况，她不敢和家里联系。小彤夜里常常一个人哭泣：可是她不想让弟妹再过自己这样的生活了，他们一定得有文化。她想了想，不能就这样一直靠发小广告为生呀，她决定明天继续出去找工作。

一个小歌厅生意很好，看到小彤长得还算清纯美丽就决定用她，总管安排小彤去陪客人喝酒、唱歌，小彤不愿意，就先做了个打扫卫生的小杂工。那天，有一个客人喝醉了，打碎了酒杯，小彤赶过去打扫，客人正酣醉，一下子就拉住了小彤的手："过来，陪我喝。"小彤挣脱着要跑开，她吓坏了，那个客人也不高兴了，拿着一瓶酒就摔了，叫你们老板过来。酒店总管一脸赔笑地对那个老板说："对不起，对不起。"回头又瞪着眼睛对小彤说："好了，你明天别来了。"小彤再三央求，总管也坚持不答应。小彤不肯离开，老板说："要么今天陪客人喝酒，要么就离开。"小彤忍着泪花喝下了那满满的一杯酒，这是她第一次喝酒，有点呛，可是她还是一口气喝完了，和着所有的辛酸委屈一块儿喝了下去。周围的人都使劲拍起了手："这小妮子，不是挺能喝的吗，还装。"总管也笑着说："加钱，给你加工资。"回过头进了洗手间，小彤就开始吐。虽然难受，可是小彤却第一次知道了这酒可以让人这么痛快地忘掉所有的不悦。小彤一边在小歌厅打工，一边到外面寻找新的工作。那些小公司愿意用自己，并不是看重自己的能力，只是把自己当个花瓶看，让自己去应酬，小彤不愿意那些人对自己动手动脚的，就只好还在歌厅里干着。虽然在歌厅当陪酒女，在别人眼里看来不好看，说起来更不好听，可是比起那些光鲜背后的龌龊要好多了。时间久了，小彤赚了一些钱，她就给弟妹寄过去一些，叮嘱弟妹好好读书。

几许灯火阑珊，几许灯红酒绿，找这样一种方式，陪着伪装的灵魂面对繁华背后的孤寂，只为自己活着。若非酒苦得讽刺，何以唱出众人的心事。因为小彤美丽懂事，好多客人都喜欢找小彤陪酒。这很遭其他陪酒女的嫉妒，总是暗地里告小彤的状。她们告诉总管："小彤每天下班都会偷跑回来，肯定偷酒了。"总管让她们拿出证据再说，别整天瞎琢磨。那晚，她们等了很久，小彤下班走后，她们趁小彤不在打开了她的柜子。一看到有酒瓶就赶紧把小彤和总管都叫了过来。总管仔细一看，确实是挺名贵的酒，就质问小彤。小彤两眼怒视着这些整天和自己一起工作的陪酒姐妹，那团从眼里迸发出来的从没有过的怒火烧得那些告状的人打着寒战往后躲了躲，但在众目睽睽之下，小彤还是不得不做出解释。小彤说："柜子外面那瓶是母亲为自己最近才寄来的家乡野葡萄汁，里面的瓶子全都是空的。"大家翻出来一看，果然如此，就不敢再多问，无趣地散开了。"可是你要这么多酒瓶干什么呢？"总管好奇地问。跟小彤合住的好友夏雨正要说，被小彤拽了回去。小彤说："总管，我以后不会了，你就原谅我这次吧。"总管看小彤不愿意说，又看在她为歌厅也赚了不少钱，就不再说什么了。只有夏雨知道，小彤只是想多捡些瓶子卖，贴补生活。其实，小彤只想多攒点钱，等弟妹毕业了，自己就尽快离开这里，去做个小生意，过自己想要的生活。

那日，小彤喝醉了，一觉醒来，她发现自己赤身裸体躺在豪华包间的床上，床跟前一个男人正穿着睡衣喝酒。这不是昨天自己陪酒的那个男人吗？小彤抓着头发边哭边叫："你到底对我做了些什么？你昨天在酒里下了药？"那个男人赶紧捂住小彤的嘴："你说能做什么？你这么大声就不怕大家听见，对你有什么好，不过没想到的是陪酒女还有像你这么清白的。""我要去告你！"小彤用被子裹紧了自己的身体，气愤地说。那个男人晃晃酒杯："好呀，你去告呀，我可是用手机拍了你最动人的照片，你要敢去告，我就发到网上让大家都好好欣赏欣赏我们的陪酒玉女。"说完，穿了衣服，扔了几百块钱，就离开了。小彤呜咽着，可是她还是意识到主管马上要来查房了。她穿好衣服迅速离开了。她一口气跑回自己住的地方，跑到洗澡间打开水，不说话，任凭那水从头上流到脚下。她使劲冲着搓着，希望可以洗掉自己身上所有的污秽。洗澡水混着泪水一股一股落下，不知道洗了多久，她顺着流水慢慢地滑下了身子，坐在了地上，头趴在双膝上放声哭了起来。她想到了死，可是小妹还没毕业呢，她不能。小彤想了想，就拖着睡衣，迷迷糊糊回去睡了。多少杯，换忘过去，醉多少回，方可入睡，千杯不醉，便能忘了所有的痛吗？

第二天，小彤来上班了。天依旧是昨天的天，可是不再那么蓝；酒依旧是昨天的酒，可是充满了苦涩。小彤不再真诚地笑着对待这些顾客，她内心

很平静，平静得像一方冰冻的湖水。她陪客人喝酒、唱歌，只是很少说话，趁醉意上心头，甩起披肩的长发，任由嗓门放纵……

玫瑰心语

人生苦酒，没有人能和你共饮。人生越走越深的是亲情，越走越浅的是爱情；越走越急的是岁月，越走越慢的是希望；越走越多的是年龄，越走越少的是时间；越走越长的是远方，越走越短的是人生；越走越远的是梦想，越走越近的是坟墓；越走越明白的是道路，越走越糊涂的是方向。女人一生总有太多苦水，可以委屈，但不可以堕落。只有不被生活打倒，不放弃自己，美好才会离自己越来越近。

天　地　人　生

　　眼看着时光从指间流走，岁月在世事里消失，谁也不能预料到明天的命运和风景。面对从天上到地下的变化，自己却无能为力，最后就在流年里留下了一些遗憾，因为遗憾而变得明白，生命旅程里从此多了一份对人生真切的体验。

　　新月和爱红是从小一块儿长大的，同村，又一起上了小学、中学、大学，直到大学毕业。她们有太多的相同，但却有最大的不同。

　　新月的父母是农民，所以新月是在省吃俭用的苦日子中开始生活。

　　爱红的父母是国家干部，所以爱红是在锦衣玉食的风光中开始生活。

　　上小学了，新月学习很优秀，爱红也不服输，可是她总会比新月差一些。爱红的公主脾气很大，什么事不满意就不高兴，可是老师是从来不会批评她的，因为她的爷爷是教育局的纪检书记。那次，班里只能派一个人参加县里的舞蹈大赛，老师就报名让新月参加了，可是几天后校长急匆匆地跑来把老师叫了过去，于是，老师报名册上的新月换成了爱红。老师把新月叫了过去，抚摸着新月的头，抱歉地说："对不起，新月，老师知道你很优秀，可是这次名额有限，下次一定让你去。"新月听着听着眼泪就吧嗒吧嗒掉下来了，转过身，她发现老师眼眶也湿了。她以为是自己表现不好让老师伤心了，因为这个女老师平时可喜欢自己了，发苹果时还把最红最大的那个发给自己了。所以没人的时候她更努力地练习着，尽管她没有爱红那令人羡慕的钢琴伴奏，也上不起那些舞蹈学校，可是她很想让自己更优秀。

中学了，团上组织了新团员发言，老师让新月准备一份发言稿，新月很用心地写了一晚上，写好后还仔细改了改，第二天一早她就交给了老师，那天，站在前排的同学都很高兴，因为这些同学是第一批要入团的，所以每个人都很兴奋，爱红和新月就是其中的两位。新团员代表要讲话了，讲话的人是爱红，新月也为爱红高兴。爱红讲了几句，台下就响起了热烈的掌声，可是新月却笑不起来了：这不是自己昨晚写的发言稿吗？散会了，新学校的老师都在啧啧称赞：爱红这个同学的发言真不错，稿子也写得特别好。新月第一次觉得内心酸酸的，很委屈，可是她不敢去问老师。就算她去问了，这个男老师也会说是自己太小气，嫉妒爱红的，索性就不问了。新月回去以后就拼命地学习，她想：只要自己很努力，老师一定会信任自己喜欢自己的。

新月在学习上一直比爱红优秀，她一直想考一个比较好的大学。可是屋漏偏逢连夜雨，新月的妈妈得了肝癌，妈妈平时最宠新月了，新月的情绪变得很低落，高考失利考了个专科，爱红也落榜了，只是没想到两人在新月所报的专科学校里又不期而遇，听说爱红的爸爸已经在教育局当了股长，舅舅升为人劳局的局长了。

三年一晃专科学校的生活就结束了，对于爱红来说，好快，还没玩儿够呢。对于新月来说，日子过得好慢，因为每月的生活费都是爸爸辛苦打工换来的，她多想早一点儿工作帮爸爸分担生活重负。

毕业的那天，爱红的舅舅开着单位的车来接爱红回去，也把新月一同捎了回去。新月从来没有坐过这么豪华的车，她轻轻抚摸着车窗，心里充满了期待：等自己挣钱了，也一定帮爸爸买这样一辆车，让爸爸也在村里风光风光。她把所有的希望都寄托于以后的工作。

爱红家自从买了很大的房子后，已经很少回村了，听说爱红被分到了城里的重点学校做了老师，而新月四处找工作依旧没有着落。在新月走投无路之时，新月以前的大学老师打电话过来，说她可以帮新月推荐工作，在老师的指引下新月参加了县里的一次考试，考好了就能安排工作。柳暗花明好运来，新月靠自己的实力考取了前三名，恰巧与爱红分在一所学校工作了。

在找工作时新月曾到处碰壁，新月终于明白了：在这个弱肉强食的社会仅仅靠能力是远远不够的，可是她不甘心就这样屈服于命运。她更加努力地工作，每天都自学，她希望可以靠自己的努力改变家庭的命运。

新月取得了一些成绩，可是为了取得这些成绩她付出了比爱红多出百倍的辛劳。单位里的领导，同事都喜欢夸爱红，爱红每次都是无奈地笑笑：这些人呀，说的是真心话吗？新月也明白，自己没有靠山，在学校里自己很难超越爱红，同样在工作中就更难了。可是自己除了努力，别无选择。

一年以后，爱红被调到了教育局工作，新月却还在那所学校日出而作，日落而息。

一晃，十几年就过去了。

十五年后，新任的国家领导加强作风建设和反贪力度，听说爱红的舅舅被双规了，她的父亲也脱不了干系。消息一传出，到处议论纷纷，那些嘲笑自己的人中也有不少当初常是甜言蜜语地夸奖过自己的人，真是人走茶凉、世态炎凉呀，爱红受不了众人的指责嘲笑，就递交了辞呈，远走他乡了。

走的那天，新月成了唯一一个送她去车站的朋友。

新月因为爱红的事也是感慨良多，便辞去工作去了北京，听说因为努力成了那里的教育名师。

玫瑰心语

我们这一生，要走很多条路，有笔直坦途，有羊肠阡陌；有春天的风景，有冬季的荒凉。无论如何，路要自己走，苦要自己吃，别人无法帮忙。仰望满天的繁星，回望留下的脚印，我们一直在孤独中跋涉，在寂寞里坚守。只要你愿意走，踩过的都是路；只要你不回避与退缩，生命的掌声终会为你响起。权钱都不是一辈子的靠山，实力才是一辈子的靠山，要想立于不败之地，

最好的办法就是虚心学习，机会只给准备好的人，相信只要是金子迟早会发光的。

红 颜 蓝 颜

她是他的红颜，他是她的蓝颜。

他是她的蓝颜，她是他的红颜。

相信男女之间有真正的友谊吗？我们说不清楚。可是他们却是真正的知己。

小薇，不是那种娇艳的亮丽，她善良本分、知书达理，是个明媚的女子，骄傲的女子，有梦想的女子，不知足的女子，淡淡的女子。

明远，不是那种无理的招摇，他自力更生、勤奋上进，是个帅气的男人，骄傲的男人，有野心的男人，不知足的男人，冷冷的男人。

工作的竞争，生活的压力，紧张的节奏，让每个人都身心疲惫。

小薇和明远偶然邂逅，一生相识，这就是缘分吧。

世界上每个人每天都会相识很多新的朋友，每个人也都有很多的老朋友，可是在这个纷杂的社会，太多事都装在自己内心深处，包括自己的父母、配偶、孩子、朋友都不可以说。当所有的无奈积累久了，在所有的烦恼涌上心头时，谁又不想找个可以让自己放心倾诉的知己，把心中所有的苦水一倾而出？这个值得自己倾诉的人不会图所得，愿意聆听并且完全听得懂，让你觉得心有所慰。

小薇和明远就是那种可以相惜相知的颜色知己。

许多人的所谓成熟，不过是被世俗磨去了棱角，变得世故而实际了。那不是成熟，而是精神的早衰和个性的夭亡。真正的成熟，应当是独特个性的形成，真实自我的发现，精神上的结果和丰收。明远就是这样一个有思想的男人。

对小薇来说，明远不过是个心灵的小港湾而已，累了可以稍做休息，因为这个蓝颜知己只是围城外动人的风景。对明远来说，小薇就是最无奈时的一剂良药，因为这个红颜知己就是自己迷茫时的一盏明灯。

烦躁的生活下，很多话在夫妻间是无法倾吐的，不是不能说，只是说了似乎也没有什么意思，为对方徒增烦恼。生活中要社交的朋友很多，可是有多少人都是利益关系？又有几人可以让你放心说话？明争暗斗的交际网里谁都不敢多说话，因为有共同利益的时候就是朋友，利益发生冲突的时候或许就成了敌人。最终是朋友易寻，却知己难觅。更何况夫妻之间相处得久了，彼此的优缺点都了如指掌，成了最熟悉的人，没了神秘感，也没了距离感，更少了欣赏，于是成了最熟悉的亲人，最陌生的爱人。

而颜色知己就不同了。比友情多一点儿，比爱情少一点儿，介于配偶与情人之间，有精神交流却无肌肤之亲，只添香不添乱。明远是工商局的局长，工作很忙，常常是早出晚归，想起当初为了这么个位子拼死拼活地争来，而今的繁忙，官场的污浊让他无奈而窒息。他多想对着天空大喊：我也不喜欢这样的生活。可是他不能喊，也不敢喊，他要习惯别人虚伪的赞美，卑俗的逢迎；也要学会掩饰所有的不快和压力。他本是一个清高的人，可如今却没有一个展示清高的地方。

而小薇这个知己却例外，她没有要求，没有贪欲，只把他当成最好的朋友。小薇的善良无瑕，无欲无求，让明远的妻子也特别喜欢。所以，真诚的心会换来真正的朋友。

心底无私天地宽。小薇有时也会给他们夫妻讲一些笑话让他们开心。

颜色知己因不是情人所以不会有爱，但没有爱不一定没有情，这种真情是纯净的，不带任何瑕疵，所以也不怕任何诋毁。女人对蓝颜知己更多的是认同和欣赏，有时如兄弟姐妹，有时如好朋友，可以一起去喝酒旅行，也可以唱歌跳舞。因为不是情人，所以特别洒脱无谓，就是风言风语也不会在乎，敢于做女人蓝颜知己的都是侠骨柔情的男人，敢于做男人红颜知己的都是善解人意的女人。所以，这蓝颜知己需要身怀绝技，且要心思纯粹；这红颜知己需要心静如水，知道何时进何时退。蓝颜知己站在女人的爱情边缘，婚姻之外，却能给女人以安慰、以启发、以依靠；红颜知己站在男人的爱情边缘，婚姻之外，给男人以理解、以鼓励、以赞美。颜色知己之间彼此留一点缠绵留一点思念，心心相知却不超越边界，长长久久地做朋友，一生不离不弃。

真正在这个世界，找一个可以信任的知己跟找一个好配偶一样艰难。

有一个红颜知己，是一个男人的造化。

有一个蓝颜知己，也是一个女人的福气。

明远很幸福，小薇很开心。

玫瑰心语

在人生的长河里，夫妻同舟共济已远远不够。善解人意的红颜知己不仅是坐船的，更是撑船的，以自己的睿智给好男人以自由、安全感和力量。懂得取舍的蓝颜知己不仅是划船的，更是掌舵的，以自己的力量给好女人以自信、成就感和自尊。所以，有一个红颜知己是一个男人的造化，有一个蓝颜知己，也是一个女人的福气，一个善解人意抵得过百个国色天香。

"官二代"遇上"白富美"

　　一座大庭院，别墅、赛车、宠物狗，这是茹曼的家，伴着飒飒的秋风，紫藤花架下白颜色的竹板秋千微微飘动，恬静的庄园里一个自由的公主茹曼正荡着秋千。每次茹曼都哼着小曲唱着歌，喜欢把自己荡得很高很高，小狗贝贝也总竖着耳朵卧在常青藤下，欣赏着"妈妈"茹曼的精彩表演。

　　茹曼虽说长相一般，可是身材好，穿着时尚的限量版衣服更显几分妩媚，出门手里提着四万多块钱的包，也算得上"白富美"一族吧，她整天开着那辆兰博基尼四处游玩，一年的零花钱就是三十多万。

　　茹曼的父亲是个大富商，茹曼本人讲义气，又加之家庭条件很优越，所以出手阔绰，朋友也很多，只是跟她交往的也大多是有钱人的子女。一次她开车出去，一路飞驰，开得太快了，和一个骑摩托的小伙子相撞了，事情不大，可是那小伙子却不依不饶，拽着茹曼不让她走。那个小伙子叫永超。茹曼很生气地看着这个比自己还低半头的小伙子，从包里直接拿出一沓钞票，顺着纤细的手指展开成扇形，摇了摇，然后一把摔在永超面前："够赔你的了吧。"永超更火了："有钱有什么了不起，本少爷不稀罕，今天你必须给我道歉。""这还有不爱钱的，有个性!"茹曼扔下一张名片，趁永超不注意，一踩油门就跑了："不服气，到我家来找我。"

永超去店里检修了自己的摩托车，晚上他躺在床上盯着那张名片看来看去，想想还是咽不下去这口气，第二天拿着名片找去了。

不打不相识，经过这么一闹腾，茹曼竟然和永超成了朋友。两人经常交往，茹曼在永超的身上看到了那些富家子弟少有的骨气，就慢慢地喜欢上了这个男孩子。永超最值钱的物件就是他那辆摩托车了，他喜欢骑着自己的车和茹曼去兜风，有时也带茹曼回家来做客。永超的父母都是工人，看到两个孩子越来越亲近的样子，他们以坚决不同意的口气提醒着自己的儿子："超儿，那种女孩，养尊处优，咱可高攀不起，你可别有那心思了，做朋友可以，当儿媳妇不行。"永超说："爸、妈，你们想哪儿去了，那疯丫头我只当妹妹看。"说完就骑着车跑了。

茹曼知道，就算自己喜欢，可是父亲知道了也是绝对不会同意的。父亲和母亲给茹曼相中了一个对象，市银行行长的儿子——刘波。刘波长得虽然比茹曼矮点儿，但靠着父亲的关系也在父亲底下的分行上班。刘波性格不像他父亲那样锋芒毕露，因为他是个慢性子，一直娇生惯养缺乏锻炼，什么都听父亲安排，工作能力自然比父亲差远了。茹曼在父亲的强迫下和刘波在海上公园举行订婚礼，舞会很热闹，有高档酒宴还有节目表演。那天，茹曼捎信让永超来，其实她是想让永超帮助自己逃婚，永超却以为茹曼是邀请自己参加她的订婚礼，毕竟是朋友人生的一件大事，自己又这么讲义气，就骑着摩托车来了。一路赶来，还没等车停稳，茹曼就一把抢过永超手中的车钥匙骑车跑了。永超只好跑着要追去，眼下茹曼的父亲却紧紧拽住永超的衣服说："原来是你小子捣乱，以后离我女儿远点儿。"说完，嘴边的两撮小胡子都气得翘了起来，他扔了一撮钞票，也追了出去。永超莫名其妙地受了一顿侮辱，受了委屈还丢了车，他再也不想理茹曼了，就闷闷不乐地回去了。回到家，没想到茹曼却早一步跑到了自己家，看到永超，她实在不想嫁那个刘波，非让永超把自己留下来。永超正在气头上，冲着茹曼大吼："自从遇见你，我就一直在倒霉，你知道吗?"无论茹曼怎么央求，永超都不答应。突然，听着门外有人敲门，茹曼蜷缩在门后哀求说："听声音是我父亲，求求你了，救救我。"情急之下永超说："那你先躲到柜子里，但是你父亲走了，你必须马上离开。"可茹曼待了一整天还是不肯走。十天过去了，永超害怕这样下去，迟早会被茹曼的父亲发现，就偷偷打电话给茹曼父亲。

茹曼被父亲带走了，走的时候她还一直回头骂永超："你这个叛徒，告密的叛徒。"

茹曼上次突然离开，父亲很生气，这次回来就把她看管得更紧了，还说要一直看到茹曼结了婚为止。茹曼对父亲说："结婚可以，但是我们要和你们大人分开住，你们只为你们联姻，好做大生意，从不管我们的幸福。"父亲无奈地答应了，茹曼和刘波另买了一套别墅开始生活。"官二代"娶了"白富美"，亲朋好友都羡慕得不得了，都说人家这才叫门当户对呀。当地人也传着，有人羡慕，有人嫉妒，有人恨。

茹曼过惯了小姐生活，什么委屈都不愿意受，比以前的生活更奢侈了。有一天，刘波的父母趁周末来看看孩子，一进门就看见茹曼正伸着脚让刘波给自己按摩。婆婆一下就火了，对着老公就吼："都是你，说什么要门当户对，现在娶这么个富家千金来让我儿子伺候。"刘波的父亲自己这辈子也没受过这份罪，更觉得丢男人的脸，他也很生气地说："茹曼，你这还像当妻子、当儿媳的样子吗？"茹曼站了起来："我就这个样，你儿子愿意呀，我在我们家就是什么都不干。"刘波爸爸气得直喘粗气，刘波妈妈拉着老公要离开，刘波拉也拉不回来。

出门时，刘波妈妈一直叨叨着："不行就离婚，一点儿家教没有。""你胡说什么呀，离婚我们家的脸面往哪儿搁，何况我投给亲家的好几千万还没收回呢，以后别再说这话了。"刘波的父亲说。

茹曼不是真的做不好，她只是不喜欢刘波，更在心里恨着包办婚姻的双方父母，所以想着法地捉弄刘波以激怒双方父母。刘波起初还能忍着，最后实在忍不了也就发火了。毕竟刘波也是从小被娇惯着长大的，什么都没做过，后来为了茹曼已经在努力尝试着做家务了。家里的条件是完全可以雇得起保姆的，可是茹曼偏不让保姆做。那天正午，天气很热，茹曼突然很想吃牛排，非得让刘波马上给自己煎牛排，结果刘波一不小心，手被烫烂了，等做熟了，他忍着疼痛端了过去，茹曼又改了主意不想吃了，刘波再也不能忍受，摔掉手里的盘子，搬出去住了。

玫瑰心语

为了利益，为了面子，这些父母往往官官联姻，官商联姻，商商联姻。自古以来，讲究门当户对，不无道理。但是却不能够理解，门当户对不是仅仅理解为财富的相对，权力的相对，更包括孩子心心的相对，学识的相对，彼此对爱的能力的相对。

春儿的小姐生活

没了妈妈的孩子，就像撒欢的鸟儿，自由、疯狂。

春儿小学毕业就不去上学了，十五岁的时候，春儿就把刘海里的一撮头发染成了红色，她学会了抽烟、打牌，跟着男孩子到处乱跑。

春儿和父亲住在一家单位的旧房子里，两排单人房相对的中间夹着一条狭窄的过道，两个人走过都要相互侧一下身子才能挤过去，有时候，天阴沉了，楼道深处黑乎乎的，一着急就会碰个脸正着。

春儿的妈妈很早就死了，是后妈和父亲把自己带大。后妈进门的时候，春儿六岁了，后妈还带来了前夫的一个比春儿大两岁的哥哥。春儿的爸爸光头高个，没有正式工作，但是很会拍马屁逢迎人，所以在镇子上两个小单位里做个临时工，工作虽不显眼但也赚钱不少，基本上够养活一家老小了。后妈高高微胖，是个聪明机灵的人，所以很能笼络父亲的心，父亲把挣来的钱全给她们娘俩花。后妈是个很爱清洁的人，她不许春儿把衣服弄脏，春儿还小的时候后妈就要求春儿必须自己的事情自己做。父亲从不说什么，一是怕惹后妈不高兴，二是父亲从内心也是认为这都是对孩子好吧。刚结婚，后妈想着法地换花样做饭，父亲爱吃什么她就做什么，所以父亲很喜欢这个女人，就信任地把家里的大小事都交给这个女人管，这以后很少有心思放在自己亲生女儿身上了。后妈让自己的儿子上了最好的技校，每周都会寄钱，或者做最好的菜托付熟人给自己的儿子捎去。春儿还小，根本不知道是非对错，她在外面干什么，后妈也从不过问，所以她们之间也一直相处得很平静。春儿就算钻在网吧一夜不归，除了父亲有时候会训自己几句，聪明的后妈是从来不训自己的。那个时候的春儿，还特别感激这个后妈，虽然不怎么疼自己，可也不怎么干涉自己。可以放纵自己玩，比起那些一放学就被妈妈关在屋子里写作业的笼中鸟似的孩子，幼稚的她觉得自己更快乐。

常常去游戏厅上网，春儿在那里认识了一个也爱上网的男孩子，她和那个男孩子偶尔住在一起，发生那种男女关系以后更是常混在一块儿。那天，后妈打扫屋子，发现了春儿带血的裤头，拿到春儿父亲面前就理直气壮地责备开了："你女儿干的好事，看看整天都在外边干些什么。"父亲在外也算个小人物，吆五喝六的，这会儿也觉得自己理屈似的一声不吭，拿着女儿的衣物去外边洗了。他心想：春儿这么不争气，看来这辈子要靠妻子的儿子养活了，所以对后妈和后妈的儿子更好了。

春儿的哥哥毕业了，后妈拿了家里所有的积蓄给她的儿子托关系找了一份好工作。后妈本来就对父亲没有多少真感情，只是迫于生活压力跟了父亲。知道家里现在没有什么钱了，就不想再理春儿的父亲，执意要出去打工挣钱，只要父亲不在，后妈就会一夜都不回来。总之，后妈挣了很多钱，都自己悄悄攒了起来。听别人悄悄传，后妈在酒店里干的就是小姐们的营生，只是比那些年轻的女孩挣的钱会少些。

春儿，十七岁了，自从父亲不再给自己钱花，那个男孩就离开了春儿，春儿没了经济来源。

春儿又认识了一个四十岁的男子，人们称他蛇哥。蛇哥对春儿说："你读书不行，人又长得这样靓，整天打游戏岂不是糟蹋了青春时光？"那时春儿身高一米七四，细腰丰臀，正如一朵含苞欲放的花，蛇哥把春儿带到了一家美容院，再转到一家按摩房，最后，成了一家赌场的洗牌小姐。春儿高挑靓丽，手指细长，化上冷艳的妆，在晚上，似一只艳丽的黑蝴蝶，对于赌客，春儿面无表情，只负责发牌。

认识高飞，就是在牌场上。见惯了大起大落，见惯了那些输了钱呼天抢地的男人，高飞的不动声色给春儿留下了太深刻的印象。高飞的确是个抢眼的男人。他一身黑衣，加上一副酷酷的墨镜，冷冷的表情，整个人看起来一片寒凉。春儿觉得，高飞比蛇哥心还狠，越是看起来平静的人，越是能起波澜。那天高飞和那帮人赌到后半夜，高飞输了好多钱，足有十几万，可他很平静，抽着雪茄，不时地看上春儿一眼。春儿的淡定让高飞内心波澜起伏，散场之后，春儿独自打车回家。在等车的时候，一辆汽车缓缓停在春儿的身边，说话的人是高飞，他摇起车窗，让春儿上车，口气是那样的不容置疑，春儿无法抗拒这个有魅力的男人，只是还有些犹豫。

高飞见状，走下车来，一把把春儿拉上了车，然后，疾驰而去。春儿做了高飞的马子，那年春儿才十九岁。那是春儿最无忧无虑的一段日子，高飞不许春儿再去赌场发牌，也管着春儿花钱。春儿只是常常跟在他的身边，去打高尔夫，或者出席宴会，高飞是生意人，搞房地产，他身边有很多女人，春儿不是唯一的一个，但他就是喜欢带着春儿出去潇洒，春儿一直以为自己只是一厢情愿，高飞并不是真心爱自己。因为高飞总是不屑地对她说："马子，来，让我拍拍屁股。"春儿总是媚笑着迎过去，因为她爱这个男人。如果高飞乐意，他还会让他的生意伙伴也来拍春儿的屁股。所有的人都说，春儿不过是这个男人的点缀，可是只有春儿知道，她是真的爱这个男人，只要能让她陪到高飞身边她就很知足了。就这样，一直到高飞被抓进去，春儿纸醉金迷的生活就结束了。高飞被人算计公司破产了，被税务机关查处。后来也牵扯出他发迹的资金，听说好多钱都是通过非法渠道得来的。在得知自己将会有牢狱之灾后，高飞把公司解散了，进去之前他告诉春儿："你好好找个人生活下去。"就头也不回地离开了。

高飞被判了十几年，春儿一没有文化，二没有技能，又从没下过苦。为了生活，她就在高飞一个哥们儿的介绍下做了小姐，靠卖身生活。做了卖身小姐的人，就再也没有什么自尊可谈了。春儿只认识那一张张红红的钞票，如果你还要保持尊严，那就真的活不下去了。这些人居无定所，为了避免遇

80

见熟面孔，她们常常会换着地方跑，每星期有了闲暇时间她就去小诊所里打上几天先锋霉素来保护自己。日子在这样的往复中度过。

那次，她去接客偶然碰到了自己的后妈，春儿赶忙躲了回去，原来后妈也像自己一样，做着这不可见人的营生。只是见了那一次，以后却再也没看见过后妈的影子。后来只听说自己离开后，后妈卷走了父亲所有的钱也匆匆离开了，父亲孤零零一个人，每天过着被人追债的生活。

偶尔，春儿会抽时间带些东西去看守所里看高飞。高飞很感动地说："自从我出事后，所有人都不理我，从来没有人看过我。春儿，你为什么不听我的劝，还不结婚呢？"春儿说："因为我喜欢你！"高飞强忍着眼泪："我要是出去了，我一定娶你。"春儿泪眼盈盈，这个世界终于可以有一个男人是真心对自己了。

高飞因为表现好，被提前一年放了出来，春儿不知情。高飞跑遍大街小巷去找春儿，得知春儿又做起了卖身小姐的营生，他大发雷霆，歇斯底里地大吼，从酒店把春儿拽回了家。一路上，春儿胆怯地不敢说话，只能像只无奈的小鸡似的，被高飞抓着走，她低着头，不敢看高飞的眼睛，好像只要正视一眼自己就会马上死去。

十几年的监狱生活高飞更显苍老，年纪大了又从监狱出来，高飞一直找不到工作，压力很大，精神与物质的双重压力下他瘦得如一只皮包骨的骆驼，最后就病倒了，只能躺在床上。为了给高飞看病，春儿又做起了自己最不情愿的以前的营生。

连续几夜，春儿都很晚回来，高飞就瞪着春儿说："你是不是又做了。"说完，就连续地咳嗽，吐出了一摊鲜血。春儿泪流满面地说："我情愿，只要你爱我，我什么都可以去做，别说当鸡，当鬼我也去。我一定要治好你的病。"两人抱头痛哭。

当春天来的时候，高飞的病已经慢慢治好了。可是春儿却留了张纸条就不见了。

高飞到处去找，找到春儿的时候，春儿已经死了，静静地躺在老家的旧屋里，身体如一朵枯萎的莲花，听警察说，春儿虽是服药自杀，但是在尸检中发现她已经患上了艾滋病。

高飞把春儿葬在她亲生母亲的坟旁，这是一个开满蒲公英的小山坡，向阳温暖，高飞希望她的母亲可以守护着她，让春儿不再寂寞。墓碑上清楚地写着：爱妻春儿，高飞敬。

高飞不说话，只看着一朵朵已成熟的白色蒲公英花慢慢散开、远飞……

玫瑰心语

好多人的人生，就是在这样矛盾和纠结里度过。爱并不是一场在一起的游戏，爱恰恰是种挂念而不得不离开的痛楚，无论你遇到什么事，时间会告诉你一切真相。有些事情，要等到你渐渐清醒了，才明白它是个错误；有些东西，要等到你真正放下了，才知道它的沉重。春儿的真情是让人感动的，她可以责怪一切，但无法原谅的是自己选择的生活方式。春儿一直以为，她没有对不住任何人，但到死也不明白，其实她最对不住的就是她自己。

女大学生村官

从 20 世纪 90 年代中期开始，大学生"村官"从无到有，到快速发展，经历了长时间的积累发展过程。

2010 年，省里公开招聘大学生"村官"，余凤娇被聘用，担任了平安村的村主任助理工作。余凤娇戴个黑框眼镜，扎了个马尾辫，看着就有学问。父亲听说余凤娇要回到村里来，都气病了，在床上躺了半个月。母亲就埋怨起凤娇来："这孩子这么多年的大学算是白上了，放着博士不考，回来当什么村干部，这村里的事她能干吗？"余凤娇总是笑嘻嘻地劝着母亲。她知道现在说什么父母都不会高兴的，只有干出点儿成绩，才是让爸妈信服的根本。

余凤娇喜欢自己的家，喜欢呼吸农村自然洁净的空气。清晨，推开家里后院的门，青色的山在淡淡的云雾缭绕中呈现在自己眼前。随着晨雾的退却，山的轮廓愈来愈清晰。青山绵延，横亘百里，山势不高，却也起伏，层次分明，好像慢慢在向自己走近。近处的庄稼地边，一排篱笆引得一些鸟儿纷沓而至，在依山傍水的田园里叽喳私语，享受着和风的沐浴。

这多少年了，村里的干部都是年龄大的大叔们担任，除了妇女主任，都是男的。现在一个毛头娃娃参与管理，还是个女娃娃，干部们就没拿她当回事。以前好多事都是村支书李大爷一个人说了算，现在要和一个小辈一起工作，心里特别不舒服，他想：这些娃娃上了几天大学就了不起了，当助理太轻松了，得给她多分配几件难事干干，也给她个下马威，让她知道这农村工作也不好干。

大虎刚生下来就夭折了，留下二虎三虎是亲弟兄俩，可是自从父母去世后，兄弟俩就为了这个位置好的宅基地争了好几年，弄得是谁也盖不成房子。因为这个宅基地处在街面上最红火的地段，当然谁都不肯让，就算是再划个新宅院，都没人乐意要。虽说这纷争的院子是个好地方，可是没盖房子一直空着，也就失去了它的实用价值和经济价值，整个街道看起来也不雅观，影响村容村貌。村委会就让余凤娇去处理这件难缠的事情。

凤娇去了三虎家没说好，她又去找二虎商量，凤娇刚进二虎住的地方，一听说是谈宅基地的事，二虎媳妇就气不打一处来，这都说了好几回，也没说出个名堂来，端了一盆水就泼了出来。这凤娇还没说一句话就弄得浑身湿淋淋的，她哭哭啼啼地就回到了村委会办公室，气得也不吃午饭，一个人趴在办公桌上哭着。老支书笑着说："娃娃，你们这些大学生是干不了村里的事的。"听老支书这么说，凤娇更委屈了，哭得更大声了。可是一觉醒来，第二天一早她就跟啥事都没发生一样，高高兴兴地来上班了。她昨天想了一夜："这才刚来几天呀，不能就这样打退堂鼓放弃了，让村里人笑话。"这回余凤娇仔细多了，她先去找村上以前给他们调解的干部了解具体情况，然后把这个街面上商户这三年的盈利列了个表，最后才拿去给二虎和三虎看，一次不行就去两次，去了十多次，终于感动了二虎媳妇。她让二虎媳妇看了那张表，说："你看吧，你们弟兄俩再这样耗下去，这三年下来得少挣多少钱呀，这耗下去也不是个事，还不如各让一步，早盖房早收入。"二虎媳妇觉得说得在理，说："那只要三虎同意让一步，俺就同意让一步。"凤娇又去三虎那里劝说了，来来回回二十多次，最终让兄弟各盖一半解决了老难缠的问题。为了让他们尽快化解矛盾，凤娇还给他们申请了一万多元的住房基金。房盖起来了，二虎租了出去，三虎家自己开个小饭店，兄弟俩都挣了钱，心里特别高兴，非要请凤娇吃个饭，凤娇说："饭就不吃了，我请你们吃饭，庆祝你们兄弟和好了。"二虎和三虎都不好意思地笑笑："这小姑娘，可别再提了。"

没想到凤娇持之以恒把这个老大难问题给解决了，村干部们开始对这个小姑娘刮目相看了。

凤娇吃一堑长一智，她懂了要解决问题，先要取得大家的信任。她看村里的好多人少半年时间都闲着，不是窝在家里打牌就是闲逛。她马上成立了一个"半边天"舞蹈队，希望可以丰富大家的业余生活。为了组合这个队伍，她先从那些爱跳爱唱的妇女入手，家家户户去动员，苦口婆心地劝来了六个人。她自己找了大电视和碟机，带了自己的音响，放在广场上让大家练习。为了帮助大家早一天学会，她就自己先通过网络在单人宿舍里学，学会了再教给她们，这样会节省大家的时间。为了帮助她们回去再练习，余凤娇就自己掏钱买了碟片给她们用，大家学习的积极性很高。一个月过去了，这六个人跳得有模有样，看她们跳得那么好，村里好多妇女又来报名了，队伍越来越庞大，"三八"节还在县里的比赛中获了奖。妇女半边天，自从获了奖，大家信心百倍，都愿意听这个小丫头的安排，还口口声声说："年轻人有魄力呀，这大学生就是不一样。"

大学生"村官"聘期为两年，好多大学生在农村待不了几天就离开了，可是凤娇她不愿意走，她跟乡亲们都处出了感情。凤娇本人提出了续聘申请，经乡镇党委初审，县级组织、人力资源和社会保障部门审定，签订续聘合同继续留村工作，后来经过民意选举还做了村支书，老支书李大爷就退了。怕李大爷难过，凤娇会经常去看他，开始李大爷还不愿意理凤娇，日子久了，就被这闺女感动了，还常常帮凤娇出个主意，这样凤娇在工作上少走了很多弯路，毕竟李大爷的实践经验多。

当了村支书，凤娇就觉得再这样小恩小惠、小打小闹是不行了，得实实在在带着大家致富。这个村以农副产品销售为主，凤娇申请了大学生"村官"创业资金，又贷了款创办了农副产品小型加工厂，村里逐步实现了自主发展，很快就解决了剩余劳力的问题，也使农副产品走上了产业化道路。她还亲自去外地参加学习，给大家带来了新的品种，并亲自参与实践锻炼，帮助大家在实践中学习知识。

　　厂子越办越好，村里的水果也取得了品牌效应。村民们的腰包鼓了，修了路，改建了学校，建设了娱乐休闲广场。现在是城里人羡慕农村人了。李大爷年纪越来越大，可是有了这农村医保，看病不发愁，他身体也硬朗了许多。他看到凤娇爹就说："这党的政策好，大学生当干部，行！可别小看了这些年轻娃娃、女娃娃，凤娇就是个例子。"凤娇的父亲笑笑："是啊，没想到这娃还挺有能耐。"

　　凤娇被评为了"中国十佳大学生村官"，永远扎下根来，她喜欢上了那黄黄的土地、绿绿的树、一片片丰收的庄稼。余凤娇知道自己已经离不开这个村了，这里就是自己的家，在她心里，农村是个最广阔的天地，村里人就是自己最亲的人！

玫瑰心语

　　是金子在哪都会发光的。女人要大胆地放开思路，突破自我的思想局限，选择自己喜欢并擅长的事业，工作也可以很快乐。成大事者永远是那些信任自己的人，有独立见解的人，持之以恒的人，敢于挑战的人，勇于创新的人。智慧和魄力兼具的女人，也能巾帼不逊须眉，干大事成大事。

隐　　婚

　　像这么大的公司，是多少年轻人向往的地方，但可不是每个人都有这种就业的机会。

　　汪雨晨是个很优秀的女人，灵动的双眼写满自信，漂亮的西装与娴熟的工作技能并驾齐驱，她是销售部门的总经理，因为业绩好深受公司高层的赞赏。汪雨晨对下属的严格却让底下的人有点儿惧怕：职员们都暗自叫她"冷美人"。只要她不在，女下属们就会悄悄嘀咕："这么冷酷，怪不得到现在了还找不到男朋友呢。"男下属们就马上反抗："人家是眼光高，事业型美女，谁像你们这些小职员就知道整天谈情说爱。""看看你们这些男人，就知道帮着冷美人说话，顶什么用，反正好事是没你们的份。"女下属们马上反驳。男下属们哈哈大笑。"别说了，快做事，冷美人来了。"不知谁吆喝了一声，办公室里马上变得静悄悄。

　　汪雨晨老远都会听见大家议论自己的声音，只是作为上司能说什么呢，她只装着听不见。大家哪知道汪雨晨的苦恼呀，汪雨晨心想：也难怪大家议论了，工作上她是对大家要求很严格，可是感情的事倒真不像大家所说的那样，不是自己眼光高，只是还真没碰到一个让自己喜欢的人。

有一次，她想给公司招一个做广告的摄影师，经朋友介绍认识了赵一天。赵一天扎着头发，穿着一身时尚的休闲装，俨然一个时尚男。看到眼前这个长发飘逸，穿着白衬衫，黑长甩裤的高挑女人，赵一天怔了半天，眼珠子都快蹦出来了，心想：让这个女人做我的模特那可就绝了。朋友急忙拉了拉正出神的一天，让他坐下，他才缓过神来，谈起了与汪雨晨公司合作的事情来。几次交谈中，汪雨晨也慢慢喜欢上了这个心中只有艺术的纯粹男孩。可是，自己比这赵一天要大八岁呢，她不知道赵一天能否接受姐弟恋，内心还是有些顾虑。

在公司与赵一天的合作就要结束的时候，汪雨晨与赵一天两人也熟悉了，就相约一块儿去金和酒店吃饭。汪雨晨害怕因为自己的太过谨慎，再错过这个让自己心动的男孩子，就鼓足勇气表白了。赵一天也很激动地说："我也喜欢你，可是我喜欢天涯海角去摄影，还不打算结婚呢，你愿意吗？"汪雨晨说："只要我们真心喜欢，无所谓的。"激情热恋中，汪雨晨和赵一天同居了。

有了爱情的滋润，汪雨晨容光焕发，两个小酒窝窝进去的是甜甜的笑意，原来爱情的滋味让人有飘然的感觉，汪雨晨打心窝里的幸福。去上班了，走在办公楼楼道里，听到公司里的员工都在议论："太阳打西边出来了，这冷美人也有笑容了。""这美人咋变得这么和蔼了，是不是谈恋爱啊。""不会呀，也没见她男朋友来过呀，肯定是个商业富男。"无论大家说什么，她都不在意，更不会像以前一样发火，因为她心里是甜甜的。

此后，赵一天就搬进了汪雨晨买的房子里，汪雨晨不让赵一天去公司找他，她暂时还不想让同事知道自己有男朋友了。

汪雨晨的妈妈是省人大代表，什么事都要面子，工作也很忙，经常会开会和调研。这次她借着开会的机会顺路过来看看自己的女儿。发现女儿的家里有男人用的东西，就绷着脸叫喊正在洗漱的汪雨晨出来："怎么，有男朋友了？这个男人是干什么的？在哪个部门上班？父母都是干什么的？他没有房子吗，怎么住你这儿？""妈，你大老远过来就是来审讯我呀？"汪雨晨嬉皮笑脸地说，"你一下子问这么多，我怎么回答呀？"汪雨晨妈妈一脸严肃地说：

"我可不是跟你开玩笑的，你说说他到底是干什么的?"汪雨晨看妈妈着急了，就说:"您别生气嘛，他虽然年龄小点儿，现在是没房没车，可是我有呀，我们是真心相爱的，等他以后有了自己的摄影工作室就好了。""什么，你等这么多年就是为了找一个比你年龄小的，还这么不靠谱的。行，你们相爱，那就等他干出了大事业，开了工作室你们再说吧。"妈妈气愤地离开了。

汪雨晨看到妈妈生气，心里也不舒服，她知道妈妈是为自己好，其实与赵一天同居一年多了，赵一天一直不提结婚的事，这让汪雨晨心中特别没有安全感。虽然她工作上有些强势，可是她也有女人柔弱的一面，她也想有个温馨的家，有个男人可以保护着自己。赵一天只知道四处跑，她得让自己喜欢的这个男人收收心了，她告诉赵一天:"我想结婚。"赵一天一听这话惊讶得跳起来，差点儿摔个跟头，后来看汪雨晨一直哀求自己，想想这两年来也是汪雨晨一直帮助照顾自己，才退让了一步，勉强答应了。汪雨晨告诉妈妈自己要结婚了，她原以为这个好消息会让妈妈高兴。没想到妈妈说:"我不同意，你们要结就隐婚吧，我女儿这么优秀，找这么个没房没工作的人，亲朋好友怎么看，我脸往哪儿放呀，你的同事们怎么看你呀?""妈，你就知道你的面子，不就是你太好强，爸爸受不了才离婚的呀。"汪雨晨说。妈妈叹口气说:"我是好强爱面子，可我就是不想让你走我的老路，才希望你可以找个靠得住的有本事的男人。"妈妈扔下一个存折就离开了。汪雨晨知道自己性子太急了，这么说话伤了妈妈，其实妈妈也是为自己好。

汪雨晨和赵一天去民政局领了结婚证，过起了隐婚的生活。

妈妈虽然很生气，可是心里还总是牵挂着女儿。这些年她当干部、当人大代表从没私下求过人。这次为了女儿，她破例去恳求了市委的一个朋友帮忙:让赵一天去宣传部上班。

妈妈背着女儿和赵一天见了面，意外的是赵一天根本不领情，他喜欢自由的生活，不喜欢从政，就喜欢自己的艺术，希望有一天可以一举成名。汪雨晨妈妈语重心长地说:"雨晨为你牺牲了那么多，却连个像样的婚礼都没有，你就不能为她委屈一下自己吗?"赵一天这才答应回去好好想想。

汪雨晨和赵一天过了五年的隐婚生活。没有婚礼，没有祝福，裸婚开始，隐婚生活，回到家是夫妻，出了门就如陌生人，谁也不会知道他们还是夫妻。

三十六岁的汪雨晨累了，她想要生个孩子，在汪雨晨的一再说服下，赵一天答应找一份和摄影相关稳定的工作去干，但绝不从政。

终于，在隐婚六年后，他们拨开云雾见太阳，可以光明正大地牵着手走在大街上了。

玫瑰心语

爱你，却不能与你长相厮守，这是一种痛苦；等你，却不知道结局，这是一种无奈。"爱"其实，有时候表现为"成全"，如果，单飞是一种勇气，而双飞就是一种默契，那么，当默契还没有达成时，我们就需要一点耐心和勇气。那是一种恒温，永远都不会沸腾和冷却的感情：轻松而自由；平淡而简单；纯洁而理智。"爱"不是牺牲，不是交换，也不是占有，它是完全毫无保留的奉献和宽容。"爱情"的最高境界，本不是生死相许，而是彼此奉献！

女人何苦为难女人

有这样一个笑话：

一个小女孩打电话到电台想给妈妈点首歌。

主持人：为什么要给妈妈点歌？

小女孩：妈妈每天上班都很辛苦，礼拜天还不能好好休息，要找各种练习班给我。

主持人很感动，说她很懂事，是妈妈的好孩子，于是就问："要点什么歌呢？"

小女孩："女人何苦为难女人。"

听了这个笑话我们常常在笑，可是当我们笑过之后，我们或许会明白有时自以为该如此，强加给别人的一些事却会给别人造成深深的痛苦。现实生活中，大多都是女人在为难着女人。

我们难以想象：一个挚爱自己丈夫的女人在面临丈夫背叛时的刻骨铭心的痛，而敏真的是碎心的痛，痛到了发狂的地步。当她看到丈夫回到家那疲悫的身影，她就有一种想杀掉眼前这个男人的冲动，这个自己最爱的人为什么都不想看自己一眼呢？于是敏把所有的过错全归咎于另一个女人身上，也包括对眼前这个男人的所有怨恨。可是她就算恨到骨子里，她还是舍不得伤害这个自己曾经深爱的男人。有一天，她找到了那个女人雅。

雅是个智慧而贤德的女人，她与敏的丈夫柯相识是在一个夏日的午后：那天，柯因为应酬多穿梭于酒店中，头都快昏了。低着头急匆匆赶往酒店门口去迎接客人，一不小心撞到了正赶着参加朋友婚宴的雅，两人相互致歉后便匆匆离开各自忙自己的事去了。在离开酒店之时在停车场两人又相遇了。柯不好意思地说："刚才真的很抱歉，我是做家具生意的，欢迎光临，打最低折噢。"并随手递过来一张名片。雅接过名片端详了一阵儿，微微一笑："我正装修呢，有时间我一定去光临。只是我在中心医院上班，我可不欢迎你常来呀。"说完，两人相视大笑。车子在人群中缓缓驶远……

两人再次相遇是在三个月后，柯去医院看病人，碰到了雅，雅很快在医院帮柯找到了自己要看望的那个朋友。柯为上次的事还有些歉疚又因这次雅的帮忙，就邀请雅吃了顿饭，两人很快就成了好朋友，偶尔需要帮忙了也会打个电话。

有一次，雅打的电话记录被敏看到了，敏很生气，就亲自找到雅的单位去质问雅。敏看到眼前的这个女人：白皙的脸，一双大而明晰的眼睛好像透着天空尽头的深邃。尽管雅的衣服被白大褂遮着，看到的只是一张脸，但这张脸上那种由内而外的神韵仍让人心生妒意。

敏或许只是一时冲动想来问问，可是这个医生的美让她彻底质疑一切，雅解释的什么其实她一句也没有听清楚，也不知道自己都斥责了些什么，只是觉得大脑在嗡嗡作响，气愤，气愤到有话说不出，留下嘴唇在微微颤动。

雅是个善良的女人，尽管她很生气，可是她忍了，没有将此事告诉柯。她想：尽管自己没有心生邪念，但她仍为对柯的一点儿好感而深感歉疚，但转念一想只要自己以后不要再跟柯联系就行了。

一个月后，柯去办事，在公交车站一眼就看见了雅。他使劲地喊："雅，雅……"雅似乎没有听见，依然穿梭于人群中，柯有些失望，这时，一辆汽车疾驰而过，差点儿撞上了奔跑的柯，柯垂头丧气，今天真是扫兴，他心里一阵慌乱，很快就回家了。敏看到柯从外面回来一副不高兴的表情，更不舒服了，她又提到了雅，两人因此大吵了起来。敏在争吵中一激动提到了找雅的事，柯更愤怒了，装上打火机，拿了外套便扬长而去。

一个月的分居冷战，柯更因敏的无理取闹而对雅深深地抱歉，他决定找到雅解释清楚。他打了无数次电话，好不容易说服雅一起吃饭，为了避嫌他们找到了一个人多的大众餐厅。正聊着，敏直扑过来，原来二人早被跟着的敏看到了。敏这一推，雅碰到了桌子，鲜血顺着绿色的纱裙直流而下，敏又惊又恨。没等她缓过神来，柯已经推开敏，抱着雅直奔医院了。

雅因此流产了，雅和丈夫一直想生个孩子，可是医生说以后雅已经再难怀孕了。我们不知道雅以后的生活会有多大的改变，只知道雅因为敏的为难而受到了莫大的伤害，本来她还曾为自己对柯有的一点点好感而歉疚不已，可是此刻她谁也不想再理了，尤其是这个伤害自己的敏。

女人是水做的，美而易碎；误会似魔，伤人骨髓；同为女人，需要宽容；是女人，请不要为难女人，只有爱多了才会融化了恨。

哑　　媳

她是个哑巴，最漂亮的哑巴，最聪明的哑巴，她叫樊玉清。

玉清天生就是个哑巴，白皙的皮肤，胖胖圆圆的脸蛋，长长的睫毛半遮着大大的眼睛，眼睛里透着灵气，活脱脱的一个天使娇儿。如果你不问她什么，还真看不出她是个哑巴。

她很小的时候就穿着整洁大方，不允许她自己身上有一点儿脏兮兮的东西。玉清十岁就会踩着小板凳蒸馍做饭，每天早晨，她起床的第一件事就是打扫院子，然后将屋里屋外擦拭得干干净净，还会给妹妹喂饭吃。每次妹妹穿得邋邋遢遢，她都会生气地指着妹妹，嘴里"啊啊"地叫着，意思是要妹妹必须把衣服马上换掉。然后她就会飞快地跑到水龙头前，帮妹妹把衣服洗干净，望着天空大雁飞过，看着铁丝上自己所洗的衣服，她会甜甜地笑着，她的眼睛，她的心都如蓝蓝的天空一样澄澈。她的心纯净得就像一面镜子，看不到世间的任何污浊。

小区里的孩子很多，可是没有人像这个姑娘这般懂事。每次大家夸她的时候，妈妈就很心痛：玉清包揽了家里所有的家务活，她心里什么都懂，就是可惜了，不会说话。妈妈也曾把她送到过医院，医生说，像她这种先天性的根本就治不好，后来妈妈也就只好作罢。

玉清不允许一些孩子欺负另一些孩子，她会做个很好的仲裁者让她们和好。玉清也喜欢把自己的好吃的拿给大家分享。她永远像个大姐姐一样照顾着其他孩子。殊不知，在这个世界上她也是一个更需要别人关怀的人。

玉清很快就长成一个落落大方的女孩子，她心灵手巧，还会裁剪衣服和绣制十字绣，小区里没有人不喜欢她。再好的姑娘也要出嫁，玉清要离开我们大家了，大家都恋恋不舍。玉清要嫁的小伙子刘哲家里条件还算好，父母在城里开了个商店，不过也是个半哑的人。给玉清介绍了那么多对象，玉清单选刘哲，不是因为他的家里条件好，是因为他不仅聪明也勤劳肯干。

结婚那天，玉清像其他女孩子一样欢欢喜喜地穿着红妆踏上了花轿。

看着他们离开，我心里还有些莫名的哀伤，这以后两个哑巴在一起可怎么生活呀？朋友说："不用担心，像玉清那么能干一定没事的。"玉清出嫁后，小区里的孩子都觉得挺没意思的，有她在的时候大家心里多温暖呀。

玉清是个很有礼貌的孩子，再次见到她，她已经有了自己的孩子，孩子长得耳聪目秀，吃着小手"呵呵"地笑，像她的妈妈一样漂亮有灵气。也许上帝真的是公平的，他让你在某些方面有所失，一定会让你在另一方面有所得。玉清看到我很亲切，她永远是那么真诚而热情，非要拉着我去她的家看看。她用手指给我比画着，有的我听得懂，有的我听不懂。但我明白，她很开心，她要告诉我她这些年的所有幸福。在她眼里只有对所有幸福的感激，没有一丝对辛苦劳作和命运的抱怨。

生命因简单而幸福！

我知道了：玉清把孩子管得特别仔细，比专职的保姆妈妈都管得好，玉清的家依然像娘家那样打扫得干干净净。玉清勤劳孝顺，看公公婆婆年纪大了就让他们继续打理商店，别再管其他事。自己和刘哲开了个废品收购站，不光自己做老板，有时候还自己出去捡拾一些回来。婆婆告诉玉清："不用那么辛苦的，现在生了这么聪明一个孙子我们就放心了。我和你爸经营商店的钱够咱们一大家生活了。"婆婆每次这样说，玉清总会竖起两只手摇摇，意思是：他们有手，他们要靠自己的双手创造幸福的生活。

常常看到一些聋哑人去偷东西或者被人利用做一些违法的事，我就很心痛，为什么他们不能像玉清那样，做一个勇敢的人。以前每看到那些乞讨者，我都会很同情，会不由地扔些钱去。自从再次看见玉清，我就再也不愿意给他们钱了，像玉清这样的残疾人都能自力更生，过上比正常人更幸福的生活，而这些四肢健全，健健康康的人为什么就不能靠自己的劳动去创造财富呢，让人倍感惋惜。

玫瑰心语

每年 12 月 3 日是"世界残疾人日"，旨在促进人们对残疾问题的理解和动员人们支持维护残疾人的尊严、权利和幸福。然而事实上，社会中仍有很多残疾人的权益得不到保障。所以每个残疾人都要靠自己改变自己的命运。对于坚强和有爱的人来说，他们的心永远是健全而美丽的。靠自己活着的残疾人，不仅让那些健康却懒惰的人羞愧，他们心灵的伟大，更值得我们每个正常人钦佩。

乱伦之骗

你阴翳的心板上是灰白的色彩，淡淡的抑郁里套满怅然，这片深山广林里，山林睡了，鸟儿静默了，可你却无处安心？

小芳恨，可是她不知该恨谁，只能这样糊里糊涂地在无底的黑暗中前行。

小芳的母亲家很穷，父亲家不是很富裕，只是比起母亲家还算好很多，父亲的脑子不好使。为了生存，小芳的母亲很小就做了父亲的童养媳。

母亲刚过三十岁，父亲就因意外去世了。政策允许后，婚姻可以自由，母亲心有不甘，费尽周折，带着小芳嫁给了邻村的一个男人，这个男人比母亲要大几岁，虽然长得不怎么样，可是没有什么负担，一直都是一个人，祖上还留下三间厦房。母亲过够了童养媳的悲苦日子，嫁到这家，虽然不是什么事都可以由自己做主，但总算还是有了说话的机会，所以母亲很珍惜，什么事都是听后爹的安排。结婚几年后，母亲一直不孕，这让后爹很不高兴。而小芳也长得越来越出落，整天在这个家来来往往，难保后爹不生歪心。

自从有了歪念，后爹对母亲的态度大有改变，那极度转变的态度让母亲心里很不舒服，母亲更是想尽办法一味地讨好小芳的后爹。母亲越是讨好，后爹越是讨厌，为了缓和夫妻关系，母亲就可怜巴巴地央求小芳后爹对自己好些，后爹就借机提出："你又不会生育，不如就让小芳跟我生个孩子吧，你要不答应咱们就分开吧。"

小芳的母亲又惊又怕，她也没什么文化，为了留住自己的婚姻，不失去难得的一点幸福。小芳的母亲纠结了很久，最终还是被自私垄断了心。那天夜里，天很黑，风吹树叶沙沙地响，偶尔还能听到几声狼叫，小芳的母亲亲自给小芳做了碗鸡蛋汤送了过去，就离开了家。小芳才十五岁，她一个人住在那间小屋里。小芳的后爹快步走进小芳屋里，然后手背后插住了门闩，一双贼眉鼠眼死盯着小芳的胸部，半露出来的两颗黑门牙中渗出一些口水来。迷迷糊糊的小芳痛心地嘶叫、反抗，可她还是无力反抗眼前这个又老又丑又身强体壮的男人，一场血雨腥风的灾难降临到这个还未完全成年的小女孩身上。

小芳什么都不懂，只是觉得痛苦，觉得内心很害怕，觉得不该这样，可是她不敢违逆这对父母。在母亲的监管下，应该说是真正的监视和管制下，小芳生下了一个男孩。为了掩人耳目，母亲也害怕后爹因此喜欢上小芳而遗弃自己，就催着将小芳嫁出去。一是自己心急，二是害怕小芳生过孩子的事被人知晓，就给小芳找了个比小芳大十几岁的跛子，把小芳逼嫁了出去。出嫁那天，小芳一直在呜咽，她内心充满了矛盾。她想离开这个让自己饱受痛苦的亲妈后爹家，可是她又不想将未来寄托在这个跛脚的老男人身上。

这个跛脚的老男人对小芳还算好，只是日子过得紧了些，孩子越来越大，家里的负担很重，为了得到照顾，村里的一个干部愿意帮助小芳，可是仅仅给小芳的孩子开了个贫困证明，就到处散布小芳和自己暧昧的消息，以此要挟小芳跟自己好。谣言不久就传到了跛子老公那里，小芳为了向老公证明自己的清白，一个傍晚一把火烧了那个干部家。

玫瑰心语

在一个人民的国家中要有一种推动进步的枢纽，这就是美德。但丁说：

"人不能像走兽那样活着，应该追求知识和美德。"勿以恶小而为之，勿以善小而不为，也许一个人的一丝恶念就将毁掉一个女人的一生，而你的一个善念却能拯救一个人的灵魂。无规矩难以成方圆，只有尊重生命和拥有最起码的良知，人才能称之为人。

恩·情

　　就要初三毕业了，教室里有几人在学习，也有几人在打闹，几人在写着什么留言，其他的人都跑出去了。林静翻开书，发现了杨刚塞在书里的字条，杨刚已经写过很多次了，他很喜欢林静，可是老师管得很严，不许学生这么小就谈恋爱，他就只能传字条来表达自己对林静的爱慕之情了。自从林静的父亲突发脑溢血导致瘫痪以后，林静的性格就变得更加孤僻了，她不喜欢同学们，同学们也不喜欢她，所以在班级里林静很少跟人说话。临近毕业了，林静知道，家里本来就没什么收入，就靠父亲这一劳力，如今父亲这一瘫自己肯定就上不成高中了，弟弟是家里的顶梁柱，母亲是累死累活肯定要供弟弟上学的。一想到自己很快就要跟农村那些女孩子一样，干上两年活，然后结婚带孩子就觉得郁郁不乐，心有不甘呀。

　　暑假很快就要结束了，林静收到了高中的入学通知书。别人家都是喜气洋洋的，可是林静的妈妈却是满脸愁苦，自己又没什么本事，家里为了看病该卖的也都卖了，林静这学肯定是上不成了。何况这孩子们都上学了也没人帮忙照顾父亲呀。正在全家人一筹莫展的时候，有人敲门了，进来的是村支书，也就是杨刚的父亲。母亲边叹气边给支书倒水。村支书说："这孩子们都毕业了，我也就不拐弯抹角了。听说静儿考上了，就让孩子去吧，这学费我出了。杨刚这孩子没考上，我让他学点技术去。"林静妈妈听到书记这么说，心里很高兴，村里谁不知道书记家条件好呀，就故作镇定说："那也不行呀，这钱将来还得还您。"书记说："杨刚这孩子喜欢你们静儿，以后咱们就是一家人了，静儿父亲我们以后会帮你照顾的。"林静妈妈说："好是好，这不是孩子还小么，静儿还要上学，我再问问孩子？""让孩子上呀，这上学是好事可耽误不得，现在孩子要走了，只是把婚定下来，等孩子们毕业了再谈婚论嫁也不迟呀。"书记说。林静在窗外听得清清楚楚，十六岁的静儿哪明白这意味着什么，她只知道她再也不想在这穷地方待下去了，就算只有一线机会她也要牢牢抓住，她奔进屋里说："妈，我愿意。"书记满脸堆笑："我早就听那帮孩子说，这两娃处得好着呢，以后不管静儿上多长时间的学，这钱我都出了。"

杨刚去学计算机了。

林静如愿以偿地上了高中。入学那天，是支书送林静去的。新同学羡慕地说："你父亲真好呀，不仅来送你，还亲自帮你铺褥子、打水呢。"林静只是点点头，什么都不说。

林静的妈妈身体不好，还要照顾林静的父亲，自然把庄稼荒了。支书一家人勤快厚道，在村里又有威信，他叫了人把林静家的地都帮忙翻了，种上了玉米，赶上雨水好，又因村支书的爱人亲自间苗、上肥、除草，当年的玉米卖了不少钱。支书把钱一分不少地交给了亲家，林静妈妈感动得不知说什么好。为了不打扰林静学习，他们让林静住校，省得来回跑麻烦。害怕亲家母翻不动，林静父亲长褥疮，支书和爱人就轮流去帮忙。支书家只要做了饭就先给亲家送过去，不让亲家母再麻烦，省出做饭的时间可以多歇歇。

每周假日，杨刚也会跑回来帮忙。

亲家公因为被照顾得好，身上一点儿褥疮都没长，已经能慢慢说话了，尽管说得含混些。他虽然生病了，可他心里明白着呢，如果没有亲家一家的帮忙，自己这个家早都散了，说不定自己连命都没了呢。所以每次看着杨刚帮自己，他眼角都挂着泪珠。先别说杨刚的爸妈，就杨刚这孩子，在家里就是个宝，干过啥，可是给自己擦屎接尿的活都干了，自己这心里能不感激吗？

杨刚家不仅管了林静的学费和生活费，还管了她的弟弟。等于杨家一下子多供养了两个孩子。

林静也会心存感激，和杨刚经常通通电话。尽管杨家付出了很多，可是看着孩子们好，心里高兴呀。

三年过去了，林静考上了二本，上了大学。大学里的环境和学习方式跟高中千差万别，林静看到了一个崭新的世界。班里有个男生品学兼优，吹笛子吹得特别好。那悠扬的笛声总能让人忘却所有的烦恼，让林静忘却自己是个农村的孩子。她开始喜欢这个叫董旭的男生。董旭是班长，他是城里来的孩子，家境很好，也很乐观。因为有才华，学校里好多女生都喜欢他，可他就是懒得搭理这些无知的小女生。董旭看林静整天拉着一张脸，一副很孤傲的样子，想着这个女孩月牙般的黑眉下一定有故事，就主动找林静聊天。慢慢地两个人因为好奇，有了很多共同的话题，成了很好的朋友。董旭把林静当好朋友来关心，可是很少跟人沟通的林静误以为董旭是爱上了自己，心里非常欢喜，她故意没有将自己和杨刚的故事告诉董旭。渐渐地，她很少和杨刚联系了，她这才明白了，当时初中谈恋爱就跟玩过家家一样，哪懂什么是爱呀，可她不敢将自己现在的想法告诉杨刚和杨刚家里人。看看眼前这个有钱有势又有才华的董旭，她永远都不想再回农村那个家了。

村里也有人传出闲话了，有人说："林静家真是好福气呀。碰到了支书这样的好亲家，知足吧。"也有人不屑地说："有什么用呀，这都啥时代了，人家闺女上了大学还会认你，没准是给别人养媳妇呢。"这些话传到支书耳朵了，自然有些不舒服，不过大家说的也不是不在理。这林静也大学毕业了，杨刚也开了个电脑维修部，该让孩子们结婚了。虽说两家人都很熟了，可这礼数也不能少呀，支书就派了媒人去提亲。原以为会欣喜而归，没料到媒人说："静儿说，现在还没找到工作，等过一段再说吧。"支书心急了，现在这大学生找工作得多难呀，这得拖到什么时候，他心里犯嘀咕了。

自从大学毕业，回来都大半年了，林静去了很多地方找工作，依然没有回信。她不想再靠杨家了，她心里惦记着那个董旭，所以杨家提亲她一直找理由拖着。林静在外地上大学见得多了，她更羡慕那些有钱人，跟城里那些有钱人相比，杨家算什么呀。可是，自己毕竟刚毕业，没有经验也没有社交关系，靠自己找工作只能是四处瞎碰，工作问题根本就解决不了。

支书思前想后，还是决定帮帮林静，他通过自己的关系到处找路子，求了不少人，送了不少礼，总算帮林静在统计局找了一份好差事。林静很快上了班，紧接着就是两家人催着办婚事。林静总找借口推脱，有一天，家里催得急了，林静就给董旭打了电话，表露自己的爱意，结果没想到电话那边的董旭说："我只把你当妹妹看，我已经订婚了，我女朋友很漂亮，她父亲在市政府工作，对不起了，祝福你。"原来这么多年，只是自己的一厢情愿，林静伤心透了，她哭了整整一个晚上，整个枕头都湿了。第二天一早她告诉父母：筹备自己和杨刚的婚事吧，尽快办了。

女人的心永远不知足。刚进入工作岗位的林静，还是欢欢喜喜，高高在上。处了半年后，发现同事们个个过得好，有房的有房，有车的有车，而自己就为了解决温饱而沾沾自喜，想起来自己都觉得自己可笑。她把钱看得很认真，跟任何人都是分厘不让，弄得人事关系很紧张，常常回家就抱怨半天。支书怕是这样下去，静儿会越来越瞧不起自己的儿子，就花钱把自己儿子也塞进了一家单位，只是没有林静的单位好。

支书帮着他们在城里买了房，想着这样有了房有了稳定的工作就把儿子安顿好了。只是，几件大事下来，再供养几个孩子上学，支书几乎花光了自己一生的积蓄。也不指望孩子们回报什么，只要他们夫妻过得幸福就是给自己这张老脸添彩了。

刚步入工作岗位，孩子们都很忙，生了孩子就送回来让支书老两口带着。林静的父亲最终没能熬住，去世前还一直念叨着："林静，要报恩，不能忘恩负义。"

五年过去了，有一天，林静突然回来要孩子，说她要跟杨刚离婚。家里人很震惊，把林静拉回屋里来好言相劝着。

当我们在生活和情绪都最低落的时候一切都会显得可贵，于是模糊了爱情和恩情的区别。当我们幸福的时刻欲望无尽的时候又会把恩情和爱情分得太过清楚。自古忠义难以两全，鱼和熊掌难以兼得。所以，女孩儿不要轻易承诺，更不要轻易去放手，否则在恩与情之间难以抉择而痛心的不仅仅是自己，还会伤害了那些真心爱你的人们。

狂　　奔

社会竞争激烈的今日，我们眼里只有目标，只有彼岸，却忘记了路边风景的闲情雅致，忽略了身边本真的浓浓亲情。殊不知，鲜花愈是艳丽愈会接近凋零。

秦璐是个女强人，每天都在为自己的事业一路狂奔。

本是一个普通打工者的秦璐去一家化妆品公司应聘推销工作。刚进公司时，还在试用期阶段的秦璐就卖出去了好几套高档化妆品，对于一个初来乍到的小职员，这是一个让人惊喜的成绩，她被正式录用了。看着公司有人因为业绩好，很快被提升为县城代理，秦璐很羡慕。为了这个目标，她开始忙碌于大街小巷。

秦璐每天起早贪黑，到家家户户去推销，有些住户不高兴，把她硬是推了出去，秦璐下次硬着头皮还去，直到卖出去为止。跑遍了大街小巷，连吃饭都是急匆匆泡碗面，狼吞虎咽地吃完，顾不上洗碗，就又出去了。每天忙得都没时间和家里人说句话。女儿都在抱怨："妈妈，你能不能晚上抽点儿时间陪我，我们家又不是真缺那点儿钱。再说你这样整天去烦别人，别人会买你的东西吗？"秦璐说："你知道啥，这钱多了还咬手呀？"每天晚上回来，秦璐这腰都要散架了，只好让老公给自己多捶捶。每次老公都会说："干吗每天自己把自己整得累死累活的，你就不能悠着点儿，这孩子整天连妈的面都见不着。"秦璐总说："现在还不行，等公司升我为区代理了再说。"老公无奈地摇摇头。

为了扩大销售量，争取今年的销售冠军，秦璐已经四天四夜没合眼了。公司希望推荐一个人去北京做个新产品推介会，同事们累了一年了都没人愿意去，可是秦璐不想错过这个机会。她坐飞机去上海、深圳地区了解市场需求，整天飞来飞去。晚上回家再继续了解本公司这种新产品的具体情况，赶做商品推介计划书，半个月都是忙忙碌碌。临走时，又害怕自己的销售任务降下来，还要加紧推销。

炫目诱人的东西最容易沾尘蒙灰，这样忙着，直到坐上去北京的飞机，能干的秦璐已经被压力压得快要窒息了。推介会上，各家公司老板、媒体记者、公司领导都到齐了。秦璐开始向大家介绍新研究的化妆品，打开大屏幕，新产品的名字竟然全打错了，秦璐一着急就按错了按钮，画面不停地变化出错。秦璐开始变得大脑空空，她实在是精疲力竭，过度疲劳使她的大脑刹那间一片空白。公司经理赶紧打圆场，让秦璐下去，换了公司另一个同去的员工做解说。这位员工虽然不是很熟悉，但心思缜密，调整好心态，走上台去说："大家知道为什么我的状态这么好的，我用的就是我们公司新研发的产品。为了让大家放心使用，我在自己脸上做了试验，下面我就详细给大家介绍一下这款产品的特点。"巧妙的回答总算挽回了局面，看着这位同事神采奕奕，精神饱满，而自己因为过度疲劳眼圈黑黑，迷迷糊糊，怎么能做化妆品推介呢？她有些后悔。可是已经来不及了，公司已经决定辞退秦璐。临走时，总经理对秦璐说："你是一个积极努力的员工，可你是一个不会工作的员工，希望你明白。"

秦璐离开了，她突然觉得这一刻就是自己最轻松的时候，从头到脚彻彻底底地解脱。这次回家后，她没有急着找工作，而是好好休息了几天，头一次感觉到，睡觉是这么幸福的一件事。休息好之后，她认认真真地打扫了自己家里，为女儿做了早饭，有菜有汤。她还给自己定了一个生活作息时间表，按照安排开始做化妆品面膜研究，根据这几年的经验，她不断地试用、改良。发现问题的时候还请老公和女儿提出建议。不到一年的时间她就研发出一款价格便宜的天然面膜，很受消费者欢迎。看着秦璐精神百倍，她那年轻的面庞就足以让大家信服，好多顾客都追问她美丽的秘诀。秦璐总要说一句话："女人要会工作，更要会休息，要努力但不要太奔忙，要多爱自己才会天天年轻的。"

休息是工作的助推力，如果玩命的工作换来的只是财富的积累、健康的透支、情感的缺失，那么工作和财富就失去了意义。即便拥有更多的财富，我们没有时间去消费，没有达到提高我们的生活质量的目的，狂奔还有什么价值而言。

玫瑰心语

腾不出时间来睡觉的人，迟早会腾出时间来生病；腾不出时间来复习的人，迟早会腾出时间来补考；腾不出时间来谈恋爱的人，迟早会腾出时间来相亲；腾不出时间来努力的人，一开始就已经失败。泰戈尔在《飞鸟集》中写道："休息之隶属于工作，正如眼睑之隶属于眼睛。"会休息的女人美到老，而不会休息的女人就如飞旋的陀螺总会转坏。智慧的女人懂得忙里偷闲，狂奔中歇脚，夹缝中寻找轻松和快乐。

抱　　怨

细节不是"细枝末节"，它是一种态度，也是一种境界。

邵薇，一个一米六的女孩，小小的瓜子脸红润而饱满，但比小瓜子可要圆润很多。毕业后，做了个普通的业务员，拿着很低很低的底薪和很不稳定的提成，每天的工作都很辛苦。邵薇每天都在抱怨："这公司也太抠了，给这么点儿工资，还每天累死累活的。"妈妈说："你刚上班，正需要锻炼，不要年轻轻的就把怨气撒得到处都是，眼高手低，什么都干不成。"邵薇觉得有道理，就不再多说什么。

可是工作几年下来，自己整天在外面风吹日晒的，吃不好睡不好，还只是个小小的业务员。郭笑笑和自己同时进的公司，却已经被提升为主管业务的副总经理了，工资待遇也提升了很多。邵薇就总在公司里抱怨："凭什么她就升得那么快呀，领导真是不公平。"整天不停地叨叨着，她这样的消极情绪让办公室里少了奋斗的气息，有一次被领导听见了，领导就很不高兴。看领导对自己有意见，邵薇每天工作都心不在焉，生怕领导给自己穿小鞋，工作效率越来越低。这种恶性循环让邵薇的心情越来越差，那张瓜子脸变得干瘪了好多，没有光彩的小脸就像烤黄的黑瓜子，一副病恹恹的样子，她的消沉给别人创造了更多升迁的机会。其实，当抱怨无济于事的时候，不如把用来抱怨的时间投入到踏踏实实的工作中来。记得有这样一个大家熟知的故事：有一个老婆婆，有两个女儿，一个嫁给了卖伞的，一个嫁给了染布的。晴天时，老婆婆愁卖伞的女婿无生意；雨天时，又担心染布的女婿染好的布晒不干。天天是那样忧愁，在愁闷中，老婆婆的头发白了许多。有人对她说：你何不在晴天时想想染布的女婿，雨天又想想卖伞的那个，不就天天开心吗？老婆婆豁然开朗，从此快乐了起来。年迈的老婆婆在晴天担心大女儿的雨伞卖不出去，雨天又担心二女儿的布料卖不出去。她不知道有很多人正对她羡慕不已："她真幸福，晴天二女儿有钱赚，雨天大女儿能赚钱！"同一件事，视角不同，心情便迥然不同。从悲观的角度看，老人日日苦恼；从乐观的角度看，老人则天天高兴。有半杯水，从悲观的角度看，只剩下半杯了；从乐观的角度看，还剩有半杯！所以女人不要抱怨上司不公平、待遇不佳、工作太多、同事不合作等，当我们无法改变现状的时候，就先学会韬光养晦，用辛勤为未来铺垫，而不是整天抱怨。

邵薇经常抱怨，领导不喜欢，同事也觉得没出息，邵薇越来越被单位排挤，离成功越来越远。由于工作不顺心，邵薇还经常把怨气撒到家里来。她一回到家，就开始埋怨老公没本事，如果老公挣大钱了，哪里需要自己每天辛辛苦苦还受这样的委屈，换个有本事的也不至于过这样的生活。起初，老公安慰邵薇："能干多少干多少，只要你做好本分，领导自然会看在眼里的。"听老公这么说，邵薇马上拉下了脸，嘴唇咬了咬，然后说："你怎么还站在领导那边说话，明明就是老板不公平，有势看人低。"老公看邵薇这么急躁，冷静不了，就不理她了，不管她说什么，自己都只是点头和摇头回应，夫妻关系越来越疏远。谁也不能保证下一个碰到的人就是对的人，关键是你用什么样的心态与这个人生活。也许，所谓的"白马王子"都是骗人的童话故事，就像昙花一样，曾经盛开，但只是一瞬间，便凋零。只有自己相信了是"对的人"，那他就是"对的人"。日子和谁过不是过呢，抱怨只会伤及夫妻感情，换种心态才能换种人生。换再多的人，如果心态不变，那生活还是依旧伤感。

邵薇不断地责怨丈夫，有时候邵薇就是不说话了，丈夫也会觉得邵薇的声音在耳边"嗡嗡"作响，往复回荡，总不停息，无奈之下，丈夫和她分居了。丈夫躲远了，邵薇又开始责怪孩子不好好学习，争不了气，以致发展到最后的愤世嫉俗，见人就抱怨。工作中的不良情绪也让家里变得怨气满屋，如乌云昏暗缭绕。不久，邵薇自己也生病了，而同事郭笑笑因为少了她的竞争，借机努力，很快被公司提拔为常务副总经理。

牢骚一大堆，积怨满天飞，只会使自己的发展道路越来越窄，在自己的抱怨声中越来越退步。女人承担的工作很多很琐碎，容易情绪化，我们遇到难事前先冷静三分钟，永远记住：不要抱怨父母，不要抱怨环境；无法改变环境，就改变自己；改变不了过去就改变未来。父亲背已微驼，他给女儿送些红枣来，看到邵薇抑郁的状态，心疼地说："当你想要抱怨别人之时，先问问自己为别人付出了多少，不要刻意放大自己的悲伤，内心才会充满阳光。"经过父亲的劝说，大病一场之后，邵薇明白了，抱怨并不能解决实际问题，与其抱怨，不如把抱怨的时间用来努力。每次想要抱怨之前先反思一下自己有没有做得不到位的地方，这才是自己应该做的。

邵薇病好之后，换了一家单位，少说话，多做事，取得了很多自己意想不到的成绩，自己的创造力得到了充分发挥，光环效应之下她的工作越来越阳光，很快就被公司提拔了，年终评优公司还奖给她一辆小汽车。邵薇明白了，原来自己也可以这么优秀！

玫瑰心语

许多时候，我们感叹自己运气不济，只惦记着有人买彩票中了五百万，却忘了其背后千百万彩民的"血本无归"。幸运的人总是少数，临渊羡鱼不如退而结网，女人不要总是抱怨自己的机遇不佳，有抱怨的时间和精力，不如拿来更好地用心工作，只要肯努力，平凡的创意也会出彩，平凡的岗位也会精彩。

打出来的媳妇

　　"昨天他又动手打了我，还骂我是不是想死呀！我说是想死，你有本事今天就把我打死。"周英的心完全掉到了冰窖里，冷冷的，哭诉着，"我为了你，什么都不要了，也什么都没有了，我，没有奢望，也没有幸福未来，我一直只是想跟你在一起，就这一个小小的愿望。"周英不知道自己该何去何从，她嫁给阿邦已经八年了，八年中，她每天都在渴望着阿邦的笑容，就像焦渴的庄稼渴望细雨的滋润，又像迷途的羔羊想要找到回家的方向。

　　八年前，周英不顾父母的反对，把自己以前开的那个服装店盘掉，和父母大吵一架之后就跟着阿邦出走了。阿邦一无所有，也没有一个稳当的工作，就喜欢倒卖一些东西来生活。用阿邦自己的话说："我全挣的是轻松钱，哪像你们这些人，兢兢业业只知道下苦。"阿邦确实长得很帅气：一米八的个儿，浓浓的八字眉一跃一跃地跳动，如杏核儿的眼睛瞪起来，透着年轻人的犀利；笔挺的西装一上身更显得有生气。阿邦总是很自信："这世界最不缺的就是女人，像自己这样帅气的男人一定得女人围着自己转才行。"他总是一副玩世不恭的样子。女人热恋的时候还说什么痴心不改，可是真正到谈婚论嫁时，这些女人咋就全变了主意，都有主了呢。俗话说："女儿大了不由娘，留来留去留成愁。"周英只有十九岁，跟阿邦在一起一年多了，非闹着要嫁阿邦不可。阿邦被追问烦了，就当玩儿似的，答应结婚。周英跟父母闹僵后，跟着阿邦回到了他的老家。阿邦父母很早就离异了，阿邦姊妹八个，他是老小，所以七十多岁的母亲最疼阿邦了。母亲年龄大了，有心也无力，卖了自己的老首饰，给孩子们摆了几桌饭，这婚就算结了。一年后，周英生了个女孩，老家偏僻做不成啥生意，周英就跟阿邦回到自己娘家那边，想重新做个生意，毕竟那个地方的熟人多。这两个还停留在梦想时段的男孩女孩，根本没有想明白婚姻意味着什么的时候，就要开始养家管孩子了。当年周英挣的那么点儿钱全花光了，她只能想着找娘家爸妈帮忙。谁家的父母不心疼儿女，看着女儿拖着一个孩子回来了，再生气也得认了。周英父母为女儿在这边又摆了几桌酒席。父亲还帮着周英重整旗鼓开了一个简单的女装店，要从头干起，周英很辛苦。手头就父母给的那点儿钱，自己这次硬着头皮回娘家都够寒碜的了，再伸手向父母要进货的钱周英张不开口，又不敢多进货，现在这款式太多了，货太少了有些人进店连看都不看一眼。每天日子过得紧紧张张，阿邦不甘心这样，心里总想着做大事发大财，就让周英给他钱来投资。周英原来每天还给个几十块，现在因为做生意要周转，周英根本就没有多余的钱再给他。周英生硬地回答："没有。""没有？"不等周英话说完，阿邦抢起拳头就朝周英头上打了过来。周英的额头裂了，瞬间肿成了一个大包，乌青乌青的。推开周英，他抢了抽屉里的钱就扬长而去。

其实，自从嫁给阿邦半年后，周英就过着地狱般的生活。阿邦一直好高骛远，事业一事无成还老拿她撒气。可是周英不敢将实情告诉父母。当初她把所有的希望都寄托在阿邦身上，为了阿邦离家出走，为了阿邦众叛亲离，抛弃父母，而今再也没有勇气向父母诉苦了。无论阿邦怎样待自己，周英都愿意相信阿邦心里还是爱自己的，只是因为现在缺钱而已，等阿邦有一天醒悟了，一定会对自己好的。

自从生了女儿后，周英的婆婆很不高兴，阿邦的脾气也更加暴躁，有时候还出去赌，周英曾想过生个男孩让家里人高兴。只是如今开了店，这事就得搁下。还真是怕什么就来什么，这店刚开业两个月，自己就怀上了孩子。这个孩子来得不是时候呀，周英决定去医院做了。阿邦染成金黄色的头发上覆了一层土灰，他又这样灰头土脸地回家来，在抽屉里翻来翻去寻找钱，乱翻时无意间看到了一张病例单。他坐在那把一条腿已经有点儿歪的大红老式椅子上，边嗑瓜子边等周英回来。周英刚一进门，他就扔掉手里混着瓜子皮的瓜子，抓起周英的衣领，就朝周英的脸上打了过来："你这个恶毒的女人，谁让你毁了我儿子。"阿邦还不解气，强行扒掉周英的衣服，用烟头在周英的腿上烧了一个个洞，他让周英记住：每犯一次错就留下一个记号。烟头烧到周英雪白的腿上钻心地痛，可是她不敢大叫，否则左邻右舍再提意见，他们就又得被房主赶走，她可以流离失所，可是孩子受不得无家可归的苦，找这样便宜的房子多不容易呀。

现在每次她见了阿邦都会心惊肉跳，躲得好远好远。她越是这样躲着，阿邦就越是生气："怎么了，瞧不上我了，是不是外边有野男人了，这打出来的媳妇揉出来的面，让你看不上我。"一边吼着一边就拿刀过来。每次阿邦凶神恶煞的样子和他们激烈的打骂都会吓得女儿大哭。

周英自己可以忍，可是为了孩子她不能再忍。可每次当她下定决心离婚时，阿邦就又跪着，可怜兮兮地哀求自己不要离开，不要拆散这个家，周英就心软了。

打了一次又一次，阿邦也保证了一回又一回，依然还会打。周英绝望了，阿邦告诉周英："只要敢离婚，就剁了你们全家。"周英一想到自己当初一意孤行，不仅害了自己还伤了家人，如今再也不能让父母跟着受牵累，就忍着。现在，她更不能让女儿也跟着受罪了。

周英拉着女儿向附近的法律援助中心走去。路上的行人都裹上了围巾，戴上了棉手套，有些人还把脑袋缩进大衣领里，这个严寒的冬季，大家都顶着寒风往家里赶，在他们心中家就是最温暖的地方。周英看见女儿在哆嗦，停住了，半蹲下来，握紧女儿的手，呵了几口热气，她在心里告诉女儿："别怕，孩子，妈妈一定会给你一个温暖的家。"

走过这个冬天，转过弯就该是春天了。

　　在这个法治时代，男女早已平等。我们不能遗忘祖上留给女人的一些传统美德，但我们也不能忘记用法律来保护自己。在这个用智慧的时代，拳头已经失去了意义。女人不要让无知的感情冲昏了头脑，要明白纵容错误就是衍生罪恶。

物　　欲

　　每次只要一下单，她就开始惦记购买的宝贝，担心店家发错货、担心物流走太慢、担心不合适……总之从下单开始就心神不宁，人也变得越来越"宅"。大到家具电器，小到玩具牙刷，都要快递到家，晶莹每次都这样，她都担心自己已经患上了"快递依赖症"。

　　所有的女人都喜欢美，喜欢所有美丽的礼物，这是上天赋予女人的本性。晶莹是个小可爱的女人，绣过眉文过唇，尤其对那些美丽的服饰、各种的化妆品总是情有独钟。

　　城市里哪里卖品牌，哪里卖特价，晶莹都了如指掌。说起这些习惯还得从大学谈起，晶莹的父母在一场车祸中离开了这个世界。那时候晶莹很小，但她知道从那一刻起，她就只能跟奶奶相依为命，那些数不尽的玩具、漂亮的裙子不会再属于自己了，因为现在仅靠奶奶的退休金维持两个人的生活，再加上供给自己的生活费已经是很难了。所以晶莹除了努力学习，她对这些物质上的东西不敢奢求。晶莹通过自己的努力考上了一所好的美术学院，可是在这样的大学里让晶莹疯狂。那天，她去面试，送孩子的汽车排得好长好长，唯独自己是搭车赶过来的。最幸运的是，她还是靠实力被录取了。

同学们中，大部分不是官子弟就是富二代，学美术的成本很高，穷人的孩子上不起。那天入学，刚走进校门，就有几个女孩子凑在一起盯着她看：看那寒酸样，也来学艺术。晶莹心里酸溜溜的，眼前的这几个女孩子，一个穿着红色的连衣裙，高挑华丽；一个穿着品牌牛仔裤，洁白的衬衫。大红大紫的那份荣耀，大富大贵的那份奢华，与她们相比，晶莹觉得自己就是个乡巴佬，可是她不会对奶奶张口的，因为奶奶已经够难的了。

晶莹不想攀比，可她受不了大家那异样的眼光。所以她每天下完课，都会偷偷跑出去做家教，星期天去做小时工，除了贴补学画的笔墨纸等材料，就是买一些好一点儿的衣服。虽然辛苦，可是能在同学们面前，从教室的过道，趾高气扬地走过去，也会让自己的心情舒服很多。女孩子到了十八九岁，哪个不爱漂亮，更特别在意的是男孩子看自己的眼光。因为特有的气质，晶莹穿上那些漂亮衣服之后更是亭亭玉立，让学校的许多女孩子嫉妒，这让晶莹真正感觉到了自己的存在。原来自己也可以被人羡慕，以后她都会在星期天去市场淘一些漂亮的衣服鞋子和饰品回来。

在忙碌中毕业，晶莹靠自己的能力找到了一份工作。工资不高，但是至少不用自己再像先前那样辛苦。有些习惯，人一旦养成就很难改掉，何况一个人由低标准向高标准过渡，会因强烈的满足感而幸福，而从高标准降到低标准就会是一种痛苦。晶莹工作很积极，常常受到嘉奖，在荣誉的光环下她更不愿意自己再过以前那种没品质的生活，她也开始买一些品牌。她喜欢和自己的好友一起逛商场选一些好看的东西，久而久之，逛商场成了她的必修课。晶莹发现自己的钱总也不够用。

社会的飞速发展让网络迅速地兴起，网上购物成为一种新宠。晶莹有了家，工作也更紧张起来，晶莹没有太多的时间去逛街，听别人说网上购物也便宜，她就会通过网购买一些小物件。只要鼠标一点，东西过几天就会回来，晶莹感觉到了从未有过的方便。从小物品发展到衣服，从衣服鞋子到化妆品，从自己用的到日常家用的，晶莹想买了就打开电脑。日子久了，晶莹觉得这一天不在网上买东西，似乎这生活就少了一样东西，心里发慌。而且，每次上网淘，只要有漂亮的东西出现，晶莹都要买到欲罢不能。

　　也许用鼠标的轻松真的让人感受不到花钱的痛。有了家，虽然挣钱的人多了，可是开销也会随之加大的，晶莹的老公说："你看那些东西咱家就不缺，你买它们干啥，中看不中用。"其实老公每次这样说，晶莹都觉得在理，可是一上网，就控制不了美丽的诱惑，心灵就像是一只被欲望劫持的船，不弄到触礁是绝对不会停下来的，大概人的欲望总是这样无穷尽的吧。

　　听说有人控制不了网购，把一个指头剁了来立誓。晶莹吓得出了身冷汗，这回她下定决心一定要改了。

玫瑰心语

　　女人爱美无可厚非，五光十色让人眼花缭乱，五花八门的潮流物件更是吸引着女人的眼球。可是"由俭入奢易，由奢入俭难"。开始只为需要，后来成为一种习惯，如果内心没有一把尺子，就会成为一种癖好，物欲就会像狮子的口欲张欲大，如果任由蔓延，就会慢慢吞噬掉我们自己，不可自拔。所以有度就是会生活。

爱 还 是 哀

苍老的槐树经历了百年的风华，承载了生命的不息，刻上了岁月的痕迹。清晰的年轮有如此的穿透力，记录着已逝韶华的痕迹，记录着生命的内涵，也包藏着人生的遗憾。

玉的家就在大槐树下。经人介绍农村姑娘玉嫁给了另一个村的一个年纪相仿的小伙子彬，伴着新婚的好奇与甜蜜，一年后生了一个可爱的女儿。女儿大了点，玉便到城里去打工。玉骑着一辆黑色自行车，大街小巷里穿梭，自行车的车把上分别挂着两条棉袖头，手伸进去可以暖暖的。车头的正前方一个横放的长圆柱形的棉柱上插着许多糖葫芦，山楂串起来的最多，其次还有个别的中间会加一两块香蕉或是橘瓣儿，用来吸引馋嘴的小孩子。冬季是卖糖葫芦的旺季，外边的打工生活虽然艰辛可是见识广，风里来雨里去地卖着批发来的糖葫芦，心里还是觉得愉快。等到农村收麦子的时候家里就让玉赶回去帮忙了，越忙玉越看着眼前的这个男人心烦，心想怎么就只知道种田呢？看人家城里人用的是脑子，干个啥小生意都挣钱，她越想越没心劲干活。

彬特别爱玉，再怎么累也舍不得让玉干农活，虽然钱不多但还是会给玉买些小礼物。时间久了，玉越来越淡，彬兴冲冲买礼物回来，玉却是冷冷的，扔到炕头看也不想多看一眼。也许是城里走一趟，亦或许是当初的不懂事没想清楚，拖了半年玉真的死心了，她决定离婚，而且是必须离。

玉要回娘家住，母亲不愉快，老嘟囔：生了你们三个女儿，没一个有本事的，你这个，没往家拿过一分钱还老回来吃白食，早离了算了。玉本来就一根筋的不愉快，每天被这样嘟囔着，恨不得赶紧离了。可是没法呀，彬死活不肯离婚呀。

每月适逢六日，就是这个镇子的集会，街道两旁都是卖东西的，百货、水果、蔬菜，应有尽有，平时农忙顾不上，大家就赶集会买自己需要的东西。各种吆喝声让我们看到了农村的繁华和热闹，这里的土鸡蛋，这里的小特产未必是城里大超市能买来的，就是能买来，也未必真如这么土生土长的。

今天逢集会，彬从人群中挤过，买了水果又跑来了。女儿一看到爸爸和自己最喜欢吃的水果，蹦蹦跳跳地跑了出来："爸爸，爸爸！"也许好久没有见到爸爸，女儿的兴奋之情难以自抑。玉听到女儿喊，一手拿着围裙气冲冲奔出来："回来，谁让你叫他，回去！"说着，一把把孩子拉回屋里。孩子哭哭啼啼，还不时地回头看看父亲。彬气急了："你拉孩子干什么，这辈子你都休想离婚。"

一来二回，像这样争吵已经很多次了，这次都差点打出人命来。彬跳起来冲着窗户大吼着："我告诉你，跟孩子回去吧！"只有彬心里明白自己有多爱玉，却不明白玉为什么非要离婚。

彬已经一个月没有去找玉了。

整个村庄都显得特别安静，傍晚时分，那些枯树杈上一群乌鸦飞来飞去地尖叫着。彬想不明白，自己对任何人都没有像对玉这么好过，玉为什么这么让自己失望。他不敢再往下想了，烟灰缸里烟头已经堆满了，捻灭最后一根烟头，彬就迷迷糊糊倒在床上睡着了。

好几天没有再看见彬，最后一次看见他，是在火葬厂里，这是一场让人痛心的真真正正的火葬。听说彬不知从哪里弄来了些土炸药，他决定与玉玉石俱焚，所以炸了玉的家，幸好那天玉的母亲带孩子出去玩了，等回到家时，门口已经围了很多人。众人拉不住，玉的母亲冲了进去，但还是没能救出女儿，玉已经血肉模糊看不清了。围观的人中有人赶紧捂住了玉的女儿的眼睛，生怕这个可怜的孩子记住这凄惨的一幕。

人们陆陆续续地散开了，两具尸体被拉走了，带着彬的炽爱，玉的执拗，永远地离开了，留下了一个聪明可人的小女儿。看着这个小女孩那双纯净如清泉的眼睛，我们的心像被什么揪住了。彬和玉的这份爱太重，重得让人哀伤，久久无法褪去地哀伤。

玫瑰心语

明白的人懂得放弃，真情的人懂得牺牲，幸福的人懂得超脱。对不爱自己的人，最需要的是理解、放弃和祝福。过多的自作多情是在乞求对方的施舍。爱与被爱，都是让人幸福的事情。不要让这些变成痛苦，更不要成为无穷无尽的伤害。

妒

对于成绩优异的学生来说，每学期的开学典礼就是他们最骄傲的时候。

领奖台上，素素带着大红花，两条大麻花辫垂在胸前，她拿着奖状，满面的笑容，一只小手不知该往哪儿放，时不时动一动自己的辫梢。每年的开学典礼上都少不了素素的身影，素素虽然家境不好，可是学习优秀又朴实懂事，所以深受全校师生喜欢。

素素的笑容让丽丽非常不满，大家都在鼓掌，只有丽丽没有。丽丽学习也算好，只是因为家庭条件好有些娇气，骨子里还有一种不肯认输的劲儿。老师喜欢素素，给班里领什么东西总喜欢叫上素素，素素就像个小尾巴一样讨人喜欢。每次看到老师带着素素从自己眼前走过，丽丽心里就酸溜溜的，她心里有了主意，一定要给素素难看。那次老师叫了素素和丽丽，帮忙填写期末档案和通知书上的学业成绩。素素一直是全校第一，这次意外失利的她语文只考了 83 分，如果是一个成绩一般的学生，老师倒也不大会发现。可是这第一名的变化老师是看一眼就会记住的。素素平时就简单直接，她告诉丽丽："我去趟厕所，马上就过来，我们一块继续填。"丽丽点点头。素素离开后，丽丽翻出素素的通知书直接将刚才填的 83 分改成了 98 分，改完后就放回原处。素素回来了，就忙了起来，很快成绩单就填完了。丽丽和素素说说笑笑地回家了。

她们走后，班主任李老师就开始整理填好的通知书，突然，她发现素素的语文成绩填的是 98 分，心中一阵惊愕：素素一直是第一，这一次考得低，可能自尊心强的她接受不了，就改了成绩。想到这儿，老师对素素这样的行为很不满意。以后的几天，李老师对素素很冷淡，素素不知道自己到底做错了什么，为什么老师突然间就不喜欢自己了？到了领通知书的那天，素素看到自己的通知书上语文成绩变成了 98 分，素素全明白了。她想去李老师那里解释，可是想想算了吧，李老师现在是对自己的人品有了质疑，就算解释再多老师也不会相信的，素素很伤心，不是为成绩，是为老师对自己的失望。看到老师疏远了素素，丽丽暗自窃喜。

素素不想解释，只想不断努力可以让老师不再误会自己。素素一直是学校的三好学生，又总是考试第一，丽丽排在其后，丽丽在学校里不敢说什么，回到家了就把素素的名字写在纸上，用笔画来画去，一声声地在心里谩骂。她想不明白，为什么自己那么努力，就是无法超越素素呢？

就这样一直到高中毕业，丽丽拼命地追，还是考不过素素，每次选举，素素都第一个被选为班长，全班同学都听她的。为了扳倒素素，丽丽背地里想了很多办法，可是偏偏每次都弄巧成拙，让素素占了便宜。丽丽生气地摔着东西：我的家庭条件比她好多了，凭什么让这个穷丫头这么风光。

素素考上了大学，丽丽差几分，可是丽丽让家里想了办法补了钱，非要和素素上同一所学校。因为素素多才多艺又肯努力，很被老师器重，毕业时被学校推荐到了一家好的工作单位。这件事让丽丽更是恨由心生，心想：学校里公正，老师瞧得上她呢，可是步入社会，复杂多变，就凭素素那个简单不懂变通的农村傻丫头，又没有我见识多，这回我让她彻底输给我。为了和素素比拼，丽丽通过爸爸的关系也进了这家单位。

在新的单位，素素小声哭着："我不想上班，我多想回家伺候病重的妈妈。"可是妈妈坚决不同意素素这么做，把素素赶了回来，让她以工作为重。

丽丽趾高气扬地来上班了，盯着正低头工作的素素说："怎么了，老同学，到新单位就害怕了，没本事就别来呀，哭什么呀？"素素知道丽丽一直就是这样阳奉阴违的，也懒得理她，只是安安稳稳地上自己的班。丽丽很会来事，有空就给领导抹桌子、扫地，领导进来就夸："还是丽丽有眼色，聪明伶俐。"丽丽高兴地盯着素素看，不知是炫耀还是骄傲。素素无语，只是尽心做好自己的本职工作。几年下来，素素的工作能力和敬业精神得到了领导和大家的认可，大家对素素的评价越来越高。丽丽气得只好在背地里做手脚，将素素设计的方案趁机偷偷改成了自己的，素素气得一个人躲在洗手间哭了起来：丽丽为什么不自己做呢，那个方案可是自己废寝忘食一个月才做出来的，只是现在已经无法解释清楚了。如果去领导那儿解释，只会让领导觉得自己恃才傲物，素素心里很矛盾也很失落。

丽丽喜欢单位同事徐磊，条件好又对人热情。可是徐磊偏偏心里喜欢的是素素。这彻底激怒了心怀不满的丽丽，丽丽三番五次破坏他们的感情，徐磊却是个有主见的男人，他喜欢素素的善良朴实，真诚勤奋。他们结婚了，是单位里最让人羡慕的一对。这种羡慕让丽丽内心发狂，看看素素有了一个深爱自己的老公，有了一个可爱的儿子，丽丽恼怒了。

有一天，丽丽约素素到自己家，她给素素倒了一杯酒，说："素素，这么多年我们做同学、做朋友，可是不管走到哪里，大家还是喜欢你。如果以前我哪里做得对不起你，你能原谅我吗？如果你原谅我，我们就一起喝了这杯酒，以后就还是好朋友。"素素不会喝酒，可是看见丽丽能够放下过往，就勇敢地站起来要喝。突然，丽丽的宠物狗波斯蹿出来，跳到桌子上，碰倒了素素的酒杯，它舔了几口就口吐白沫，头倒向了一边。素素看着波斯，眼珠都要迸出来了："你要毒我，丽丽，我们无冤无仇，你为什么要这样？"丽丽抱起波斯，吼着："是，我恨你，从小我就恨你，老师喜欢你，同学喜欢你；到了单位，领导喜欢你，同事羡慕你；老公爱你、儿子优秀，凭什么永远都是你第一，我第二？凭什么，连我最宠的小狗也要救你，为什么？"

"丽丽，你从小玩的玩具比我好，你用的文具比我好，你穿得比我好，吃得比我好。可你不珍惜自己幸福美好的生活却心里装满嫉妒，可我不嫉妒，我是一直在羡慕你，羡慕你的生活。但我知道，我只有靠自己努力才会获得这些。你却看不到你自己的幸福，每天都在比较和妒恨中挣扎。其实，你的能力和我不相上下，你输了，是因为你不懂，在我的心中其实比你多的还有一份梦想，成功靠的是努力和真诚，不仅仅是比较拼命，而你只是绞尽脑汁地在算计。看在交往一场的情分上，这件事我不会说出去的，你好自为之吧，这就是我和你的不同。"素素说完，拿起自己的挎包就离开了。

玫瑰心语

很多女人好胜心强，不论在学习、工作或生活方面，喜欢攀比。如果愿望得到满足她心里就美滋滋的；一旦事与愿违，或者别人比自己强，嘴上虽然不说什么，但心里却酸溜溜的不是个滋味，为此烦恼、沮丧和痛苦。莎士比亚说："您要留心嫉妒啊，那是一个绿眼的妖魔！"理性的嫉妒可以促进人的进步，但是因妒生恨的人是可憎的，她们不能容忍别人的快乐与优秀，会用各种手段去破坏别人的幸福，有的挖空心思采用流言蜚语进行中伤，有的采取卑劣手段；这些人又是可怜的，她们自卑、阴暗，她们享受不到阳光的美好，体会不了人生的乐趣，生活在她们黑暗的世界里。女人善妒，但应妒之有节。

爱 如 此

男孩很爱女孩，把她当宝一样捧在手里。下雨时，男孩总是把伞尽量撑在女孩身上而自己身上全被淋湿了，却还是笑得很甜。男孩很喜欢陪女孩散步，每次都买一些女孩喜欢的饮料给女孩喝，自己只在一边看着，每次女孩问起男孩为什么不给他自己也买一瓶喝，男孩总说自己不渴，看着女孩喝就是他这一生最幸福的事。女孩很感动，也喜欢男孩这样宠着她。

这个女孩秦玉洁，乌黑的学生头很清纯，刚毕业，在父亲经营的私企上班。

这个男孩杨帆，黑黑瘦瘦的男孩，是个硕士生，家庭条件一般，在玉洁爸爸的推荐下去一家国企上了班。

这是令人羡慕的一对小情人。

那天，杨帆一下班就买了蛋糕去玉洁家，今天是玉洁的生日，他要亲自下厨为玉洁做她最喜欢吃的糖醋排骨和水果沙拉。玉洁忙着赶完手里的活，也急着去和杨帆见面。

　　玉洁的家是这个小区里最豪华的一栋小别墅，屋里装修有些简明古朴，沿着白白的楼梯扶手上去就是玉洁的卧室。看到杨帆来了，家里人都来到了客厅，深红色的家具，土黄色的沙发，屋顶中央大大的水晶灯增添了一些亮色，大水晶盘的下面很多的小灯球里各色的光射向屋的四周，分外漂亮。玉洁的爸爸看孩子们正高兴，放下手里的茶具，借故和爱人出去散步了，好留给孩子们单独相处的机会。

　　玉洁要去帮忙，可是杨帆不肯："你去看电视吧，我做好了就叫你，找不着的东西我再问你。"玉洁正吃着苹果，趁杨帆不注意就在杨帆的脸上亲了一口。杨帆笑着说："傻瓜，看呀，苹果汁弄了我一脸。"说着，抱起玉洁也使劲亲了一口。

　　忽然，对面的鱼缸里的水在晃动，杨帆问："你碰着鱼缸了吗？"玉洁说："没有呀。""那些鱼怎么活蹦乱跳的呀？"正说着，窗帘、墙壁、整个房子都在晃动。突然听得"咔嚓"一声，客厅的水晶灯从上面掉下来，说时迟那时快，杨帆赶紧用身体抱住玉洁，之后两个人在一阵晃动中倒在了地上，玉洁重重地摔在杨帆身上，掉下的玻璃小灯球正好砸在女孩玉洁的额头，血慢慢地流了出来，玉洁吓哭了。杨帆叫着："你快跑呀，地震了，一会儿又要震了。""那你呢，我和你一块儿走。"玉洁哭着说。"你快走呀，其实我根本就没爱过你，你这个什么都不会做的女孩，我对你这么好都是图你们家的房和钱，现在什么都没了，我就是死了也不会离开的。"玉洁被宠坏了，眼前的一幕让她惊慌失措，杨帆使劲爬起来推了玉洁一把。玉洁脑子一片混乱，不听使唤地从自己家的别墅里踉踉跄跄往外跑。

　　小区里，好多人都已经跑了下来，有的穿着睡衣，有的提着拖鞋，大人叫着，小孩哭着，大家都聚在小广场这边。

　　玉洁被吓蒙了，地震，还有杨帆那莫名其妙的绝情话，一个人呜咽着。二十分钟后，物业上有人急匆匆跑过来，说："刚才上面打电话过来，大家不必惊慌，是邻省的余震影响到我们这儿，没事的，大家现在按安排先离开这儿吧，警察和救护队要挨家挨户来排查了。"玉洁不愿意走，硬是被邻居大叔拖着走："孩子，你都伤了，先走吧。"

　　玉洁被带进了医院检查，医生说：玉洁是外伤不碍事，只是需要包扎一下。医生说什么，玉洁一句都没听清，她真的对杨帆太失望了，难道他以前所有的好都是假的吗？一天后，男孩杨帆打了好多电话给她，可是女孩在赌气，她没接，把手机直接关了，把自己关在公司的单人宿舍里痛哭，直到被敲门声惊醒。是女孩的妈妈，她妈妈告诉她，男孩被吊灯上的一根不锈钢管刺穿肺部，失血过多已经离开了人世，让女孩去见见他吧。这如晴天霹雳的噩耗袭来，泪决堤了，心也碎了，玉洁疯了一样跑去医院，一路昏昏沉沉，好像随时就会跌倒融化的雪人。玉洁闯进病房，男孩静静地躺在白色的病床上，手里紧紧握着手机，上面写着这样一条信息："亲爱的，当我看到那根小不锈钢管时，我已经没有办法为你挡住玻璃灯球了，亲爱的，对不起。"女孩把手机压在心口下，抱着男孩的尸体痛哭着："你不是要娶我吗？你醒来呀，我要做你永远的新娘，我不许你再骗我了。"

六天后，天在下雨，"叮叮咚咚"敲打着每一个穿着黑衣来送葬的人们的心扉。在杨帆的葬礼上，玉洁穿着洁白的婚纱，眼睛直勾勾地盯着墓碑。这是一场葬礼，也是一场婚礼。玉洁要陪杨帆走完这个世界的最后一程。

一个月后，玉洁将杨帆的父母接到了城里。她要用儿媳妇的情女儿的爱安抚老人的丧子之痛，她要替杨帆完成他未完的责任。

给你最好的爱，是陪你到最后！5月12日，同一个时间我们却在不同的地方，世界在摇晃，我心不畏惧，只想你在我身边，短暂的分别抑或是生与死的离别！简单的爱，因为经历生死而越加让人珍惜！爱，就是心在彼此身边，无论发生什么。

玫瑰心语

或许人就是这样，没有失去永远不懂得珍惜，或许有些时候，自己还没想明白自己想要的是什么的时候，就一直迷茫的在失去中探索。有的人很幸运，当明白的时候还有挽回弥补的机会，而有的人却只能用一生的时间来追悔。非典、地震、水灾、冰冻等等，天灾无情人有情，所有的灾难都在提醒着我们：活着就要学会珍惜，珍惜缘分，珍惜你所爱的人和爱你的人。

和 了 输 了

门上锁了个大锁，孩子放学了，可是忘了带钥匙，一个人趴在石头门墩上睡着了，书包扔在一旁，小狗乖乖地卧在这个七岁孩子的脚下。天黑了，冬日里，天黑得特别早。前程在街上开了个卖化肥的小店，今天从厂家刚开完培训会回来，看见孩子这样，真是怒火心中烧。前程一句话不说，开了门，把孩子匆匆抱了回去，就径直出去了。

前程本来很饿，可是这会儿肚中却饱饱的。除了生气他什么也装不下了。他急忙忙地找了好几家，最后才在街道口的麻将馆找到了妻子三凤。麻将馆里，热气腾腾，煮方便面的炉子上火呼呼地往上蹿，另一个牌桌上几个男人正在吞云吐雾，抽着烟。三凤前几天一直输着，今天真是走运还能一直赢着，一定要把前边输的赢回来。"和了和了！"三凤正在兴头上，根本没看到脸色已经由青变黑的前程。前程扑过去，麻将牌"呼啦啦"全掉在了地上，自己转身离开了。现在都是自动麻将桌，这要是前几年的老麻将，前程都能把桌子掀了。大家都惊住了，四嫂子拉了拉三凤的衣服，使了个眼色：快回去吧。

看大家都瞅着自己，三凤也跟着离开了。

　　前程头也不回往家走去，三凤也小跑着追过去，可不管怎么加快速度就是追不上老公。进了家门，前程所有的怒火从心中涌到心口，逼到嗓子眼。前程真的想对这个三凤大骂几句，可是话到嘴边就是说不出来。前程走了进去把孩子的卧室门关上，就来到客厅蹲坐到了沙发上，一根接一根地抽着烟，烟雾随着窗户那边钻进来的几缕风向上飘去。前程不想理三凤，飘飘忽忽的烟雾中，他想起了以前的那些时光，虽然辛苦却很踏实。那时自己白手起家，和老婆三凤带着那么点钱来到城里打工，卖袜子、卖旧书、卖菜……总之就是什么能卖点钱维持生活就卖什么，先在城里立足再说。他们租了一间六十平方米的屋子，只有一个灯泡，所以光线有些暗，可是租金便宜呀，又离市场很近，每天做个二手贩子去大市场发些货来卖，这积少成多，也赚了不少钱。因为起早贪黑地干，那辆破旧的三轮车都修了不知多少回，可是每天数着那赚来的七八十块钱，所有的辛苦就都忘了，内心还是很欣喜。夫妻俩攒了一些钱后，就决定不再那么辛苦，不再每天风里来雨里去的，就托朋友帮忙，用攒的钱开了个小小的化肥店。这几年，国家一直扶持农民，所以这卖化肥的生意也越来越好。这十几年下来也攒了不少钱，就在城里买了房子，日子也过得越来越舒坦。

　　前程生意做大了，可是人却更忙了，就买了个小皮卡来给乡下送货，自己慢慢就发展为一个小代理商了。自从买了房，三凤没事就跟附近的那些闲着的人打牌，前程就想着：以前三凤也跟着自己受了不少苦，心想算了，她爱玩，闲了就玩一会儿吧。可是后来三凤却经常打牌，竟然还叫那些人到家里来一起打。前程忙回来，饿得肚子咕咕叫，进了门顾不上说话就跑到厨房里，掀开锅盖，锅里空空，打开冰箱，就几个馍一盘剩菜。大家散后前程就跟三凤大吵了一架。以后的日子因为打牌的事也三天一小吵，五天一大吵。

　　每次一吵架，三凤就吵着：这以前不是我说什么样就什么样吧，现在怎么了，有钱就嫌弃了。前程每次都气得不知说什么好，就撂了一句：你以后只要管好孩子就行了。

　　自从这附近有了麻将场子，三凤就隔三岔五地去打牌。每次三凤都说：只要把输的钱都赢回来我就再也不去了，可是每次那些牌友一唤她，就控制不了了。孩子的成绩一直在退步，只要手气好了，三凤就舍不得离开麻将桌子，孩子回来扔给孩子十块钱让自己去饭馆吃去。

前程想不下去了，他把手里的那根烟头用鞋尖踩灭，这次他不能忍了，他只要听见那麻将翻转的声音脑子就像炸了一样，他做了决定。

第二天早上起来，三凤像每次犯错那样，早早起来收拾屋子，希望老公可以像往常那样原谅自己。可是挪开桌子上的杯子时，抹布碰到了那张硬纸，纸上明晃晃地写着几个字：离婚协议书。

三凤看着看着眼泪就下来了，嘴里念叨着：输了，真输了！

玫瑰心语

我们每天辛苦地奋斗为什么，除了为自己，更大的动力来自孩子。其实，女人对孩子深爱，殊不知在男人的内心深处，比女人更看重自己的孩子。教育好孩子就是对丈夫生命延续的一种尊重。小玩怡情，无度伤情。麻将牌可以输，可是孩子输不起，爱输不起，人生更输不起。

生了闺女我怨谁

这家医院是市里最好的医院，好多家属打听之后都让自己怀孕的妻子来这里生孩子。妇产科室里，不断有喜讯传来。

公公手插在裤腰袋里急得团团转，婆婆也站在产房门口兴奋地对站在一旁的公公说："别担心，肯定会生个男孩，咱这孙子这回是抱定了！"在焦灼的等待中半个小时过去了，医生出来了，婆婆公公赶忙凑上去问，医生对老人说："是个闺女。"两个老人的笑容顿时凝滞了，小皱纹停止了舒展，虽说不高兴，婆婆也不好说，只把不满憋在心里。总算伺候儿媳出了月子，这个月，两个老人比媳妇更难熬。

芬很喜欢阿龙，嫁给阿龙是她最幸福的一件事，更让人高兴的是公公不仅有工作，而且公公婆婆又对自己特别的上心，凭借他们的社会关系给自己找了个虽然临时却很轻松的工作，平时家里有什么新鲜吃的婆婆总是把第一个拿给芬吃。当初芬要嫁给阿龙，芬的母亲看阿龙不是在事业单位上班一直不同意，她告诉芬："你要嫁可以，将来后悔了别找回来就行。"

婆婆家三代单传，就希望儿媳生个男孩继承香火。婆婆让芬把工作辞了，在家照看孩子，自己没事就出去打打牌散心。芬每天除了做饭就是带孩子，婆婆和公公虽然因为不高兴不喜欢带孩子，但也不找自己麻烦，芬已经很高兴了。芬想：公公婆婆只是暂时不高兴，等孩子稍微大点儿，老人一定会喜欢的，自己也就可以去上班了。

虽然生了女儿后一家人都不高兴，可是听说政策变了，只要夫妻一方是独生子女的就可以生二胎了，婆婆乐开了花，一家人都把希望寄托在下一个孩子身上，对芬变得热情了，全家平平静静度过了三年的幸福时光。女儿可以上幼儿园了，芬在老公的劝说下就决定再生一个。这次，婆婆、公公更是上心，自从怀上了，婆婆就每天给芬买水果、炖鸡汤，还时不时地说"酸儿辣女"，给芬弄了好些酸菜吃。芬很感动，婆婆只是想有个孙子，可是自己的肚子怎么就这么不争气呢？芬也一直暗暗告诉自己，这次肯定会生个男孩。等到五个月了，芬去医院检查，一直追问胎儿的性别，医生因为医院有规定不肯告诉她。芬就到另一家医院检查，医生经不住芬的软磨硬缠，就随口说了一句："跟你想的一样，只是孩子是脐带绕颈，将来可能要剖腹产。"

芬这回可放下了心，只要这回能生个男孩子就好，就是剖腹产自己也不怕了。天意弄人，这回芬又生了个女儿，又赶上老公跟别人合伙做生意上当，投资的钱全赔进去了，一家人顿时没了笑容，芬在医院住了两天就回家了。一家人都不高兴，那天孩子发烧，不停地哭叫，老公心烦，一气之下就离开家了。芬觉得家里太闷，也没人照顾自己，想回娘家，可是想想自己当初对妈妈做的保证还是忍着在自己家待了下去。现在都百天了，这手术的伤口怎么还一直这么痛？这层层似水波的妊娠纹也不见少。芬去医院检查，医生说是因为没有保养好，外面的伤口虽然愈合了，可是里面却没有愈合，一处已经拱出一个小包。

芬一直忍着，今天痛得实在忍不了就硬着头皮回娘家了。没想到母亲一看到自己，就将芬的几件衣服扔出来让她立马走人："你啥时管过我，现在你父亲不在了，你哥嫂养活我都不容易，还咋养活你，你走吧。"芬哭哭啼啼离开了。芬想去打工，可是没人照看孩子，自己的伤口也疼得厉害，医生还一直催着再做手术呢。

一个女人，没了家，没了依靠，她去了好多家借钱，都没有借来，别人看她现在无依无靠的样子，怕她还不起。后来芬给一个小作坊答应病好后去那里打工，写了张欠条才借了些钱，她拿着这些钱重做了手术，处理了伤口。伤好了可是她的性格却大变了，再也找不到昔日的活泼，和人聊天，总喜欢絮絮叨叨地说："都怪自己生了个女孩儿，要是生个男孩儿肯定就不是这样……"

玫瑰心语

发怒，是用别人的错误惩罚自己；烦恼，是用自己的过失折磨自己；后悔，是用无奈的往事摧残自己；忧虑，是用虚拟的风险惊吓自己；孤独，是用自制的牢房禁锢自己；自卑，是用别人的长处诋毁自己。可是生了女孩，芬该怨谁？放弃一些坚持，不放弃自己，也许生活才能更快乐。

幽 默 甜 心

幽默的女人是智慧的，因为幽默必须具备一定的文化底蕴。但是光有知识还是不够的，还需要一些灵气。甜甜就是这样一个兼具才气与灵气的幽默女人。

甜甜平时看书很多，见多识广了，又加之甜甜本身就反应敏捷、思路明快，所以总会旁征博引、信手拈来，讨得大家欢心。

因为幽默可爱，甜甜在单位总能如鱼得水、左右逢源。有一次，有个同事在抱怨，领导总不重视她，不给她重要的事情干。甜甜就倒了一杯咖啡送了过去，甜甜明明知道这个同事是不喝咖啡的。那个同事正在气头上，看也不看端起来就喝了一口，结果全喷了出来。甜甜赶紧往咖啡里加了糖，说："你看看，现在好喝吗？"那个同事喝了一口，果然觉得甜多了。甜甜趁机就说："做一件事，就像泡咖啡一样，你给它加了什么它就是什么味道。做得好坏，关键在于你自己的喜好了。"同事觉得说得有道理，就把自己的本职工作做得很好，半年多的努力工作后，很快就晋升了，同事打心眼里感激甜甜。

还有一次，领导要一份合约，结果甜甜忘在家里了，取过来的时候就送得有些迟了，她一直就气喘吁吁的。领导问："小甜，你怎么了？"甜甜笑着说："我们家那小蜗牛总是不争气，跑那么慢，耽误我做事。"领导诧异地说："什么小蜗牛呀？"甜甜说："就是我家那辆小汽车呀，一见车多人多就不好好跑。"领导哈哈大笑，说："原来是堵车呀，没事，尽力了就好，小甜真幽默。"不但没有责备甜甜送迟了，还理解了甜甜的苦衷。

　　做个幽默的女人，走到哪儿都受欢迎。在单位，甜甜是个女强人，可是回到家里就变成了小公主，总能讨得老公欢心。有一次老公下班回家了，甜甜就开了门鞠着躬："先生，您下班了，饭菜已经上在爱心桌上，请您上座就餐，您还有什么吩咐吗？"说完连自己也笑了起来。老公本来已经很累了，被甜甜这么一逗，竟然也幽默了一句："先生还有吩咐，请夫人过来一同就餐。"说完，两人都笑了，不仅缓解了工作压力，而且家里的气氛也变得更温馨了。

　　甜甜平时还喜欢做些小卡片，放在一些地方，比如今天心情不好了，她就画个哭脸放在梳妆台前，这样老公常常就关注到了甜甜的心情变化。

　　当然，夫妻一辈子，不可能永远没有矛盾。因为年轻，他们也有争吵的时候。有一次他们因为一个小问题争吵，都在气头上，谁都不肯让谁。一怒之下，甜甜拿起自己的行李箱就要回娘家。老公坐在沙发上生闷气，就没有理会她。

　　甜甜收拾好衣物，冷冷地说："我忘了从存折取钱了，给路费呀。"老公随手从上衣口袋里拿了二十块钱扔过去。没想到甜甜一屁股也坐在了沙发上，生气地说："这回来的路费不给报呀，何况大热天的，你不给买水喝的钱，渴死我呀。"老公盯着甜甜，哭笑不得，马上转怒为喜，挽着甜甜的胳膊说："那你就别走了，守着我这个大钱包过吧。否则没水喝热坏了，我还心疼呢。"

　　没想到一句幽默的话不仅让夫妻重归于好，而且通过危机还加深了感情。

　　甜甜不仅机智，喜欢微笑，而且很会打扮自己。所以，尽管她长得很普通，可她依然能让自己很出彩儿。她不喜欢浓妆艳抹，那样太缺少自然美了。女人的服装就是书的封面，凸显的是女人的风格；女人的饰品附显的是女人的小情致。

　　甜甜是圆形的脸，她给自己配上三角形的小吊坠，脸庞显得活泼明丽，再用晶莹的手镯做以陪衬，平平常常的服装中便显出女性的魅力。她那些既显个性又添魅力的丝巾，随风飘舞，更显得神采飞扬、容颜靓丽。所以经过不同的变换搭配，甜甜时而端庄秀丽，时而热情奔放，时而恬静贤淑，时而甜美可人。

甜甜懂得搭配，会调适色彩，喜欢选择一些与众不同而有女人味的饰品，所以生活中总是那样别致，再加上自己的幽默，散发着自己独特的女人魅力。

玫瑰心语

没有人喜欢没有花香的鲜花，"弱水三千，我只取一瓢饮。"这里的"弱水"指的就是女人。会撒娇的女人懂得打扮自己，会幽默的女人懂得不断提升自己的素养，会示弱的女人会让男人更心疼自己。哪怕你不是百年不遇的绝代佳人，但只要你会稍作雕饰，甜甜一笑，柔柔一语，就会让人爱不释手、回味无穷。因为女人不仅仅因为美丽而让人悦目，更因为可爱让人赏心。二者兼具，让人赏心悦目的女人一定有自己独特的色彩。

宝 马 女

　　前面围观了很多人，堵住了去路。两排车都缓缓停了下来。看着自己前面的两辆车都停了下来，石伟知道现在是走不了了，就想下车透透气。看着围观的人很多，石伟也围了过去。一个六十多岁的老太太坐在一辆宝马车的前面，呼天抢地："真是瞎了眼了，撞了人还想跑呀。"司机是一个四十多岁的男子，就凭那身打扮，应该是个老板。那人走过来不断地摇着头："不是我，真的不是我，我还有重要的会议呢。"人群中有一个三十岁左右的男子又站出来推了那个老板一把："有钱人有什么了不起，撞了人还想跑，怎么，看老太太年纪大了，就想抵赖呀。"众人也开始对这个老板指指点点。老板说："那送老太太去医院吧。"没想到，老太太突然停止了哭闹，说："看你主动认错，就不为难你了，我头痛呀。"说完就又哭了起来。那个三十岁左右的男子说："算了，看你也有事，你就赔给老太太三千块钱，我们送老太太去医院吧。"那个老板看看手表，从钱包里拿出三千块钱给了那人，说："谢谢，麻烦你们了。"老太太被那人扶到路边，那个老板就开车离开了。

围观的人开始散开，石伟只听得身边的一个年轻人小声说："那个老板根本就没碰到老太太，是老太太自己倒在车跟前的，那个男人和老太太是一伙的，人家那叫碰瓷。"石伟恍然大悟，石伟是历史学专业毕业，自然知道什么叫碰瓷。碰瓷原属北京方言，泛指一些投机取巧、敲诈勒索的行为。例如故意和机动车辆相撞，骗取赔偿。据说，碰瓷是清朝末年的一些没落的八旗子弟"发明"的。这些人平日里手捧一件"名贵"的赝品瓷器，行走于闹市街巷。然后瞅准机会，故意让行使的马车不小心"碰"他一下，他手中的瓷器随即落地摔碎，于是瓷器的主人就"义正词严"地缠住车主让对方按名贵瓷器的价格给予赔偿。对这些赶时间的人进行讹诈（据说成功率很高）。久而久之，人们就称这种行为为"碰瓷"。目前屡屡看到很多车主在外地或者高速上被讹诈的碰瓷的相关报道，而因为暴利和大多数车主的"配合"，碰瓷党大有越发猖獗的趋势，所以碰瓷在国内已经开始泛滥成灾！想到这些，石伟就想着：自己以后可得小心点，不过今日一见，想我石伟是绝对不会上这当的。

他走过这个小镇，就开车上了高速。在紧急停靠车道，有一个女子挥着衣服喊："停，停！"石伟以为出了什么大事，就停靠了过去。那女子穿着百褶裙，长长的秀发搭在腰间，头顶扣着一副紫色墨镜，身边停着一辆白色宝马，她甜甜地说："大哥，不好意思，我的车没油了，这离休息站还有一截路，出来着急把钱夹忘了，这可咋办呀？"石伟看她着急的样子，心想，天快黑了，一个姑娘家停在这高速路上总也不好吧，人家都开着宝马，没事能求到咱吗？他说："这样吧，你别急，我这车上还有点备用油，你先救急，给你二百块钱，到了下个休息站你就可以再多加点油了。"那女人接过钱，直说："谢谢，真的谢谢了，你把电话留给我吧，以后我一定加倍还给你。"石伟说："没事，出门谁没个事，这个道上不能长时间停车，我先走了，你弄好了也赶紧走吧。"

石伟今天是要去市里参加一个培训会。

一周后，石伟下了班就开了电视看。电视上出现一个人，石伟惊呆了，这不正是高速路上那位漂亮的小姐吗？石伟仔细看了下去，新闻上报道：这个女人是专业碰瓷团伙的主谋，已被我警方抓获。"什么，这宝马女也碰瓷？"石伟一下子就蒙了。

现代的碰瓷已呈现团伙作案的趋势，在一些大城市出现了以此谋生的人，叫"职业碰瓷党"，有人碰瓷，有人望风，有人跟踪，有人提供场所。而作案工具已经发生了改变，由破瓷碗改成了平光眼镜、假手表、破旧 CD 机、手机以及废旧的手提电脑等物，而且性质更加恶劣，多为团伙作案，如敲诈不成，马上会对事主进行殴打并转化成抢劫、抢夺，严重地侵犯公民的生命、财产安全。

玫瑰心语 ————————————————————————

勤劳的女人看手就知道，聪明的女人看眼睛就知道，有钱的女人看脖子就知道，热情的女人看嘴就知道，但表面看到的未必全是真实的。不积跬步无以至千里，不积小流无以成江河。要想成就一番事业，就需要付出坚强的心理和耐力，只想坐收渔利，不劳而获的女人只能是白日做梦，竹篮打水一场空，如碰瓷党一般终会一无所获。

爱 的 怯 懦

空气中弥漫着使人窒息的味道，撕心裂肺的伤感模糊了自己的双眼。

想起那个夜晚，淑娴心里不禁又是一阵痛楚。那个男人，也就是自己的丈夫，竟然背着自己在外面约会小情人。其实不应该说背着，应该说是所谓的光明正大吧，只是自己因为不愿意相信，所以装着不知道而已。晚上自己从学院回来的时候，看见丈夫正鬼鬼祟祟地从楼道里出来，眼神不对，四处张望了几下，就是那几下，淑娴就知道老公一定有事。因为前几天，自己渴望身体里的那点儿事的时候，丈夫显得那样的毫无兴趣。自己先是抚摸，继而爬到了丈夫的身上，可丈夫像是应付差事一样动了两下，一副勉强的样子，笑着对淑娴说："今天，太累了，就让我歇歇吧。"淑娴只好把身体挪了挪，心里虽然很烦躁，但她还是平平静静地躺在那里。每次只要丈夫国强说什么，她都会很听话，因为她不敢反抗。

淑娴和她的丈夫田国强都是一家技校的老师。淑娴是学院里人人皆知的温顺媳妇，贤惠勤快，什么都不争，同事们都戏谑地称她"好好女人"。说起他们夫妻的故事还有一段很传奇的经历。

当时国强还是这个学院的一名普通老师，已经结婚了，可是淑娴不知道。淑娴当时是这个学院的一名乖巧的女学生，可她偏偏喜欢上了这个教自己计算机的班主任老师田国强。田国强教了淑娴三年，那年就是最后一年了。淑娴爱上了自己的老师，只要上田老师的课，她都会觉得很陶醉，可是她不敢说，田老师那动人的声音、潇洒的一举一动都让自己回想半天。田老师看出了淑娴的心思，抑或是碍于老师的情面，他始终不以为然。可到第四年了，就要毕业了，再不表白就没有机会了，淑娴着急了。从来都胆小怕事的她，忽然间什么都不怕了。那天，刚下过雨，空气很清新，淑娴拿着自己写好的一封爱情告白信，小心翼翼地跟着田老师来到了他家里。田老师进了家，"啪"的一声关了门。淑娴看着门关了，想过打退堂鼓回去，可是年轻女孩子永远无法阻止自己内心对爱的冲动，她还是又鼓足勇气敲了门。开门的是田老师，没想到田老师对淑娴的到来并不意外。家里没有其他人，淑娴就大胆地表达了自己的爱意，说得如泣如诉。田老师是新毕业的年轻老师，才二十几岁，看着眼前这个楚楚可怜的女孩子，他再也控制不了一个男人的欲望。他抱住了淑娴，淑娴也抱住了田老师，干柴烈火般释放着自己的那份情感。那一刻，他们忘却了他们还是师生关系，也忘却了伦理道德与责任。那一刻开始，淑娴再也不叫他老师了，开始叫他国强。梦醒了，淑娴觉得很幸福，因为她爱这个男人。可是国强却觉得很害怕，没想到淑娴这个姑娘还是处子，虽然是你情我愿，淑娴也过了十八岁的生日，可他还是有些恐慌，毕竟他还有老婆，只是没有淑娴年轻而已。

以后的几个月，国强还会常常背着老婆跟淑娴在一起。纸包不住火，这件事慢慢就在学院传开了。国强的爱人知道了，执意要离婚，国强也害怕拖下去对自己影响不好，就很快在离婚协议上签字了。淑娴顺理成章地做了田国强的第二任妻子，虽然没有喜宴也没有婚纱，可是淑娴心甘情愿，随后通过田国强的关系淑娴也留在了这个学院做老师。前妻性格很倔强，淑娴性格很温顺，刚结婚的几个月，田国强觉得自己在淑娴的身上找到了男人的强大和尊严，他很兴奋。他们很快就生了一个男孩，淑娴不仅要上班还要照顾孩子，虽然她从没被评过优秀教师，可她依然很努力。评不上也是情理当中，不是淑娴教得不好，而是每次有同事要她让出评选名额的时候，她都会同意的。时间一天天地过去，日子久了，国强就厌倦了这种生活，虽然也找不出淑娴有什么大的毛病，可是他从这个女人身上找不到一点激情。他想了想，也许自己根本就没喜欢过这个女人，只是一时的冲动，这个女人只适合做学生，根本就不适合做妻子。以后田国强就很少回家，也不给家里留钱，家里大大小小的事淑娴都一个人揽下了。

淑娴也觉得不对头，可是她不愿意相信，也不敢问国强，就这样自欺欺人地过着。国强每次回来都想象着淑娴叱问自己的样子，可是淑娴没有。看淑娴什么都不过问了，以后他也就不偷偷摸摸了，光明正大地开始和其他女孩子交往。

小区里的人有意无意地提醒着淑娴，淑娴心里也不舒服，可是她爱这个男人，这个男人就是自己的全部，就算他外边有女人，可他也从没想过跟自己离婚，何况自己当初不也充当着第三者的角色，她愿意忍着什么都不说。国强不在的每个夜晚，她都会想着与国强在一起的第一夜，那么的甜蜜：自己用嘴唇亲吻着他身体的每一寸肌肤，自己能够感觉到他皮肤的咸涩，同时又有一种莫名的兴奋，因为那是男人与生俱来的那种和女人完全不同的气味在刺激着自己，使自己的每一个神经都非常灵敏，她把全部的爱凝结于嘴唇在他身上游走，爱是那样炽烈。想着想着，内心里就有一个声音告诉着淑娴：哪怕这个男人是个花花公子，可你根本就离不开这个男人。

淑娴把所有的心思都转移到孩子身上，用孩子来填补自己精神的空缺。就算国强把别的女人领到自己家里吃饭，淑娴也会欣然把饭菜端上；就算丈夫会回到前妻那里过夜，她也无语。也许真的是性格决定命运，淑娴注定也甘愿为这个男人倾注一生。

淑娴被爱迷惑，她不懂，痛苦只是成功与胜利的首付，你品尝得越多，属于你的空间越广阔；她也不懂，没人可以带走她的苦痛，一切都要她自己去面对，去改变。

　　懦弱的女人必须改变自己，永远不要为一个不爱你的人去浪费一分一秒。因为所有的改变，虽然都伴随着阵痛，可是若不痛苦，势必会一辈子吃苦。阵痛是最好的良药，能让我们抛却平庸，拒绝麻木，不甘落后。女人要学会在痛苦中挺立，别在苦水中浸泡得太久，要苦有所值，否则怯懦换来的就是卑微，而卑微不会换来真爱，更不会赢得同情。某天改变了的你一定会感谢那个遗弃你的人，感谢那个你曾深爱着却置你于不顾的人。

一 念 之 福

热浪之下，人们都在寻找树荫葱茏处，毒辣辣的太阳射得张雅芳睁不开眼，她坐在一家商店门口的台阶上，她想坐在这儿歇一会儿，等待老公大强回来。身上的衬衫已经被汗水浸透了，她不停地用一块硬纸片给自己扇着。张雅芳和大强在外已经跑了一年多了，这么辛苦是为了寻找一年以前丢失的女儿乐乐。

一年前，那正是农忙时节，村里人都忙活着收麦子。这六月的天，说变就变，收到场里的麦子得抓紧时间碾了；碾完的农户已经趁着这好日头晾晒了，晒干了可以尽快入仓，有时间了还可以去粮站缴纳公粮。一年的收成就在这几天，再懒的人也不敢懈怠，遇上突然变天就糟了，连着下雨麦子会出芽的，出了芽的麦子会发霉变质，别说自家吃不了，就是缴公粮人家也验不上。你说，谁家能不忙？

天突然暗了下来，雨就要来了，大强家的麦子还晒在场里，他急着回家去取装粮食的农具：木锨、木推、袋子、簸箕……大强媳妇雅芳一个人正忙着用彩条布先盖住麦子，因为怕雨来心里着急，也没瞅见三岁的女儿乐乐，大强更不知情，只知道一股劲儿地赶路。从场里到他们家要路过街道。

全家都在急着装麦子，因为人多，很快就收拾停当了，正准备用车拉回去。雅芳喊着："乐乐呢？乐乐，回家了！"喊了好几声，都听不见乐乐回答。"什么，乐乐不见了？"来不及把麦子送回去，大家就都去找孩子了。能找的地方都找了，还是不见孩子的踪影。大强就沿路一个人一个人地问。最后才从一个年纪大的老大爷那里打听到一点消息：大爷说，他下午买药，看见有个中年男人给一个小女孩买了一根冰棍，然后就一起上了一辆机动三轮车，他当时也没注意，他自己眼神也不好，以为是孩子父亲就没有理会。

"乐乐被人拐走了，坐车走的，没希望了，大家赶紧看好自家孩子！"乐乐丢失的消息在村里传开了。大强和雅芳报了案，可是公安局一直都没有传来关于乐乐的消息，雅芳哭了好多天，他们不甘心，就决定亲自出门去找。风里来雨里去一年多，雅芳的眼泪都哭干了，可是依然没有找到孩子。

大强回来了，雅芳从商店门口站了起来，叹了一口气："先回去吧，大强，咱是农民，一年多不管庄稼，地都快荒了吧，我看这孩子是找不着了。"大强说："先回去，再慢慢找，雅芳你别灰心。"

大强和雅芳回到了村里，二娘看着雅芳瘦了一大圈，心疼地说："这日子还得过呀，你就再生一个吧，兴许乐乐是跟了一个好人家呢。"大强为了让雅芳不再伤心，也这样劝说着雅芳。

一年后，他们又生了一个儿子。村里人怕他们伤心，就再也不在他们面前提起乐乐的事。

三年后，他们还生了一个女儿。两个孩子的出生让他们心里有了安慰，可乐乐的走失毕竟也是一个伤疤。家里添了两个孩子，家庭负担自然越来越重。看着村里好多中年人都出去打工了，他们也想趁着地里的活还不忙时，出去挣点钱。雅芳把两个孩子丢给娘家妈妈，自己和大强去城市里打工了。

雅芳在一家集贸市场打扫卫生，大强去工地上拉砖搬水泥。活是苦点脏点，可是靠自己劳动挣钱，心里踏实。每天，那些人把烂菜叶子丢了一地，雅芳去扫时，有些人脚也不愿意抬一下，有的人还投来不屑的眼光。

有一天傍晚，雅芳正把市场里边的脏东西往市场门口拉，她头也不抬只顾着干活。

　　而市场门口，一辆货车疾驰而过，一个小女孩被撞倒在地，左手血淋淋的……一个男人走过，他赶紧把帽檐往下拉了拉，装作没看见快步过去了；一个妇女拉着自己孩子经过，也赶忙捂住自己孩子的眼匆匆离开；一个骑自行车的人走过，想要下来看看，可他犹豫了一下，四下望望，心想：这四下又没人，万一讹上我了可咋办。想到这里，他又立马踩着脚踏板，风一样离开了。接着，三三两两的人都绕开受伤的女孩，从马路一边离开了。

　　雅芳干了一天的活，身上、手上都脏兮兮的，腰也疼得直不起来。她停下来挺了挺腰，刚一抬起头，就丢下手里的扫帚，猛跑了出去。原来她看见一个女孩倒在血泊里，她二话不说也来不及多想，抱起女孩向医院的方向奔去。

　　小女孩被一个扫地的抱到医院去了，围观的人越来越多。突然，一个穿戴整洁的女人从对面的超市里哭着跑了出来："欢欢，我的女儿呢？"众人不敢说话，那个女人看着地上的血迹就晕了过去，不知是谁打了120，那个女人被救护车拉走了。

　　欢欢虽然脱离了生命危险，只是因为路人没有及时救助而导致失血过多，需要好长时间的治疗。一周后，欢欢的爸爸妈妈找到了雅芳，欢欢的爸爸拉着雅芳的手感激地说："谢谢您啊。没有您，欢欢恐怕就没命了。"欢欢的妈妈也哭着说："谢谢大嫂了，您是欢欢的救命恩人，我也就不瞒着您了。我和我老公都上班，可是一直却没个孩子，也去了不少医院，看了不少医生，可还是不生。托上天的福，一个亲戚从乡下带回来一个孩子，为了感激人家，还给了人家八千块钱呢，没想到这孩子聪明可爱，我俩就把她当心肝宝贝了。那天她要买洋娃娃，我就带她到超市，她说她出去扔个苹果核，结果就出事了。你这不仅是救了欢欢，也救了我们全家呀。"雅芳不太会说话，只说："不用，不用谢，孩子没事就好，我也没做什么，是谁看见了都会救孩子的。"在雅芳心里，人人都像自己一样善良。

　　半年后，欢欢慢慢恢复了，爸爸妈妈就带着她亲自来拜谢恩人。七岁的欢欢穿着漂亮的红裙子又蹦又跳，红红的腰带随风起舞，雅芳一见这孩子就特别喜欢。她想看看孩子的左手恢复得怎么样，突然看见孩子的银手镯，手镯上的那条小鱼好熟悉啊，乐乐当年就戴了这么一个小鱼的，那是雅芳的妈妈送给雅芳的手镯，乐乐出生了，雅芳就卸下来给自己孩子乐乐戴上了。雅芳又惊又喜，可是马上就冷静了下来："想什么呢，只是巧合吧，一模一样的银饰多了，乐乐早就丢了，或许这就是缘分，上天为了弥补自己失去乐乐的痛苦，又让自己碰见了欢欢这么一个可爱的小女孩。"欢欢走了，雅芳却觉得心有不安，她为什么不问问欢欢爸妈呢，问清了不是就不胡思乱想了。

雅芳抽空去了欢欢家，装作很随意地问了问。欢欢的妈妈把雅芳拉到客厅坐下，说："老嫂子，孩子只是一个乡下亲戚带过来的，当时孩子才三岁，问什么都不肯说。"雅芳按照欢欢妈妈说的地方找到了那个亲戚，才知道孩子是这个亲戚从一个人贩子那里买回来的，那个人贩子谁也不认识。当时孩子三岁多，只是哭着说要找强子爸爸。雅芳哭了，欢欢真的就是自己当年丢失的乐乐呀。

好人好报，雅芳没有想到自己的一个善念却救的是自己的孩子。看着孩子平平安安，雅芳安下了心，她不打算认下这个孩子，雅芳对老公说：咱别去打扰孩子了，哪里有爱哪里就是她的家，有那么疼爱她的一家人，俺放心。雅芳和老公辞了工作，回乡下去了。

玫瑰心语

真情是人与人之间交流和理解的一座桥梁，是黑暗中的一盏指明灯，是寒夜里一杯滚烫的热茶。真情可贵，它来自于人们内心最真实的感觉。想象一下，如果我们能在一个充满真情的世界生活，每个人都乐于帮助他人，都在帮助与被帮助中收获快乐与真情，那么世界就会充满爱，每个角落都会充满爱。如果人人都想着：不是自己的亲人就不救助，那当我们的亲人真正需要救助时，谁还会伸出热情的双手？一个人无论是轰轰烈烈还是平平淡淡，无论是位高权重还是人微言轻，无论是腰缠万贯还是一贫如洗，都离不开真情的温暖和慰藉。

一个人的买卖

　　美妙的清音中，你听到自然的消息和人世的沧桑了吗？一个人的日子在面对生活的挑衅时，你会感到突兀和委屈，但是如果你学不会在其间站立，你就无法续写自己的人生。

　　圆圆离开四川老家，跟随老公阿志来到一个陌生的地方生活。

　　圆圆小学毕业，没有多少文化，也没有什么技术，就依靠着老公度日。老公在煤矿拉煤，那矿下出来只能看得见的是个囫囵黑的人，具体长什么样看不清楚，虽然辛苦点，但是工钱还不少，过日子还是花不完的。也许是这下矿的活儿太辛苦太折磨人，不知什么时候老公阿志学会了吸毒，用当地人的话说，阿志成了一个不折不扣的烟民，为了买毒品，那个租来的房子里自己值钱的东西全都被卖光了。开始的时候，圆圆并不知晓阿志的事，知道时已经太晚了。如果不是那身皮囊，你会以为他是个怕人的骷髅。因为老公吸毒，孩子一生下来肾脏就有毛病。医生曾经说过：这个孩子活不过七岁。现在孩子五岁了，喘着气却还是走不了十五米的路就得歇歇，脸上的颧骨高凸，远远的你瞅不见孩子就能瞅见他那双嵌在大大眼眶里的微黄还黑的眼珠转来转去。那胳膊腿，瘦得像一支支枯柴，看了让人心疼，大家都不敢在孩子面前提及他的病。

那天，又有几个汉子来家里要债。圆圆哭着："就那台电视，要愿意就抵了吧，要钱真的是没有。"电视被抬走了，整个房子里除了一张床、一个炉子和几件做饭的用具，啥都没了。圆圆是那个时候，才知道阿志染上毒瘾的，可是她劝也劝不住，单位也把阿志辞退了。这染上了毒的人还会听进去谁说的话？阿志没了收入，每次毒瘾犯了就发疯似的找朋友借钱，谎称是给孩子借钱看病，结果自己全买毒品了。朋友们开始出于同情都会或多或少借给一些，后来知道孩子还是病恹恹地蹲在那儿，就再也不借给他了。

阿志没了经济来源，不是回家摔东西就是跟那些不三不四的人混一块儿，为了吸毒他是什么都敢干。有时候烟瘾上来，就打圆圆，气急了连孩子都往死里掐。圆圆忍不过就到派出所举报了，之后，警车将阿志拉走了。

圆圆什么都不会做，也没什么手艺，又不肯吃苦，为了生计就跟另一个矿工混在一起生活。那个矿工过年回了老家就没再回来，而圆圆却怀孕了。怀胎十月，圆圆生下那个孩子，可是自己根本就养不起。圆圆悄悄托人把孩子卖了，换了两万块钱，一半给大孩子买药维持生命，一半用来维持生计。听医生说，给孩子看病要花很多钱，再加上家里高高的债台，圆圆被吓倒了，她没有文化，也不愿意再下苦去赚钱。那天别人又来催债，圆圆看这个人还不错，缓缓地说："你们看家里什么都没有，那就用我自己的身体去抵债吧。"圆圆心里分明知道那些男人只是拿自己来解闷，她这样的女人肯定不会娶回家的，愿意让自己来抵债已经是高看自己了。没想到这些人连自己都不愿意多看一眼，就离开了，圆圆知道此刻连这些地痞烟鬼都不愿碰自己了，自己好下贱呀。不久，圆圆又跟别人生了个女孩，也卖了，这次只卖了一万块。圆圆依然靠卖孩子这样落魄地生活。圆圆的事情慢慢被传开了，大家可怜孩子就凑钱给孩子看了病，孩子病好了，圆圆就把孩子送到了老公的老家。此后，大家就再也没有见过圆圆，不知道圆圆去了哪里。

那个出租屋里，剩下一个旧炉子，其他东西都没了。

如果母爱被当作利益贱卖了，也就失去了爱的意义。女人可以委屈，但不可以无知；女人可以哭泣，但不能不自立；女人可以无奈，但不可以堕落；女人可以承受苦难，但不能自己抛弃自己。女人，只要你比别人多一份努力，你就会多一份成绩；比别人多一点志气，你就会多一份出息；比别人多一点坚持，你就会夺取胜利；比别人多一点执着，你就会创造奇迹。

朋　　友

"去玩喽！"美心和小佳叫了同学一起去梁山游玩。

梁山地处合阳县西北，乃历史名山，属黄龙山脉，因其东西横亘，远望形似屋梁而得名。梁山以苍山奇峰为骨架，森林奇石为主体，清溪碧潭为脉络，人文景观做点缀，构成了一幅自然景观和人文景观相结合，静态美和动态美相互协调的秀丽画卷。梁山东峰林有佛教寺院遗址，是古代佛教文化圣地之一。美心、小佳，他们一行人，说着笑着，走过了千佛洞，继续向上攀缘，其实这个地方他们以前来过好几回了。风打碾、仰天池、日月崖、风神庙、猴王石等景点都看过了，只是来的时间不对，没有真正卧睡看黄河。今天和同学们凌晨四点多出发，只为弥补这一点缺憾。

小佳走得太急，不小心滑了下来，美心扑过去，护住了小佳，可自己的脚却被树枝挂伤了。为了不影响大家的兴致，小佳只说自己没事，让大家先上去，自己在下边等着就好。

今天大家玩得非常尽兴，美心还给大家拍了很多照片。可是傍晚一进自己家门，美心的脚就钻心地疼，养了百天才算好了，她没有将这件事告诉小佳，她不想让好朋友小佳担心。

美心和小佳是一对非常要好的朋友。她们从小一块儿玩，一块儿上学，一块儿工作，是一对形影不离的好朋友。

美心是个坚强的女孩子，很小就懂得自立。她又是一个仗义的女孩子，只要她认定的好朋友，她就会赴汤蹈火，在所不惜。小佳也很善良，因为有了美心的帮助和照顾，她的生活一直很顺心。

小佳生在一个幸福的小康家庭，衣食无忧，在生活方面父母能做的都会替她做了，所以小佳喜欢一切都以自我为中心。这样，作为小佳好朋友的美心就得常常出力不讨好，总受委屈了。

在学校里，美心学习很优秀，所以很快就会做完作业，可是小佳总没做完，美心每天就陪着小佳等啊等啊，直到小佳写完了才一块儿回家。后来住校了，小佳生活不会自理，她不喜欢排着长长的队去打饭，只好泡方便面吃。美心看在眼里，很心疼，对小佳说："你不要总吃泡面，这样会吃坏肠胃的，我以后帮你打饭吧。"小佳笑着答应了。不论刮风还是下雨，美心总会打饭给小佳。有一次下课晚了，食堂里只剩一份饭菜了。美心打在饭盒里，小心翼翼地盖上盖子，拿到宿舍给小佳吃。没想到小佳一把推开了饭盒，饭撒了一地："这么晚才领饭来，我不吃了。"美心没想到结果会这样，这是食堂里最后的一份饭，自己都没舍得吃，饿着肚子送过来，原以为小佳会很高兴，没想到好好一碗饭小佳就这样糟蹋了。美心悄悄地离开了宿舍，她很生气，可是想想，小佳一直是自己最好的朋友，也就不计较了，让她一个人消消气吧。

毕业后，两人去了编辑部工作，美心进步很快，小佳却总是在单位考核排最后。美心很着急，就帮着小佳做杂事，让小佳校正稿子。小佳自己还是做不好事情，心里就很着急，生病了。那段时间，美心白天上班，除了自己的本职工作还要帮忙完成小佳的工作，一下班，就得赶着给小佳喂药、做饭，足足照顾了一个月，美心因为劳累过度也病倒了。

美心对小佳的好让单位上很多人羡慕，美心工作成绩很突出，很快就升职了，这更让很多人嫉妒。就有人撺掇着小佳："还是好朋友呢，你看，你跟美心一块儿来，你看她都升职了，你还在试用，她是在装好人，还不是她抢了你的风头，要不领导怎么会不重用你呢？"小佳本来就因为工作不如意，心情烦躁，听同事这么一说就对美心心存芥蒂。她和这些说三道四的人开始混在了一块儿，对美心却越来越冷漠。有一天，小佳校正的稿子又出了问题，美心急忙跑过来："我来帮你吧。""我不用你帮忙，你给我滚！"小佳一把推开美心，美心脚下一滑，摔在地上，手臂擦烂了。

美心知道，小佳有了那些新交往的朋友就再也容不下自己了，她忘却了自己对她所有的好。为了不再让小佳伤心，避免和小佳产生摩擦，美心辞去工作，去了另一家报社。

自从小佳跟那些人在一起之后，小佳经常请她们吃饭，小佳挣的钱开始不够自己花了。小佳学会了喝酒、打牌，工作效率越来越低，领导很不满意。小佳心情不好，没处撒气，想找美心，可是想想自己当初那么误会和伤害美心，就不好意思找美心诉苦。小佳欠了很多的钱，不敢问家里人要，就跟社会上的一个男人来往，听说那个人为她还了钱。单位要裁员了，那些整天给小佳出主意的同事都留下了，只有小佳落聘了，小佳去找她们帮忙，可是那些朋友谁也不愿理小佳，有一个被小佳找烦了，还说："小佳，你还费这力气干吗，嫁给那个为你还钱的人不就什么问题都解决了。"小佳向来是个没主意的女孩，又加之心情遭到了极点，就和那个男人真的在一起了，而且还没结婚就怀孕了。小佳自己一个人从没担过什么事，又怕丢人，就喝了安眠药，被抢救过来的小佳才醒悟了：这个世界上什么样的人才是真正的朋友。拥有对自己真情的朋友，是一个人一辈子最幸福的事情，而自己现在已经失去了真正的友谊。卑鄙的朋友，视真情为自己手中的筹码；自私的朋友，视真情为自己的囊中之物；胆小的朋友，视真情为自己的护身符。只有有心和有情的朋友，才是一辈子值得珍惜的。小佳错过了，悔之晚矣。

没想到，美心不计前嫌，来到医院看小佳了，小佳握着美心的手一直不松开，只是哭。

一个人有什么样的朋友，直接反映着她的为人。要了解一个人，你只要

观察她的社交圈子就够了，从中可以看到她的价值取向。这就是我们经常说的"物以类聚，人以群分"。朋友像一本书，通过它可以打开整个世界，但是朋友也有好坏之分。良朋益友给你带来很多帮助，恶朋佞友却会给你带来许多麻烦，甚至带你走上邪路。因此，选择朋友就显得非常重要。一个女人身边，最好有一个真正的朋友，这样人生才不会孤单。

暖　胃

　　俗话说："留住男人的心，先要温暖男人的胃。"每天一下班，就能吃到热腾腾的饭菜，是一个男人最舒服的事情。所以有一个懂得做菜和调理饮食的妻子，那样的男人一定是一个幸福的男人。

　　冰儿，一个三十五岁的女人，中等姿色，学历也不高，却嫁了个气宇轩昂的好老公，据说他是硕士，后来做房产生意发了家，结婚十年，他们有一个粉雕玉琢的女儿，好多人特别是女人半妒半羡地感叹：嫁到这么好的男人，这个女人真幸福。

　　冰儿嫁给老公的时候，他还是大学里年轻的讲师，站在讲台上激情飞扬地大谈古今中外，台下的女生们多数是冲着英俊老师才来听课的。冰儿全身心地投入和迷恋这份感情，那时候她当然不会去考虑台上气质非凡的男人名下只有一间六十平方米的房子。

　　婚后的状况虽然不尽如人意，但如胶似漆的爱情可以弥补一切。小两口一起在公共用水间洗衣服，一人一头拧床单；在烟熏火燎的楼道里做饭，饭后老公陪着她边洗碗边聊天；周末手拉手去看场电影或是回娘家吃顿饭。

冰儿再也不多想了，把所有的精力都放在了做家务、放在了做菜上。日子久了，冰儿做得一手好菜，老公最爱喝她熬的汤：排骨炖莲藕、鲫鱼粉丝汤、香芋娃娃菜、爱情水果拼盘……每次吃喝得肚儿圆圆才放下碗。看到老公简单满足的微笑，冰儿觉得，这就是幸福。老公看冰儿这么用心，决定辞掉工作自己创业，为冰儿创造更幸福的生活。

冰儿刚怀上孩子，老公的事业也刚起步，天天周旋于客户和朋友间，请客吃饭，陪酒，陪玩，每晚不到深更半夜回不了家。冰儿非常失落，面前的男人虽然还是熟悉的面孔，却好像完全换了一个灵魂。他没时间对着大肚子的老婆嘘寒问暖，没精力回应老婆的温存关切，在生活的残酷考验下，他还原了男人爱事业不爱美人的本质，简直就是一个工作狂。冰儿觉得自己的温柔已完全白费了，眼前的男人已经不是当初自己深爱的那一个，再勉强下去还有什么意义？冰儿很困惑，哭着告诉母亲：老公给不了我想要的幸福，我想离婚。母亲告诉冰儿：继续练好你的厨艺吧，越是困难的时候越要关心对方，你也可以多学学其他的东西再充实一下自己，不要把所有的心思都盯在丈夫身上。

大着肚子的冰儿向父母求援，请母亲过来帮忙买菜做饭，照顾这个自己无力兼顾的小家。她强迫自己不去想烦心的事情，每天吃好睡好，安心养胎；她不再等老公夜归，不再像以前那样每天缠着他问长问短，不再拿鸡毛蒜皮的小事去烦他；在他偶尔有空的时间里才让他搀着自己散步，彼此取笑着对方，为孩子取着名字。

也怪了，一天天平静安稳地过去，原本觉得昏天暗地的生活，渐渐变得阳光灿烂起来。冰儿还时不时地弄来些新奇的花样。比如把香蕉切成小块，做成一个椰子树加上猕猴桃的样子，让菜看也如风光般美的拼盘；去东北旅游的时候她还学会了用蒜泥和新鲜菜做东北蘸酱；跟婆婆学会了做四川泡菜。冰儿的种种小创意让在外面吃惯了大鱼大肉的老公回到家来，就会忍不住多添一碗饭，赞一句：还是家里的菜好吃呀。冰儿把周末的时间精心策划起来，老公有空的时候，带上孩子，一家三口开车到附近的农家乐，踏青，摘水果；老公没空陪她，她就自己带着女儿去儿童乐园，每次娘俩都会开心地手牵手回家，女儿欢声笑语，冰儿红光满面。不出去的时候冰儿就陪孩子一起学习、画画、练书法，生活充满了韵味。

玫瑰心语

　　女人的幸福不是靠男人给的。有一句话让人触动：有一种女人，不管她嫁的是建筑工人还是国会议员，她都有能力让自己过得幸福。没错，女人的幸福，为什么要靠男人给呢？每个女人，都应该让自己少抱怨，少纠结于小事，要知道稳住男人的心先温暖男人的胃，会做菜，会煲汤，会踏实过日子，老公才会找到家的温暖。女人要照顾好家庭，具备一种让家庭幸福的能力，这样才不会让事业有成的爱人冷落了自己。

逃　　脱

农村小镇上：

"大娟，快帮帮忙，你表妹玉英打电话来要三千块钱。你说这咋回事？"三婶着急地问我。我马上问："她没说要干什么吗？她平时花钱这么大手大脚吗？"三婶说："这回说是什么计算机初级培训。你知道，我俩都是农民，这孩子也懂事从来不乱花钱的，平时在厂子里打工也没处花钱，有时还寄钱回来呢，所以才觉得这事有些不对头，你说这钱还寄吗？"我沉思了一会儿："你告诉她说钱还是要寄的，只是现在不够还得凑凑，然后看看她打工的工厂有没有熟人，我们打听打听再说。"下午，从跟她同去的一个老乡那里才了解到：玉英前几天就走了，被褥什么都没带，只说一个高中的同学介绍她到另一个公司挣大钱去了。听到这个消息，我觉得很不对头。过了一天，三婶子就哭着找来了："这可咋办呀，电话都不通了，报案了，派出所说尽心，只是从北方到南方距离太远，难度大呀，最近电视上老报道一些年轻人被骗进了传销组织，会不会……唉！"三婶说不下去了，三叔也急得直跺脚。是啊，我们每天只看着电视报道，没想到这种事在自己身边也会发生，我也是觉得吃惊："三叔，您别着急，他们没拿到钱还会打电话过来的，电话来了你就问把钱送到哪，我们再叫人想办法一起去营救。"

广州的一个大酒店里：

二号桌上正坐着李宇轩和玉英。李宇轩是玉英高中时的同学，也是自己的老乡，他告诉玉英："你现在打工才挣几个钱呀，我找的是一家大公司，工资比你现在的高好几倍，你看我现在穿的这身行头都是名牌，今天你尽管点菜，我付钱。"玉英是第一次进这么大的酒店，看着眼前这个玉树临风的小伙子，她动心了，她从没那么大手花过钱，也不敢多叫菜，只点了两个。吃饱喝足之后，李宇轩说："我们也相处一周多了，你我都是同学又是老乡，你要愿意，我介绍你去我们那儿，我只要多帮你求情，老板会答应的。"玉英本来还担心自己学历不高，又没什么技能，现在经李宇轩这么一说，顾虑全消了，就答应去了。

野外的果园旧房里：

李宇轩找了个旅店让玉英休息了一天，第二天就带她来到了这里。玉英看着陌生的环境有些好奇，就问："什么时候进公司呀？"李宇轩说："公司正在筹建新厂房，需要在这儿委屈几天，你可以入股的，将来公司盈利了你还可以分红的。"玉英说："可是我这只有五百块。"李宇轩说："没事，你可以先交了，然后再找家里亲朋帮忙，投得多挣得多，将来还是公司的大功臣呢。"虽然这里条件差点，可是李宇轩每天都会亲自给玉英送饭来，就连每天刷牙的牙膏都会给她挤好，晚上的洗脚水都会有人端来。玉英心里有些感动：想想，李宇轩比家里给自己介绍的那个农村对象晓峰好多了。虽然暂时住在这里环境差点，可是待遇很好，每天什么都不干，比以前打工轻松多了，只是每天跟很多人一起聚到那个大堂里去听"专家"讲一些营销知识。大堂前面贴着醒目的标语：拥有自信，你就是老板。玉英到这里已经一星期了，今天才开始正式听课。玉英家里一直没寄钱过来，李宇轩就很生气。第二天，玉英就再也没有看见李宇轩的人，她被两个中年男子从单间房子赶到大堂里和那些人同住，吃饭上厕所都有人跟着。玉英觉得事情不对头，想给家里打电话，可是手机早被收了，当时李宇轩说是公司会给大家配备新的。玉英心里害怕了，可是现在每天被人死盯着，也没办法呀。何况昨天有一个女孩要逃跑，都被打得半死，还被关了起来。这荒山野岭的，就是逃能逃到哪呢？看到讲堂里大家兴致勃勃地跟着讲师喊着："有眼光，挣大钱；有自信，当老板！"玉英心里冷飕飕的，可是她什么都不敢说，只是按照那个满脸胡茬儿的中年老板的要求给家里打了几次催要钱的电话。这里的人，男女老少都有，青年人最多，睡的是通铺，吃的是每天市场捡来的菜叶子熬的烩菜。刚来时，很多人都不乐意，听上一周课就完全被洗脑了，事事听老板的安排。

西安火车站：

三叔，也就是玉英的父亲，从没出过门，他想找伴同去，就打听到那个李宇轩的家里，可是李宇轩的家长非但不去找孩子，还发火了："我儿子大学毕业在外边挣大钱呢，什么传销，你胡说什么？"连骂带赶地把三叔轰了出去。三叔没有办法，就只得找玉英的对象晓峰，晓峰很着急，不仅自己愿意同去，还叫上了自己当民警的一个表哥。三个人约好后，一同踏上了去广州的列车。

野外的果园旧房所处的县城里：

晓峰看三叔年纪大了，就让他留守在旅店等消息。晓峰和表哥去了那个山区，因为三叔曾故意在电话里说：父母挣钱也不容易，不让别人捎，让玉英亲自拿钱。所以送钱的那天，晓峰在一个旧砖窑的附近见到了玉英，趁监视的人不备拉着玉英就逃，看情形，后面紧跟着就有人追上来。跑了很远，大家都跑不动了，眼看着就追上了，晓峰不知所措。这时，前面工地上有十几个人拿着铁锹奔了过来，那两个监视的人误以为是晓峰他们带来的人，看情况不妙就往回返。其实那帮工人只是以为这边打架，跑过来看热闹的。

晓峰、表哥、玉英到镇上后，拦了一辆出租车准备赶紧离开这里。走了一段路后，表哥发现不对，这不是我们从城里来的路呀。他对晓峰使了个眼色，告诉司机自己要停下来方便方便，两人趁机抓住司机，让玉英先顺着公路跑，司机也不示弱一直在反抗，虽然晓峰的胳膊和脸都被划伤了，但最终还是侥幸逃离了。原来这里一些司机都跟这些传销组织是一伙的，人一跑，消息马上就会传给出租司机。刚才这个司机正准备返回去把他们拉到原来的传销窝点，幸亏表哥平时处理案件多，见识了不少类似的案件，机警一些，否则在别人的地盘上真的是难逃虎口。

　　他们费尽周折赶到城里，叫上三叔，就赶紧离开。买了火车票，坐上火车了，可他们的心还在怦怦乱跳。

　　玉英是不幸的，因为简单误入虎口，可是看着电视上报道的那些因为传销摔断了腿，送了命，甚至还在继续骗着人的人来说，她又觉得自己算是幸运的。玉英回到家里大哭了一场，她再也不愿意出去打工了，她很感动也很感慨，就和晓峰结了婚，在农村过起了安稳的日子。

玫瑰心语

　　贪念总让我们想着不劳而获；懒惰总让我们想着一夜暴富。可当一切来得太过容易，不是靠自己的努力得来的时候或许就是一场灾难。所以我们一定要记住：天下永远没有免费的午餐。

究竟是为了谁

大车间里，横着太多的大机器，每一台机器前，都有工人在忙碌。

峰觉得自己好累，他像工厂里的机器一样，每天上班了开始工作，下班了关掉机器，日复一日，年复一年。当初的洒脱怎么就这样被生活磨砺完了？当初峰因为天性聪明所以学习成绩很优秀，就因为年轻气盛为了追一个女孩，高考时迟到少考了一门课而永远地与大学擦肩而过了。而那个让峰很心仪却成绩输于峰的女孩，竟然侥幸考上了大学，这让峰感到震惊。

那个女孩头也不回就走了，开始了自己人生的另一段旅程。

峰被无情的冷漠打垮了，他用繁重的体力劳动麻醉心灵的创伤，打工，什么样的活都干；回家，什么样的农活都干。父亲让他找对象，说农村不比城市，年龄大了就不好找了。早先是一大堆人找上门来说媒，峰还不拿父亲的话当回事，爱理不理，可是这半年多真的是没人再上门给自己提婚事了。看着同村同龄的伙计们一个个都抱上了孩子，峰心想：也许自己真的该面对现实了，找吧。

生活往往就是这样捉弄人，你想找了吧，就是找不到。父亲托了不少亲朋帮峰介绍对象，峰看一个不如意，可是再换一个，更不如意，对方一见面就提出满口的要求和条件。峰真的烦了，就这个了，不再挑了，定了。这个女孩英做了峰的妻子，她的家在乡下，满脸的土气。

两个人一起打工，种地；种地，打工。

几年过去了，儿子也四岁了，这几年的磨合，依然没有磨出爱情的火花来，除了打工挣钱，峰不知道这辛酸的生活中还能找出什么来？

生活虽然没有多少味道，但是夫妻两个人都靠打工挣了些钱，日子也就好过了一些。峰甚至想：这或许就是我该有的生活，该过的日子。可是出门在外，总有不舒心的时候，有时加班回来还吃不上饭，不知道是累还是饿，两人就吵了起来，踹盘子摔碗，整个宿舍都听得见。日子久了，周围的人也就习惯了他们的争吵。该过年了，他们彼此心里都觉得空落落的，就商量着回家了。

家家户户的鞭炮声"噼里啪啦"地响，透过玻璃窗，也能看见那飞上天的美丽烟花，似乎在释放着一年的辛劳，也似乎在传递着家家的喜悦。两个人又在自己屋里吵起来了，只听见英在不停地抽泣。孩子拿着小炮进来了："妈妈，妈妈，我也要出去跟小朋友玩。"两个人没看见孩子进来靠着门边坐在门槛上，还在那争着，公公实在忍不住了，这大年夜吵架多不吉利呀，就吼了两句："这大过年的还吵，看把孩子吓的，这日子实在没法过！"转过身，背着手愤愤地出去了。

两个人虽然经常吵架，可是从不提"离婚"二字，不是没想过，可是一想到孩子小就都不说了。

此后，两个人很少说话，除非是吵架。为了孩子，他们依然这样拖着，你打你的工，我打我的工，回到家吃饭，吃完饭各回各的小屋休息。

峰有时会出去喝酒，英也不屑于打理家务，一晃，孩子就上五年级了。两个人实在不能忍受，就商量好去民政局办手续。法院告诉英："孩子要留给男方。"英一听这话，怎么也不愿意离婚了。一想到孩子要留给男方自己就舍不得，可是自己若真离婚带着个孩子可怎么过呀？太多的问题，原来这离婚还真是有钱人才离得起，老百姓离不起呀。

两人就在这样没有爱的日子里僵持了一天又一天。不常见面偶尔一见面就吵架，有时候一吵起来天翻地覆，孩子只好关了门，捂着耳朵，一个人在自己屋里哭。

两人再次协商，坚持到儿子毕业了一定离婚。

儿子毕业了要找工作，离婚的事又放下了。

商量好了离婚，儿子要结婚就又放下了。

就这样，离婚的事一直拖着……两个人的心里每天像火烤一样煎熬着，维系着这厌倦了的婚姻。

玫瑰心语

不要以爱的名义，去伤害爱你的和你爱的人，因为谁也没有伤害别人的权力。爱你的人如果你不爱，请给他留点尊严。你爱的人如果不爱你，也要尊重他的选择。占有不是爱的本意，伤害也不是爱的目的。不论爱与不爱，产生纠葛已是前世修来的缘分。若爱请珍惜，珍惜缘分，善待彼此，幸福才会驻在你心里。不爱莫强求，不要以孩子为借口去维持无爱的婚姻，这样的一生太累。维持着不幸福是为了孩子吗？

活着不再忍耐

谁都知道，现在是找工作难，找个好工作更是难于上青天。

思凡，一个文绉绉的女孩，高高盘起来的花苞发使自己更有气质。她大学毕业，回到了自己的家乡，开始了自己艰辛的求职历程。

本来她准备留在城市发展，机会会很多。可是一想到父亲的身体越来越差，她就不忍心。思凡的母亲在生思凡的时候去世了，是父亲——一个老实巴交的农民把自己拉扯大，而今她要留在父亲身边工作，自己才会觉得放心些。

思凡本来学的是舞蹈专业，她去了几家企业应聘，人家都不需要这方面的人。思凡很失落，在这个拼爹的时代，眼看着同学们一个个都有了好的工作，而自己却依然没有找到满意的工作，心里焦急得像热锅上的蚂蚁爬来爬去。父亲一直想让思凡在事业单位找一个安安稳稳的工作，可是自己没有什么门路，也无法。不想让父亲担心，思凡决定放低要求，先从临时工做起，反正自己以前也在农村待过，还有什么苦不能吃。

思凡被一家酒店录用了，因为年轻，思凡被安排在前台工作。思凡工作很认真，经常受到表扬。工资不是很高，但思凡却做得很认真。只是每次想到自己的专业就这样丢了，思凡觉得惋惜，她不甘心。但总不能一直闲着，目前只能这样边做边等待机会了。有一天，一个老板喝醉了，手就不由得放到了思凡的脸上，思凡很生气，一把推倒了那个老板。那个老板很生气："装什么清纯呀，像你这样卖笑的我见多了。"老板摇摇晃晃说着一些不堪的话。思凡气愤地说："我不是卖笑的，我是大学生。""什么大学生，满大街都是大学生，大学生能到这种小地方……"那个老板带着满身的酒气嘟哝着离开了。思凡决定以后就是洗碗择菜，也不到前台工作了。

一天有人承包酒席，人太多忙不过来，经理就让思凡到前台帮一会儿忙，思凡不好硬推，不高兴地去了。原来今天是一场喜宴，听说是人事局局长为儿子举办婚礼，人山人海，酒店外车队排成了长龙。主家说了，今天所有服务的人都会有喜钱和喜糖。新郎官就要过来发了，思凡抬起了头，怔住了：这不是自己的同学志远吗？新郎官也认出了思凡，就走到思凡跟前低声说："你不是我们班的三好生嘛，怎么在这儿呀，你要是当初嫁给我能在这儿吗？想换工作可记得来找我呀。"说完，就敬酒去了。等思凡回过神来，志远敬酒已经离她远了。她跑到了酒店后边，一个人靠着墙壁委屈地哭。当初志远一直追求她，可她一直就瞧不上这个纨绔子弟。而今，人家在财政局已经工作一年多了，可自己还在这个酒店打工。想起志远那傲慢的表情她就满心的气愤和委屈。她辞职了，她不能就这样等下去，她决定做和自己专业相关的工作。

她跑了很多地方，终于在一家私立学校做了舞蹈老师，总算稳定了下来。因为跳舞跳得好，思凡很受小朋友的欢迎。有一天，教育局的领导来这里看学生的"六一"节目表演，极力夸赞思凡老师有舞蹈天赋。校长告诉他们："这是才聘来的一个新老师，还在试用期呢。"机会永远给有准备的人，没想到一个领导对思凡说："教育局下周有个新教师招聘考试，你可以去试试看。"一句话点醒了思凡。思凡去了，因成绩排在前三名被录用了。思凡好高兴呀，她终于实现了父亲的心愿。出榜的那天，围了很多年轻人，大家都好羡慕思凡，不过也有人说三道四："像她那样，没有特殊关系能考上吗？"思凡顾不上理会这些人猜忌的言语，只想尽快把这个喜讯告诉父亲。只有她自己明白她真的是靠自己的能力考上的，不是靠攀关系。为此她很感激告诉她消息的那个领导，尽管他们并不熟识，可是她心存感激，她想：一定要珍惜机会好好工作，以此回报恩人。

刚好一个学校音乐老师太少，思凡被安排到那里工作。她谦虚上进却不知人世复杂，思凡心想：有则改之无则加勉，大家说什么都是为自己好。不管是谁推来的事，谁批评的话她都欣然接受。有一天，她发现只要领导问谁做错时，出错的事情总会是她出来顶罪，是大家故意推给自己这个新来的人。她上交的论文发表了，可是署名不是她。思凡很委屈很伤心，可她没有放弃，不断地练习舞蹈，写出很多心得体会。功夫不负有心人，经过思凡的不断努力，她取得了很多荣誉，也深得领导信任。可是思凡哪里知道锋芒毕露更会遭人嫉妒。有一天放学了，一个老师撞着了思凡的胳膊，瞅着思凡说："看什么看，领导不是信任你吗，还想告状呀？"思凡无话可说，心里忍着，坐在了舞蹈室门口，一个人呆呆地望着远方。父亲一直要自己宽以待人，可是靠自己努力也有错吗？老师们陆陆续续离开了，那个中年的兼职音乐老师跑了过来，指着思凡大吼："这次评职你就不要报了，我省上可有人，你要敢跟我争，我让你在这个学校待不下去，记住了!"这是恐吓吗，思凡的头嗡嗡作响。她知道，她再也不能像父亲说的那样忍着。就是丢掉这份工作，思凡也不愿意被人这样欺负。思凡大吼着："有人怎么了，有人就不讲理了，我知道我没有后台弄不上，可是我还是报定了!"半个小时后，有一个年龄大的老师取东西时，语重心长地拍拍思凡的肩膀说："孩子，你还年轻什么都不懂，这些理直气壮的可都是有后台的。以后做事忍着，什么荣誉都别争。"思凡终于知道了：现实就是现实，生活不是只要努力就能够精彩。思凡懂了：好多事不能争，不敢争，也争不来。

这一辈子，父亲老老实实做人，可谓做得堂堂正正。

而今，生活很复杂，也许会面临更多的刁难，但是思凡告诉自己：再难也绝不能忍辱偷生。她决定勇敢地面对一切暴风雨，不怕恐吓，不怕欺凌，不再只做个乖乖女，就算熬尽生命的最后一滴血，她也要抬起头来做人!

生活有太多的不公，我们可以输给别人，但绝不能输给自己；可以输掉荣誉，但绝不能输掉自尊。只要我们问心无愧，自会活得堂堂正正。邪不压正，人民群众的眼睛是雪亮的，我们要坚信：乌云是遮不住太阳的，遮不住的。

假面女人

　　红和王世杰举行了一场光鲜的婚礼。

　　为了争取这场婚礼，王世杰费尽了工夫。红比王世杰大两岁，是属羊的。王世杰的父母是规规矩矩的工人，他们决不允许自己的儿子娶一个比自己大的女人，况且王世杰的妈妈特别迷信，她说："女羊命不强，和我儿子在一起不吉利，我不允许我儿子娶你进门。"

　　两人争取了很多次，可是父母依然不同意。于是，两人偷偷地领了结婚证。父母实在无奈，儿子一辈子的大事，可不能这样草草了事，虽然心里很无奈，但还是尽心地举办了一场盛大的婚礼。王世杰为争取到了自己喜欢的女人感到高兴，婚后很快便投入到紧张的工作中。他想承担起丈夫的责任，多赚点钱让自己的日子更幸福更红火。

　　红工资很高，以前还存有一些积蓄，夫妻恩恩爱爱，小日子过得也是红红火火。他们的女儿也给这个家带来了很多甜蜜。爷爷奶奶特别疼这个掌上明珠，真是含在嘴里怕化了，捧在手里怕摔了，也就把结婚前的那些不快全

抛到九霄云外了。整个家被浓浓的爱笼罩着。

这个幸福的三代之家颇让左邻右舍羡慕。

王世杰和红都出差去了。这回王世杰很快完成了任务就回家了，可是红还没回来。王世杰很疑惑，这两年红怎么老出差，而且一去最少半个月。王世杰找朋友喝酒说起了这件事，朋友随口打趣地说了一句："我那天好像在市医院看见你老婆了，你老婆是不是有相好的了？"朋友只是开个玩笑，可王世杰心里就装了事。半个月后，王世杰告诉红："我这次出差要一个月，你在家好好看孩子，有事打电话。"这次王世杰其实就没有出差，他一直在单位待着，希望事实可以解开自己心中的疑团。今天他抽了一点时间回来看看，红果然不在家，他就只好回到单位宿舍，但他还是不断地在心里告诉自己，不可能，不可能。第二天一早，王世杰就去了红的单位，单位的人告诉他：红请假去上海了，她今年已经请了好几次长假了。王世杰丈二和尚摸不着头脑，糊里糊涂地赶到了上海，托好朋友帮忙，他终于找到了红。他悄悄地跟着红，跟踪中他发现红进了医院美容科。他真不明白这个女人到底在干什么？他不敢往下想，径直奔到医院的一个角落，蹲了下来，点燃了一根烟。不行，他突然想明白了什么，用脚狠狠地踩灭了那根烟，他得去问问。他跑去刚才的那个科室，故作镇静地编了个谎："我太太李红让我到这来接她。"护士说："对不起，您得等一会儿，她正在做手术。""那我不等了，我先，我先走了。"王世杰边说边向外走。这个女人在瞒着自己做整容手术，他不敢往下想，很快就定了机票回了家。半个月后红也回了家，为家里人带了好多礼物。王世杰不知道这半个月里自己是怎样糊里糊涂熬过的。今天看到眼前这个自己曾经不惜一切走到一起的女人，他不知道该说些什么。但他还是尽力想要忘掉自己所看到的一切，但无论自己怎么努力还是从大脑里抹不去，他还是管不住自己的好奇心，趁着红不在偷偷翻开了他已经注意很久的柜子后面的那个袋子。果然看到了病例，上面清清楚楚地写着整容的次数和红那整整比自己大十五岁的年龄。红下班回来后，他试着笑脸相迎，他想试着接受这个对自己很体贴的妻子，可是他真的做不到。每次看到她年轻的面庞，他的脑海里就出现一个老态龙钟的老太婆的样子。他想了很久很久，觉得重要的不是年龄问题。如果当初红真的告诉他真实年龄，他是不会介意的，可这个女人偏偏欺骗了自己这么久。真正的感情是女人没魅力才觉得男人花心，男人没实力才觉得女人现实！真情是挡不住的，有爱还是会走到一起。可是今天他不能容忍跟自己同床共枕的竟是个假面女人，他更不能容忍的是红对自己这么多年的欺骗。他终于向红摊牌了：离婚吧。红很难过，当初王世杰对自己那么好，家里本来就反对，她不敢说出自己的年龄只能靠化妆掩饰。婚后女人老得真快，尤其生了孩子以后，她怕失去这来之不易的幸福，就一直靠做整形手术来维持。红声嘶力竭地哭着，可是仍然不能挽回自己的婚姻。

就连公公婆婆也不明白曾经那样执着相爱的两个人，为什么就突然间那样坚决地散了。

玫瑰心语

幸福其实是掌握在自己手中，就像那手里的沙子，你抓得愈紧就漏出得愈多，最后费尽力气，却什么都没有了。女人还是做真实的自己最好，自然美丽。相爱的教程里，信任就是幸福的金钥匙，谅解就是幸福的那把锁。

宠坏的女儿

　　孩子是生命的延续，是未来希望的寄托，每一对父母都坚持着自己的信念，恨不得把天下所有的好东西都给自己的孩子。于是，子女们心安理得地被浸泡在父母炮制的蜜罐子里。

　　旺叔一个人在厨房里忙着。他将柠檬去皮取肉，放入榨汁机榨汁，取出，加入米醋、糖、姜末混合调匀，制成酸甜汁放在大玻璃杯里。然后将葱段、姜末放入装有大闸蟹的盘中，入笼蒸了十五分钟。他喊着："老伴，快把啤酒拿过来，清蒸大闸蟹要出锅了，我要浇酸甜汁了，你能不能快点儿呀。"老伴凤芸一边应着一边拿了啤酒往厨房赶："我说老伴呀，你也真舍得，买八只，这么大的蟹得花多少钱呀！""这不是咱女儿麦子想吃嘛，我自己才舍不得呢！"旺叔笑呵呵地把做好的蟹放到餐桌上，"你还说我呢，你不是也舍不得给自己买件新衣服，把钱全给麦子了嘛！"凤芸看着大闸蟹，笑着。

　　门铃响了，麦子从外边回来了。

　　麦子最近一直在外边找工作，风吹日晒的，父母挺心疼的。过去凤芸一直不孕，找了不少医院看病，所以直到旺叔四十岁才老来得女，所以夫妻俩对女儿麦子宠爱有加。这应了一句老话："拿在手里怕碎了，含在嘴里怕化了。"放到哪都不安心。

从小到大，麦子什么家务都没做过，一切都是爸爸妈妈在操持。爸爸妈妈舍不得把麦子放到幼儿园，到了六岁，麦子就直接上了小学。麦子学习跟不上，提起学习就头痛，所以回到家做家庭作业就成了麦子的负担。凤芸看着女儿哭哭啼啼地瞅着作业本，就急了，直接就帮女儿写了。时间久了，麦子就有了依赖，一碰到难题就请妈妈帮忙。麦子因为学习很差劲，高中没上几天就回家了。麦子虽然小眼睛，可是从远处一看，也如与世无争的红菊花一般鲜艳，平时说话也没什么架子，很讨朋友们喜欢。马达是一个暴发户的儿子，一家人都忙着做生意，家庭条件比麦子家好很多，他很喜欢麦子。

麦子没有工作，能嫁到一个条件好的家庭，旺叔也会觉得放心了。麦子如愿嫁给了马达，开始了自己的生活。马达全家做生意忙，原指望儿子娶了媳妇就可以帮忙打理家务，至少回家可以吃个热乎饭，整天忙着做生意，食堂里的饭实在是吃厌烦了。谁知道，这新儿媳妇成天不着家，婆婆只好自己先做着吃了，嘴里一直叨叨着："人家都说媳妇熬成婆，我这是娶了儿媳还得做饭。"一家人正吃着面条，麦子回来了，婆婆就问："吃饭了吗？"麦子说："我吃了呀，我在外面吃的。"婆婆没再说什么，只是眼睛瞪着儿子看。马达赶紧把麦子拉回到自己屋里："你就没看见大家的表情，你说你，就不能给家人做点饭菜，你看，大家都累成什么样了。"麦子嗫嚅着："不是我不想做，我真的不会呀，好吧，我明天试试。"麦子哪会做饭呀，麦子连衣服都不会洗，连自己的内衣、袜子都是妈妈凤芸洗的。这结了婚之后，麦子都是隔几天给娘家送去一包，妈妈洗了晾干熨好后，她才拿回来的。

第二天，趁着大家都还没回来，麦子就想自己露一手，也别让公公和婆婆再小看自己了。麦子把鸡蛋打到碗里放进微波炉里，扭了按钮，然后就去炒菜。她常听妈妈说西红柿炒鸡蛋最好做，她就决定做一盘。她热了油，把切好的西红柿放了进去，西红柿带着水，油一直往外溅，麦子急了，赶紧把电磁炉关了。好像闻着什么煳了，整个厨房里瞬间烟熏火燎的，原来她刚才定的时间太长了，鸡蛋煳了。婆婆回来了，闻着焦味就往厨房赶："麦子你这

173

是要败家呀，你快出去，我来看。"火救了下来，微波炉也变成了烂壳子。

晚上，一家人聚到了一起。公公说："麦子呀，你咋什么都做不了呢，这要把你再烧了，我们可没法给你父母交代。"婆婆气得涨红了脸："这媳妇我可养不起，不挣钱不说了，还要败家。"麦子听婆婆这么说，就不服气地说："我不要你们养活，我明天就出去找工作。"

麦子没什么学历，轻松的活人家根本不用她，只让麦子去厨房洗碗。麦子还没洗几个，就碎了两个碗，老板真不想用麦子了。可麦子不想就这样回家去，这样回去得多丢人呀，就央求老板让自己先留一天试试看。干了一天，麦子的手都磨破了，她腰酸背疼，实在受不了才不干了。她又找了一家饭店，主管看麦子长得挺漂亮，就让麦子当门迎接待客人。可是晒了一天，麦子就觉得头昏昏沉沉，浑身是汗，麦子又不干了。麦子实在找不到工作，就回了娘家。看着受了委屈的女儿，旺叔心疼地说："你不用看他们脸色，还暴发户呢，娶个媳妇都养不起。你也不用找工作了，以后我和你妈挣钱给你花，你每月回来拿一次。"麦子在娘家住了一个月就回去了。

回到家里，马达的态度也全变了，对麦子冷淡了许多。麦子心里很纠结，她想不通，自己到底错在哪了？

玫瑰心语

太容易得到的东西往往不珍惜，愿望太容易得到满足，孩子就不会知道他人的辛苦和付出，不懂得感恩和体贴他人。此外父母常常毫无原则地满足孩子的无理要求，孩子的内心无法建立规则时就会反抗，从而影响人际关系。"授之以鱼不如授之以渔"，爱孩子就教给孩子生存的技能，让她在没有父母关照下也会活得幸福。宠坏的女儿难做妻，女人不可寄生，要学会自立，因为这个世界可以永远依靠的人只有你自己。

家庭主妇也有梦

鸟儿的梦是飞翔，花儿的梦是盛开，有了梦就有了希望。一个努力去探访的梦才是最美的梦，梦只是梦，可是我们多么喜欢重温。

自从老公陈明当上了公司经理，苏冉就辞去工作，在家里做起了全职的家庭主妇。

苏冉大学毕业后在一家公司做文秘，年轻人工作热情很高，领导很欣赏年轻人这股子干劲。自从认识了陈明，陈明正在创业，整天忙得焦头烂额，陈明就建议苏冉别去上班了："冉，现在公司渐渐步入正轨，我的收入完全能保证我们过上衣食无忧的生活，你就别再辛苦了，在家帮我做好后勤就行。"想着自己也准备生孩子了，苏冉也就同意了。结婚一年多，公司运营得很好，苏冉生了一个可爱的儿子，孩子的出生让苏冉的生活很忙碌。家就是自己的工作根据地，孩子和老公就是自己生活的全部。

慢慢地，苏冉就习惯了这样的生活：买菜做饭、带孩子、做美容、逛商场……有一天，一个朋友在商场碰见了苏冉，羡慕地说："你真有福气，嫁个好老公，吃穿不愁。"同学们几年不见，在美容院看见了苏冉："命好呀，这年头找个好工作不如嫁个好老公，我这辈子是没你这命了。"每次大家夸自己的时候，苏冉也不知道回应些什么，自己的生活是很安逸，可是时间一久，这种安逸和平庸也让内心充满了失落和不安。

苏冉每天最主要的事情就是看孩子吃什么，老公出去穿什么。苏冉跟那些有钱人的太太常在一起，学到最多的就是说老公的坏话和每天花钱买些什么，她早就忘记了自己该怎么生活。

老公每天都很忙，常常忙到晚上十二点以后才回家。孩子慢慢长大，孩子上了学之后，苏冉更觉得每日无所事事。每天等老公回家的时间好漫长好漫长，每天等那么久，就是想和老公说说话，聊一聊自己的喜怒哀乐。可是老公要么累得倒头就睡，要么就不情愿地说："你那些观点和认识早落伍了，跟你就说不通。"

连苏冉也不知道自己怎么就变成了今天这样，连老公和孩子都和自己没有了共同语言。当初大学毕业时自己还信誓旦旦地谈什么创业，现在却成了一个十足的家庭主妇。如果没有这个家，苏冉就会觉得自己好像失去了整个世界。

有一次，老公为了谈一个很重要的项目，连续一周都是天快亮时才回家，有时还喝得醉醺醺。苏冉越来越多疑，就趴在陈明脸上闻来闻去，说："回来这么晚，你是不是在外边见野女人了？"陈明说："没有，我想睡觉。"就一头栽倒在床上，鼾声如雷。"你不许睡，你说你身上的香水味是哪个狐狸精留下的？"陈明没有力气和精力去解释，可是苏冉就是不肯罢休，使劲摇着瞌睡的陈明。陈明被激怒了，从床上跳了起来，大声吼道："你有病啊，整天吃饱了撑的！我应酬一天累死了，你还让不让人睡觉了，不可理喻！"

因为苏冉好几天的闹，陈明休息不好，工作上老出现失误，把一单大生意给耽误了。陈明回家后又听见苏冉叨叨个没完，就更生气了："这日子没法过了，分居！"

两个人开始冷战。有个同学说："要同学聚会了，叫上苏冉吧。"前几年苏冉都以家务多、孩子小推脱了。这次和老公怄气，她家务、孩子都不管了，接到同学们的邀请，她就直接去了同学聚会的地方。聚会上，同学谈起什么微博呀、二维码呀，全是些新名词，苏冉觉得好陌生。这才几年呀，自己就完全与这个社会脱节了。苏冉想了想，她不明白自己为什么就变成了这样一个迷迷糊糊的家庭主妇了？怎么就不知不觉成了一个只关心油盐酱醋和丈夫、孩子的市井妇人了？回到家后，她照了照镜子，什么神韵、风貌、气质、形象全都消失殆尽，连自己的理想都被岁月磨没了。别说老公了，现在就连自己都不愿意再多看自己一眼了。

苏冉终于明白了：无论老公多么地富有，女人都不能没有自己的人生目标和理想。否则一旦失掉老公这棵大树的主干，自己这棵细藤就会因无法攀缘成长而枯萎。

苏冉终于想明白了问题的症结所在，过了几天，苏冉就在离家比较近的超市里找了一份工作。这样既可以照顾家，自己也可以有事做。很快她就发现生活其实没有想象的那么无聊，她又找回了自信。看着苏冉忙来忙去，又有了精神活力，苏冉的巨大变化，让老公很欣慰。苏冉说：去上班不图挣多少钱，就图个开心。因为苏冉有家庭生活的经验又很尽职，还被升为了超市主管。朋友们见到陈明就说："你老婆真能干，还会管家还有事业，像这样独立的女人不多了。"听到大家这么说，苏冉心里喜滋滋的，重拾自信，苏冉是夫唱妇随又不失自我，和老公陈明的关系也越来越好。

女人，别抛弃了自己的梦想。

玫瑰心语

一个女人，不但要有独立生活的能力，还要有自己的奋斗目标；不但要过好自己的日子，还要有事业作为第二个精神支柱；要拥有别人无法替代并且无法带走的一些内在的东西。这样即便有一天，爱情没有了，爱人不在了，自己依然可以如铿锵玫瑰，清香且芬芳。如果安于现状，连自己都找不到的女人，未来必定是迷茫的。所以家庭主妇也要有自己的人生理想和追求。

心　　计

乔芬在远和近之间犹豫不定，徘徊后终于明白：距离不是问题，只要真心相爱，远嫁他乡也是一种福气。

安州从外地领了个媳妇回来，她叫乔芬，知书达理，全家人都很喜欢，并准备为他们操办婚礼。安州每天带着乔芬出双入对，这让对门住着的金灵儿特别生气。

金灵儿从小就喜欢安州哥哥，和他一块儿玩过家家。每次有小朋友欺负自己的时候，都是安州哥哥把那些家伙吓跑的。安州俨然就是金灵儿心目中的大英雄，她从小就有个愿望：长大了给安州哥哥当新娘。没想到的是安州哥哥大学毕业后竟然带了这样一个女人回来，还要让她当新娘子。金灵儿下了狠心，绝不让这个女人踏进安家的门。

金灵儿一有空就去安州家帮忙，因为金灵儿从小就常去安州家，安家人早把她当亲女儿一样看，所以金灵儿在安家来来去去，安家人从来不会介意。有一天，金灵儿拿着一串糖葫芦乐呵呵地跑过去递到安州跟前："安哥哥你也吃，你小时候不是最爱吃这个吗，你忘了，你还送给我一串呢。"边说，边把一颗山楂凑到安州嘴边。安州笑着咬了一口，看着他们亲热的样子，一旁的乔芬心里有些不舒服，可是想着自己刚来安家，也不能太小心眼了，让婆婆笑话，也就没说什么。有一天，乔芬和安州从外边玩回来了，金灵儿老远就看见了，她跑了过来故意夹在了他们中间，笑着说："芬姐姐，安哥哥，安家妈妈邀请我去你们家喝汤，你们不会不高兴吧？""不会，不会的，我们一起去吧。"金灵儿盯着自己看，乔芬不好意思地松开了安州的手。安家妈妈舀了一碗汤正准备端给乔芬喝，金灵儿连忙说："安妈妈，您歇着，我帮您给乔芬姐姐端汤吧。"安妈妈笑着说："灵儿就是乖巧，懂事，知道心疼老人。"金灵儿端着汤递给乔芬喝，一不小心脚下一滑就摔倒了，碗摔破了，汤全洒了，金灵儿手指尖都烫伤了。乔芬见状马上过来帮金灵儿擦拭，金灵儿一把推开了她，说："姐姐，是不是你不喜欢我呀，我好心好意端汤给你，你为什么不接呀？"乔芬看大家都盯着自己看，说："不是，我不是故意的。"看到大家完全不相信自己的眼神，乔芬知道解释也是多余的，只好说："灵儿，对不起啊。"金灵儿委屈地说："没关系的，是我不好。"安州妈妈说："州儿，快给灵儿上些药。"看着安州哥哥给自己小心翼翼地涂抹着美宝药膏，金灵儿心里甜甜的，还故意冲着乔芬笑了一眼。乔芬心里酸酸的，想要再解释，可是大家的表情已经告诉自己，没有这个必要了。到了晚上，乔芬把安州拉进屋里，想要说明今天的事，她想要告诉安州，那碗汤是灵儿故意打碎的。可是无论自己怎么说，安州都不相信："是你多想了，我是和灵儿一块儿长大的，她不是那种人，她不会的。"连安州也不相信自己，乔芬很激动，和安州吵了一架，气得直哭。后来经过安妈妈的劝说，两人才和好了。

因为金灵儿的出现，两个人之间有了嫌隙。金灵儿想着都这样了，或许乔芬就可以主动离开的。没想到乔芬却怀孕了，这个意外的喜讯不仅化解了安州和乔芬的所有的矛盾，还加快了他们结婚的进程。乔芬和安州幸福地步入了婚姻的殿堂，酒会上金灵儿喝得酩酊大醉。第二天酒醒之后，金灵儿哭了："不能让他们这样，我不甘心安哥哥就这样被抢走。安家对乔芬好不就是因为她肚子里的孩子，我金灵儿不会让她如意的。"

婚后，金灵儿主动找乔芬道了歉，说过去的事都是自己的错，请求乔芬的原谅，并愿意和乔芬结为姐妹。乔芬看灵儿有心悔悟，就答应了。金灵儿常常买了好吃的给乔芬送来，乔芬在这个地方人生地不熟，没什么亲朋好友，金灵儿这么关心自己，她从心里很感激。想着乔芬和安哥哥在一起那幸福的模样，金灵儿就狠下了心肠，她把营养品的盒盖打开，给里面注射了流产的药剂，然后再恢复成营养品原来的包装样子，亲自去送给乔芬喝。到了安家，金灵儿的眼睛始终不敢离开那盒营养品。她怕被乔芬发现，她着急地劝说着，乔芬看金灵儿这么诚心，不好推脱，就喝了。金灵儿忐忑的心这才放了下来，推脱自己有急事匆匆离开了。走后不久，乔芬的肚子就开始剧痛，送到医院时孩子已经保不住了。乔芬伤心地哭着想自己这也没摔着磕着的怎么就流产了呢？出院之后，她回到了家里，看到了茶几上剩下的那个营养品盒子，她心生疑窦，就送去了医院检测。果然不出所料，问题就出在了这里。乔芬找到了金灵儿，拽着她就问："你这个狠毒的女人，你为什么害死我的孩子？你不得好报！"任凭乔芬怎么疯狂地摇晃自己，金灵儿都不说话，其实从乔芬出事那天，金灵儿的内心就一直很害怕也有些歉疚。

安州知道了事情的真相，把金灵儿告上了法庭，金灵儿受到了法律的制裁。法庭上，安妈妈控制不了情绪，指着金灵儿说："你这个孩子怎么这么有心计呢，我们对你那么好，你还害死我孙子。"看着安妈妈失望的表情，金灵儿脸上淌满了泪水，心里一遍一遍地默念着："安哥哥，你能原谅我吗？"

玫瑰心语

心是个口袋，什么都不装时叫心灵，装一点时叫心眼，多装时叫心计，装更多时叫心机，装得太多就叫心事。我们常常执着于近在咫尺的功利，执着于绚丽多姿的生活，执着于没有结果的爱情，很容易使自己陷入不堪重负的状态。其实，女人放下一点，就会得到更多；只有会放下的人，才是真正懂得生活的人，也才会活得更洒脱。

蜗　　居

　　同事们相继买了房，其中是独生子女的不仅父母有房，自己也买了新房。这让晓彤心里很难受，自己当年执意要嫁给华民，尽管他没有正式工作，家里只有两孔窑洞。可她就是看上了这个高高的小伙子的帅气和善良。晓彤是个护士，她想：只要她跟华民齐心协力，一定可以过上幸福的生活。

　　两个年轻人都对未来充满了希望。为了多挣钱，这新婚的夫妻只得分开。华民心劲很大，四处去打工，晓彤也很努力地工作，可是这靠挣死工资只能勉强够生活。华民出去打工，晓彤星期天就回去帮婆婆到地里干农活，希望多挣点钱可以早点在自家院子盖房子。外人都羡慕儿子找了个上班的媳妇，婆婆也就满脸笑容，表现出幸福的样子。其实婆婆内心并不愉快，虽然说家里不算富裕，华民的父亲又不爱说话，这么多年家里大小事也是她说了算。现在这个儿媳妇仗着自己有工作，又太好强，家里什么事都要自己说了算，还把儿子打发出去打工，想起这些，婆婆心里就很不舒服。

　　刚攒够三万块钱准备盖新房，这生孩子、坐月子、孩子吃奶粉，全用

光了。

　　眼看着，攒够几万块钱，适逢祖母病逝，就又花了出去。

　　十年了，一切都在变化，同事们的想法也都变了，都不在老家盖房子了，去城里买房子，要买房，这钱更要多攒了。

　　十年了，物价越来越高，房价也是直直地往上蹿。华民很节省，舍不得给自己买衣服，烟也戒了；晓彤也很节省，买衣服就去大市场淘几件，除了孩子学习上必须用到的，他们很少花什么闲钱。晓彤不知道从什么时候开始自己就变成了一个为了买个大白菜都要和别人讨价还价的女人。

　　华民在晓彤的医院附近找了一份事做，晓彤就住在医院的宿舍里。好在晓彤可以一个人住一间房子，尽管很小，可是华民也可以晚上住在那里。但日子久了，毕竟是单位，人来人往的，华民睡个懒觉也不成。又加之孩子在城里上了学，三个人睡一张床总是不方便。也有些多嘴的人笑话他们，买不起房，不住在单位住哪呀。华民实在受不了大家的指指点点，就从晓彤的单位里搬了出来，在外面租了房子住。每次同事们乔迁都会叫上晓彤，看着那些精美的装修，晓彤总觉得心里不是滋味：自己什么时候也可以住上这样的新房子呀？

　　买房成了晓彤的一桩心事，也有人劝晓彤别急，等单位分房，就有你的了。晓彤就拼命地工作，希望能干出点业绩来，早日分到住房。眼看着这第一批分房名单就要下来了，好友劝晓彤去院长家探探口风去。晓彤说："我可不会巴结人呀，去了说啥呀，不去不去。"名单下来了，没有晓彤，晓彤心里有些失落，心想："也许是自己还年轻，不够条件吧。"以后的日子里，晓彤工作更加卖力，她知道自己是农村来的，没有什么关系，只能在自己这硬件方面下功夫了，晓彤下了很多苦，也取得了很多荣誉。大家都说："晓彤这为了分房是连命都拼上了。"第二批分房名额就要下来了，谢主任私下对晓彤说："这次分房少，你我条件一致。你还年轻，你看我都这把年纪了，才干了个主任，上有老，下有小，六口人还没个正经的住房，这次你就让给我吧，以后有机会我会帮你在领导那争的。"晓彤心里千万个不愿意，可是有什么办法，人家是自己的顶头上司呀，何况都这么求自己了，也就认了。可是华民要知道自己把分房机会让给了主任，肯定不同意的，她没敢将这次分房的事告诉华民。以后的工作中，主任确实照顾了晓彤一些，可越是这样就越会让晓彤想起房子的事，心痛啊。也是不巧，那次后，单位将近十年再没盖房，自然不会分房。

最近几年，房地产正旺，晓彤和华民都忍够了，就按揭贷款买了一套一百多平方米的两室一厅住了下来，虽说不大可总算有了属于自己的家。事情也总是不赶巧，晓彤刚买了房一年，单位就在附近买了一片土地盖了新楼房。晓彤生气呀，单位盖的房子是又便宜又离家近，这回分房名单里是有自己的，可是自己再也折腾不起了，孩子上学正要用钱，再说当初为了省钱买的这栋房子离单位挺远的，何况装修也花了好几万，现在还要再拿出钱来，实在有些吃力，晓彤满肚子的火。

房子，对有些人来说，可能就是一句话的事，可是晓彤自己却为之付出了一生，每月的按揭更让自己的日子过得紧张。一个"房姐"可以在县城里有几十套房，北京也有房。而自己搭上一生才换得这么一套房，已经快五十岁的晓彤心里很不是滋味。

玫瑰心语

常有人说，我现在不幸福，等我结婚或买了房子……就会幸福了。事实的真相是，幸福的人在哪儿都幸福，不幸福的人在哪儿都不幸福。所以女人要先培养自己的幸福感，有了幸福感，不论发生什么，不论多难，我们都会开心。想想好多人住了很大的房子，却依然没有收获家的温馨。虽说自己用智慧的大脑、勤劳的双手创造的房子小些，可是住着心里会踏实很多。这样靠双手奋斗的幸福，才是人生真正强大的气场与自信。

爱 的 结 晶

有孩子的人永远不会理解不能生孩子的女人的痛苦。

让人疑惑的是，就在李芳来做孕检时，却一直未见到李芳的丈夫雷晖，只有李芳的妈妈成英陪在女儿身边。想起这些年走过的日子，李芳抑制不住哭出声来。

十年前李芳经人介绍，认识了比她大四岁的雷晖，两人一见钟情，次年二月便结婚了。虽然是经人介绍结婚，但两人一直很恩爱。两人决定好好发展事业，也过一过二人世界，就不考虑要孩子了，大不了做个丁克一族。

结婚三年多了，还没孩子，雷晖的父母就着急了。雷晖的母亲王玉芬正在厨房做饭，听见儿子回来了，就马上跑出来："晖呀，你啥时给妈生个孙子呀？""妈呀，你就放心吧，很快的。很快的，你看你的饭勺都要碰到我脸上了，我还忙着，我先进屋了。""这孩子，每次都这样，这要等到猴年马月了。"王玉芬拿着勺子进了厨房，嘴里一直嘟囔着。雷晖一进屋，李芳就拉着雷晖问："你看，妈又催了，怎么办呀，我还没做好生孩子的准备呢！"雷晖抱起李芳按到床上："可是这二人世界我还没过够呢，要什么孩子呀，再说现在我们还年轻正奔事业呢，以后再说吧。"两人就卿卿我我起来。"你笑什么呀，再笑妈妈就该生气了。"李芳拽了拽雷晖的耳朵。

王玉芬一边往餐桌上端菜，一边吼着："吃饭了。"只听得啪啪的盘子碰到桌子的声响，想到现在还抱不上孙子，王玉芬的脸上写满了不高兴。

说起来，王玉芬还真的是心里委屈。

早上去公园散步，看到人家老李头带着自己家龙凤胎的孙子孙女，玩得可高兴了。老李家两口子脸上都笑开了花，还对王玉芬说："带这两个小家伙是累点，可是心里甜呀，可得让你家媳妇抓紧点呀。"王玉芬总是笑笑说："孩子们忙，他们的事他们说了算。"可是心里酸得难受。其实，孩子刚结婚时，她也不想催，想让孩子们顺其自然。只是现在好几年都过去了，只想趁着自己现在还年轻，还能帮着带带孩子。眼看着自己的身体越来越不好，跟自己差不多的老朋友们也都有了孙子，自己这心里能不急嘛。所以她还曾偷偷跑到附近的庙里去祈祷，希望老天开恩，让自己可以早日抱上孙子。

一个月后，家中的电话突然响起，交警队打电话过来："你是雷晖吗？你的父亲出车祸了，请你马上过来。"听到这个消息，王玉芬一下子就瘫在了沙发上。在医院的治疗下，雷晖父亲虽然慢慢好了起来，但是以后需要一直在轮椅上生活。整个房间的气氛一下子从平静快乐到了静得让人窒息，生病后，雷晖父亲的脾气越来越糟，动不动就发火，家里的玻璃茶杯都被摔光了。王玉芬、雷晖、李芳大家都不敢多说一句话。

雷晖父亲一时接受不了这个现实，看着他每天这么痛苦，大家都很着急。雷晖的小姨就对王玉芬和雷晖出了个主意："生个孩子吧，让你他有个精神寄托，有个孩子家里就会热闹起来，他的脾气就会好起来的。"雷晖看到母亲为父亲的事整日难过，就和李芳商量生孩子的事，李芳同意了。可是半年一晃就过去了，还没有怀上，婆婆王玉芬很着急，雷晖和李芳便去医院检查了，医生告诉雷晖："你的精子活力不够，怀孕的概率不高。"雷晖听到医生这么说，气得大拍桌子，吓得老教授出了一身冷汗，连忙说："好好调理，还是有希望的。"雷晖回到家，几天闷闷不乐，一直都不说话。雷晖是一直不想要孩子，可是他从来没想过自己在这方面会有问题，所以高傲的他此刻无语。李芳以前也意外怀孕过一次，只是她怀的第一个孩子不幸胎死腹中，自己去做了流产，年轻人从来都不知道害怕。雷晖和李芳害怕母亲知道后担心，就没有将此事告知婆婆。这么久了，儿媳妇还没有怀上孩子，再加之整天伺候爱发脾气的公公，婆婆心情很不好，就冲着李芳发火："这鸡都知道下蛋，我们家这可是三代单传，现在可是要断后了呀。"李芳听了，转身跑到屋里大哭起来。这时雷晖还没下班，要是雷晖在家，他们是万万不敢这样的，因为这样会让雷晖伤自尊的。李芳不肯放弃，就去医院买了些药回来调理。在李芳的劝说下，雷晖也开始慢慢服药了。半年后去检查，妻子依然没有怀上，雷晖气自己的无能，就辞掉工作去外地了。

孩子呀孩子，你不想要的时候他说来就来；你想要的时候，是盼星星盼月亮，他也不肯来。雷晖离开后不久，李芳就发现自己竟然怀孕了，可是她不敢说，她怕这次再搞错了更让大家失望。

四个月后，李芳的肚子慢慢大了起来，她费了很大的劲儿才联系到雷晖，雷晖听了特别高兴，当即就坐飞机返了回来。

雷晖原以为母亲会更高兴，可是回家来却看到的是母亲的消瘦和絮叨。王玉芬把儿子约到外面，对雷晖说："晖儿，你有了孩子妈妈是替你高兴，可是你这么长时间都不在，这孩子是你的吗?"母亲的随口一说让雷晖有些不安，他心不在焉地说："当然是我的呀。"母亲说："只要是你的就好。"听儿子这么说，王玉芬才放心，以后的日子里，婆婆对李芳关怀备至，生怕有一点伺候得不到位。

没过几天，李芳就发现雷晖有些不对劲。别人怀了孩子，丈夫都是跑前跑后地嘘寒问暖，可雷晖总是窝在家里，觉得此事全然与他无关，连产检也不陪着去。李芳知道雷晖有心结，就告诉婆婆："妈，我去我妈那住一段，你好好照顾我爸，你好好准备准备，孩子一出生就让您带。"李芳搬到娘家住了一段时间，直到自己生下了孩子。

李芳走后，雷晖成天在外不是喝酒就是打牌，甚至还整夜不回家。只有在孩子出生后的第二天，他才送了一桶奶粉过来，而且很快就离开了。

听说生了个男孩，王玉芬就催着让雷晖去把孩子接回来。到了医院，王玉芬把孩子抱到雷晖面前："你快看看呀，这小鼻子小眼的，多像你小时候呀，简直就是一个模子刻出来的。"雷晖拗不过母亲，就看了一眼，果然长得有些像自己，雷晖的心里顿时豁然开朗，抱着孩子不肯松手。王玉芬去办出院手续了，李芳就让雷晖坐在身旁，拉着他的手说："我知道你当时心里不舒服，现在好了，孩子出生了，你去做个亲子鉴定吧，我不怨你。"雷晖眼里蓄满了泪水，直摇头。李芳说："没事，去做吧，你要相信我，更要相信你自己，我陪你一起去。"

李芳的爱和包容让雷晖拥有了自信。

鉴定结果让两个人在经历了无数波折后的爱更坚定。孩子越长越可爱，公公的病也慢慢好起来，可以自己慢慢挪步了。每天一下班，雷晖就赶回来陪着李芳和孩子，一家人又恢复了往日的其乐融融。

十月二十日，李芳清楚地记得这一天，孩子周岁了，全家人在一起照了一张最美的全家福。李芳看着孩子的照片，幸福地笑着想：是啊，是这个小生命让我们的爱幸福得没了边际。

玫瑰物语

孩子是爱的结晶，生命的延续，是联系一家人幸福的纽带。新生命的降临会让裂缝无痕，真爱无瑕，破镜重圆。每对爱人，都请珍惜上天赐予我们这爱的权力，珍惜上苍赐给我们的这份最珍贵的礼物——健康可爱的孩子。

逃　　生

　　邻居徐嫂兴冲冲地对春兰说："现在政策放开了，你符合条件可以生二胎了，这回你可以如愿了！"春兰无奈地叹气："不生了，打死也不生了。"徐嫂这一问，把春兰的记忆拉回到了五年前。

　　"春兰快跑，快收拾东西，计生办的车来了。"老公允浩气喘吁吁地向媳妇春兰住的这间出租屋的方向奔来，边跑边喊。春兰挺着九个月大的肚子急忙收拾东西。还没等允浩站稳脚跟，后面七八个穿着白大褂的人就气势汹汹地跑过来。那三个男人按住了允浩，几个女的拽着春兰就往门口拉。春兰喊着："别拉了，我跟你们走，我把卫生纸和饭盒带上。"那些人根本不听春兰说话，拖着春兰就往面包车上拉。春兰哭着，再三央求她们慢点，她们也不肯听。春兰穿着一身宽大的睡衣，走路蹒跚，根本跟不上那些人的步伐，拉拉扯扯中，拖鞋就掉了一只。

　　春兰就这样被拉上了车，允浩在后面追着喊着，看着车远去。

　　进了计生办，医生要给春兰打针，春兰哭着央求："再有几天孩子就生了，孩子是无辜的，饶了他吧。你放心，我就在这生，孩子生下来就送人。我不要孩子了，不违反政策，行吗?""不行!"为首的那个女人喊。于是，其他几个人按住春兰，春兰挣扎不了，为首的女人就为春兰打了流产针，注射完后就都散去了，再也没人过问。不久，春兰的肚子就阵阵疼得要命，她一直喊着："救命，救命……"直到自己再也无力喊出声来，还是没有人来。等到允浩赶来时，看到孩子就要生了，可是要生的却是个已经死了的孩子。孩子没有活力，只有春兰一个人使劲儿，很难生下来，春兰累得满头出着虚汗。允浩吓得没有办法，就去邻屋叫那几个穿白大褂的女人。那几个人嗑瓜子的嗑瓜子，翻书的翻书，完全当听不见。允浩没法只好赶紧返回去照看着春兰。春兰低低的声音，有气无力地说："快剪，剪脐带。"总算生了下来，春兰昏睡了过去。

那个孩子圆圆胖胖，是个可爱的男孩子，可是已经没了气息。允浩怕春兰醒来了看着难过，就把孩子处理了。两小时后，那个为首的穿白大褂的女人说："你们把孩子呢?"允浩生气地说："扔了。"那个女人大吼："扔哪了，去捡回来，要拍照登记的，不登记你们走不了。"允浩去厕所里找回了孩子，幸亏自己匆忙，孩子没有扔进坑内。再次捡起自己血淋淋的孩子，这对允浩来说，是怎样的一种伤痛。

允浩带着妻子离开了这个痛心的地方，去了别的医院救治。几天了，春兰一直在发烧，允浩没有想到为了生这第二个孩子让春兰受了这样的苦。以前为了躲，四处更换着地方，想起这些，允浩趴在春兰身上抽泣着：这哪是生孩子，这是在逃命啊。

突然，听到房间外边有人在哭。允浩抬起了头，听一个病友说：那是个产检的年轻孕妇在哭，因为她亲眼看见一个待产的孕妇疼得又哭又叫，一个医生还在旁边训着："知道生孩子疼还生，别吼了。"看到那种情景，来产检的那个女孩就吓哭了。

谈起了生孩子，我就觉得我幸运了很多。那年，我要生了，我去的是镇上的医院，比起那些大医院小了很多。一直帮我产检的是三个年纪大的老妈妈医生。她们检查都会仔细听听肚子，然后小心翼翼地检查。那时我吐得厉害，什么都吃不下，晕得连路都走不了。老医生商量之后为我做了调理，我的身体就好很多了。按她们的安排我下午去医院待产，去了不久，我的肚子就一阵阵疼，疼痛的间歇时间越来越短，疼的程度越来越紧凑。我是头胎，什么都不懂，我忍着痛告诉其中的一个老妈妈："医生，我真的很痛。"这个医生轻轻扶我进了检查室，对另一个老妈妈说："孩子很痛，你给检查一下吧，看是不是要生了。"另一个老妈妈检查完之后，兴奋地说："真的要生了，没想到这么快，快进产房准备接生。"

当时我身在外地，身边没有一个亲人，被带入产房后，躺在产台上，心中有些许恐慌。一个老妈妈准备要用的东西，另外两个老妈妈帮我接生。守在身边的老妈妈笑着对我说："孩子别怕，我们在二十分钟内完成这个这个伟大的任务，好吗？时间太长会对孩子不好的。"听老妈妈这么说，我的心中充满了力量，就好像是自己的亲人守护在自己身边。在我们的共同努力下，孩子在二十分钟内顺利诞生。三个老妈妈抱着孩子一直在笑，好像是抱着自己的孙子一般亲。我也笑了，因为这几个医生让我在人生的紧要关头深深体会到了人间的温暖，我称这些素不相识的医生为"医生妈妈"。以后的日子里，无论遇到多少难事，一想到那温暖的场景我就会变得坚强而勇敢。

比起那些为了生孩子躲避的女人我是幸运的，尽管我的身边没有那么多亲人陪同，也没有享受高档的医疗条件，可是我的心是温暖的。这是医生妈妈给我的温暖，也是她们带给我的最可贵的财富。

孩子大了点儿，我想去看望这些医生妈妈，院长告诉我：她们已经退休了，回老家带自己的孙子去了。我为她们高兴，这么多年她们的手里迎接了多少个新生命的到来，她们累了，也该享受天伦之乐了。同时我也感到有些遗憾，以后的孕妇不能再享受这种不是亲人胜似亲人的温暖了。我不知道这些年老的医生妈妈叫什么名字，我也不知道她们生活的老家在哪儿，可是我会一生都记住那温暖的笑脸和那些温馨的话语。

是的，我比那些为生孩子逃生的女人幸运！

一声问候，两面微笑，拉近了人与人之间的距离，平易近人，和蔼交流，

打破了人与人之间的陌生感。真诚的态度是一种心理状态，也是一种为人处世的行为准则。只有通过真诚服务，人性化的服务，才能提高为民办事的公信力。生育，是一个女人一生承载的最伟大的事业，而医生是她们身边最想依靠的天使。生命无错，只要医生人人是天使，整个社会将会是一个稳定的、阳光的、和谐的社会。

姐　妹　争

有人说亲情是这个世界上最宝贵的财富，亲人间需要彼此心灵的真诚付出，而且任何的付出都是情感的陶冶和升华。可是，在亲人间还有一种东西，是你无法谦让，也永远不愿意去谦让的，那就是爱情。

有人给姐姐萍萍介绍了一个对象，名字叫许诺。许诺身材魁梧，在安监局上班，父亲开了个大超市，母亲是公务员，家里条件特别好，就是长得有点落伍。姐姐看不上许诺，嫌他长得不够帅气。看着姐姐不乐意，漂亮的妹妹姿姿就急了："姐姐，这么好的人，这么好的条件，你还犹豫啥呢？"姐姐本来就心里不高兴，一听姿姿这么说就更生气了："那么好，你咋不嫁呢？"姿姿可不是省油的灯，家里的人谁不知道她最伶俐，只要得理了那更是不饶人，她对姐姐说："姐，我是好心，你咋不识好歹呢，我要不是在学校已经谈了男朋友，我还真愿意嫁给许诺呢。"父母也是满心欢喜，努力说服姐姐，姐姐在大家的推搡中就这样不太情愿地嫁给了许诺。

姐姐嫁给许诺，就去了许诺城里的家居住。许诺不仅家庭环境优越，自己也特别能干，还对姐姐百依百顺。幸福来得太快，姐姐心里有些慌乱，不知道该如何消受这突然的幸福，仓促地走入婚姻让姐姐萍萍不知所措。不过今日，她为自己当初对这门婚事的犹豫还是有些后悔的，幸亏父母和妹妹的坚持，否则自己就真错过了自己人生的幸福。姐姐很珍惜这份生活，家里的窗户总是被擦得纤尘不染，她总会在丈夫回来之前为丈夫做好饭菜。结婚不久，他们就生了一个可人的女儿。

人的生活太安逸了就容易空虚，萍萍一个人待在家就会烦闷，有时还会发起脾气来。萍萍是个很固执的人，每次一发起脾气，无论许诺怎么劝都劝不住。有时候许诺劝不了，就不理她，一个人出去做事了。

姿姿在城里上大学，该到实习期了，姐夫给姿姿介绍了一家单位让姿姿去实习，这家单位离姐姐的家比较近，吃饭、实习都会方便很多。姐姐想着，当初如果不是妹妹非让自己嫁给许诺，自己今天就不能过上这么幸福的生活，当时自己还那样过分地怪怨妹妹呢，想起来心里还觉得有点对不住妹妹。

萍萍早早做好了许诺最爱吃的菜等许诺回家，许诺一进家门，萍萍就接住了他的包，笑着说："许诺，谢谢你给姿姿找的那家实习单位。你看，那家单位挺近的，我想让姿姿住到咱家来，咱家不是房间多嘛。"许诺说："房间是有，只是怕她一个女孩住这不方便，我们也不方便呀。"萍萍说："自家妹妹有什么不方便的，你同意就行了，就这样了。"

姿姿就这样提着自己的一个皮箱住到了姐姐的家里。姿姿性格开朗，实习的单位要做的事情又不多，下班没事了，姿姿还喜欢绣个十字绣什么的。有一段时间，赶上许诺单位里事务多，每天都要加班，下午就不能回家吃饭了。萍萍担心老公累坏了身体，每次做好了饭，就先给许诺打一份，因为自己还要照看孩子吃饭，就让妹妹姿姿每天去给姐夫送饭。

姿姿提着饭盒去了，看着正写报告的姐夫忙得满头大汗，就立刻放下饭盒，给姐夫湿了一条毛巾拿过去："姐夫，你先擦擦吧，擦完你先吃饭。不就打字吗，我帮你，我打完了你再检查检查就行了。"说着，姿姿就干了起来，许诺吃起了饭。

姿姿平时嘻嘻哈哈的，这干起活来还真利索，硬是没有一个错字，这个大学没白上，许诺打心眼里高兴。没想到姐夫干起工作来这么尽心，姿姿也暗自钦佩。

姿姿给姐夫送了两周的饭，一来二去，两个人就有了很多话说。有时候，两个人会一起回来，走在路上的时候还会聊聊现在的社会热点问题，聊久了就觉得特别有共同语言。许诺不管说什么，姿姿都会仔细地听着，许诺想，萍萍要是不那么执拗，像姿姿这样善解人意就好了。

许诺忙过那一段，工作恢复正常了，不用再加班。姿姿也不用再送饭了，每天实习完，很早就可以下班回家了。自从不再加班以后许诺总觉得这心里空空的，一回家就倒在床上。萍萍是个爱干净的人，看许诺不去洗澡，也不脱外衣就这样横躺在床上，那臭袜子熏得整个屋子全是味，对萍萍来说，这是绝对不能容忍的。萍萍就吵着叫许诺马上起来，许诺说："我想躺一会儿，这也不行吗，这是我家，我自己的家。""什么，这是你家，难道不是我家呀？"萍萍一直揪着这个话题不放，许诺气得拿起外套跑出去了，在路上，正好碰见了要回家的姿姿。姿姿没有回家，看着姐夫一脸怒气，就跟在姐夫后面，等着姐夫先开口说话。很晚了，路上没几个人，他们走着聊着，不知不觉就走到了公园门口。许诺坐在长凳上休息，姿姿也坐在一边，乖乖地听着姐夫诉苦，不知不觉她就靠着姐夫睡着了。许诺把自己的外衣脱下来给姿姿盖上，这一动姿姿醒了，紧紧搂住了许诺的腰。许诺马上站了起来："你不要这样，我们回去吧，你姐姐还在家等你吃饭呢。"说完，快步往回走，姿姿跟在后边，不说话。

就这样，两人以后见面就有点尴尬。有一天，萍萍带着女儿回娘家去，也叫姿姿一起回去。姿姿说她单位的活还没做完，以此作为推脱的理由，没有跟姐姐回去。这是周六，姐夫也回家了。一进家，姿姿就关上大门，把许诺拉到了自己屋里："姐夫，我给你绣了双鞋垫。"许诺不说话，只是盯着姿姿。姿姿说："我姐回我妈那了，星期天下午才回来，我给你去做饭吧。""不，不用做！"许诺拉住了她的手，又赶快放下了，可姿姿却紧紧地拉着姐夫的手就是不肯松开。姿姿的天真、年轻，让许诺忘却了自己姐夫的身份，他无法拒绝眼前的姿姿。姿姿回头就和姐夫许诺抱在了一块儿，那一夜，不该发生的事情就发生了。以后，大家还会在一起吃饭，一起住，一切如往昔，只是比往昔更显得沉静。只要萍萍不在家，许诺都会和姿姿待在一起，姿姿也和自己原来的男朋友分手了。这一切，萍萍全然不知情。姿姿看着姐夫和小姨子之间有些不对劲，也不好说，就故意对萍萍说："你妹妹不是实习快完了，就让她回去吧，总待在这也不好吧？"萍萍以为婆婆是嫌弃自己，所以也不喜欢自己的家人，就执意不让姿姿离开。

等到萍萍知道这件事的时候已经太晚了，许诺提出了离婚，因为姿姿怀孕了。萍萍知道实情后哭得死去活来，她没想到这个拆散自己家的人竟然是自己的亲妹妹，她一气之下跑回了娘家。父亲听说这件事后特别生气，不许小女儿姿姿再踏进自己家门，也断了姿姿的生活费。

许诺和姿姿在外边租了房子住，任凭谁劝也不肯回去。萍萍哭过了闹过了，可是没有用，姿姿不肯放手，许诺就得离婚。为了女儿，萍萍坚决不肯离婚，为了保住自己的婚姻，她决定离开一段时间，去外地打工，她实在不想面对眼前这两个人，自己最恨的这两个亲人。其实打许诺第一次进自己家门时，姿姿就觉得许诺这个人错不了，现在交往了之后更是再也忘不了。萍萍虽然暂时离开了，却不肯离婚，她要拖着，她要惩罚丈夫和妹妹。姿姿的肚子越来越大，自己现在承受着很大的舆论压力，可是姐夫还是不能让这个孩子名正言顺地出生。姿姿越想越痛苦，那一夜，迟迟不见姐夫到自己这里来，她自杀了，留下一封长长的信。

姿姿和孩子的死，让许诺的心也彻底死了，他坚决和萍萍离了婚。他无法原谅自己对这两姐妹的伤害，更无法去面对。三年后，他另找了一个女人再婚了。

玫瑰心语

世界上最残忍的事，不是没遇到爱的人，而是遇到却最终错过；世界上最伤心的事，不是你爱的人不爱你，而是他爱过你，最后却不爱你。因为曾相爱，想到就心酸。人生，只是一场场经历，对错一念间，最后都化为一场场云烟，包括我们自己，最后也化为一缕轻烟。不要把恨埋在内心的深处，不要把冷漠飘散在冷冷的寒风里，所有的烦恼可以放手，所有的悲喜可以忘记，所有的爱恨可以释然。相信自己的选择，好好地过好自己的生活，不吵不闹不纠结，两个人组成一个对的人生。

爱 了 散 了

  你打江南走过，想碰见一个撑着油纸伞的隔着面纱的痴情女子，她融入了你的性灵，却必须与你擦肩而过，因为她不是你永远的风景。

  小颖是个刚毕业的大学生，有些瘦，但掩藏不了那份妩媚，洁白的脸蛋泛起些许红晕，像这样漂亮动人、楚楚可怜的女人往往更会得到男人的疼惜。尽管有太多的男人对小颖想入非非，可她唯独中意于田朝伟。田朝伟是一房地产商，白手起家，适逢买房热，靠买地皮盖房赚了很多钱。作为一个生意人，他常常出没于各种酒色应酬中，尽管这样，只仅仅是应酬而已，他依然很爱自己的家，毕竟妻子和自己是同甘共苦一路走过。妻子虽没有多少文化却很勤快，会把家里打扫得很干净，这让他少了很多后顾之忧。当初，朝伟家条件差，而妻子的家庭条件却很好，扶持了朝伟很多年。这些虽然成为朝伟奋斗的基石，可朝伟并不以此为傲，而是谦虚上进，靠自己的能力和魄力打拼出了一番崭新的事业。田朝伟跟妻子相处得很好，日子过得也很顺当。

  其实人只有在什么都没有的时候才会觉得物质很可贵，当拥有了丰富的物质之后，精神的需求就远远比对物质的需要强烈得多。繁忙而安逸的生活让人会有更多对激情的渴盼，这种渴盼深深地压在田朝伟的心底，因为道德和责任深深地压在心底。

平静的湖面总会泛起波澜。

小颖来这里应聘，与老板朝伟偶然相遇。朝伟第一次看见小颖，就有一种心动的感觉，因为小颖简单直接，心无城府，与社会上那些女人完全不同。虽然简单的穿着但仍然无法掩饰她青春四射的活力。

从此在朝伟的胸膛里就藏着一颗冲动的心，但多年的沉稳、世俗的偏见让他压抑着内心的想法。可对一个有野心的男人来说，自己想得到的，是绝不会轻易放弃的。

小颖做了销售部的售楼小姐。朝伟每次到售楼部来都想多看小颖几眼，可是每次看到小颖和购房者热情的交谈，他都不忍心去打扰她。那灿烂的笑容让他觉得内心很温暖，同样作为老板，他也不敢直接表露出自己的想法来。

与此同时，在平常的工作交往中，老板的和蔼慈祥也让小颖觉得心里很温暖。

六月的天说变就变，正要下班却突然下起了雨，大家都匆匆走了，只有小颖还在收拾材料。收拾完准备回家了，却不巧雨已经下大了。老板朝伟正要离开工地，看见正把衣服篷在头上准备冒雨回去的小颖，他三步并作两步跑了过来，一把大伞遮住了小颖，小颖的头上瞬间成了一片晴空，他简单地说了一句："坐我的车吧。"小颖想要拒绝，可是说不出口。在汽车上，朝伟在前座开车，小颖坐在后座，两人一前一后，没有说什么话。

到了小颖住的地方，小颖请老板坐下喝杯茶，自己进里屋去拿了干毛巾擦自己刚才淋湿的头发，长长的头发将干未干，宛似"清水出芙蓉"。男人总有冲动的时候，多少天压抑的爱全部迸发了出来，他一把将小颖搂在了怀里，小颖想要逃脱，可是她无法挣脱眼前这个男人宽阔的肩膀以及他冷酷下的温情，她的手轻轻搂住了这个男人的腰。激情在此刻打碎了所有的禁锢。田朝伟将小颖抱在了她的床上。田朝伟搂紧小颖，亲吻她的脸，从额头到脖子，面庞的每一处。这么多年的压抑全在此刻得以倾泻，这个温顺可人的女人让他感觉到了男人的强大。他们紧紧相拥，小颖觉得自己已经被爱充盈得无法呼吸，房间里静极了，只能听见朝伟一个人的喘息声。一场撕心裂肺的错爱从此刻开始，激情的时刻谁都不会顾及将来的后果。

男人总是性在前，爱在后；女人却是爱在前，性在后。女人如果爱上一个男人，就会一发不可收拾。小颖觉得自己已经是这个男人的女人了，就真的放不下了。

朝伟和小颖相爱了，很甜蜜的相恋。

可是纸总包不住火，朝伟的妻子知道这件事后，每天对朝伟冷嘲热讽，家里完全失去了往日的平静。这让朝伟很是烦恼，为了避免矛盾激化，朝伟决定不再和小颖见面了。

小颖觉得整个天都要塌下来了，这个自己每时每刻都思念的男人难道真的将自己忘却了？当爱情失去了新鲜，最后还剩下些什么呢？当爱已成往事，什么都是枉然。可是爱情是毒药，糖衣太美妙，即使你知道会有伤害，你知道会有副作用，你知道会留下后遗症，可是你还是会不顾一切，拼了命地吞下了爱情这颗毒药。人最软弱的地方，就是舍不得。舍不得一段不再精彩的感情，舍不得一份虚荣，舍不得掌声。我们永远以为最好的日子是会很长很长的，不必那么快离开。就在我们心软和缺乏勇气的时候，最好的日子就从指间毫不留情地逝去了，小颖独自守着这座朝伟给她买的大房子，有些绝望了，自己忍受着闲言碎语，忍受着大家冷酷的眼光，换来的却是无情的等待和寂寞。

小颖用笑容使劲掩盖内心的悲伤，她每天望着门口，与其说是盼望购房者的光临，不如说是还渴望能看到朝伟一眼。一次次的等待，一次次的失望，终有一天，这个男人来了，他告诉小颖下班等他。他们约在了一家咖啡厅见面。田朝伟塞过一张卡来："你辞职吧，这上面有十万块钱，你另找个地方寻个工作吧。"小颖的眼泪都要下来了，她忍住了，痛心地说："钱能买来青春和感情吗？我不需要你的施舍，本来我今天来就是打算告诉你，我要出国了，再见。"没等朝伟反应过来小颖就转身离开了。其实不是朝伟狠心，一是妻子那边闹得不可开交；二是看小颖还年轻，不想因为自己毁了小颖一生。

小颖原来以为，一个人的勇敢是删掉他的手机号码、QQ 号码等等一切，努力和他保持距离。等着有一天，习惯不想念他，习惯他不在身边，习惯时间把他在自己记忆里的身影磨蚀干净。而现在，小颖顿悟了。真正的放开，是留着他所有的联系方式，却再也不奢望他忽远忽近所给的联系，那个人只是自己手机电话本中极其平常的一位。

其实对于女人，生活从来都不乏色彩，只是有时候我们会被悲伤、仇恨、嫉妒蒙蔽了双眼，一头扎进去不愿意出来，画地为牢，一遍又一遍地重复着自己的悲伤。其实女人不必如此，不用委屈着自己的心情。快乐永远不缺少理由，没有谁必须是谁的太阳或月亮，也没有谁离开谁就会窒息而亡。学着自己给自己制造快乐和幸福，用自身的魅力去吸引着别人，而不是死缠烂打地拖着某人。

玫瑰心语

其实，让人失去理智的，常常是外界的诱惑；让人耗尽心力的，往往是自己的欲望。一件事，就算再美好，一旦没有结果，就不要再纠缠，久了你会倦，会累；一个人，就算再留恋，如果抓不住，就要适时放手，久了你会神伤，会心碎。任何事，任何人，都会成为过去。是你的终究是你的，不是你的请放手。有时候自己错误坚持的也许不是一段感情，而是不甘心。所以，放弃也是另一种坚持，明天还需要你继续你自己的人生旅程。

我是谁的孩子

　　十四岁的吴小迪一早起来，就冲着妈妈吴君大喊："妈妈，我到底是谁的孩子？"听孩子这么问，吴君只是哭着，什么都不愿意说。小迪是第一次对妈妈这么凶，母亲吴君很意外。

　　从自己记事起，小迪就没有见过自己的父亲，他一直和妈妈吴君相依为命。看母亲每天郁郁寡欢，小迪不敢询问关于父亲的事。小迪性格内向很少说话，除了学习，他也很少跟其他小朋友在一起玩。妈妈是小迪最亲的人了，也是唯一关心他的人，他只能依靠妈妈，所以他很心疼自己的妈妈。任何时候吴君都会溺爱着小迪，只要小迪想要什么东西，她都会仔细地攒钱，然后想尽办法为小迪买来。吴君特别关心小迪的生活，只是很少和小迪说话。小迪知道妈妈为了自己每天辛苦地经营着那间小鞋店，他有什么事也不常和妈妈交流。

　　吴君不是本地人，这里的人只知道：她是带着两岁的小迪来到这里定居的，从什么地方来，这里的人都不清楚。吴君除了做生意，照顾小迪，很少跟周围的人说话，只是碰到当面了偶尔打个招呼。让大家奇怪的是从来没见过这个男孩子的父亲，更不知道孩子的父亲是干什么的。

小迪慢慢长大了，可是妈妈还是从来不提关于爸爸的事。看着别的小朋友每天放学了有爸爸接，还会周日带他们去玩，小迪很伤心。可是他不敢问妈妈，因为小时候自己问过一次，结果妈妈二话不说就打了小迪一顿，打骂中吴君对小迪说："你没有父亲，没有。"自此之后，小迪就不再问了，也不敢问了，小迪知道了自己没有父亲，没有。

小迪上中学了，他开始懂了：不是自己没有父亲，只是妈妈不肯告诉自己而已。看到有些同学在背后对自己指指点点，正值青春期的小迪心里很不舒服，他就在班里故意搞一些恶作剧发泄内心的不满。小迪的班主任把小迪的不良情况告诉了吴君，吴君非常生气，可是她舍不得教训小迪。以后，小迪就越来越放纵自己。直到有一天，有同学跟小迪抢篮球时发生了矛盾，那个同学骂小迪是有爹生没爹养的孩子，小迪就彻底崩溃了，他把那个同学按倒在地上，在体育老师的劝说下他才松开了手。小迪心里难受，一回家就冲着吴君这样大吼。

小迪这一吼，勾起了吴君对往事的回忆。那年，吴君在一家单位上班，认识了当科长的孙鹏飞。孙鹏飞模样端正，工作能力强，两人一见钟情。如胶似漆的相爱中，吴君没想到自己竟然怀孕了。吴君心里害怕，就提出想要尽快和孙鹏飞结婚，一个姑娘家怎么能还没结婚就先有了孩子，可怎么见人呀。孙鹏飞镇定地劝她先打掉孩子，这是吴君没想到的。和自己相爱的男人竟然劝自己打掉自己的亲生骨肉，孙鹏飞的这个决定激怒了吴君，她一直追问孙鹏飞为什么这么做。孙鹏飞实在无奈，就告诉吴君，他其实是有妻子的，妻子的父亲就是自己最大的上司，一旦离婚自己就什么都没有了，所以他现在是根本不可能离婚的。吴君听不下去了，用拳头乱打着孙鹏飞，吵着："骗子，大骗子，你为什么不早告诉我你已经有家了呢？"哭了、闹了，还是无济于事，吴君离开了。她回到住的地方，又哭了两天两夜。第三天早上，吴君去了医院，她决定打掉这个孩子。护士在叫了："23号，吴君。"吴君进去了，小心地躺在产床上，看着医生拿着工具走了过来，她还是有些心慌，突然吴君猛地端坐了起来："我不做了，不做了。"就起身跑了出去。她一个人茫然地走在小路上，轻轻地抚摸着自己的肚子，心想：这是一个生命呀，我差点残忍地扼杀了自己的孩子。考虑了很久，吴君决定留下这个孩子，她不希望自己成为一个杀人凶手，将来后悔，可是年轻的她哪里知道一个未婚妈妈的艰难。

吴君本来想一个人把孩子带大，可是父母坚决不同意，要吴君必须把孩子打掉，马上找一个好人家结婚。张明是吴君妈妈一个同事的儿子，一直喜欢吴君，只是吴君不喜欢他。在爸妈的劝说下，吴君嫁给了张明，开始了甜美的新婚生活。让人质疑的是：结婚七个多月后，吴君就产下了小迪。原来吴君根本就没有打掉孩子，为了瞒天过海，她花了很多钱贿赂医生，让医生告诉丈夫张明：小迪是早产儿。张明虽然对小迪很好，可是作为男人，心里一直有些猜疑。就这样平静地过了一年，张明原以为自己可以放下，可是这一年多，不断听到附近的人有闲话传出，张明就无法忍耐了，他瞒着吴君偷偷带着小迪去做了亲子鉴定。鉴定结果出来后，他就整天对着吴君发火，甚至还对吴君动起了手。本来吴君想着：只要张明愿意接纳这个孩子，她会用一生感激和回报张明的。没想到张明最终还是无法接纳小迪，吴君收拾了自己和小迪的衣物，带着小迪和自己所有的积蓄离开了。吴君和张明离婚了，带着小迪来到这个陌生的小县城，租了个鞋店和小迪相依为命，她希望换一个环境可以让自己忘却伤心的过去。

伤心的过去不是想忘就能忘的，小迪这个生命本身就是一种提醒。现在小迪长大了，一直追问自己的父亲是谁，吴君更是觉得伤口上撒了盐。吴君不知道该怎么对自己的孩子说，所以一直选择了沉默，甚至逃避和小迪的交流。而今，小迪这样肆无忌惮地对自己吼着，吴君心像刀绞一般。

看着小迪这样，她心里好难过，她不知道当初留下小迪是对还是错。她埋怨自己害了小迪，她不知道该怎样告诉这个孩子身世之谜，也不知道这个孩子以后该如何面对自己的人生。

玫瑰心语

一个家庭对孩子来说就是一个世界，一对父母就是孩子的表率，家庭教育对孩子的影响会是一生的！然而社会上存在一种特殊家庭，这种家庭叫作单亲家庭，这种母亲叫作单亲妈妈。在这特殊的家庭里，单亲妈妈们将全部的爱都给予了孩子，希望他们能够像正常家庭里的孩子一样成长。但是单亲妈妈们，无论你们给予孩子怎样的爱，都不要忽视孩子自己的感受，如果你不能擦干你的泪水，你将永远无法看清真正的生活。溺爱和缺爱，你都将无法抚养出一个健康快乐、积极向上的孩子！单亲妈妈你们很辛苦，但是在某种意义上说，孩子比你们还要累！你们要时刻提醒自己：孩子是无辜的，让孩子快乐地成长，你们自己才会活得更有意义。

不要提那年

任何夫妻在经历了甜蜜、平静之后，在面对现实时必然会发生新的矛盾和争执。

也许源于农村并不宽裕的生活，马丽和一剑在各自的大学里都是特别优秀的学生。

马丽的高挑、精气神在大学里吸引了众多男生的眼光。马丽在林荫道上轻轻走过，阵阵清风吹来，那黑黑长长的头发更加飘逸，她拿着一本书向学生会的会议室走去。你可猜到，道旁的大树背后多少帅气的男生瞪大了眼睛正看着这个又漂亮又有才华的女生。马丽是校学生会主席，无论学习还是能力都出类拔萃，当仁不让地成为学校的校花，她那大大的眼睛让多少心仪的男生夜不能寐。而她却总会摆出一副满不在乎的样子，和这些男生说说笑笑，其实农村的生活经历让她心里明白：这些甜言蜜语的男孩未必适合做丈夫，所以她虽然外表一副不屑一顾的表情，内心还是有谱的，她对任何男生都没有随便承诺过。就算是没有约定和承诺，可还是有个性格豪放的男生痴痴追求着她，始终不肯放手。这个男生的家在本市，父亲是市环保局局长，母亲也是医院的副院长，一个安逸的暖暖的家。大学毕业后，这个男生被安排到市里一家单位上班了，马丽也回到了自己的家乡工作。凭借出色的外貌，出众的才华和过硬的能力，马丽顺利地被安排到了人事局上班。

马丽很有亲和力，在单位很有人缘，工作也做得很出色。好多小伙子都想追求她，可是大多还没等谈到正题，就自己先打了退堂鼓，有的是怕马丽看不上自己，有的是怕人家大学里已经有了对象……叔叔伯伯也劝马丽："可别太眼高了，工作稳定了，该考虑找对象的事了。"每次，马丽总是笑呵呵地说："找，马上就找，找到了就请你们吃喜糖。"一次，有朋友请吃饭，人很多，马丽一眼就看中了对面不善言谈、老老实实的一剑。后来因为公事也偶尔和一剑打过几次交道，两人慢慢熟悉了。亲朋好友不断给马丽介绍对象，条件都不错，还有那个上大学的痴心男生也依然是穷追不舍。可是这些人，马丽都不乐意，她就觉得一剑这个人朴实憨厚，非嫁不可，尽管几个闺蜜都不赞同她这么选择。

马丽和一剑幸福地步入了婚姻的殿堂！

经历了新婚的甜蜜和幸福，双胞胎女儿的出生更让马丽感受到了从没有过的人生幸福。

爱情在面对现实时，亲密就会慢慢褪色。每天上班下班，各自为自己的事业奔忙。马丽从一个外向的女孩子变为一个贤德的家庭主妇，操持着整个家。每次公公婆婆生病了，马丽怕影响老公的事业都是自己请假亲自去照顾。那次，婆婆病了，她亲自煲汤给婆婆送去，帮婆婆盖好被褥，再给婆婆一勺一勺喂汤喝。医院的医生、同病房的病友都羡慕地说："大妈，您老有福，多么孝顺的闺女啊！"

婆婆总是笑嘻嘻，一脸骄傲地说："哪呀，这是我儿媳妇。我儿媳妇呀，上班的，放假还回村给我扫院子、洗衣服呢，比亲闺女还亲。"婆婆那满是皱纹的脸绽开了花，多神气呀。

马丽和一剑的事业都干得越来越好，一剑荣升为科长，日子过得顺风顺水，他们很快就在单位附近买了房，装饰得也特别精致，都是马丽挤出时间一手操办装修的。暴风雨来临之前总有一段平静，工作的繁忙、升职的压力，让一剑忙碌而富有成就感。而家里所有的活马丽都得自主地承担起来，为了支持一剑，马丽放弃了当主任的机会，除了上班，还要干家务管孩子。而一剑每天一回家就瘫倒在床上，两人慢慢地疏远，时不时就会因为琐事吵起来。每次一吵架，马丽都会哭哭啼啼地吵着："离婚，离婚……"而一剑总是毫不示弱："我早就想离了，你还以为你真有多好呀……"每次吵完架，马丽都会哭半天。尽管她总告诉自己：一定不吵架，吵架也绝不提离婚，可是一看到一剑每次回来都醉醺醺的样子，连看也不看自己一眼。自己这么辛苦他看不见也就罢了，还每次都无中生有横加指责自己。

亲密感荡然无存，取代的是愈演愈烈的争执。马丽再也不能忍了，一气之下买了安眠药，就要吞下的时候，正赶上女儿放学，一直在敲着门："妈妈，妈妈……"马丽用手抹了眼角的泪水："来了，来了，美美、欢欢，妈妈就来了！"说着话就把药轻轻放在了床下。

这样争吵的日子僵持了一年多，今天，他们又吵了起来。

马丽说："我做这么多，我不求你什么。你能不能回来早一点，能不能不再彻夜不归呀？"一剑也火了："你好意思说我，那时候那么多人追你，还不知道你都干过什么呢，谁知道美美、欢欢是谁的孩子，想离就离！"马丽大吵着："我偏不离，想离婚不可能！"一剑摔了茶具，转身就摔了门离开了。马丽满心的委屈：为了眼前这个男人，自己放弃了那么多，坚持了那么多，毫不掩饰地把自己当初谈恋爱的点点滴滴都告诉了这个男人。而这个自己忠心耿耿对待的男人今天这样污蔑自己的清白。整个家里静得出奇，马丽越想越觉得委屈，此刻只能听见自己的心跳和呼吸声。马丽走到梳妆台前，对镜而照，老了，真的老了，失去的不是美貌，而是再也找不到自己昔日风风火火的气息了。马丽仔细地梳妆打扮了一番，从柜子里找出了和一剑初次见面时穿的那身衣裳，静静地躺在床上，静静地，用水果刀轻轻划破左手腕，眼角的泪水混着鲜血，顺着粉色的床单，一滴一滴落到地板上……

在父母的号啕痛哭中，马丽悄悄地离开了这个世界。留下的是父母无望的眼神和那一夜之间苍白了的头发，还有婆婆和公公长长的叹息。

街道上，男男女女依然穿梭来往。

　　不要以感伤的眼光去看过去，因为过去再也不会回来了；不要总是纠结过去无关的曾经，因为只会是伤害，既然选择开始就意味着过去的终结。女人，最不能放弃的是自己，聪明的办法，就是善待你的生命，珍惜你的生活，好好珍惜你的现在，幸福正握在你自己的手里，你要以堂堂正正的大丈夫气概，去迎接如梦如幻的未来。

如此"城管"秦霸王

　　这是一条商品荟萃、综合性的街道。这条街道是县城里最繁华的一条街道，有菜店、包子店、卖自行车的、卖药的、卖衣服的、卖鞋的……总之应有尽有。

　　因为繁华，商家们的生意做得很红火，本来大家都该高高兴兴的，可是如今大家却都提不起干劲，这么多年每家都头痛一件事，如今新社会了，可这秦家称霸的历史还不能改变。秦家是县城里的老住户，因为老，所以就觉得自己是老资格，是县城里的天了。秦家有个女儿，到底原名叫什么大家都不知道，只知道整条街道的人都管她叫秦霸王。

　　秦霸王是个胖胖的、五大三粗的中年女人，这个女人，大家都让她三分，不是因为怕她这个人，而是因为她家大势大，大家不敢惹，都忍着。这条街的商户每个月都要给秦霸王交出收入利润的百分之二十，想起这事商户们个个气得咬牙切齿，就是敢怒不敢言。各地的小贩都说城管厉害，可是这条霸王街道的商户们却说：这城管再大也大不过秦霸王呀。这条街的孩子们都会唱一首歌谣："古有秦始皇，今有秦霸王。始皇还为民，霸王要人命。天高皇帝远，管不了秦霸王。"每家每户除了按期交份子钱，有了婚丧各种大事都得提前先给秦家送礼，还得先宴请秦霸王。如果谁家怠慢了，秦霸王就会两手叉腰，在店门口谩骂："告诉你们吧，我上边有人，惹了我，让你们吃不了兜着走！"搅和得大家生意都做不成。为了不影响生意，大家就只得交钱了。除了交钱，这秦霸王还什么生意都做。什么便宜进什么，进了货就在这条街上卖，说起来是做生意，其实是家家户户都必须买的。什么机票，什么保险，只要她推荐的，大家就都得买，谁不买谁的生意就做不下去了。秦霸王还在自己家里开了麻将馆，想要讨好秦霸王的人，就得故意过去输钱给秦霸王。

　　也许大家会好奇，这新社会还没王法了吗？任凭秦霸王如此仗势欺人。倒不是国家没有法律法规，只是俗话说："朝里有人好当官。"人家秦霸王的表哥在省里当粮食局的副局长，这县里谁敢惹呀。开始的时候，有几家商户不愿意交钱，就被秦霸王砸了店，他们咽不下去这口气，就去县政府理论。县政府总是说一定会解决，可是拖了几年都没有改变，反倒叫秦霸王知晓他们上访的事，勒索这几家商户的钱更多了。最后他们才打听到：这是县里的领导怕因此事牵累自己丢了官衔，所以没一个人敢出头为他们讲公道，所以上访的事才一直拖着。自这件事后，这条街再也没人敢讨公道了，秦霸王也就更加肆无忌惮了。靠着上边有人，秦家敛了不少的钱，自家院子四面都盖满了，就是面积小些，否则都快赶上古代的皇宫别院了。

　　这条街上有一所学校，秦霸王就利用自己的关系做了这所学校的名誉校长，权大一级压死人，教育局长也让秦霸王三分。这条街上的孩子要上学，都要先经过秦霸王的同意，否则学校里就会刁难孩子。为了孩子安安稳稳上学，这条街上的人们更加忍气吞声了。秦霸王不仅干涉学校管理，还利用假期在自己家雇了几个人办了补课班，这条街道的孩子都必须去她那里补课，谁不去她那里补课，谁开学就进不了学校的门。为了孩子，就是不喜欢也得去补课，家长们就当讨秦霸王欢心了。大家开始管这条街叫无理街，谁要是稍有怨言，秦霸王就会叫派出所的人来抓人，老百姓有理的反倒抓起来，无理的却幸灾乐祸地围观看热闹。听到这颠倒黑白的乱象，老百姓心里恨得咬牙，可也只能悄悄关上家门抱怨，有的说："幸亏她表哥不在中央，否则这全县城的老百姓都活不下去了。"有的说："秦霸王，周扒皮，泼妇王，有靠山。"

大家虽然表面上不想搭理这秦霸王，可是背地里得有多少牢骚呀。有一次，秦霸王的老公劝秦霸王别对商户们那么凶，没想到秦霸王当着众人的面就扇了老公一巴掌。秦霸王没有想到，这个性格极温和的老公居然发火了。伤了男人的脸面呀，换哪个男人能不发火呢？坊间一直有句古话叫作：男人的头和女人的脚，是只能看不能摸的。这些实际情况也充分证明：现实生活中，一个男人的脸面是非常重要的。一个男人无论性格多么温和，身份多么卑微，在公开场合他都是特别注重自己的人格尊严的。一个深爱你的男人，也许他回到家时，可以给你学小狗叫，可以跪搓衣板讨你欢心。但是，在外人面前他绝对会把自己的脸面当作头等大事。可是秦霸王习惯自己说了算，对自己家人也就有些蛮横了。秦霸王的老公气得想要离婚，可是自己的工作都是秦霸王的表哥给安排的，就算受老婆窝囊气，还得忍忍再提离婚的事了。

因为整条街的人都忍着，时间久了，秦霸王就习惯了，她还真以为自己是这条街最有理的了。她开始计划着，把这条街附近的几条街都收在自己管辖的范围内。

玫瑰心语

其实，男人希望的是自己所爱的女人，平凡而孱弱，不必事事挡在自己前头，当有任何事情发生，他都可以替她遮挡风雨，尽力照顾她，疼爱她。他只希望自己的爱人可以从容幸福，他只想和自己的爱人安宁地过完下半生。一个优秀的男人，他不需要你勇敢，只需要你幸福。所以女人可以厉害，可以认真，但不可以胡搅蛮缠，因为没有一个女人，更没有一个男人会喜欢一个不讲理的泼妇。

孩　　子

心中有喜事的人一看他的脸就明白，心中有苦事的人一看她的眼睛就知道。

这一段时间是张桂芬最高兴的，她摸摸自己的大肚子，总觉得孩子好像在用小脚踢着自己的肚皮，要当妈妈的喜悦全都洋溢了出来。预产期马上就要到了，她和家人一起来到了妇产医院，等待新生命的降临。

入院时间是六点左右，张桂芬的家人坐立不安，不知如何是好。妻子被推入产房后不久，负责这次接生的妇产科主任张霞向他们表示："现在产妇张桂芬出现难产症状，家属需要决定是保大人还是保孩子；而且产妇现在被查出患有梅毒这种传染性疾病，导致新生儿也携带有这些病毒，会严重影响孩子之后的生活和工作，而且孩子在生产过程中出现了严重的脐带绕颈现象，导致大脑缺氧，即使治疗后也会是傻子，所以建议你们放弃小孩。"临产在即，他们却突然被建议签下"要求放弃小孩"的证明，一家人慌乱中彻底没了头绪。

张桂芬的丈夫孙平安蒙了：张桂芬怀孕期间在该院做过五次产检，在其他医院也做过检查，从来没有查出过有这些疾病，怎么突然间就出现了这么多问题。医生催得紧，一家人只好在一起商量，张桂芬的婆婆说："如果真像医生说的这样，那孩子真就留不得了，按医生说的吧。"晚上七点五十分，张桂芬产下一名六斤二两的男婴，医生把孩子放在育婴室里，不让亲人看望，只给了家属一张分娩记录单。虽然当时的分娩记录上写着"足月活婴"，可是全家人的心还是忐忑不安、疑虑重重。约一小时后，接生医生张霞告知张桂芬一家："怕你们亲人处理孩子时难过，我自己已经花二百块钱找了一个人，把孩子埋掉了。"一家人听医生这么说心里更是难过，明明是生孩子的喜事，如今怎么变成了这样的哀事，老天真是不公。

最伤心的莫过于张桂芬了，出院后一直闷闷不乐，失去孩子的痛苦，还有孩子竟然携带梅毒这件事更让自己无法接受，这事要让村里的人知道了，可就不知道怎么看自己了。可她还是怎么也想不通，自己向来洁身自爱，也讲究卫生，怎么孩子就有了梅毒呢？第二天她就去另一家医院进行检查，化验结果让人震惊：自己根本没有感染梅毒，她气愤至极。她将新的化验单拿给家人看，孙家人突然觉得张霞有问题，随即向当地派出所报了案，警方立刻进行立案调查。

张桂芬气不过，等不及警方调查，就气呼呼地去找张霞问个清楚。张霞说："对不起，看着孩子不舒服，我就用塑料袋把孩子提出去扔到垃圾堆了。你还年轻，孩子可以再生，现在孩子找不到，我也很难过，我愿意赔给你三万块钱，希望你能大事化小，私了此事。"张霞的主动求和，更让孙家人觉得事情蹊跷。

公安局城关派出所接到报案后马上进行初步审查，并调取了医院监控录像。在这期间，他们还找到张霞，发现其证言与监控录像里的情形并不一样。警方本以为这只是一场普通的医疗事故纠纷，通过几日调查，看来事实并非这么简单。

三天后，警方了解到孩子已经被卖到了外省，经过一个月的辗转调查，派出所将孩子找了回来。张桂芬紧紧抱住自己的孩子，痛哭失声，DNA测试结果也已经出来了，证实这名婴儿确定是张桂芬的亲生孩子。迎回孩子的父亲孙平安数次跪在民警面前，满脸泪水，连连道谢。孩子的奶奶说："都怪自己当时没了主意，不该轻信医生，轻易放弃了自己的孙子。"孩子回到了母亲怀里，贪婪地咂着乳头，圆乎乎的小手随意地抓着妈妈的衣服。张桂芬满眼噙着泪水，用手小心翼翼地抚摸着自己的孩子，这种得而失、失而得的复杂心情没有人能够体会。母体若携带病毒，婴儿应进行检查；医院无权要求家属签字弃婴；父母也不能以任何理由遗弃孩子。当公安人员告诉孙家这个情况时，他们全家自责不已。

张桂芬和丈夫孙平安在责备自己的同时，也起诉了医院，把张霞告上了法庭。

玫瑰心语

医生卖婴当然"天理不容"，但是骗子之所以会得逞就是利用了我们的心理弱点。如果任何人都不存在侥幸心理、自私心理、贪欲心理、脱责心理，堂堂正正担当起自己的责任，好多事便没有漏洞可钻，荒谬之事、枉法之事就会愈来愈少。所以，关键时刻，女人自己的主见和决定很重要。

猜　　忌

　　父母要去旅游，要女儿女婿一同去散散心。老公工作太忙，苏雨菲就一个人陪爸爸妈妈去了，最近太忙，她自己也想好好放松放松。

　　要出去好几个星期，苏雨菲将自己的屋里仔细打理了一番，才离开。今天她高兴地回来了，还为老公赵小伟买了一件精美的衬衫。她急匆匆地收拾了拿回来的行李，又开始整理自己的卧室，她一边整理一边幸福地笑着，想象着自己和老公小别胜新婚一起甜蜜的样子。突然她的笑凝住了，在整理床头柜时，她发现里面的安全套少了一只，这可是她临走时亲自数过的呀。满脸的笑容顿时变成了阴云，她靠在床上，一句话不说，等待赵小伟的回来，脸上看起来很冷静，可是脑子里早已成了一团乱麻。她心想：肯定是自己不在时老公用了，可是这个能让老公用这种东西的人会是谁呢？老公下班回来了，没等老公坐下，苏雨菲就跑过来："你说呀，这安全套怎么少了一只？"赵小伟不以为然地说："我没见过。"苏雨菲不相信，一连质问。雨菲这么发问，赵小伟这才看出来苏雨菲是真认真了，就重重地说："我真不知道。"苏雨菲不罢休，还是一直追问。赵小伟今天上完班就已经很累了，不想跟她多说，拿起被子就睡到了客厅。苏雨菲本来是想着和丈夫好好在一起甜蜜，没想到事情变成了这样，她一个人钻进被窝里生闷气。

苏雨菲看老公对自己这么爱理不理的，她本来是很想相信老公的，可是老公这种态度，她越想就越觉得蹊跷。苏雨菲就去问保姆晓燕，晓燕坚定地说："没见过什么女人来过家呀。"家里没别的女人来过，安全套怎么就少了一只？也是呀，有保姆晓燕在，老公怎么会傻到把别的女人带回家呢，肯定是外边的女人。可是，这个外边的女人到底会是谁呢？苏雨菲想来想去，忽然一惊："噢，肯定是小丽。"说起小丽，还有一段故事呢。小丽是赵小伟的前任女友，就是家里太穷，父亲又进了监狱。赵小伟的父母因为小丽的家境，坚决不同意他们相处，而苏雨菲虽然没有小丽长得漂亮，可她的父亲却是一家企业的董事长。苏雨菲打第一天在朋友的聚会上看到这个帅气高挑、说话文雅的小伙子赵小伟，她就动了心。在双方父母的撮合下，赵小伟和苏雨菲走到了一起。婚礼办得很隆重，苏雨菲的父亲还送给了女儿一套别墅。苏雨菲虽然工资不高，可是没有买房等大的支出，生活一直过得很安逸。

想起了小丽，苏雨菲就觉得内心很不安，小丽那么漂亮，何况还是丈夫的前女友。苏雨菲趁丈夫不注意，拿了丈夫的身份证去调取了丈夫的通讯记录，可是根本没有发现丈夫跟小丽的通话记录。苏雨菲转念一想：就算老公跟小丽约会，怎么会用自己的手机呢，我真傻。半月后的一天，老公的手机响了一声，而老公去了洗手间。苏雨菲偷偷看了短信内容，是小丽发来的，苏雨菲心想：看来我真猜得不错。短信里约赵小伟三日后到金海酒楼见面，没有提及其他事。苏雨菲这次很冷静，她又小心翼翼将手机放回原位。那天，苏雨菲很早就租车到了金海酒楼等待，等了约半个小时，赵小伟果然捧着一大束鲜花急匆匆而来。看老公进来了，苏雨菲赶紧躲在了桌子下面，眼睁睁地看着赵小伟进了三楼的一个包间，随后自己也赶紧跟了过去。包间里，大家正说得高兴，只听"扑通"一声，门被推开了，推门的人正是苏雨菲，她拿着相机满脸怒气地站在门口。围坐在餐桌周围的有很多人，而坐在主座的那个人苏雨菲认识，他是赵小伟的大学老师，当年赵小伟家条件不好，老师对他很是照顾。餐桌正中间放着一个大蛋糕，看来大家今天是为老师过生日，

她也算机敏，马上转笑："听说老师今天过生日，我过来给老师说声祝福，大家坐好，我给你们拍张照片留念吧。"拍完就离开了，赵小伟看在眼里，只有他明白苏雨菲今天为什么来。

这件事让赵小伟很不高兴，但是想想这么多年他们之间从没发生过什么矛盾，就真诚地对苏雨菲说："老婆，安全套的事我真不知道，我根本就没做过对不起你的事。"没想到苏雨菲说："这次我是没拍到什么，但不证明你们之间就真没有什么。"这一夜，苏雨菲躺在床上翻来覆去，怎么也睡不着：莫非我想错了，这个女人不是小丽，可是再想想，家里再也没有其他女人呀。对了，家里有一个呢，这个人是晓燕，难怪自从那件事发生后，晓燕看见自己时总是躲躲闪闪。下午，苏雨菲就在客厅和晓燕的卧室装了摄像头，可是无意中被扫地的晓燕碰到了，晓燕并不知道这圆圆样子的是什么东西，就好奇地跑去询问了赵小伟。赵小伟去看过后更加生气了，急忙跑去质问苏雨菲。赵小伟气呼呼地说："你再这样无中生有，我们就离婚。""离婚，你什么也得不到。"苏雨菲这么一说，赵小伟更加气愤："你以为我是图你们家的钱吗？"说完，头也不回就离开了。已经很晚了，赵小伟却一直没有回家，苏雨菲很着急，却不好意思自己先说悔话。情急之下她想出了一个办法，她主动打电话给赵小伟，说自己同意离婚了，只是想请赵小伟回家陪自己吃完最后一顿晚饭。赵小伟念及这几年的夫妻感情，就答应了回去吃饭，饭桌上，苏雨菲也邀请了晓燕一同吃饭。饭桌上的苏雨菲表现得很热情也很真诚，赵小伟喝得迷迷糊糊。直到第二天一早，赵小伟一觉醒来，才发现自己赤身裸体地躺在床上。接着就是苏雨菲哭着进来了："赵小伟，原来你是跟晓燕在一起，我已经把这个贱女人赶出去了，你看你们的照片都在这儿。"赵小伟一看，更火了："根本不可能，怎么可能呢？你这是诽谤，我要去告你。"穿上衣服就离开了。一看赵小伟发这么大的火，又拉他不住，苏雨菲急了，赶紧打电话向父母哭诉，想要父母劝赵小伟回家。

过了几天，有一个青年男子将苏雨菲告上了法庭，那个关于避孕套的事情便清楚了。这个打官司的青年人是晓燕的男朋友，他在网络上看到了晓燕不雅的照片，跟晓燕大吵了一通。无论晓燕怎么跟男友解释，他都不听，晓燕有理说不清，就割腕自杀了。后来被抢救了过来，整个事情的真相才呈现出来。苏雨菲因自己的猜忌和一意孤行，给晓燕造成了伤害，被判处了两年有期徒刑。事情是这样的：在苏雨菲出去的那几天，恰巧有一天赵小伟不在家，晓燕的男朋友就在赵小伟的家里住了一夜。为了和晓燕亲热，情急之下，他就自己去卧室顺手拿了一个安全套，随后也把这件事忘了。

苏雨菲的父母亲自去看望了晓燕，除了道歉也请求晓燕原谅苏雨菲，救救苏雨菲。晓燕考虑到这件事自己也有做得不周的地方，就决定原谅苏雨菲。赵小伟也顾及苏雨菲是真心爱自己，虽然做事有些偏激，可已有悔过之意，他和晓燕共同愿意向法院提出了不予追究的想法，法院从轻处理了苏雨菲。事情到此终于得到了圆满的解决。

玫瑰心语

猜忌就是爱情的毒瘤，它如信任染上毒瘾，愈来愈重，直至爱情生命的凋零。有时候让我们丢掉自己幸福的不是别人，而是我们自己。因为我们在风雨欲来之时，不是想着用什么样的方式给对方雨中送把伞，而是因为猜忌将自己和爱人推到了暴风雨中，让彼此都在痛苦中挣扎。其实只要撑起理解的花伞，我们的心空就会是明媚的，即使是下雨，雨点也是充满诗意的。

大叔最爱的女人

那一年，七夕节。

七夕节很热闹，那些手巧的老人们就用麦草做成观音娘娘的样子，然后再给编出来的人物穿上华丽的衣服，俨然神仙模样，有时还做上几个小孩子模样的造型围在观音娘娘的周围。赶上村里的巧工都闲时，还要造上月老等好多神仙的模样，为了表示诚心，村里的男男女女都会带上亲手做的好菜或是很多的新鲜水果来祭拜。

方一鸣正好来薇薇家里做客，这个方叔叔是爸爸最要好的朋友，所以薇薇很喜欢。小女孩薇薇端着半碗莲子汤慢慢走过来，她小心翼翼地不敢迈开步子走，生怕汤会洒了出来。走到叔叔跟前时，她小心翼翼地用胖乎乎的小手递给叔叔喝。方一鸣笑笑，正要端起来喝，突然看见可爱的小薇薇正伸出小舌头来舔着嘴角，就抚摸着薇薇的头问："你怎么不喝呢？"薇薇说："其他的汤，都让妈妈端给神仙娘娘喝了，厨房只剩下一碗，爸爸喝半碗，叔叔喝半碗，薇薇不喝。"方一鸣平时就很喜欢薇薇，她大大的眼睛会说话，圆圆的小手似棉花，看着小薇薇那天真可爱的样子，方一鸣更加心生爱怜。

那年，小薇薇八岁，方一鸣二十三岁。

喝完了汤，薇薇非要拉着方叔叔去"观音娘娘"那儿许愿。人很多，薇薇好不容易才挤进去，她双手合十，一本正经地叩拜起来。回来的路上，薇薇问方叔叔："叔叔，你刚才许什么愿望了？"方一鸣说："那我们小薇薇许的什么愿望呀？"薇薇说："你不要告诉别人啊，我告诉观音娘娘，等我长大了我就给一鸣叔叔做新娘。"方一鸣吃惊地看着薇薇："那是不可以的，等你长大了，叔叔就老了，薇薇长大了是要找一个帅气的白马王子做新郎的。"听叔叔这么说，薇薇就半懂不懂地点点头。

薇薇十二岁了，那年叔叔二十七岁了。那天，薇薇和爸爸妈妈一起去参加了方一鸣叔叔的婚礼。叔叔穿着笔挺的西装，新娘子也打扮得很漂亮，穿着洁白的婚纱，牵着叔叔的手，沿着红地毯，随着婚礼进行曲的节奏缓缓走来，宾客们都投出羡慕的眼光。只有薇薇一个人哭了，大家看这个小女孩哭得很大声，就凑过来拿着喜糖哄薇薇开心。薇薇很伤心，叔叔结婚了，可是新娘不是自己。

那年，薇薇十九岁，方一鸣三十四岁。

薇薇上了大学，志愿上所报的学校就是叔叔当年上的那所大学。临走的时候，薇薇去看望叔叔，她想告诉叔叔："我是因为喜欢你才选择你所上的这所大学。"可是看见叔叔七岁的儿子跑来跑去，她就把想说的话又收了回去，薇薇想：也许叔叔并不爱自己，如果说出实情会给叔叔增加心理负担的。想到这里，薇薇没说几句话，道了别就很快离开了。

大学毕业后，薇薇回到了叔叔上班的城市工作。叔叔方一鸣帮薇薇寻找了最好的工作单位，薇薇在叔叔的帮助下开始自己的工作、自己的生活。因为在同一个城市，无论是工作上还是生活中，只要有了不开心的事薇薇就说给一鸣叔叔听。每次，一鸣都会安慰薇薇："生活并不是一帆风顺的，你要坚强地跨越每一次挑战，叔叔相信你。"

谁是谁生命中的过客，谁是谁生命的转轮，前世的尘，今世的风，无穷无尽的哀伤的精魂。薇薇回过头去看自己成长的道路，一天一天地观望，她站在路边上，双手插在黑色风衣的兜里，看到无数的人从自己身边面无表情地走过。薇薇迷茫地看着：偶尔有人停下来对自己微笑，灿若桃花，这穿梭的人群中，却永远没有自己最爱的那个人，自己最爱的那个人已经有了自己的家。如果那个人可以突然间出现，对自己说一声："薇薇，我爱你。"薇薇就觉得一生足矣。可这只是自己一厢情愿的痴心妄想，叔叔就是叔叔，他是永远都不会爱自己的。

那年，薇薇二十七岁，和叔叔当年结婚时的年龄一样。薇薇大了，爸爸妈妈一直催着薇薇结婚。薇薇结婚了，可是新郎不是叔叔，薇薇有些难过。薇薇的小日子过得很幸福，可她每年都不会忘记编小草人过七夕节，那种感觉幸福而甜蜜。可是自己结婚那天，方叔叔只是托别人随了礼，婚礼上没有叔叔的祝福，薇薇有些伤感，也有些遗憾。

很久没有看见叔叔了。

叔叔出事了，薇薇一接到消息就奔了出去。叔叔去给自己的丈母娘做寿，路上出了车祸，叔叔的爱人当场死亡，叔叔重伤，进手术室时，叔叔紧紧拉着薇薇的手断断续续地说："日记本，日记本……"叔叔被推了进去，因伤势太重抢救无效而死亡。薇薇强忍着泪水为叔叔办完丧事，她一个人走在小树林里失声痛哭，整个树林都在陪她哀泣，薇薇从来没有像这样难过。第二天，她去叔叔家整理遗物，终于找到了叔叔的日记本。

薇薇坐在地板上，一页一页地翻着，眼泪簌簌地流。

日记中写了很多："薇薇，那半碗莲子汤很甜，今天七夕，我许的愿望是娶薇薇做新娘，薇薇问我，我不敢说，薇薇还那么小，我是叔叔，怎么能说那种话呢，我骗了薇薇。"

"我要结婚了，新娘不是薇薇，我知道，像我这种叔叔的身份，又比薇薇大那么多，薇薇的爸妈肯定不会同意的，世俗也不允许，为了薇薇幸福，我告诉自己一定要忘了薇薇。"

"今天是薇薇结婚的日子，我不知道自己为什么会莫名地哀伤，我应该为薇薇高兴的呀。可是心里还是很难过，我没有去参加，薇薇不会怪我吧……"

薇薇看着看着就泣不成声了，原来叔叔一生最爱的女人就是自己。

一个不懂爱的人，都会遇到一个懂爱的人。然后经历一场撕心裂肺的爱情，最后分开。后来不懂爱的人慢慢懂了。懂爱的人，却不见了。有时候这个世界很大很大，大到我们一辈子都没有机会遇见。有时候，这个世界又很小很小，小到一抬头就看见了你的笑脸。所以，在遇见时，请一定要感激；相爱时，请一定要珍惜；转身时，请一定要优雅；挥别时，请一定要微笑。因为一转身，可能一辈子也不会再相见了。

薇薇把方一鸣的儿子接到自己家里来照顾，像叔叔当年照顾自己一样的仔细，每次看到这个孩子，她就会看到叔叔那幸福的笑脸。

每到七夕，薇薇都会去祭拜一鸣叔叔：她会双手合十，恭敬地叩拜，然后许愿："方叔叔，你我今生无缘，薇薇来世再做你的新娘。"

玫瑰心语

有些人是有很多机会相见的，却总找借口推托，想见的时候已经没机会了；有些事是有很多机会去做的，却一天一天推迟，想做的时候却发现没机会了；有些爱给了很多机会，却因为不在意、不在乎，想重视的时候已经没有机会爱了。人生有时候，有话就要说出来，有不满就要骂出来，有情绪就要发泄出来，有爱就要讲出来。我们的青春很快就过去，一经典当，永远无法赎回，不要整天怕这怕那，快乐生活才是最给力的！

性 福 生 活

张爱玲说："有一种失落，不能说，只能靠感受；有一种悲凉，不能说，只能靠敛藏；有一种喜欢，只能靠欺骗来隐瞒；有一种心痛，叫作爱不能语。"

丽影就是这样的心情，但她说不出这种感觉。

丽影的老公豪杰是个很优秀的人，自己很有能力，在公司也很讨大家喜欢。其实一个男人在外很优秀，会让所有的人倾慕。但是如果这又是一个对家很负责任、对老婆很体贴的男人，则会让全部的女人羡慕。丽影就是这样一个幸福的女人。

豪杰喝酒打牌都会，可是除了公事从来不会在外喝酒打牌。在外工作的酸甜苦辣他从不会显露出来，但他会把挣的每一分钱都用到家庭里。因为努力，所以家里虽然算不上富裕，但是慢慢地什么都有了，房子、汽车，总之能让一个女人幸福的物质条件他都在努力创造。

订婚的时候豪杰主动送给丽影金玉首饰和九百九十九朵玫瑰，丽影很激动，她感动得不知说什么好，她只想做一个贤惠可人的妻子，让豪杰觉得一生幸福。

丽影的父母离异，在豪杰这里她得到了人生从未有过的温暖和感动。为了让这种幸福长长久久，甜甜蜜蜜，无论生活多么艰辛，丽影很用心地经营着家。儿子的出生更让这个家热闹了起来，幸福的一家三口成了附近人最羡慕的吉祥三宝。

爱让不熟识的人相知，真让相知的人相爱，善让相爱的人相守。每到结婚纪念日，豪杰都会送给丽影一件珍贵的礼物，尽管丽影并不在乎礼物的贵重，可是她很珍惜豪杰的这份心意。那些美丽的衣裳、金银玉的贵重首饰、好用的餐具等等，总之，只要丽影随口一提自己喜欢的东西，豪杰都会想办法弄回来。豪杰向来不善言谈，但他会用行动表明自己的爱心。

豪杰曾经也是家里的心肝宝贝，什么家务都没做过，可是，他只要有空，会给丽影做各地有特色的菜肴，不是很贵，但味道特别好、特别香。丽影是个小可爱的女人，所以这更让豪杰心疼。豪杰会把西瓜肉掏出来切成小块，撒上白砂糖，放在盘子里，小心翼翼地送过来："请夫人享用。"丽影总会甜甜地一笑："谢谢老公，你先吃一块吧。"每到此时，丽影总会陶醉在无限的甜蜜中，既感动又歉疚。为老公的真诚而感动，为又麻烦了老公而有一点点的歉疚，因为丽影总喜欢自己做好自己的事，特别不喜欢因为家里的事麻烦老公。

这样相惜相爱的夫妻确实不多，所以两个人都特别珍惜，都觉得这样的生活幸福得容不得任何瑕疵。

不知什么原因，或许是因为夫妻年龄相差十岁有点大吧，但更多的是生活的压力吧。豪杰因为太爱丽影，所以想拼命地为丽影赚钱使她过上最幸福的物质生活。丽影也拼命努力，试图可以为老公减轻一些压力，所以丽影每天都觉得头轰轰地响，心好累。

生活因此发生了太多的改变，豪杰累了，就躺在沙发上睡觉了，丽影既不想打扰老公，也不好意思说出口。所以两个人甜蜜的性福生活发生了极大的改变，夫妻的生活从每月的一次已经延伸到了半年一次。丽影心里开始不说什么，后来就很不高兴，对豪杰有些冷淡。两年多的性冷漠让丽影这样理想化的女人有些绝望。她甚至想过离开，可是豪杰除了这一点不好之外几乎找不出其他的错来，外边那些有钱有势的男人哪个不花天酒地、拈花惹草？相比之下，像豪杰这样对家既负责任又真爱不渝的男人有几人？丽影的内心如火般煎熬、挣扎。豪杰看见老婆有些不高兴，就对丽影的生活更加无微不至。其实他不明白这种好只会让丽影内心更加痛苦。于是豪杰辞掉外面的工作，几乎所有的时间都待在家里，以求换得丽影的开心。

这使我们想到了这样一个故事：年轻时，他喜欢吃鱼头，她喜欢吃鱼尾。每次两人一起吃鱼时，他总会第一时间将鱼头夹给她，而她也会第一时间将鱼尾夹给他，幸福静静洋溢在彼此脸上……多年后，白发苍苍，经不住岁月蹉跎的他先走一步了，看着他留下来的蓝色日记本，她一页一页仔细地翻着，渐渐地眼睛湿润了，最深刻的是：亲爱的又给我夹了鱼尾，看着她津津有味地吃着我夹给她的鱼头和自己碗里厌恶的鱼尾，我感到满足、幸福，只要她开心，我愿意一辈子吃鱼尾……他最爱吃鱼头，却一辈子吃着鱼尾；她最爱吃鱼尾，却一辈子吃着鱼头。两个人都以为深爱着对方，其实在无意之间都搏杀了对方最爱的东西。

丽影就像文中的主人公一样，她要的不是金钱物质、要的也不是整日相伴，她唯一的奢望就是两个人在最需要时可以热情相拥。所以丽影活得很幸福，可是她不开心，甚至在痛苦中煎熬着如花的青春。

也许终有一天丽影会脱离自己的火车轨道，因为动车也会追尾，也许丽影会坚守自己的轨道，孤独地坚守直至像黛玉般的香消玉殒。丽影在选择鱼头还是鱼尾中哭泣。

玫瑰心语

其实相爱的人就该如此，就该体谅对方，就该把自己最好的东西，最爱的东西，毫无保留地奉献出去，因为爱是无私的。可是那鱼头虽然好吃，但如果不是对方最爱的，可能爱就变成了摧残。性不是生活的全部，但它是爱的基点。生命短暂，千万别让你爱的人丢弃你，丢弃真爱，丢弃鱼头，却去找寻那个可以知道她内心想法的人，去找寻那个可以把鱼尾给她的那个人。

当官的女人

　　山里也能飞出金凤凰，这山里出了头一个女大学生，乡亲们都从各处赶来为党红霞庆祝。有的提着自家养的鸡，有的送来自家树上结的大红枣，围满了院子。红霞的爹娘笑得合不拢嘴。临走那天，乡亲们赶十几里的山路一直把她送到路口。那娇羞的脸庞真如天空的一抹红霞。美丽的红霞是山里人的骄傲，出身贫寒的红霞从小就下定决心要摆脱贫穷，所以她在大学里一直是佼佼者。人生中最珍贵的财富有六种：一是洋溢在脸上的自信。二是融化在血里的骨气。三是打造进灵魂的信念。四是蕴藏在心中的梦想。五是丰盈在大脑的知识。六是父母给的面貌。这些红霞身上都具备，所以注定她将做出一番事业来。

　　红霞能说能写，很有才华，又懂得处事交际。她在学校成立的同乡会里知道了现在的市委书记徐国邦就是自己的老乡，她就有了心思。离大学毕业还有几个月，她就开始四处打听关于这个领导老乡的联系方式和相关信息。功夫不负有心人，她见到了徐国邦，在徐国邦的指点下她考入市政府当公务员，并在徐国邦的安排下，她顺利地从后勤处进入秘书处。这对她来说，就是鲤鱼跳龙门，可她再怎么心高，也从没想过有一天自己会堂堂正正走入市政府的大门。

红霞工作很认真，做得也很细致，市委里面女同志又特别少，所以红霞很受大家欢迎。当时，红霞还不知道，自己走入官场就已经走入了一个不可自拔的深渊。

在单位里，虽然大家因为在一起工作，见了面都会礼让三分，可市委的人都知道这和气的背后也分为两派的。而红霞因为是徐书记介绍过来的，因此也被自然地分列到了徐书记这一派，另一派则是副市长李云龙那一拨。只是因为她是个初来乍到的女人，那一派人也就没有将矛头对住她。李副市长一直想上正市长，可是徐书记却一直替另外那个副市长说话，结果那个副市长在他的举荐下升了正市长。这就意味着李副市长错过了这次机会就很难再升迁了，因为此事李副市长一直对徐书记耿耿于怀。

在日常的交往中，红霞跟徐书记的家人也成了好朋友，红霞也会经常去徐书记家吃饭，徐书记的夫人非常喜欢这个姑娘，把她当亲闺女一样。徐书记帮红霞解决了工作问题，红霞也一直很感激。因为感激心生好感，日久生情，她慢慢地喜欢上了徐书记。因为徐书记一家人对自己的好，红霞一直压抑着自己的想法。徐书记和李副市长之间的矛盾越来越激烈，听说李副市长一直在上面托人，下面搜集材料，想伺机把徐书记弄下台。徐书记也着急上火了。看着徐书记心急如焚，红霞也坐卧不宁，她不能眼看着徐书记倒下去，自己什么都不做呀。李副市长的王秘书喜欢红霞，多次对红霞示好，想要红霞做自己的女朋友，红霞一直不乐意。红霞想了想，也许这是帮助徐书记的一个契机。

红霞想了一夜，她也想明白了，为了自己的恩人，为了自己喜欢的人，就算牺牲了自己，也认了。她主动约了李副市长的秘书王鹏见面，王鹏知道红霞有求于自己，就端起了架子："这可不好办呀，我一个小秘书，什么都做不了。"红霞说："我知道你一直帮李副市长收集关于徐书记的资料，你只要肯停下来，站出来说句公道话，不就可以了。"王鹏说："这事挺难，不过你来了，我还得尽心呀，我就试试劝劝李市长，但什么结果我可保证不了。"

"不是试试看，是赶快停下来，徐书记是我的恩人，别再针对他了。你把这件事做好了，我愿意做你的女朋友。"王鹏其实不想帮忙，可是听红霞这么说，就有些动摇了。可王鹏做秘书这么多年了，也不是个省油的灯，红霞知道，不做出一点牺牲让王鹏吃颗定心丸，王鹏是不会心甘情愿地帮自己的。那一夜，红霞跟王鹏住在了一起。

徐书记的事情解决了，心也稳定了，知道是红霞帮助解决的，徐书记嘴上虽然没有说什么，可是心里一直很感动，也对红霞越来越好。经过他的举荐，红霞被提为市委秘书处副科长。红霞的社会关系网越来越大，她和徐书记的关系也越来越密切，在单位是同事，下班后她做了徐国邦的地下情人。红霞自身的工作能力很强，又因为这么几年的锻炼，很快就被提为正科长。平时交际的都是市里有头有脸的人，在一次招标中，红霞认识了本市比较大的房地产商李志。市里要招标盖一些大的建筑，通过红霞的疏通，这些项目就都给了李志的公司做。当然，李志也给了徐书记和红霞不少好处。红霞利用这些金钱和自己的关系，给自己的家乡，那个山洼洼修了路，盖了学校和养老院。村里人都夸："红霞这闺女好呀，没有忘本，有本事还有良心。"

红霞不仅有了丰盈的关系，而且业绩越来越好，干了很多大事，很受社会和领导好评。市委的那些人也见风倒，和红霞靠得更近乎些。为了抚慰这些人，红霞把有甜头的工作也分给他们一些，希望可以拉拢人心。

红霞为徐书记牺牲了那么多，做了那么多事，徐书记却从未提过离婚的事，红霞心里很难过。可是她告诉自己：也许是时机不成熟，国邦是书记，是有难处的。官场尔虞我诈，其间的复杂难以想象，身为女人，红霞就一直忍受着工作和感情的双重心灵煎熬，虽然她表面无限风光。

谁能知道李副市长只是因为徐书记的势头还大，暂时还扳不倒，所以这几年只是一直忍耐着，心里并未放下对徐书记的怨恨和报复。李副市长对徐书记和红霞负责的工程早就心存疑虑，就故意告诉王鹏，红霞和徐书记早有暧昧。王鹏对红霞很痴情，所以经不住李副市长这么挑唆，他觉得自己被红霞骗了。气不过自己被骗，王鹏就决定站在李副市长这边，一起对付徐国邦。王鹏故意在徐书记的工程下边安排工人闹事，结果混乱中死了几个人。红霞和徐书记被人告到了省上，红霞立马去找徐书记商量咋办。徐书记告诉红霞：

"你先把这事顶下来，只要我徐国邦能保住，问题就能解决。过了这个风口，我会很快疏通关系把你保出来的。"再理智的女人，面对感情时总会变得分外糊涂。

红霞被抓进去了，不管检察机关怎样盘问，红霞都绝口不提徐书记，一个人把一切都承担了下来。可是很久了，却迟迟不见徐书记来保自己，红霞心里一片茫然。因为证据不足，徐书记的位置保住了，他也一直想救红霞出来。可是红霞的事情闹得太大，那些曾经受红霞恩惠的人都因怕连累，躲得远远的，不肯帮忙罢了还总想着落井下石。刚稳下来，徐书记也不好再强人所难闹出风波来，为了自保，徐书记只能暂时先放下，随后再慢慢想办法救红霞。红霞在检察院的人和自己谈话的过程中得知，市委那些人和那些商贾已经联名举报这些违法的事都是红霞一人所为，要求尽快结案。听到这样的说法，红霞头痛得要命，这些话如晴天霹雳一样扎到自己的心。这些冠冕堂皇的人，想要杀人灭口，把所有的罪责都推到自己头上，红霞心有不甘。她不再沉默，向检察机关招出了很多人，贪污受贿的、私吞公款的、赌博嫖娼的，总共十几位高官，十几位富商，还有其他大大小小不少官员。

红霞为自己在做最后的挣扎，这段日子，红霞想明白了：她不愿意成为政治斗争的牺牲品，更不甘心成为这些人的替死鬼。

听说红霞被公安机关抓了，村里人都在哀叹："这么好、这么年轻的一个姑娘，会犯什么事呢？怎么就被抓了呢？"村里人都在为这个曾为自己村真正办过实事的姑娘惋惜。

玫瑰心语

高处不胜寒，面对权力和物质的诱惑，利用自己的年轻和美貌一直攀高，却成为扑朔迷离的政治争斗的牺牲品。灵与肉，贪欲与良知，无情的法律与多元的价值观，纠结成一幅色彩斑斓炫人眼目的人生百态图！原来对与错只是一念间，做女人难，做官场女人难，做个优秀的官场女人更难。

勤奋是女人最高贵的品质

　　这是一个普通的乡镇地段医院，葱葱郁郁的树木中夹着一排简陋的窑洞，但是内外还是粉刷得白而干净。张爱莲本是村里的一名赤脚医生，专门负责妇产接生工作。因为她接生技术好，在当地享有一定的名气，百里之外的人都会慕名赶过来。以前，好多人家生孩子是不进医院的，去找一些有名的接生婆就行。一些私人诊所的兴起，乡镇医院一度处于萧条之中，好多医生因为看不到前途都主动调走了。听说张爱莲在当地很有声誉，院长就邀请她进驻医院妇产科工作，以便提升医院在老百姓心目中的形象。张爱莲的家人对此事却持反对态度："在自己家做得好好的，干吗跑到那个破落的地段医院工作，不但辛苦，还要把自己挣的大部分钱都分给医院，多不划算。"可是张爱莲考虑再三还是打定了主意，她说："我是一个医生，不能只考虑经济效益，要考虑更多病人的需要。何况进入正规的医院我也能从别人身上学到很多新的东西，我还是决定去了。"

　　自从张爱莲进入医院工作后，来医院生孩子的人越来越多，医院一下子热闹了起来，张爱莲每天都会很累很累。张爱莲确实为医院做出了很大贡献，医院越来越好，院长看在眼里高兴在心里。因为张爱莲的工作业绩和踏实肯干，院长向上级提出了让张爱莲转正的请求，很快就被批了下来。张爱莲成了医院的正式员工后，她对自己的要求更高了，对病人总是笑脸相迎，一个一个耐心接待，全心全意地服务。在少得可怜的闲暇时间里，她还买了很多医学方面的书学习。经验再加之理论的提升，张爱莲管理的妇产科已经成了医院的一面旗帜，荣誉之下张爱莲的工作量也越来越大。院长向上边提出要一些大学生过来帮忙，很快就分下来一个叫刘诗诗的女孩。刘诗诗很年轻，不过这正规医科大学毕业的大学生还真是有些不一样，业务很精，不到半年时间就在当地有了一些影响力。可以说好多孕产家庭选择这个小医院，就是冲着张爱莲和刘诗诗这两个人来的。

日子久了，又因为年轻气盛，刘诗诗不想在这个破旧的医院待下去了，院长为刘诗诗这样一个人才的离开也有些惋惜。刘诗诗辞职后另立门户开了个私人诊所，还投资了一些设备，一些了解的熟人也分流到她那里去了。刘诗诗走后，张爱莲的负担自然重了些，可是她不抱怨，还是起早贪黑地干着。刘诗诗因为心急，想尽快把投资挣回来，费用收得很高，好多人因为费用问题就不去她那儿了，慢慢地她的生意就惨淡下来。病人少了，自己实践的机会就少了，手法也越来越生疏，屡遭失败，她自己也开始泄气了。

院长要退休了，院里能够提拔的骨干真的没什么人，他想来想去，还是把医院交给敬业的张爱莲好些，自己就是退休了也能安心。张爱莲当上了地段医院的院长，可她从不懈怠自己的业务学习。几年后，国家实行了农村医保惠民政策，同时加大了对乡镇医院的建设，这个地段医院的面貌焕然一新。到医院里看病的人也越来越多，私人诊所受到了很大冲击，去看病的人更少了。弱肉强食的社会，经营不善或医术不精，就自然而然地被淘汰了。刘诗诗的妇科诊所也倒闭了。人到中年，有家有孩子，刘诗诗再也没有勇气重整旗鼓了，她开始回农村老家种地了。当地人都为刘诗诗惋惜："这个孩子是个好医生苗子，有天赋，只是可惜了，这医学院也白上了……"

张爱莲所在的医院因为国家扶持，经营得越来越好，好多医科大学生都慕名而来。医院的巨大改变也改变了张爱莲的一生，张爱莲被评为了"乡村十大优秀院长。"好多荣誉也相继而来。每次面对这些荣誉，张爱莲都感慨地说："成功没有什么秘诀，我觉得就是勤奋敬业，踏实谦虚，不好高骛远，滴水能够穿石。"

再去医院，窑洞不见了，拔地而起的是座座大楼。各色盛开的鲜花让医院充满了生气，似乎都在诠释着一个医院的巨大改变，老百姓都在赞不绝口：以后看病有地方了，不仅不用四处求医碰钉子，国家还给咱报销一部分费用呢。

玫瑰心语

勤奋，对于女人来说是一种难能可贵的品质。勤奋的女人有矢志不渝的追求，把工作、事业当作是一种幸福，在辛勤耕耘中体味无穷的乐趣。她们不断地催促自己不要浪费时间，努力，再努力，不断充实自己。天道酬勤，劳有所得，勤奋让平凡的女人不平凡。

潜规则不是秘密

　　独自撑一支竹篙，在人生的长河中漫溯，无穷无尽的欲望，为了生存还是为了追逐？

　　菲菲喜欢唱歌。可是却没有自己的舞台，所以她只能在酒吧里唱唱歌。酒吧里缤纷复杂，什么人都有，而且总会遇到一些耍酒疯的人，菲菲不喜欢这样的环境，可是眼下连吃饭都解决不了，除了待在这儿，还有什么办法呢？菲菲不知道这样的生活什么时候能够结束。下班了，她一个人顺着广场边随意地走着，一抬头远远地就看见前方有一群人围在一起，还能听到美妙的乐曲声从人群中传出。菲菲好不容易才挤了进去，人群中央是一个上身穿着短袖下身穿着牛仔裤的青年正在边弹吉他边唱歌，好多人被他动人的歌声吸引，都凑了过来。菲菲不由自主地也跟着这个青年打着拍子唱了起来。这个男青年，叫鹰，他抬起头看了看菲菲，说："你唱得不错呀！"菲菲不说话，只是笑着唱着，不觉间太阳已落山。鹰说："我叫鹰，我要离开了，你还不走吗？"因为太陶醉，已经忘记了时间，菲菲迟疑了一会儿，才明白过来："哦，对不起，我叫菲菲，是酒吧的歌手，你跟我一起去我们酒吧唱歌吧，那里会挣得多点儿。"就这样，菲菲和鹰成了好朋友，也成了好搭档。他们一起组成了飞鹰组合，为了多挣钱，除了在酒吧唱歌还经常出去跑场子。

整日里在城市奔忙，菲菲和鹰自然而然地成为了一对巧遇的恋人。有一天，菲菲回来了，兴奋地说："听说今年又要组织一次'魅力之声'比赛，如果能够参加，我们就会有出头之日了。我们去找一家音乐公司试试看吧，进入音乐公司就会更有资格参加这次大型的比赛，我们总不能永远在酒吧唱歌吧。"鹰考虑再三，终于答应和菲菲一块儿去音乐公司试试看。

有一位前台小姐把他们带到了总经理蔡伟的办公室。蔡总说："你们先表演一段，我看看。"菲菲和鹰演唱了自创的一首《飞吧》，他们全身心的投入使表演达到了极致。菲菲演唱时，蔡总一直盯着菲菲看，菲菲以为蔡总是欣赏自己的演唱，极力地展示自己的水平。表演完后，蔡总分别找他们谈了几句话，然后让他们第二天到会议室来听结果。蔡总能给他们机会，这一夜，鹰和菲菲都很激动。激动中还有些焦虑，不知道明天蔡总会不会答应签约，他们的心里还是七上八下。

总算熬到了第二天，他们很早就去了，隔着办公桌，蔡总坐在他们的对面。蔡总看了他们一眼，一本正经地说；"我答应签约，但我只能签你们当中一人。"鹰站了起来："那不行，我们是一个组合，签一个那我们不签了。"蔡总笑着说："这可是你们成名的一次机会呀，想想吧，鲜花、荣誉、金钱、地位，一夜间就都有了。"无论蔡总怎么说，鹰还是不同意，拉起菲菲就要离开，可是菲菲却没有挪动。"怎么了，你要留下？"鹰生气地说。菲菲没有说话，鹰气愤地奔跑到楼外，舒了口气，他把吉他重重地摔在地上，心随着吉他一起破碎。鹰原以为菲菲会和自己一起离开，鹰伤心欲绝。

鹰走后，蔡总拉起菲菲的手说："这样的机会可不多呀，如果签了约，唱得好还可以参加'魅力之声'的大型比赛的。"菲菲急忙把手抽了回来："蔡总，我再考虑一下吧。""可以，但你明天就必须给我答复，所谓识时务者为俊杰，你知道的，想和我们签约的人可排成了长队，想参加'魅力之声'比赛的人也多了去。"菲菲飞跑了出来，一个人走着，大脑里回想着往日的一幕幕：刚从家出来的时候饿得天天吃泡面的场景、酒吧里被人戏弄的场景、和鹰在一起的幸福场景都一一闪过，她的内心矛盾极了。想着想着走到了自己唱歌的酒吧里，一踏进门，她就看见鹰搂着一个女人正在喝酒，她生气地转过身就跑了，鹰转头要酒时看见了菲菲，就紧追了过去。鹰在酒吧外拽住了非要走的菲菲，摇摇晃晃地说："比赛对你就那么重要吗，可以让我们分开？"菲菲边哭边说："是很重要，我不想再过以前那种日子了，被人瞧不起的日子，我不想，我必须参加这次比赛。"鹰抱着菲菲，眼泪也下来了。

第二天，菲菲很顺利地签了约。公司里有个漂亮的女人走过来告诉菲菲："你别高兴得太早了，我们都签约好几年了还从没参加过'魅力之声'这样大型的比赛呢，你就别痴心妄想了。"说话的这个女人就是蔡总的情人琳达。菲菲的加入让琳达很有压力，早晨起来，她穿着睡衣，端着一杯红酒，对睡在床上的蔡总说："你真的打算让菲菲参加这次'魅力之声'吗？我知道你想打她的主意，可她一个新人，真的不行。"蔡总油腔滑调地说："我用她怎么了，这机器旧了就该换新的了。"琳达生气地说："你……"把一杯酒全喝了下去，也喝尽了对菲菲的所有不满。琳达害怕惹怒了蔡总丢了饭碗，就只能从菲菲那边下手。琳达把菲菲骗到了酒店，雇了几个人用迷药强奸菲菲，菲菲因为拉肚子临时走开才没有喝下那有药的酒，结果事情败露，菲菲报了警。菲菲气愤至极，她知道这件事肯定是琳达干的，就下定决心，一定要参加"魅力之声"，不让琳达的阴谋得逞。

菲菲想了很久，她做了一个决定，她去见了鹰，鹰正在租的屋里喝得醉醺醺，她心疼地抱着鹰，守在鹰的身旁……第二天一早，鹰醒来了，菲菲搂着鹰的脖子，说："鹰，我把第一次给了你，也是最后一次了。我没有办法，我一定要参加'魅力之声'了，你一定不要忘了我。"她不等话说完，擦干眼泪就跑了出去。她拨通了电话："蔡总，我决定参加'魅力之声'了。""好，我在酒店等你。"蔡总洗完澡，穿着灰白相间的睡衣躺在床上，有人敲门，是菲菲来了。菲菲冷冷地盯着蔡总说："我要拿'魅力之声'的冠军。"蔡总一手搂着菲菲的腰，一手抚摸着菲菲的头发说："好，我答应你。"菲菲踢掉脚上的高跟鞋子，利落地脱掉丝袜，接着是外衣……菲菲如愿以偿地拿了"魅力之声"的第一名，成了明星。而琳达陪了蔡总这么多年，竟然被菲菲抢了风头，变得一无所有，想到自己青春逝去，琳达心灰意冷，她自杀了。

在鲜花和荣誉面前，菲菲并没有满足，一举成名让她分外地兴奋。她觉得只是唱唱歌并不能长久，她想趁着现在有一些影响力尽快步入演艺圈，但这对她一个没有根基的新人来说比登天还难。可她自己还是心有不甘，现在放弃了不是更丢人了吗？在欲望面前，她选择了继续。为了做影片的女主角菲菲答应了导演的无理要求，再次出卖了自己。

菲菲想：这为了上位出卖自己又不是什么新鲜事了，何况组里曾有人因为拒绝了导演的"潜规则"，连跑龙套的活都没了，还被圈里的人骂成傻瓜女人，四处传为笑柄呢。菲菲愈陷愈深，不可自拔。

为了事业蒸蒸日上，为了接到一部大剧，她再次被投资商"潜规则"。

菲菲成了家喻户晓的影视明星，可我们不知道当她拥有了鲜花和荣誉时她的心是否在痛？

鹰因为菲菲的离开太过伤心，就自创了一首《男人心伤》来安慰自己。这首歌被无意间传到了网上，因为发自内心的情感，歌声感动了很多人，鹰也成了网络红人。

演艺路上或许他们还会相遇，只是再也不是昔日的彼此。

玫瑰心语

菲菲忘记了什么是爱，成了明星梦的傀儡，不再是自己心灵的主人。幸与不幸全在人的内心，内心处于平衡状态，则会感到幸福；相反，则感觉不幸福。一个渴望有所成就的人，必须走出自己的"心狱"。失去可以换来名和利，但名和利却不能换回失去。

谁毁了爱人的前程

　　有人说：男人征服世界，女人征服男人。足见女人对男人的影响力。所以每一个成功男人的背后都有一个贤良淑德的女人。

　　每个人都有自己的理想，都有自己精神的最高追求。萧峰一直是被父母宠大的，工作之后他特别想靠自己的努力干出一番事业，证明自己的能力，所以他比别的同事更加勤奋。

　　和苏芮结婚后，他想着成家立业，现在已经成家了，接着就该为妻子创造更幸福的生活了。因为心里这样想，他在工作上的干劲也越来越大。

　　刚参加工作，萧峰觉得自己年轻，什么都不懂，就应该向身边的人多请教多学习，他平时工作很努力，单位上的老同志都夸萧峰："现在像这样肯虚心上进的年轻人可不多见了。"脏活累活萧峰都抢着干，领导们看见了，说："像这样肯吃苦的年轻人将来一定能干大事。"冬天下雪了，单位八点上班，萧峰七点就来了，他把单位院子内外，还有单位门口的雪扫得干干净净，手冷了，他就搓一搓再继续扫，直到都扫干净为止。单位的同事上班来，欣喜地说："这是谁扫的呀？大冷的天多不容易呀！"每每听到大家这么夸自己，萧峰只是笑笑什么都不说。

要到街道去收税了，他总是"大爷、大娘、大姐、老哥"地叫着，有时纳税户正挪货什么的，他就笑呵呵地过去帮忙，不长时间大家都知道，税务所里来了个热情的小青年。年终总结，萧峰的任务顺利地完成了，头年上班就评了个"先进工作者"这可是多少年都没有的事。

有了成绩，有了大家的认可，萧峰的干劲更足了，哪个男人不想开拓出自己的一番事业？何况正年轻气盛的萧峰，也想在自己同学中间拔个头筹，早日干出一番事业来。

然而，随之的麻烦也接踵而至。

结婚五年了，妻子苏芮的脾气也越来越怪。她总打开萧峰的手机查看，萧峰想着：看就看呗，女人嘛，总是心事多点儿，看不到什么她就自己不看了。可是，苏芮不仅翻手机，连他每天的衣服都要检查。萧峰脾气好，不想因为这些鸡毛蒜皮的小事和苏芮计较。

有一天回到家，苏芮就一直不理睬萧峰，女人就是要哄才会开心，萧峰想着，慢慢凑过去："老婆，看我给你带什么礼物了，一只玉手镯，我家的传家宝，传给你了。"满以为苏芮会分外高兴，没想到苏芮一把夺过来摔在了地上，吵着："拿个破镯子骗谁呢，我今天在街道看见你了，看你对那女人嬉皮笑脸的样子，你肯定心里有想法。"萧峰急了："我是在工作，你胡说什么呀，人家都能当我妈了，我笑着是因为人家缴了所有的税费，还要请我一起吃个便饭，我为了早早陪你回来吃饭，就推辞了。"说完，气呼呼地坐在床上。

萧峰以为苏芮只是一时误会，这件事过去了，一切就好了。

有一天，有个同学打电话过来，要萧峰参加今年的同学聚会。现在同学们都工作了，何况多个同学也多条路，以后大家还可以相互照顾，萧峰就去了。同学会上，看到大家的日子越过越好，萧峰心生羡慕，心想：一定好好工作，早一天买车买房，只要日子过好了，苏芮的心情或许就会好了。聚会还没结束，他害怕苏芮担心，就提前回来了。刚进家门，苏芮就劈头盖脸地来了一通："参加什么同学聚会，会老情人吧。"萧峰本来想把今天看到的情景讲给苏芮听，以后好夫妻同心，共同为家打拼，苏芮这么一闹腾，此刻他一点儿想讲的兴致都没了，拉开被子就睡了。

萧峰从父母那儿拿了点儿钱，再加上这几年自己挣的，买了房买了车，如果苏芮不再小心眼，他就觉得生活足够幸福了。出乎意料的是苏芮不但没有改变，反而变本加厉地找事。只要是女人打的电话，她就回过去骂别人一通，弄得别人莫名其妙，也弄得萧峰很难堪。就算是萧峰跟单位的女同事说了话，只要让她知道了，她都会到单位找萧峰算账。

这样闹过几次，朋友都不敢给萧峰打电话了，同学们有什么大的活动也不敢邀请他来，害怕给他们制造家庭矛盾。单位里分组工作，也不把萧峰和女同志分一组，萧峰好不容易建立起来的人际网全部处于瘫痪。

萧峰想不通，自己一直是个谨守本分、堂堂正正的人，苏芮为什么这样小心眼地盯着自己。

小区里新来的一个住户搬房子，要挪的柜子实在太重，那个中年妇女和孩子怎么也搬不动，萧峰看见了，就过去搭了把手。那个中年妇女说："谢谢小伙子了！""不用谢，以后都是邻居嘛。"萧峰说。这时候，正好苏芮走了过来，对着萧峰吼："你不是保证不和别的女人说话吗？""我只是帮了别人一点儿小忙，你至于吗？"苏芮越吵越凶，又哭又闹又要离婚。"你别吵了行吗，别人听见了像什么呀？"萧峰不小心推了一下，苏芮碰到了墙壁，头上出血了。苏芮更是得了理就不饶人，跟萧峰吵了好多天。

因为单位退休人多，赶上一个缺口，萧峰工作能力又强，单位想要提拔萧峰做副局长，经苏芮这么一闹，升职的事就黄了。这是唯一一次千载难逢的机会，好多人一辈子也等不到，萧峰气得无话可说。

在我们每个人的人生路上，都有着属于自己的绝对隐私。这种隐私是只有我们自己知道的，从内心里根本不愿意和任何人分享的，男人也是人，也有自己的面子，自己的终极隐私。基于此，他们也是于心灵深处拒绝任何人刨根问底，不允许别人变着法子的窥视。在人生旅途中，我们都曾有过不同的经历，有过烦恼与挫折，我们的心灵中也曾有过几个珍存于心底的人影。这些，不过都是我们对青春岁月的一种留恋与深深的释怀。那么，女人明白这些后，就不要把男人的旧情史一刨三尺了。更别对家中某个角落里，还藏有男人初恋情人的照片而耿耿于怀、自寻烦恼了。男人如果知晓你这些无事生非的举动与小心眼时，除了庸俗八卦，只会让他对你产生一种很俗气的感觉。

茫茫人海，知音难觅。婚礼上的幸福牵手还历历在目，两个人的甜蜜誓言还激荡心田，可是所有的坦然都变了，苏芮的心眼这么小，这么不信任自己，自己以后还怎么工作呀？这世界除了男人就是女人，和女人不交往不说话，苏芮给自己可真的出了一个难题，萧峰一脸彷徨。

苏芮不明白，其实只要心简单了，生活处处都会是幸福。她不懂聪明的女人是用自己聪颖的头脑牢牢把握住自己的幸福；用自己的睿智，豁达，大智若愚为自己的婚姻生活营造一种轻松惬意的温馨氛围，而不是小心眼地处处计较，把最爱的人逼到死角。

玫瑰心语

生活中男女一直是以大男人、小女人为最佳定位的。男人改变世界，女人改变男人，一个女人可以成就一个男人也可以毁灭一个男人。女人在大是大非面前还小心眼斤斤计较，就会毁了丈夫的前程，毁了爱人的理想和希望，也就是毁了自己未来的幸福。而聪明女人知道，事业是男人的根基，成功男人背后一定有一个成就他的女人，而这个让丈夫成功的女人就是我们自己。

天灾无情人有情

　　麻姑从外地来，本想到这里来淘金，可现实并没有她想象的那么好，只好靠捡拾一些遗落的碎矿石为生。谁也不知道她真名叫什么，只知道她从很远的地方来，好像是从湖北来的，靠捡那些碎矿石为生。无论风吹还是日晒，总不停歇。她有两个孩子，一个六岁，一个四岁，孩子的父亲干什么的，去哪了，也没人知道。总之是靠麻姑一个人养活着孩子，养活着一个家。

　　麻姑喜欢在矿山上四处地跑，所以这里的职工很不喜欢她。因为她有时候捡着捡着就会不知不觉越了界，跑到人家矿区禁止进入的地方。如果她越界了，看守的职工就得挨批评。所以这些职工虽然同情她也讨厌她。没人喜欢她，一身破破烂烂的衣服，一张厚厚的嘴唇却从不喜欢说话，沉默就是她最大的特点。

　　那天，天气毒辣辣的，她给孩子炒了一小盆菜，交代大孩子看好小孩子，就离开了。她戴了顶大竹帽，拿了袋子和筐子就上山了。今天的天气热得让人心慌，脸上的汗珠顺着脸颊往下淌，她走着走着热得受不了，就拿下头上的帽子扇了扇。她必须得抓住这中午的时间，因为这正午的时间工人都在午休，可以捡得多点。这天热得让人憋闷，可能一场大雨就要来了。说时迟那时快，雷声响过，大雨就像断了线的珠子一样不断地往下落。她拿着东西，躲在一座工人住的房子门口，想等到这场雨过后就下山去。这半山腰的低洼处有三间房子，供三个看矿的工人住。房子很多年了，有些旧，房子的背后拴着一条黑色的大犬。周围的山，周围的树，倒是给人一种回归大自然的感觉，比城市里多了几分宁静。大雨下个不停，从房檐上流下来的雨水滴在地上汇集成一条条小溪。二十多分钟过去了，这雨丝毫没有要停下的意思。大雨疯狂地从天而降，黑沉沉的天就像要崩塌下来。不行了，雨已经没过膝盖了，她回转身使劲敲着屋门："快开门呀，快开门呀，救命呀！"听到喊声，一个胖胖的工人正大被吵醒了，他把门打开，看着水势越来越大，他说："你快进来吧，这正门是出不去了。"他回头赶紧叫醒其他两个弟兄商量着："这雨太大了，要出事的，前门是出不去了，这到后山上从哪里可以逃出去？"一个瘦高个儿的兄弟说："只能从这扇窗户出去了，出去了就可以向山上跑。"正大使劲把两根钢筋向两边掰开，那个瘦高个儿先跳了出去，在外接应大家。正大扶了麻姑一把，麻姑也出去了。正大随后也跳了出去，就剩下一个比正大还高还胖的老大哥。他说："这空间太小了，我出不去呀，我不出去了，你们走吧。"正大喊着："不能出来也得出来，你不要命了吗？这雨越来越大了，你快点，再把钢筋往两侧掰点。"老大哥用手掰着，可是刚刚卡住头，还是出不去呀，没有时间犹豫了，正大硬是把他往外拽了一把，这一拉老大哥就出来了。虽然头刚才擦疼了，可总算是逃出来了。正大拉着大家一直往山上跑，跑了一会儿，麻姑不肯走了，她喊着："不行呀，我捡的矿石还没拿出来呀！"正大说："赶紧跑吧，矿石又不会跑，先保命，留着青山在不怕没柴烧。"他们四人互相扶着，往山上跑去。风追着雨，雨赶着风，风和雨联合起来追赶着天上的乌云，整个天地都处在雨水之中。狂风卷着暴雨像无数条鞭子，狠命地往人的身上抽打。正大的腿被树枝挂伤了，小石头尖戳在小腿上，鲜血直往外冒，可是他顾不了这么多，一直护着大家跑。跑了一段路，实在跑不动了，也差不多安全了，大家就停下来。老大哥的裤子都被挂成了片儿。四个人一个一个都成了落汤鸡，全身湿透了。他们回转身，坐下来，看着山下。

风呼呼地刮着，雨哗哗地下着，一个翻卷，刚才所待的房子全部倒下，雨飞水溅，迷蒙一片。那里，白花花的全是水，简直成了一条流淌的河，房子和树木都是模模糊糊的，只有周围的石头混着泥土往下飞奔。"太危险了，我们捡回来一条命呀！"瘦高个儿紧紧握住两个弟兄的手说。他们三个一起冲着麻姑，笑着。

雨水翻滚，咆哮奔腾。骤雨抽打着山坡。风夹着雨星，东一头西一头地乱撞着，一阵风吹来，这密如瀑布的雨被风吹得如烟、如雾、如尘。看来，今天不能下山了，肚子饿得咕咕叫，可也只能忍着，等待山下的人来营救。

雨太大了，救援的人根本上不来，等到了第二天早上，雨停了，他们四人才下了山。

麻姑把他们带到自己的家里，准备做饭给大家吃，可是因为雨灾，线路冲断，镇上也全部停电了，电磁炉也用不成了。麻姑就生着了炉子，给他们随便找了几件衣服，让他们先换上。随后在新生的炉火上放了锅，下了两大把挂面让大家先凑合吃。没有什么菜，可是大家狼吞虎咽，吃得很香，平时可从来没觉得这干面条也这么好吃过。经历生死这一劫，想想人生真该珍惜。

麻姑从此不再捡矿，她在山下开了个小饭店，取名为"爱心小吃馆"。

玫瑰物语

一株小草无法留住脚下的泥土，但当小草们手挽手、肩并肩时，风雨雷电都无法撼动它们；一只蚂蚁不可能逃离火海，但当蚂蚁们抱成一团，它们凝聚的智慧使蚁群获得了重生的希望。唐代大诗人白居易说："乐人之乐，人亦乐其乐；忧人之忧，人亦忧其忧。"伟大的科学巨人爱因斯坦说："生命的意义在于设身处地替别人着想，忧他人之忧，乐他人之乐。"大难面前就会有大爱。

弄 假 成 真

　　"老婆，现在人家可能要查我了，说我管的那些账有问题，我得出去躲躲。"马庆民一副着急的样子。

　　"那你走了，我和孩子怎么办呢?"老婆冬雪不解地问。

　　"我现在不就是想跟你说这件事，你看，人家那些夫妻为了分房都假离婚呢。我想过了，咱现在也只能假离婚了，我怕拖累你们娘俩。"

　　"什么? 离婚我可不干!"冬雪不高兴地说。

　　马庆民凑上去拉住冬雪的手说:"雪儿，我再不走就来不及了，难道你愿意看着我进监狱，孩子没爹吗? 离婚是假的，这风头一过咱们就复婚，就又在一起了。"

　　冬雪想了半天，觉得庆民也说得在理，现在遇见难处了，就得为整个家想，于是庆民和冬雪第二天就办了离婚手续。走出民政局，冬雪心里有点空，脸上一脸的惆怅。看着冬雪不高兴，庆民说:"你跟孩子先待这儿，等我在城市里站稳了脚，就把你们娘儿俩都接过去，你等我信儿。"

想着庆民一个人出门在外，冬雪就把家里所有的积蓄给庆民带上了。

自从庆民去了之后，就来过一封信，说他去北京了。

冬雪一个人在家带着女儿卖烧饼维持生活，日子过得很艰辛，平时都舍不得买什么菜。可是她心劲很大，因为她相信庆民有一天一定会回来接她们的。

两年过去了，庆民还没有信，巷子就有人议论："这庆民去了城里还能回来接她们？说不定人家早就再婚了。""人家不是早就跟冬雪离婚了？"二嫂子说。

听到邻里这么说，冬雪从不理会，冬雪心里明白他们是假离婚，总有一天庆民会回来接自己的，到时候也让这些人看看自己的好日子。

冬雪一直等着，这一等就是十年。这十年间，附近的人说什么的都有。庆民回来了，大家都凑到她家去看热闹。这十年过了，庆民是根本不显老，这北京城的水土就是养人，庆民又白又干净，听说在城里都开公司了，是开着汽车回来的，身边还带回来一个比自己小二十岁的新媳妇。烫着卷发，戴着墨镜，一看就是一个时髦的城里姑娘。

冬雪看着庆民带着这么一个年轻漂亮的女人回来，她的心就凉透了，她彻底明白了，什么假离婚，庆民就是糊弄自己。她想大闹一场，可是她不想让这个女人看到自己心里不舒服，就什么话都不说。

庆民这次回来，就是想把女儿丫丫带走，他跟冬雪商量此事，冬雪坚决不肯。"我们已经离婚了，孩子本来就是判给我的。"庆民对冬雪说。冬雪说："你这冷不丁地回来，不可能，再说这么多年了，你也等孩子适应你一段再说吧。"庆民看冬雪也挺可怜的，毕竟夫妻一场，就留了些钱先离开了。庆民走后，冬雪是夜夜抹眼泪。

五年后，庆民又回来了，还和那个女人生了一个儿子。庆民这回铁定心要带女儿丫丫离开这个小地方，冬雪舍不得，庆民这回可没有耐心，就发火了："你说你让闺女跟你待一块儿，你能给她安排好工作吗？能给她找个好对象吗？你是不是想让她这辈子跟你一样待在这样的小地方？你这是自私。"想想自己这么多年受的罪，她不能再让自己的女儿也跟着自己受罪了，为了女儿，冬雪妥协了，她同意了庆民带走孩子。

女儿就这样跟自己的父亲离开了，长大嫁到了城里就很少回到这个地方来，只是每年会给妈妈寄钱回来。钱寄了不少，冬雪就攒起来给家里盖了新房，房间是很多，可就是没人住。尽管房子都空着，冬雪还是给孩子和庆民各留了一间，被褥都铺好，自己还坚持每天去打扫。冬雪一直没结婚，她想着庆民总有一天会后悔，会回来找自己的，她等着，等着。

直到有一天，听说城里动车出了事故，女儿也在那场事故中离开了这个世界。女儿的死让冬雪唯一的希望破灭了，她对这个男人当初所说过的话完全失望了。庆民因为女儿的离去，也很伤心，失去了牵挂，也不想念及过去，就再也没回过冬雪这里，只在城市里过着自己的生活。

一辈子虽然很长，但过去了也就是弹指一挥。

冬雪明白了，这人生真亦假来假亦真，二十几岁等到了六十多岁了，累了，不等了，随便找个老伴儿过了算了。

玫瑰心语

一个幸福的女人，并不是她们在自己的人生道路上是多么的一帆风顺，也不是她们的能力有多么的超群，而是她能够在自己重要的人生路口做出正确的抉择，能在一败涂地后看到美好的未来，控制自己的内心，调整好自己的心态。女人千万莫要用别人的错误来惩罚自己。

婚姻 N 次方

一次次的选择，一次次的失望；一次次的失望，一次次的选择。

这次，樱桃在结婚前什么都没有准备，就领了个证。她再也没有心情办什么结婚仪式了，先不说自己内心咋想，就是父母无论如何再也经不起别人的风言风语了，这已经是樱桃第四次改嫁了。樱桃长得很高很秀气，她想嫁给那个曾经上中学时自己就很有好感的男生。可是那个男生考上了大学，在外地上学在外地工作，将来肯定还要在干事业的地方娶妻定居。而自己这个仅几分之差没有考上的小姑娘也只能在农村安居了。樱桃的父母性格不合，一直分居过着，多少年谁也不理谁。父亲一个人照管着樱桃，所以他希望女儿樱桃有一个好的归宿。而能让父母重归于好、幸福地生活在一起，也成了樱桃这辈子唯一的心愿。媒人给樱桃介绍了一个对象，条件还可以，还是独生子，在父母的极力撮合下结婚了。可是在结婚后，樱桃才发现自己根本无法接受这赤裸裸结婚生子的现实生活。这个男人没有多少文化，一直就想让樱桃生个孩子，可是樱桃说还年轻，坚决不愿意。樱桃还沉浸在上学时代对爱情的美好期待中，她是不同意一结婚就生孩子的。樱桃想：我又不是生孩子机器，我还想趁年轻干点儿什么事呢。樱桃的这种想法让老公、婆婆和公公都很不愉快，他们对樱桃越来越冷漠。半年的新婚生活让樱桃对婚姻的一点点兴趣已消失殆尽。只是自己竟然不小心意外怀孕了。她想来想去还是在全家人还不知道之前尽快处理好这件事，樱桃悄悄去医院做了流产手术。回到家，她谎说自己患了重感冒，要去卧室休息。

　　同巷的二嫂子来给婆婆送鞋样子，大笑着说："恭喜呀，要抱孙子了！"婆婆被问得是一头雾水，连忙问："你咋知道，这媳妇，咳……""我说的是真的，我那天去医院看病，都瞅见你儿媳妇在妇产科呢。"二嫂子着急了。婆婆点了点头："噢，噢。"二嫂子刚抬脚走，婆婆就急忙跑去问儿子了。儿子高兴地说："是真的吗？我不知道啊，太好了，樱桃回来了我去问问她。"下午，兴奋的丈夫听到的是樱桃吞吞吐吐的回答，他一气之下砸了很多东西，整个卧室一片狼藉。面对丈夫的质问，樱桃无语。在丈夫的怒斥声中，两人协议离婚了。父母看樱桃实在可怜，就给樱桃招纳了一个老实巴交的女婿阿阳。阿阳虽然老是老点，可是没结过婚，也没孩子，父母就图了个老老实实脾气好，可以安稳过日子。樱桃的父母每天看着儿子儿媳的脸色就为给女儿争得几亩地，让樱桃夫妻两人种种菜，有个营生可做，比待在男方的山洼洼里好得多。小两口开始风里来雨里去，靠种菜维持着生活。时间久了，樱桃变成了一个真真正正的村妇，樱桃的内心有说不出的滋味。自己要这样过着也就算了，可是每天还让父亲因为自己的寄居，看哥嫂的脸色，她怎么也不能忍受，就只身一人去了城市。阿阳的父母在外地，父亲病了，阿阳回去看父亲了，也一去没再回来。樱桃的父亲伤心透了，女儿过的这叫什么日子呀，这样也过不下去呀，拖了一年多，樱桃和阿阳两人才算离了。

　　两年后，樱桃穿得很时髦，烫了一头卷发回来了，还是那么漂亮，只是瘦了太多。

　　只听说，樱桃在城市里结婚了，找的那个老公很不错，生了个女孩儿。可是城市与农村的生活差异还是太大了，那家人从心底还是瞧不起农村人，瞧不起樱桃，婆媳闹得很不愉快。樱桃的父亲苍老了很多，话也变少了，虽然生气还是到处托人给樱桃找合适的对象，自己这把老骨头被人笑话也不在乎了，可是女儿要这样一人流落他乡，自己死了也不会安心呀。看着从不落泪的父亲为自己落泪了，樱桃实在不忍心还是答应再嫁了，嫁给了另一个村的强子。一年后，他们也有了孩子，可是强子动不动就说樱桃是扫把星，以离婚多为由跟樱桃大吵大闹。樱桃实在忍受不了，精神也变得恍恍惚惚，后来进了市里的精神科住院。住院期间，父亲一把屎一把尿地伺候了三个月，尽管男女多有不便，可是父亲为了女儿，不怕笑话，什么都做了，包括换卫生巾之类的活。樱桃心里很难过，就是为了父亲，自己也一定要好好地生活下去。病好后，她跟强子离婚了，她决定重新开始自己新的生活，没有什么奢望，只求父母平安和睦。可是无尽的漫漫长夜里，樱桃在哭，她也不知道自己为什么在哭，只知道内心冰冷冰冷的，她不明白这嫁得多到底谁的错呀？真的是命吗？

玫瑰心语

　　任何事都没有永远，也别问怎样才能够永远。生活有很多无奈，请尽量去扬长避短充实你自己，充实属于你的生活。谁都不知道今天过去明天会如何，你现在要做的就是善待眼下的这一分钟、这一小时、这一天。无论生活多么艰难，多么的不幸，女人都不该放弃自己的理想，要勇敢坚强地活着，不怕艰辛，不畏嘲笑，直至生命逝去。

都是我的孩子

　　生活就像一杯红酒，无论人生多么复杂迷离，热爱生活的人总会从中品出无穷无尽的美妙，留下沁人心脾的余香。

　　在这个偌大的城市里，夏芳是一个不被人注意的再小不过的小人物。她上衣很长很宽，黑黑的裤子有些褶皱，一双旧旧的不知谁穿过的运动鞋套在脚上，像一对小船有些摇晃。四十多岁的她整天穿梭于这些废品山中间，收集、整理，这样的环境下她穿不了干净衣服的。为了多挣点儿钱，她除了收集大家送过来的废品外，自己也常常推着小垃圾车去外面捡拾一些，这样会增加收入。

　　有一天，她穿着大褂到街上去捡拾东西，突然她在医院门口的草坪附近发现了奄奄一息的小天赐。今冬的天气冷得出奇，孩子虽然被一个小被子包裹着，可是脸已经冻得铁青了。多可怜的孩子，夏芳把孩子轻轻抱了起来，用一只手把小被子拉紧了一些，紧紧地搂在怀里，往自己的家里走去。风吹到脸上，隐隐的刺痛，可她顾不上揉揉冰冷的脸，她得赶紧把这个孩子送回家去，否则这大冷的天，孩子会受不住的。家里条件不好，两间用砖砌成的房子，没有粉刷，一块一块破旧的砖似乎都在诉说着自己劳动的艰辛。两间屋子，一间住人，一间做饭，除了常用的必备用品，没有什么更高级一点儿的家具和摆设。屋子里昏黄的灯光虽然没有那豪华的水晶灯光亮，可是还会让人觉得温暖，觉得心里亮堂堂的。夏芳因为一次冬季出门不小心滑倒，而导致自己流产，至此后她就再也没有怀过孩子。这个孩子的出现，一定是上天怜悯才赐给自己的，夏芳这样想，就给孩子取名为"天赐"。虽说是个女孩儿，可在夏芳眼里就是自己的宝贝，那小鼻子小眼就是让人看不够。天赐从今天开始就是自己的亲生孩子了，她把天赐放在床上，外面再加盖了一床被子，洗洗手，就忙着给孩子喂了几口温水。让老公张卫东先看着孩子，她在炉火上稍稍烤了烤手，还没烤热就急着出去了。雪开始下大了，她冒着大雪一走一滑半跑着，去超市里给孩子买奶粉。她非常仔细地抚养着天赐，这个女孩在夏芳夫妇的悉心照顾下长到了三岁。

天赐剪着蘑菇短发，乌黑的头发包着一张胖乎乎的笑脸，更显得可爱。夏芳的老公张卫东因为一次意外左腿留下了残疾，走起路来有点儿跛，可是看天赐整天在院子里跑来跑去，他还是喜欢追着天赐玩。有了天赐后，夏芳还是坚持每天去捡拾废品，生活辛苦而甜蜜。

那是一个春天，杏花慢慢裂开了花瓣，夏芳在马路边的一棵大梧桐树下，又看到了一个弃婴天意。只要仔细那么一点点，就能看出这个孩子的嘴巴有点儿和正常人不一样。夏芳带孩子去医院看了，医生告诉她孩子患的是兔唇。唇裂俗称兔嘴，意指上嘴唇裂开，形似兔子的三瓣嘴。这是一种先天畸形，现在很多孩子出生时就患有唇裂，需要进行手术治疗。听医生这么说，夏芳很担心，她想着：趁着孩子年纪小，恢复力强，赶紧治疗吧，着急地追问："那快做呀，要多少钱，我马上去想办法。"医生说："你别急呀，孩子没事，手术确实可以治疗孩子的唇裂，但手术治疗并不是越早越好，过早手术弊远远大于利。原因是刚出生不久的婴儿嘴唇结构十分细微，很可能存在手术时对位不清晰等情况，术后效果也不容易达到理想状态。而且婴儿抵抗力差，对手术药物、麻醉剂等解毒能力都相对较弱，有一定风险存在。另外，手术过早，对于孩子后期生长发育的影响越大，容易形成'碟形脸'，影响美观。

就目前来看，孩子的最佳手术时间大概定为四个月吧，你不用着急，可以慢慢准备孩子手术的费用，大概得一万多点儿。""噢，那好吧，我三个月后再来，我一定会来的。"夏芳带着孩子离开了，除了照顾天赐，还要开始照管天意。

天意四个月大了，夏芳拿出这几年积攒的钱为天意做了手术，这个小女孩又可以像正常的女孩儿一样了，遇上夏芳妈妈，是她一辈子的福气。

虽说经历太多艰难，可是拥有天赐和天意这两个女儿，也算其乐融融，况且天意也已经健康长大了。

有一天，夏芳一大早出门，一开门，发现门口放了个编织袋。打开袋子，袋子里竟是个熟睡的女婴，半边脸都是胎记，脐带还在。夏芳用手比画着这个新生儿的大小，"跟可乐瓶的长度差不多。"也许是她收养孩子的事被人知道了，这些特殊的孩子就被送到了这里来。可是自己一个收破烂的，一个月也挣不了多少钱，家境贫寒是收养孩子的最大障碍。收养孩子后，为了三个孩子，夏芳每天只吃咸菜就馍，为的是省钱买奶粉。尽管生活如此艰难，可是夏芳依然很少谈及自己所受的苦，她想："一个孩子是一条命，孩子是无辜的。"这个信念让她做出一个近乎固执的决定：哪怕牺牲一切，也要把这三个孩子养大。

有一天，家里来了一男一女两个人，说是天赐的亲生父母，希望认领女儿。长大了的天赐生气地说："当初你们遗弃了我，现在凭什么叫我回去？我不回去，我要跟夏妈妈在一起。"那一男一女无奈地离开了，说以后还会再来。

没想到几天后，在家门口又发现一个嘴唇都紫了的女婴，夏芳有点吃惊了："天哪，又一个！"这个婴儿约两个月大，夏芳抱她到当地医院做了检查，检查出孩子患有先天性右位心，即心脏偏右，导致动脉狭窄，只有做手术才能活下来，这可怎么办呀？这么多孩子，生活面临着新的挑战：孩子无法上户口，没钱给孩子治病，没钱给孩子读书……夏芳曾考虑将两个孩子送往福利院，可是福利院让夏芳找孩子亲生父母开证明，可是这怎么能找得到呢？夏芳选择了放弃。但为了孩子生活得好，她坚信总会有办法的，她想尽了一切办法，甚至去黑市卖血。漆黑的夜里她不知道哭了多少次，可是听到孩子围着自己喊"妈妈""奶奶"的时候，她就觉得所有的苦都是值得的。无论他们叫的是妈妈还是奶奶，夏芳都会觉得很开心。

几年之后的一天，民政局有人来了，说是要帮助夏芳解决实际困难。说夏芳夫妇没有抚养教育这些孩子的能力，也没有到收养登记机关办理收养关系的登记手续，孩子要被带走另行安排。夏芳的眼里布满了血丝，这些都是自己一手带大的孩子，如今突然要被带走，她哪一个都舍不得呀。

玫瑰心语

爱心是一片冬日的阳光，使饥寒交迫的人感到人间的温暖；爱心是沙漠中的一泓清泉，使身处绝境的人重新看到生活的希望；爱心是一首飘荡在夜空里的歌谣，使孤苦无依的人得到心灵的慰藉；爱心是一片洒落在久旱的土地上的甘霖，使心灵枯萎的人受到情感的滋润。一个充满爱心的女人是温暖幸福的，一个充满爱心的社会是和谐安定的。学会无私奉献，生活将充满温暖。

中　奖

其实很多人都是在人生的一些突变中，猛然发现自己长大的。在困难的考量下感到了责任的存在，放慢脚步忧思时，懂得了人生的重量，亲情的珍贵。

马静的公公——六十二岁的黄成老人，是个十足的彩票迷。他总想着：自己老婆去世早，儿女的日子都过得紧巴，这要是能中个大奖，这啥都好了，这辈子也算值了。可是这买彩票也得花钱呀，公公又没有工作，没啥收入，这还整天摆弄彩票。公公的生活费都是自己老公出的，你说这马静能高兴吗？可是碍于黄成是自己的公公，自己一个儿媳也不好老说什么。

没想到这好事还真就砸到了黄老汉的头上，黄成竟然中了五百万元大奖。在领取完税后所拿的四百万奖金中，他将二百万都给了女儿，让女婿做生意，自己留了一百万，给了儿子一百万。"我们供他吃供他穿，供他买彩票，他这倒好，中了五百万，只给我们一百万，就给了他女儿二百万。他那么爱女儿，那让女儿养他去。"马静在老公面前埋怨着，听见公公在外面走动的声音，还故意提高了嗓门。以前马静做好了饭就给公公送过去，现在饭熟了，就是冷冷地喊一声，来不来吃也无所谓了。黄成本想着这有钱了，儿女会更孝顺自己，没想到却变成了今天这种结果。

女婿从没做过生意，这次全赔了，还因为给工人补不上工资，可能会被抓进去，女儿苦苦哀求父亲帮忙。黄成实在没法，就把自己的一百万给了女儿还债。但是说好只是借，过了这个坎，以后必须还给自己。

买彩就怕没节制，巨富也怕挥霍浪费，只是这五百万听着很多，怎么才到手几天就全没了。马静看着公公把钱都给了女儿，就不想再理黄成，让他一个人住在门口那间破屋里。

黄成万万想不到的是，由于自己当初的疏忽大意，这天降横财给他的生活带来了无尽的麻烦。中奖的消息传了出去，结果那天夜里，张豹拿着一个斧头去了黄成老汉的家，因为不知道儿媳妇让老汉搬进了旧屋，所以就错进了黄成老汉儿子住的屋里，幸亏马静的老公眼疾手快发现得早，这才护住了媳妇，张豹才仓皇而逃。原来，张豹是经过一个福彩购买点时，看见店上面挂的"庆祝五百万元大奖"的横幅，经打听，得知中大奖的是他的远房亲戚黄成，便心生歹念。他考虑了许久，多次来到黄成家踩点，只是没想到今天黄成却临时搬进了那间旧屋，结果扑了个空。

经过这件事后，黄成老汉开始"混乱"了，时而清醒时而糊涂，总是担忧、多疑，随后开始认为朋友们都要害他，甚至走在街上，看到人多就去撞汽车，幸亏被朋友拉住，才得救了。儿子看父亲的情况严重，在邻里的建议下将黄成送到心理医生处咨询。心理医生了解后表示这种情况已经不是心理干预的范畴了，属于精神类疾病，必须由专门的精神医院治疗。

经过抢劫事件后，马静对公公颇为不满，都是公公一手惹的祸，搅得全家不得安宁，现在还变得这样恍恍惚惚，再也不想管公公黄成了。马静找了一个借口，把公公送到了她女儿那里，女儿看到父亲邋遢成了这样，坚决不肯照管。马静气急了，说："不管可以，那把父亲那三百万拿来，我们管。"黄成想着女儿就是不给那两百万，总该把那一百万还给自己吧，没想到的是，这个不算过分的要求也被女儿拒绝了。

平静而幸福的生活因此被打破了。黄成清醒的时候就让儿子找律师，一纸诉状将女儿告上法庭。官司赢了，老人拿回了一百万。这次，是马静主动要拿出那一百万给公公看病的，因为这一年多公公这大悲大喜的种种经历让马静看明白了：这意外之财未必是好东西，平平静静、平平安安就是好日子，人得惜福。

　　巨奖得主无论在全世界哪个地方都令人羡慕不已，然而也有不少中了巨额彩票的"幸运儿"，他们的人生却是不折不扣的悲剧，妻离子散、家破人亡令他们对中奖都后悔不已，散尽彩金，发财梦碎。福兮祸所伏，祸兮福所倚，放开心胸，淡然处世，平平安安即是福。

出　　卖

　　我们趔行在人生这个亘古的旅途，在坎坷中奔跑，在挫折里求进。我们累，却无从终止；我们苦，却无法回避，只能靠意志将所有痛苦踩在脚下。

　　被养父母收养那年，何眉六岁。因为以前生活的种种不幸，她忧郁敏感。养父心疼这个小姑娘，对她特别好。家里有什么好吃喝的，养父总会先拿给何眉，剩下的才给自己的儿子铁牛。铁牛比何眉大四岁，可就是不好好学习，也不好好做事，长这么大了一事无成。十几年过去了，养父为了全家的生计，积劳成疾得了重病，家里的钱都花进去了还是没救回一条命来。养父去世前一直放心不下的就是这两个孩子，为了报答养父对自己的好，何眉就跟铁牛结婚了。养母一直嫌养父偏袒何眉，不喜欢搭理这个收养的女孩。现在何眉能答应嫁给铁牛为妻，养母的态度一百八十度大转弯，对何眉好起来了。

　　何眉做事勤快，家里家外都打理得很好，妈妈变婆婆，亲上加亲。婆婆毕竟年龄大了，又加之女儿的出生，家里的开支多了，日子越过越辛苦。铁牛空有一身蛮力却很懒散，这几年又染上赌博的恶习，家里能够卖的东西都被卖光了。何眉每次劝铁牛戒赌，好好过日子，铁牛都不肯听，说得多了，铁牛就动手打人。何眉气得整天以泪洗面："这日子没法过了！"婆婆就劝何眉："你说这铁牛心眼也不坏，你为了孩子就忍忍吧。"这样落魄的日子一天一天地反复着，何眉为了女儿，做完家务后就帮别人干点儿小活挣点儿钱，没活时就捡点儿瓶子卖，来补贴家用。

　　那天，铁牛又喝得醉醺醺回来了，进门就找何眉要钱，何眉说："我没钱，我就是有钱也不会给你。"铁牛一只大手就朝着何眉挥了过来。何眉躲得快，才没有伤到头上。第二天一早，铁牛刚出门就碰上了鬼哥几个人。鬼哥就是和铁牛每天在一起打牌的人，他是那家牌场的主人。正说话，鬼哥的手下已经把刀架在了铁牛的脖子上，恶狠狠地说："再不还钱，小心你的小命！"铁牛脾气大可是胆子小，他立马求饶："我真的没钱，再宽限几天吧，一定还。"鬼哥说："迟几天也可以，你那个媳妇不是长得蛮水灵的？"然后趴到铁牛耳朵边嘀咕了一阵。晚上，铁牛买了两瓶酒回去，叫上了何眉一块喝，何眉不愿意喝酒，铁牛说："我知道我这么多年挺对不住你的，我会改好的，让你受累了，今天你就喝一杯吧。"看着铁牛有了悔意，何眉端起一杯就喝了个精光。喝下去没多久，何眉就觉得眼前昏昏的，不一会儿就睡倒了。铁牛摇了摇何眉的手臂，看她确实睡着了，就抱起何眉送到了鬼哥的住处。鬼哥叫铁牛把媳妇放到床上，就赶紧滚开。铁牛从院子里出来，一个人蹲在墙根下，打了自己两拳："我没本事呀，媳妇，对不起了。"鬼哥关上了屋门，瞅着床上熟睡的何眉，心想："你说你这皮肤，你这脸蛋，怎么就嫁给铁牛这个混蛋了呢，真是糟践了。"这样想着，正要脱去外衣，忽然有人敲门，鬼哥骂骂咧咧地开门去了："他妈的，谁这么不长眼，坏我好事。"刚打开门，就被一棒子打晕了。打他的这个人是鬼哥牌场做饭的，自己不赌牌，就是搞个后勤。他摇了摇床上的何眉，何眉还昏昏沉沉，不知道自己为何会到这里，就被这个叫憨哥的人拽到了出租车上，拉到了一个旅社。憨哥把事情的经过告诉了何眉，何眉感激憨哥的搭救之恩，说自己再也不想回那个家了，一辈子也不想看见那个连感情都出卖的人。憨哥说："那不行，你们还没离婚呢。"何眉说："那你等我，我回去和那个人撇清关系就出来，做牛做马报答您。"

　　鬼哥醒来，他刚才出来时根本没有看清楚是谁打昏了自己。他以为是铁牛还没有走，心里不乐意才打了自己，就决定去找铁牛算账。铁牛怎么也不承认是自己打了人，于是两人发生了争执，铁牛失手用刀戳伤了鬼哥，被派出所的人抓走了，鬼哥也因为组织赌博被抓了进去。

何眉和铁牛办理了离婚手续，留下女儿跟婆婆生活。憨哥的媳妇去世早，憨哥这几年一个人也攒了不少钱，他拿着自己这几年的积蓄和何眉去了外地，开了个凉皮小店，生意很红火。何眉把挣来的钱寄给婆婆和女儿，何眉和憨哥同甘共苦，也日久生情，日子久了就生活在了一起。

五年后，何眉的生意做大了，就把婆婆和女儿也接了过去，四个人一起生活。婆婆一见到何眉，就跪着说："何眉啊，妈对不住你呀，妈替铁牛向你赔不是了。"何眉说："妈，您快起来呀，您这是干什么呀，就算我跟铁牛离婚了，我还是您闺女，您还是我妈呀。"

玫瑰物语

真情是人性中最美的种子，曾经有一段真挚的感情摆在面前，我们却没有好好珍惜；等到想要珍惜的时候却没有机会了。不愿付出真情的人无法体会到真情绽放时的愉悦和幸福。你曾经不被人所爱，所以你才学会了珍惜将来那个爱你的人。女人，必须要抓住的是最爱你的那个人，因为那样的他，才会用一生一世来爱你。

远亲不如近邻

　　一座座高楼拔地而起，买房的热潮如同翻滚的麦浪，挖空了多少人的腰包，又填实了多少人的腰包。在城市里已经很少看到天了，能够看到鸟儿飞过便是一件稀罕的事。买房的人多了，开发的楼盘也多了，新小区也应运而生。

　　齐宝玲和邢艳红家都在这个新小区，巧的是还在同一栋楼的同一单元。只是齐宝玲家在六楼东户，邢艳红家在二楼东户。两家人本不相识，能够认识还源于双方大吵了一架。和这个单元相对的下边只有一个车库，因为和自己家相对用起来会比较方便，这一单元的好多家都想要。售楼处就只能让交款最早的先挑选。齐宝玲那天是先交了车库定金的，指定要这个车库；而邢艳红家没有早交定金，但是在一次性交房款时就付了这个车库的钱。现在要正式搬进来了，两家为个车库争得不可开交，谁都不肯相让，最后还是物业处协调才给了齐宝玲家。虽说事情解决了，可是邢艳红一家心里不服气呀，她老公就常常把自己的车停在齐宝玲家车库门口，齐宝玲着急上班时，车却开不出来，为此事跟邢艳红家大吵了一架。以后两家人谁也不理谁了，就是上下楼见面也只是当没看见一样悄悄溜过。

那天，天气很热，齐宝玲夫上班了，三岁的儿了当当留给奶奶照看。奶奶在厨房做饭，没有注意到，当当一个人跑到卧室玩去了。屋里传来奶奶着急找孩子的声音，却听不见当当的回答，这时老人才发现孩子真的不见了。这么高的楼房孩子能去哪里呢？而不幸就在两分钟后发生了。

奶奶找来找去找到卧室，发现窗户大开着，窗台上摆放的花被挪了位置。卧室里的床距离窗户只有不到两尺的距离，一种不祥的预感涌上老人心头。孩子平时劲儿就比一般孩子大，十斤的豆油桶他自己两个手就能拎起来。奶奶想，那天的天气比平时热，窗户开了一道缝，孩子肯定是自己把花盆搬开打开了窗户。

奶奶强挺着，顺着窗户向下看去，果然，孩子掉到了楼下，几个路过的行人驻足观看。

当奶奶赶到孩子身旁时，孩子手臂上的血迹让她惊呆了。她问孙子还能不能认出自己，孙子吃力地点点头。"孩子还清醒，还有救！"奶奶抱着孩子冲出小区，想要拦车去医院。没想到此时，小区里一位私家车主原本是要载着家人出门的，看到老奶奶抱着受伤的孩子拦车，二话没说撵下家人，立刻把孩子送往医院。孩子进入第一医院接受了初步治疗，一起住进来的还有邻里邢艳红。那天，邢艳红家里来了客人，吃了很多西瓜，邢艳红是个爱干净的人，怕这些西瓜皮生蝇子，就下楼准备扔到垃圾车里。她把垃圾丢了进去，转身要上楼。突然发现有个孩子从楼上掉下来。她顾不上多想，跑了过去，用双手接住了孩子，可是自己双臂却受伤了。随即其他人赶了过来，大家都吓得慌了神，有位老大娘朝着楼上拼命地喊："谁家的孩子？"但是楼太高，没有人回答。

在病房里，奶奶抽泣着说："我下楼去找孩子的时候，两腿都软了，我不知道我是怎么走下去的。我没敢抱任何希望，从六楼摔下去怎么能好。何况楼下还是一堆白色编织袋装的建筑垃圾，都是水泥、石块，一想起来就不寒而栗。没想到孩子只是受了点儿小擦伤，这都多亏了艳红，多亏了邻里们。"

当齐宝玲和丈夫赶到医院时，医生说："还是好心人多，孩子从那么高摔下来，只是些皮外伤，真是奇迹啊。"听说孩子没事，齐宝玲夫妇才算把提着的心放了下来，他们一起去病房看望邢艳红，看到她受伤的双臂，眼睛都湿了，齐宝玲哭着说："无论花多少钱，我出，一定要给大嫂用最好的药，最好的医生。"一旁邢艳红的老公说："孩子没事就好，没啥，是谁碰到了这种情况都会救孩子的，大家都是邻居嘛。"齐宝玲听了这一番话，更是泣不成声。

一段时间后，邢艳红出院了，是齐宝玲亲自去医院接回来的。这件事后，两家的关系越来越好，邢艳红只有个女儿，就把当当认成了干儿子。化干戈为玉帛，说起以前的事，两个人都不好意思地笑了。

齐宝玲还想找到那位送孩子的好心司机，当面谢谢人家。因为当时太过紧张，孩子家属注意力都在孩子身上，已经记不那么清楚了。只模糊地记得：司机看起来三十岁左右，记忆中车子好像是吉普又像是两厢轿车的样子。据邻居回忆，私家车车牌号后三位为530，好心司机将他们放下后，很快就离开了。幸亏当时还有邻居记下了那辆私家车的车牌号码，齐宝玲经过物业、车管所多方打听，才找到了那个好心的司机。可是司机什么谢礼都不要，只说："都是一个小区的，举手之劳，应该的。"齐宝玲不知该说什么好，只是一直握着司机的手说："谢谢，谢谢啊。"

"这个世界还是好人多。"当当奶奶总会这么说。

玫瑰心语

楼房越盖越高，住户越来越多，可是大家的心理距离却越来越远。许多人生活在同一屋檐下，毗邻而居，对门相望，却"老死不相往来"。邻里之间关系冷漠、形同路人，住了几十年，却谁也不认识谁。邻里间嘘寒问暖，相互帮助，不仅是对中国优秀传统文化的继承，也是一种人文关怀、社区精神的凝聚，更是建立和谐社会的重要基础。小区是我家，和谐靠大家，远亲不如近邻，社区呼唤真情，而有爱心的女人就是和谐小区的幸福天使。

儿子的赔偿款

早上李秀梅做了一大桌子的菜，今天儿子要和自己的老伴党中山去城里办年货，临走的时候，李秀梅让儿子和老伴多吃点儿，儿子还直说："吃好了，吃好了，这一顿吃好了，我们得走了，这赶早不赶晚的。"儿子说完，拿了一个大包就跟父亲走了。

李秀梅和党中山结婚四十几年了，这恩恩爱爱过了一辈子，生活虽然不是多么富裕，可是一家人却和和睦睦。

李秀梅有一个和睦的家庭，儿子、儿媳互敬互爱，孙子聪明乖巧。儿子儿媳弄了个大棚种菜，自己和老伴也常常去给帮帮忙。这日子是越过越好了，一家人也是越干越有劲儿，对未来充满了希望。

那天，儿子骑着电动车带着父亲，疾驰在去城里的路上。突然，前面有一辆小汽车后车座的人一推开门，电动车就倒了，这时正好一辆货车疾驰而过，司机见状紧刹车，可已经来不及了，车轮从李秀梅儿子身上碾过，鲜血四溅。真是天有不测风云，一场交通事故导致党中山受伤，儿子党小山当场死亡。这个和睦的家庭顿时阴云密布。悲痛欲绝的亲人们为党小山料理了后事，并根据交警部门的责任认定，经交警部门主持调解，肇事方一次性赔偿李秀梅及儿媳、孙子死亡赔偿费、丧葬费、被抚养人抚养费等共计六十万元。在医生的治疗和李秀梅的照顾下，老伴党中山很快就出院了。

家中脊梁的倒下让这个家庭蒙上了一层阴影。想起儿子，李秀梅夫妇就痛不欲生。儿媳也常常以泪洗面，只是伤心时就躲着哭，不让自己的孩子看到。

家中老小现在就全指望这笔赔偿金生活了。可是这赔偿款怎么迟迟没有下来。李秀梅去询问了，人家说，此款已经被你儿媳李阳春领取了。儿媳经历了这么大的事，李秀梅夫妇也替媳妇难受，本不想要这钱的。可是一想到儿媳还这么年轻，迟早是要改嫁的，到时候自己卷着钱跑了，自己的小孙子可怎么办呀？就想着从儿媳李阳春那里把钱要回来。

李秀梅夫妇多次与儿媳李阳春协商，想要回属于自己和孙子的那部分，但均未达成协议。李秀梅夫妇无奈之下将儿媳李阳春告上了法庭。法院受理此案后，考虑到案件当事人的特殊身份关系，办案法官决定尽量通过调解方式审理此案，以化解双方矛盾，防止矛盾激化。制订了详细的调解方案后，办案法官召集双方进行调解，根据既定方案，首先打出"法律牌"，向双方详细讲解相关法律规定并分析了各自的责任和义务，使双方当事人对法律有所了解；随后，法官打出"亲情牌"，从双方是一家人，血浓于水方面入手，引导双方回忆之前家庭和睦的美好生活，从亲情上感化双方当事人。通过法官的调解，双方当事人自愿达成和解协议，扣除已支出的丧葬等费用，李秀梅夫妇拿走了属于自己的那部分赔款。

儿媳李阳春在调解后才得知，原来老人是害怕自己拿着钱走了，一家老小没人管，就去找公婆解释。她跪在婆婆的面前，哭着说："妈，你不用担心，我生是党家的人，死是党家的鬼，我是不会丢下你们的。"说着，为了让婆婆放心，把自己的那份钱也交给了婆婆。婆婆感动地说："春儿，快起来，你还年轻，你要走就走吧，我们也不能拖累你呀。"李阳春哭着直摇头。

一家人又和好了，看着儿媳一个人也挺难的，李秀梅就托人给儿媳介绍了一个人，虽说是山区里下来的，可是人实在，也没什么拖累。李阳春在公婆的劝说下终于答应再婚了，但有一个条件就是自己不嫁，只能对方上门。那个男人看中了李阳春的善良孝顺，答应了。他对这一家老小也更好了，一起和阳春打理起了大棚。这回，李秀梅把自己的那部分钱都放心地拿了出来，给儿媳又建了一个蔬菜大棚。日子越过越红火，她们那种失去亲人的伤痛得以抚慰就慢慢淡些了，只是到了祭日，全家会一块儿去为小山上坟，告诉他：一路走好，不用担心，现在家里一切都好。

亲情超越了金钱，生活终于恢复了平静。

玫瑰心语

"海纳百川，有容乃大"，大海的宽广在于汇集大大小小的川流，生命的汪洋在于包容深深浅浅的缘分。心，因为宽容而变得坦然；宽容，因为爱而成就伟大。宽容是一种淡泊的人情味，让心头弥漫着感动和友善，领略到为人的操守和品位；宽容犹如爱，是生活的艺术，是一种坚强有力的表现，看似仅仅对别人做出了善意的举动，而又何尝不是对自己内心的充实和肯定呢？理智地退却，大度地谦让，将会有一片海阔天空的灿烂天地任你驰骋。人生挫折难免，理解宽容，学会互爱，潇洒处世，去获得心灵的平和自在，生活就会更加美好幸福。

约　　定

　　那天，王琳从商场出来，有两个骑着摩托的小伙子飞驰而过，王琳的包被抢走了，胳膊也被划伤了。这时，一个骑着赛车的小伙子停了下来，说："你没事吧？等我回来。"然后就紧追那两个摩托飞贼去了。半个小时后，那个小伙子回来了，王琳的包也被拿回来了。王琳激动地说："谢谢你，我包里有重要的文件，幸亏你拿了回来，你叫什么呀？""我叫雷天，还在上学，再有一个月就毕业了，您是?"那个小伙子说。王琳说："你就叫我琳姐吧，给你张名片吧，以后有事记得找我。"说完，有一辆汽车开过来，她就离开了。

　　老公因为特别喜欢王琳，就托父亲的关系给王琳找了一份工作，王琳的工作能力特别强，从最底层很快就升为公司总经理。这样，老公和王琳之间的差距越来越大，王琳在公司风生水起，而老公却越来越被看成扶不起的阿斗。老公把王琳从乡下带到了城市，彻底改变了王琳的人生命运，可是王琳工作很忙，很少回家，老公再也从王琳身上找不到昔日在一起的欢乐。他开始对工作敷衍，隔三岔五地跟一些不三不四的女人混在一起。有一天，王琳回家，看到老公把另一个女人竟然带到了家里，就坚决要和老公离婚。无论老公怎样道歉讨好，王琳都下定了决心，不肯动摇。

这天，雷天的父亲又在骂着雷天："你这家伙，毕业这么久了，整天就知道骑个车瞎溜，还不去找工作？"雷天被爸爸逼得没法，就去了。刚进了一家公司，他就看见一个女人从公司匆匆跑出来，这不是那天的那个王琳嘛，他返回来追了上去。王琳的眼圈红红的，听王琳讲，她的老公为了不离婚，竟然到公司里吵闹，诬蔑自己在外面有相好的。雷天生气地说："他住在哪里？我去找他理论。"没想到雷天还真就赶到了王琳的老公那里，痛骂了那个男人一顿。王琳和老公离婚了，看到雷天这么正直地无所畏惧地帮自己，王琳很感动，为了感谢雷天，她把这个小伙子招聘到了自己公司。

雷天很有工作能力，可是年轻气盛，容易冲动。他性格直爽，在公司做事，常常会让王琳有些被动，也许这就是年轻人吧，冲动而热情。可是他对王琳的感情也在不断升级。为了追求琳姐，他每天一有时间就跟在王琳后边，逗王琳开心，王琳最终被真情所感化，他们相爱了。可是一想到自己比雷天大十岁，王琳就有点儿犹豫。她故意躲着雷天，雷天一气之下找到王琳住的地方，一见到王琳，他就无法控制自己的感情，紧紧抱住这个女人，激动地说："我不会放弃的，只要我们真心相爱，年龄真的不是问题。"王琳说："我是公司经理，还是要注意点影响的，先别让大家知道我们的事。"

可是总不能这样偷偷摸摸见不了天吧，三个月后，雷天央求琳姐将此事告诉双方父母。王琳也觉得时机成熟，把自己的事告诉了自己的母亲，母亲坚决不同意，她说："琳琳呀，你已经离过一次婚了，这女人一生错过一次，可不能再错下去了。他是现在对你好，可是这女人老得快，再过几年，他风华正茂，你却人老珠黄，他还能喜欢你吗？""妈，妈，雷天他不会的。"王琳流着眼泪说。

而那边，雷天的父母也是坚决不同意，雷天的父亲把王琳带来的礼品都扔了出去："我们不会同意的，我给我儿子是找媳妇又不是找妈，你可比他大十岁呀！"王琳伤心地哭着跑出去了，雷天说："爸，你这说什么呢，总之，这辈子我非琳姐不娶。"说完就追王琳去了。雷天爸气得捶着胸口："这小子要气死我了！"

雷天追上了琳姐，说："我爸就这脾气，你可别生气了。我们可不能就这样放弃了。"说着，把王琳紧紧搂在怀里。王琳觉得好温暖，一直忙于事业，从来没有觉得像今天这样有依靠。为了让雷天父母答应，王琳每天都去帮雷天家干家务活，好几次被轰了出来，可她没有泄气，还是坚持每天去。那天下午，她去了，雷天的妈妈心脏病突发，王琳马上叫车把人送到了医院。要马上做手术，王琳主动拿出自己的钱交了手术费。转到普通病房后，王琳每天都去伺候雷天的妈妈，为她擦身洗脚，雷天的妈妈动摇了，同意让他们俩先交往看看。单位和邻里总有人在说闲话：这雷天不就是个吃软饭的，要不怎么会找一个比自己大十岁的老女人结婚呢。雷天气不过，决定自己去创业，可是因为心急又缺乏经验，一下子赔了好多。为了让雷天鼓起勇气，王琳背地里帮助了雷天很多。雷天后来知道了，心里很感动，他知道只有琳姐对自己是真心的，他不能再这么好高骛远了，开始找了一份稳定的工作，决定踏踏实实从小事做起。

五年后，雷天积累了很多工作经验，开了一家装修公司，生意很不错。

无数次波澜之后，两个人终于结婚了，还生了一个可爱的儿子。雷天紧紧握着琳姐的手，说："我以后要好好工作，让你和儿子过上幸福的生活。我们约定，要一起到老的。"

玫瑰心语

人这一生要面临很多次抉择，喜欢、合适、在一起是三件不同的事。只要真爱能持之以恒，包容能长长久久，任何问题都不是问题。爱要保鲜，需要两个人共同的努力和付出。

懂　　爱

有个小故事：狗很傻，一根骨头它就认定你爱它，死心塌地对你摇尾巴。猫很孤独，万千宠爱它依然小心翼翼躲你很远。在猫的眼里，狗花心，谁对他好谁就是主人。在狗的眼里，猫娇宠，一次欺凌会悄悄恨你一辈子。猫不懂狗，狗其实不是花心，是善良。狗也不懂猫，猫不是不会爱，是不敢爱。猫狗如此，男女亦然。

那一年，乔正翔正上高中，和他的同学行雪云相知相恋，这两个人可算是郎才女貌，一见钟情。两人家庭条件都不算太好，因为相同的经历而有了更多的共同语言，他们常常偷偷地躲在校园里的桦树林里约会，就这样真心相对，直到高中毕业。

有一天，乔正翔把行雪云约到了树林里，那天雪云很高兴，她为正翔写了一首诗，正深情地读着：如果你爱我，我就爱你一辈子。如果你不爱我，我就思念你一辈子。你可以不爱我，但不能阻止我爱你……

看着雪云深情投入的样子，乔正翔把正想要说的话全都咽了下去。这个天真而且对自己全力以赴的女孩，他以后再也无法面对了。行雪云离开后，他一个人在那里待了好久，听着风吹树叶的"哗哗"声，乔正翔的心里怎么也不能平静。

毕业后，乔正翔回家了，和表叔给自己介绍的那个女孩康玉琴结婚了。表叔和玉琴的爸爸熟识，玉琴爸爸是副处长，为了给自己女儿找个德才兼备的优秀依靠，一眼就相中了正翔。正翔有些不乐意，可是表叔围着正翔，不停地说："你看你爸妈都不在了，表叔也没什么本事，难道你要一辈子过这种穷日子呀？玉琴她爸是副处长，马上就提正处了，你做了他的女婿，他还能不护着你？再说，玉琴这孩子各方面都不错，还挺喜欢你的。"正翔毕业已经半年了，也没找到一份好工作，他也很矛盾，还没来得及想明白就和玉琴结婚了。

听到乔正翔结婚的消息，行雪云一个人哭了好几天，她怎么也想不通，去找了乔正翔。再见到乔正翔时，他已经上班了，听说是玉琴父亲的单位招人，玉琴爸就想办法把女婿招进去了。乔正翔把行雪云拉到了一个人少的地方，他告诉雪云："我是真心喜欢你的，可是我什么都没有，我不会带给你幸福的。"雪云满眼的泪花："我不需要你有什么，有你我就够了。我们有手，可以一起创造呀。""已经晚了，来不及了，我们已经结婚了。"乔正翔紧紧拉住雪云的手。行雪云挣脱了："你放开我，放开我！"转身就离开了。

一段情短暂精彩，可还是问它会不会有将来，一段情如果消失得太快，你就当它是命运的安排。很多事情，很多时候，付出与回报永远不可能对等，还是走吧，想要幸福的时候却再也没有机会了。行雪云以为自己可以忘掉这个男人，可是那个男人却总在自己眼前晃动，她选择用离开这个地方的方式来忘记过去。

康玉琴因为喜欢乔正翔，她开始收起自己的小姐脾气，也辞去了工作，把所有的感情和精力全投入在这个家里。因为有岳父的提携，康玉琴的支持，还有自己的努力，乔正翔很快就在单位立足了，深受领导和同事的喜欢，自己也越来越有干劲了。

岳父被提为局长，因为只有这么一个女儿，就把所有的心思都用来栽培乔正翔，正翔升职很快。看着自己周围的一切，乔正翔想，自己还是要珍惜眼前的，何况现在已经有了两个可爱的儿子，是该忘记行雪云的时候了。可是每次在忙完一切的时候，跟雪云在一起的点点滴滴都会不停地在大脑里晃动，原来忘记一个人会这么难，不是自己想忘就能忘的。每当彻夜无法入睡的时候，他就偷偷拿出雪云送给自己的那支钢笔看来看去，然后再小心翼翼地放回原处。

十几年过去了，可是时间不仅没有让这份感情退去，反而让雪云的样子更加清晰了。在另一个城市，雪云结婚了，因为她的丈夫无法忍受他的妻子还想着自己以前的恋人，就和雪云离婚了。雪云一个人带着女儿过，靠自己的努力经营着自己创业的一个小服装公司。她不想再结婚了，试过了，自己还是忘不了正翔，她给正翔写了封信，没有太多奢望，只是想要知道他现在过得好不好。

正翔回过信后，就将雪云的信锁在了家里的抽屉里。有一天他着急去上班忘了拿钥匙，想想：噢，肯定是取东西开完抽屉之后挂在上面忘拿了。他心里七上八下的，不行，他得回家去看看。进了家门，看见玉琴正拿着雪云写给自己的那封信在看，正翔想要解释时，玉琴却说："你不用解释了，我不管你们以前是什么关系，我只希望你们以后不要来往了。我告诉你，我爸要退下来了，他向上边推荐了你，把自己局长这个位子留给你。"玉琴的话让乔正翔的内心久久不能平静。

乔正翔不知道自己现在该怎么去做，如果自己以前鲁莽地为了生存选择这桩婚姻是个错误，可是现在想退出已经身不由己了。社会影响、社会舆论、丈夫的责任，这一切压力之下，他断了和雪云的联系，努力对玉琴好一些，好让自己心里好受些。

小的时候经常听老人家说，过年或过生日了，就长一岁了，人应该长大成熟了，但实际上长大与成熟没有太大的关系，主要是在于经历的事情、看到的人与物是否能让你有所领悟。今天与明天，今年与明年，如果发生着同样的事情，我想也成熟不了多少，因为没有领悟。为什么有人说失恋能使一个人成长呢，我想是领悟了，学会了放下与如何再站起来，这个实际上很难。可是那封信以及那个女人如一根刺，已经在玉琴的心里扎了下来。玉琴恨那个女人，一直把正翔抓得紧紧的，她告诉正翔："你这辈子都是我一个人的，你休想离婚。"乔正翔他爱着雪云，可是他真的从没有想过离婚，他没有这个勇气，他也不想落个忘恩负义的恶名，就努力地对玉琴好，可是玉琴是不会明白自己的难处的。

就这样，人生匆匆，几十年就熬过去了。大家都老了，人老了，什么名啊利啊，好多事就全想明白了。玉琴大病了一场，死里逃生之后她突然明白了很多。病好了，她对正翔说："我们离婚吧，我这辈子最爱的人是你，以为抓住你了就是幸福，所以用我父亲、孩子们绑着你。可是却不明白自己这不是爱你，而是把你逼到了死角。"正翔说："我知道你对我好，我没想过离婚的。"玉琴说："我知道我不提出来，你为了责任是这辈子都会这么过下去的。可是这不是爱是迁就，我不怨你了，我们已经这么大年龄了，这辈子机会不多了，就放手让彼此追求幸福吧，有个懂你的人，是最大的幸福。那个女人，不一定十全十美，但她能读懂你，能走进你的心灵深处，能看懂你心里的一切。你去找那个女人吧。"

正翔没想到这场分手会是这样的平和和安静，他也没想到最先提出离婚的是玉琴而不是自己，看来，面对生活和爱情，玉琴比自己勇敢得多。

正翔向单位提出了提早退休的申请，踏上了去找雪云的火车。

玫瑰心语

真正地爱一个人，就是他不够完美，你还是那么喜欢他。不管这一生你怎样的荒唐，下一世一定会变成你想要的模样，让你履行丈夫对妻子的誓言，站在寒冷街头等你来牵我的手，决不再放你走。此生我给你自由，让你寻找真爱，来世记得你要先爱上的女人是我，让我最懂你的心，那样做你的妻子才会很幸福。

嫁　与　娶

窗外雪花纷纷扬扬地飘落，这个冬天异常的寒冷，窗内两位老人相视而坐。窗户上结着美丽的冰花，两瓣一连、三瓣相接，美丽而动人，活脱脱就能看见两个女儿的笑脸，可是一转眼又看不见了。两个人面面相觑：这么多年，两个女儿虽然也上学出门，可是你不在她在，就算两个女儿都不在，也从来没有像今天这么落寞过，想着想着两个人都哭了。今年两个女儿都相继出嫁了，说起来还起了不小的风波。

大女儿婷婷长得清秀甜美，二女儿玉立长得干脆利落。高挑的个子、秀气的脸庞，曾让父母颇为骄傲。可是面对婚姻这个问题，两个女儿却都这么倔强，这么坚持。父亲是独生子，特别希望生个儿子继续传承香火。可是一连生两个都是女儿，父亲就想着：虽然都是女儿，可是都很可人，无论哪个，招个上门女婿问题也就解决了。

如今大女儿找了个女婿小州，也帅气高挑有文化，更让人值得高兴的是家里还是弟兄两个。父母对待这个女婿分外地亲热，第一次见面就做了满桌子的菜，不仅把家里的好材料都用上，父亲还专门去市场买了一些好酒，母亲连自己亲养的那只最疼爱的花鸡也杀了。看到亲家亲亲热热的表情，大女婿一家也满心欢喜，两家人坐在一起就像一家人一样。两个孩子也处了好几年，该结婚了。两家便托媒人谈及婚事，就有了今天的见面。可是说起要招上门女婿的事，男方的父母很是生气。这么多年一直希望儿子娶一个满意的媳妇，今天是找了个好媳妇，却还想把自己儿子带走，想起这事就气不打一处来。两家为了各自的决定一直僵持着，满桌子的菜都晾在了那里，这可急坏了两个热恋中的孩子。不欢而散后，两个孩子商量好，还是各自回去劝说自己的父母吧。小州的父亲语重心长地说："咱们家养你供你读书，容易吗？现在你翅膀硬了要飞了，我要把长子掀出去那不是让乡里乡亲戳我脊梁骨吗？我们是穷，可我们志不短呀！想招上门不可能。"

听父亲这么一说，儿子想想，这么多年父亲养活一家大小也不容易，就决定按父亲的意愿来。可婷婷的父母也坚持不同意。双方家长都不肯退让，为此两个孩子也大吵了一架。小州生气地说："我父亲也不容易，我是长子，是不会上门的。"婷婷说："可是我们家就两个女孩，我父母也不会同意我嫁出去的。"小州一气之下急了："不行咱就算了。"婷婷也急了，哭着跑回了家。就在僵持不下的节骨眼上，婷婷恰巧发现自己怀孕了。婷婷的父母心疼女儿，想想也就妥协了，母亲抚摸着婷婷的头，眉头锁得更紧："嫁就嫁吧，以后让玉立招上门算了，现在家里这些东西你自己随便选一些做嫁妆吧。"

婷婷结婚不久，玉立也找到了自己心仪的对象俊。俊有车有房，家里条件不错，亲朋好友都很羡慕。提及结婚，性格直爽的玉立直接告诉父母："姐姐不招女婿，我也不会。""不招，行，我们不用你们管，要嫁都嫁吧，就当我和你妈没生过你们俩。"父亲拍着桌子生气地说。看父亲大发雷霆，老哮喘病都犯了，玉立又心软了，甜甜地撒起娇来："爸爸，您就别生气了，就算我们出嫁了，可我们心在这儿，我们还是会照管您的。"看着女儿这么坚决，父母实在无奈，勉强同意了。

玉立也如愿出嫁了，家里就留下父母两人，生活还在继续。又过年了，黑漆漆的夜空里，朵朵烟花竞相开放，定格着新年的美丽瞬间。绽放、逝去，代表一年的轮回。岁月催人老，轮回中老人心中更多了几分凄凉。

两个女儿都有了孩子，为了起名字又是争论不休，亲家们都不同意孩子随女方姓，两个老人心里更加失落了。有时候老人想想：倒也不是自己有多封建，不理解女儿，非要女儿招上门女婿，只是自己没事做，老伴又退休了，看着别人都带着孙子游玩，自己这心里还是空落落的。

女儿的奶奶去世了，农村有个习惯，下葬要男孩子捧火盆行叩拜礼，父亲想让女婿来。可是两个女婿都没有来，尽管孩子们平时对自己都还不错，但此事还是让这两位老人特别失望。只是想走个过场让亲人别太难过，朋友们别笑话，孩子们也不乐意来。

女儿们事忙，但还是怕父母难过，有时候会把孩子们送来跟老人住些日子。孩子们大了，要上学就不能常来了。过春节，这个全国百姓都重视的传统节日，烟花满天，千家万户，红彤彤的灯笼映照着老老少少的笑脸，这种团团圆圆的喜庆和幸福是黑夜无法掩盖的，它伴随着空气流通于各家各户。

桌上摆满了饭菜，可是今夜为何这样难以下咽？今年的春节晚会这么热闹，可是今夜为何还是没心思看？老伴说话了："快吃吧，这日子还得过。"她解下围裙，慢慢地吃着，什么都不少，可这菜咋就吃着没味呢？

冬去春来，春去冬来，一年又去了。

玫瑰心语

年龄大了，心就静了；心愈静，就看淡了；看淡了，就越看重幸福的味道。此刻，老人缺的不是物质，缺的不是名声，缺的是一家人团团圆圆的其乐无穷。无论生活多忙，无论嫁还是娶，都要常回家看看，让父母看看自己的笑脸，唯此简单的愿望老人足矣。

网

　　杨慧待在家里，她的老公在外面打工，和许多家庭一样，他们夫妻曾经那么热烈地相爱过。但是随着岁月的流逝，夫妻间开始变得冷漠了，大概就是人们常说的"审美疲劳"吧，激情越来越少，心开始了漂移。杨慧开始上网，聊 QQ，在虚拟中寻找新鲜的感觉。但是因为身份关系，她没敢透漏自己丝毫的真实信息，只取名为"寂寞的鱼"。她看到一位叫"温暖的水"的网友，便心生好奇，翻阅了那个男子的注册资料之后，便和这个人开始聊天。

　　温暖的水开始的时候还爱理不理的，过了几天，却主动搭话了。

　　温暖的水：你好！忙什么呢？

　　寂寞的鱼：你好，没忙啥，心烦。

　　温暖的水：为什么呀？

　　寂寞的鱼：整天闲在家里，无聊。

　　温暖的水：噢，我母亲去世早，我父亲在国外做贸易，把我一个人留在国内，其实我也挺孤单的。

寂寞的鱼：是吗？那你也不容易，那你无聊了，会做些什么呢？

温暖的水：我觉得让自己不无聊的办法就是忙起来。最近股市行情挺好，我在炒股。

寂寞的鱼：你真能干，那个好做吗？

温暖的水：很好做的，轻松又盈利多，用脑子就行。

寂寞的鱼：我也听朋友说过，她们买基金赚了不少呢。

温暖的水：我朋友能弄来内部消息，包赚。咱不说这个了，我要下了。你很漂亮噢。

寂寞的鱼：噢，再见。

就这样他们聊了半个多月，杨慧和温暖的水成了无话不聊的好朋友。要是几天不见温暖的水上线了，杨慧总觉得心里少了点儿什么。她不想就这样整天待在家里，无所事事。她就试着拿了五千块钱买了基金，没想到挣了很多。这温暖的水说得挺对，这炒股和买基金就是赚钱快，她把赚的钱和本钱一块儿全又买了，结果又赚了。

有一天，看到温暖的水上线了，她就把赚钱的这个喜讯告诉他。

寂寞的鱼：你说得对，我买了基金，都赚了呢。

温暖的水：你赚那点儿算什么？我们有内部消息，炒股才会赚得更多。温暖的水还把自己的银行账户、那些有关买股票的相关照片都发了过来。

寂寞的鱼：我买基金都是乱买的，你能让我跟你们一块儿炒股吗？

温暖的水：我还得问我们的资深老师，你等我消息。

五天后，他们上线了。温暖的水说，老师愿意指导杨慧炒股，让她先买他们选定的这个，杨慧先试了试，投了一万，果真赚了。杨慧想：这可比买基金赚得多多了，就是可惜自己买得太少了。这种投资太轻松了，只要把钱打入他们所说的账户，什么都不用管，马上就赚了。杨慧有点儿心动了，想想自己动一下手指头比老公一年都赚得多，她还想继续投资。第二次投资，杨慧所买的股票连续跌，杨慧着急了。温暖的水说："你不要着急，你在哪儿？我来帮你指导，老师说了，咱们买的这个马上就会涨上去的，得稳住，多投。"杨慧和温暖的水约好在一家旅店见面，杨慧提着电脑和所有的存款过去了。为了给丈夫一个惊喜，她想多赚点儿钱。在温暖的水的指导下，杨慧马上又投入了自己和老公这些年积攒的所有积蓄，十多万元。操作完后，他们就聊起天来，聊得很投机。温暖的水说："咱们聊了这么长时间，我都渴了，你看，来的时候也没给你带什么，我出去给你买点水果吧。"杨慧连忙说："大哥，你大老远来，怎么能让你去呢？再说你也帮了我那么多忙，我去买吧，下午我再请你吃个饭。"杨慧说完，就去买水果去了。杨慧出去后，温暖的水就离开了，带走了杨慧用的笔记本电脑，那是杨慧为了炒股才买的。

等杨慧回来，温暖的水已经不见了，电脑也不见了，她打电话，对方已关机。杨慧想：我们虽说是网友，可是已经熟识到从工作、事业到生活、情感，所有丰富的内心感受，无话不聊的地步了。也算知己了，他不会是骗子骗自己的，肯定有急事先走了。她虽然觉得蹊跷，但还是这样安慰自己。

前几次温暖的水都会很快将盈利的钱打回来，这次怎么迟迟没打过来呢？杨慧觉得事情不对头，就报了案。公安局的人说："你很可能是被骗了，最近我们接到像这样网上骗钱的案件很多，你等我们的消息吧。"听警察这么说，杨慧当场就晕倒了，那可是自己家里所有的家当呀，一部分还是准备给家里盖房子的钱！

人人都说网络奇妙，它能在瞬息之间把你想知道的东西呈现出来；可以搜索到搜不着的老版杂志；可以搜索到一些书本、报刊上还未出现的前沿知识；可以用它来学习，丰富自己，真正达到一种不出门就知天下事的境界，达到一种一台计算机便知前沿学科的境界。但是网络的出现，网络骗子和网络陷阱也相应而生。网络是一个虚拟的世界，既然作为一种科技产物横空出世，必有其利弊。

玫瑰心语

网络的出现有利有弊，网上交友就像是出海捕鱼，既可以让你满载而归，也可以让你葬身海底。利与弊只一线相隔，女人们在各种不同的信息面前，要学会运用自己的是非观、判断力选择自己认为正确的观念，做出相应的行动，切不可因为贪欲而丧失理智。

孝　媳

那盆幸福草，放在角落里，并不显眼，很少有人注意到这样寂静不张扬的花。小霞就如那橘黄色的小花，你不仔细看，就会忽略掉的。忽略掉的瞬间总是最美好的，如果你已经错过了幸福草，请你不要忘记它淡淡的味道。

小霞嫁给了王磊，成了王家名正言顺的孙媳妇。

小霞的婆婆和她的婆婆本就是天生的冤家，附近的人谁都知道这都处了几十年了，媳妇都熬成婆了，两人还是婆媳关系不好。听婆婆说，是怨恨她的婆婆年轻时太苛刻地对待自己，所以一直不痛快；听婆婆的婆婆说，祖上要求多严呢，可我这媳妇啥礼数规矩都做不好。祖母八十四岁了，一辈子家规严谨，谨遵她的婆婆的教诲。祖父很早就去世了，祖母一个人带大四个女儿两个儿子，家里的大小事都是祖母一个人说了算。而自己的婆婆娘家的条件好很少做家务，只因喜欢公公也就不嫌公公家贫才嫁了过来。可是嫁过来之后，祖母家严格的家规让婆婆着实受不了，自己本来就不会做家务，做得不好了婆婆就挑三拣四。后来赶上分家，祖母因喜欢大儿媳就把一个家传的

278

手镯给了大儿媳。后来按规矩祖母又跟着小儿子过日子，好处给了老大，又让我这个小儿媳伺候，小霞的婆婆心里自然几分不舒坦，只是碍着老公的面子不说出来罢了。婆媳关系因为这些老根子上的矛盾一直处得很紧张。

自从小霞进了家门，伶俐又嘴甜的她就善待婆婆和祖母，希望自己的介入，可以使她们的关系缓和一些。

婆婆见了祖母没有笑容，祖母见了婆婆也冷着一张脸。祖母年纪越来越大，行动自然不大方便。小霞给祖母买了根拐杖，平时干活回来就搀着祖母去村口散步。祖母的腿骨有些变形，走不了多远的路就要歇歇，她走累了，小霞就扶她坐在石头上休息，自己蹲下来给老人捶着腿。

隔个一两天，小霞就帮祖母把衣服换下来，拿过来自己洗，晒干叠好之后再送到祖母屋里。夏天了，小霞把祖母屋里的所有东西都搬出来晒晒，给屋里的墙角打些灭害灵灭灭那些土虫，等屋里的药劲散完了，才让祖母搬回去。冬天了，小霞把自己结婚陪嫁的新被子给祖母送过去一床，让她铺在身下，年纪大的老人都怕冷，希望祖母可以暖和和地熬过每个冬天。

婆婆看见了满脸不高兴，可是小霞是新媳妇，自己也不好说什么。冬去春来又一年了，看着老人们的脸庞从年轻变憔悴，头发从乌丝变白发，动作从迅捷变缓慢，小霞觉得时间过得好快，不知不觉自己已经嫁过来三年了，这三年也是小霞悉心照顾祖母的三年。八十六岁的祖母因为年纪越来越大，身体越来越差，病在床上不能起来了。吃饭时，会弄脏衣服，鼻涕口水，全然不能自理了。每天早上起床，小霞用毛巾先给老人洗脸，洗完脸后就用汤匙一口一口喂祖母吃饭。祖母常常就拉在了床单上，整个屋子里都是一股臭味，小霞就把床单换下来帮祖母洗。村里的李大娘看见了，就说："王家那孙媳妇好呀，王婆婆那床单脏的呀我看见了都恶心，可是小霞这闺女不嫌脏呀，还亲自帮她洗，现在哪还有这样的年轻人，亲妈亲爸不管的都多的是，老人有福呀。"小霞每次都笑着说："爱情可以重新再找寻，但父母一生却只有一个，人生也只有一次，'树欲静而风不止，子欲孝而亲不在'，家有老是个宝，要珍惜。再说我也会老的，若为人子女不懂得如何体谅老人，那他们便只能于痛苦中度过余生，黑暗中伤心逝去……"

祖母离开了这个世界，走的时候表情很安详，临走时她还紧紧拉着小霞的手说："没想到我一个老太婆临走，还享了孙媳妇的福，这一辈子值了。"

送走了祖母，婆婆伤心地哭了好几天。跟婆婆吵了半辈子，争了半辈子，可是这人真走了心里还挺难过，虽说平时磕磕碰碰，婆媳关系不怎么好，可毕竟在一起生活了那么久，有了亲情，这人真走了，是谁都不会觉得好受。也许是小霞的这份孝心和大度感化了自己，小霞的婆婆想：自己的婆婆纵有不对，也还是自己的婆婆呀。如今离去，无限悔意涌上心头，没事就去祖母的屋里看看，睹物思人。

晚上要休息了，小霞的老公就问妻子："你咋对我妈和祖母这么好呢？老婆，辛苦你了。"小霞拉着老公的手，微笑着说："因为她们给了我一个好老公，这就是最大的付出。有时，我就想：我希望我的子女以后如何对我呢？那现在，我又该怎么对待我自己的父母？我相信，人一辈一辈是环环相扣的，现在，你如何对待你的父母，以后，你的子女也将如何待你。人世间最难报的就是父母亲人恩，我们能替老人做的也就这些了。"

以后的日子，婆婆和小霞相处得更加和睦了，她们互敬互爱，成了村里人人羡慕的一对好婆媳。谁说婆媳是冤家？婆婆和小霞就处得像亲母女一样。有人为省钱使老人变劳力；有人为分房分田，打老人、骂老人，一失足成千古恨。站在人生的十字路口，不要走错了方向啊！田地、房屋、金钱，生不带来，死不带去，要那么多干吗呢？到头来，反而一无所有。这辈子，我们都赤裸裸而来，父母养育长大，人生旅途中也全是老人在指引。如果你是雄鹰，就选择敬老；如果你是沙鸥，就懂得赡养；如果你是麻雀，就会自觉服侍长辈；如果你是一个人，就更应该懂得尊敬长辈，孝敬老人。

玫瑰心语

如果孝敬变为传统，世界将更美好。你会发现，自己很美，老人很美；你会知道，孝敬是满足，付出是快乐。捧上如雪的孝心，收获的是无尽的财富，这份清纯之心千金散尽也买不来。愿天下儿女能以反哺之心奉敬父母，以感恩之心孝顺父母！也向天下父母致敬，但愿天下父母都有一个好的归宿，幸福的晚年。

傲慢的官太太

　　吴艳青觉得自己这辈子做得最对的事，就是嫁对了人，嫁给了刘国江。吴艳青和刘国江结合是通过自己的亲戚介绍的，刘国江高中毕业，可是家里穷呀，母亲去世了，只留下父亲一个人照顾国江的生活。吴艳青虽文化程度不高，可是会干农活呀，刘国江的日子能过得好起来，吴艳青是功不可没，家里的活她没少干。

　　吴艳青是个很热情的人，喜欢跟大家在一起说说话，所以和村里的人相处得很好。一次偶然的机遇，刘国江进了学校，在村里做了一名代理教师，教了十年的书，后来刘国江转正了。刘国江经常和书本打交道，又爱好学习，所以进步很快。老校长看他年轻能干，在自己将要退休的时候，把国江推荐给领导，国江顺利地进了教育局上班，吴艳青还留在农村照顾孩子。自从国江做了教育局里的股长，吴艳青就觉得自己在村子里高了半截，很少和村里的那些人再说话了。经过几年的努力，国江当上了职教股的股长，后来又转成人事股的股长。刘国江的仕途之路走得很顺，没几年就升为教育局副局长。

国江的交际群完全发生了变化，再也不是那些普通的教师朋友，而多是各局里的人和上层的领导。村里人说："还是艳青的眼里有水，现在有靠山了，可比旁人高了一截。"听大家背后这么议论，艳青不仅不恼怒而且心里还增添了几分喜悦。她也真觉得自己跟大家不一样了。自从刘国江当了人事股股长，艳青跟着老公住进了城里。

　　村里有些跟艳青原来关系特别好的人，想着艳青去了这么久了，也该去看望看望，就拿着自家的土特产去了。艳青在小区门口就看见了宋大叔和二婶子，她连忙躲了起来。宋大叔穿着一身老土的中山服，二婶子穿着一件红羊毛衫，估计是今天为了来这儿新买的吧，两个人站在一起很显眼的搭配。一袋子红薯和一大包玉米糁放在脚边，那黄澄澄的糁子配上长长的红薯让人嗅到冬日热炕小桌上那香香的味道，他们只等着艳青回来。其实艳青早看见了，可是艳青不想理：这些乡下人说不定又有什么事麻烦我们呢。她就装着没看见。国江下班时间也快到了，艳青去街上转了一圈，就着急进家。刚进家门，就听见有人敲门了，打开一看，是宋大叔和二婶子，原来他们就没离开，一直在等着。艳青让他们进来坐下，二婶子笑呵呵地说："艳青你现在是过得老好了，你看这电视多大呀。我跟你宋大叔早来了，这不是等了半天没见你来，才坐到对面台子那儿等着。"艳青盯着二婶子迟疑了半天，说："那你们今天有啥事呀？"宋大叔大声说："没啥事呀，就是这新玉米糁子下来了，给你拿点。"艳青说："你看这玉米糁也送了，谢谢了啊，以后就别送了，城里不缺这，想吃啥都能买着，再说这国江不是也当官了么，还会缺这。"听艳青这么说，二婶子有些不高兴了，拉着宋大叔就走了："艳青，你忙，我们走了。"他们走后，慢慢地走在马路上，二婶子对宋大叔说："你咋这么老实呢，你没听艳青那意思，人家国江现在当官了，是不想让我们这样的乡下人再来了。"宋大叔一听这，就急了："这才当了几天官太太呀，就牛起来了？我们这好心看看她，这还不落好了。城里人怎么了，没有农村人他城里人吃啥喝啥？当官怎么了，忘本了，以后请我，我还不想来呢。"气呼呼地背着手快步走了，二婶子追也追不上。

　　吴艳青越来越觉得自己和别人不一样了，这做了官太太感觉就是好。国江他们单位的人是城里人咋了，见了我还不是老远就得笑嘻嘻地打招呼。他们是越热情，艳青是越绷起脸来，端起了局长夫人的架子，可是心里偷着乐呢。自从进了城，国江通过关系把艳青也安排到一个工作轻松的单位。艳青以前上班早去晚归的，自从国江当了副局长，艳青就故意迟到早退的，领导碍于面子不说什么，可是底下的同志很有怨气，只是不愿意明说出来，谁叫人家是局长夫人呢，估计这也是暂时的，以后国江升了正局，人家别说迟到了，恐怕连班都不用上了呢。

一年后，刘国江被提为正局长，吴艳青果真把那个工作辞去了。家里拜访的人越来越多，从此她再也不喜欢跟那些普通的人交往了，就整天和那些官太太坐在一起，比比老公，比比吃穿。

一切都在变化，吴艳青看着老公的官是越当越大，就越来越傲慢，她觉得自己就是个城里人了，却没有意识到：她自己与国江的差距也越来越大，几乎已经没有什么共同语言了。可是她却没有发现这个最大的变化。

自从国江当了正局长，小区里再也没人去他们家了。国江整天忙于应酬和工作，不能按时回家，吴艳青闲得无聊就去打打牌，逛逛大商场。

那些品牌衣服多了，吴艳青穿在身上就觉得自己高贵多了。走在商场，艳青就昂首挺胸，自信满满地走在大道中间。直到有一天，她听财政局的一个官太太哭哭啼啼地说："我那没良心的，这一升官就看不上我了，想跟我离婚找个年轻的，我这么多年的苦算是白下了。"吴艳青突然觉得心里有些不安，想想自从孩子去外地上学之后，他们夫妻确实很少在一起说话、吃饭、看电视了。她下意识里感觉到了一种危机，这种危机让她自己内心恐慌。也许是自己真的老了，她开始绣了眉毛、整天化妆来掩饰内心的恐慌，没事就跑去护肤中心护理。

吴艳青改变了很多，她以为国江会为自己的变化而大加赞赏。可是国江忙来忙去，回来吃个饭就走了，根本没有注意到自己的变化。她开始怕了，可是只要在外面，她还是会摆出一副高高在上的傲慢，用这份官太太的荣光来掩饰内心的不悦。她开始猜忌刘国江，隔三差五找他的麻烦，甚至怀疑国江在外面有了女人。国江的事业如日中天，不愿意因吴艳青的无理取闹而影响了仕途，就答应了艳青每天无论多忙都按时回家吃饭、不管回来多晚都必须回来过夜的要求。

刘国江重要的会议越来越多，偶尔会不回家吃饭，吴艳青就以国江违反此约定为由，在家里吵闹。有一次，刘国江去外地出差遇见了高中同学书涵，酒逢知己千杯少，开完会两个老同学在一起吃了饭。因为一起开会，才知道老同学要从外地调回来了，随后就会在县委监察室上班。因为同路，刘国江送书涵回了单位，不知道这件事怎么就让吴艳青知道了，整天揪着不放。刘国江本来工作就忙，压力很大，吴艳青的吵闹传出去让自己的颜面尽失。他告诉吴艳青："我们好好过，但是你如果再无中生有，我就是不当这个局长，也必须离婚。"吴艳青害怕了，自己没有知识没有技能，自己的所有寄托就是这座大房子和这个局长太太的名衔，没了这些，自己还有什么？吴艳青为了挽留婚姻不再说什么，可是心里却充满了哀怨。这种哀怨不能轻易对别人说，包括刘国江，只能压在自己心里。

世界缤纷多变，男人容易好色，所以女人就要出色。其实世界上最好的爱情保鲜方式就是不断进步，让自己成为一个更好和更值得爱的人。吴艳青觉得是刘国江变了，可是她却没有意识到：是自己一直没有跟上国江变化的步伐。

她想找以前那些好友说说话，可那些人早就不和自己交往了；为了不让众人看出自己内心的空虚和伤感，她在外边更加傲慢了。

玫瑰心语

夫妻间的距离越来越远，我们常常责怪另一方变化得太快，却不明白是自己跟不上了时代变化的步伐。缩小这种差距不是只改变外表就够了，而是需要充实自己的内心，提高自己的实力。一个人不能只站在另一方荣誉的肩膀上去炫耀，那些荣耀有自己的一份功劳，但不是自己傲慢的资本。一个有足够阅历的女人，懂得保持距离，尊重对方，尤其是留给对方个人的空间，也还给自己独立。比翼齐飞，他才会还你浓浓爱意。

祸　端

日常生活中，一个人不经意的行为或者一个微不足道的细节，足以影响一件大事。这种影响力是隐性的，但却可能给别人造成致命的伤害。

罗亚梅实在气得没有办法，一个人拿着个笤帚坐在台阶上发呆。这儿子周大力都上中学了，可就是不让自己省心，不是去网吧上网就是旷课找不见人，全不把心思放到学习上来。老公在外地上班管不上家，这两个孩子就指着自己管了。小女儿思思虽说只有八岁，可是聪明乖巧，学习也认真，全不用自己操心。同样都是自己养的，两个孩子咋就差别这么大呢？

看着儿子越来越大，自己也闲得无事，就这一个孩子也挺孤单的，再说以后这孩子大了，没个兄弟姐妹，长大若真碰着个难事也没人商量，就想着再生一个孩子。可是去医院检查的时候，医生告诉亚梅，你生第一个孩子时是难产，又是剖腹的，再生孩子是会有生命危险的。亚梅和老公商量了许久，最后拿定了一个主意，就抱养了一个女孩。

这"三个女人一台戏"，女人在一起总喜欢唠个家长里短。看见周大力从家里跑了出来，那些女人就说："看看，这个孩子又被他妈打了，不然咋跑这么急呢？"这个女人堆里，有个叫俊能的女人，因为和罗亚梅有过节，平时又喜欢东家长西家短地说个闲话。她追上了周大力，说："咋的，又被你妈打了啊，这年头呀，这抱养的就是不如亲生的呀。"周大力着急地问："大婶，你这啥意思，我是抱养的吗？"俊能知道自己说得过了，就赶紧打了一下自己的嘴："我可啥都没说，看这孩子可怜的，以后没事到大婶家，跟我们家小明一块儿玩。"周大力开始有了心事，他返回了家，他想问问母亲俊能婶说的是不是真的，可是看见母亲还在气头上，就没敢问，还是以后找机会再说吧。

过了几天，大力一家人在一起吃饭。饭桌上，思思说："妈妈，我想去学跳舞。"妈妈笑着说："行，思思就是比哥哥强，妈明天就送你去。"听妈妈这么说，周大力越想越觉得自己是抱养的孩子，否则妈妈怎么这么瞧不上自己。他看见妹妹夹了一块鱼，就故意去跟妹妹抢，两双筷子碰到了一起，鱼掉在了地上，妹妹哭了。妈妈说："大力，你怎么不让着妹妹点儿。""好，好，她什么都好，我什么都不好，不就她是亲生的，我是抱养的嘛。"说完，摔下筷子，气呼呼地跑出了家。罗亚梅气得吃不下饭了："这孩子胡说啥，莫名其妙，咋越来越不懂事了。"虽说生气，可还得管呀，亚梅跑出去找大力了。

大力再次回来，是五天后。他回到家，趁着亚梅睡觉，就拿着一把弹簧刀轻轻走向了自己的妈妈。这些举动被从外面进来的思思看见了，她大叫："哥哥，你拿刀干什么呀？"亚梅听到思思的喊声惊醒了："大力，你这是做什么呀？妈都是为你好呀，锅里还给你留着饭呢。"大力虽然收回了手里的刀，但是气呼呼地说："你根本就不稀罕我，我是你抱来的。"亚梅惊愕地说："这孩子，你咋又胡说，我十月怀胎生的你，我自己还不知道了？"大力说："我没胡说，我不是你亲生的，俊能婶都告诉我了。"听大力这么说，罗亚梅全明白了。她从抽屉里拿出了大力的出生证明，医院检查的一些票据，还有难产的病危通知单。周大力看到这些，知道是自己错怪了妈妈，后悔不已，跪在了妈妈罗亚梅面前。罗亚梅抚摸着孩子的头："别说你还是妈妈的亲生孩子，就算你是抱养的，难道妈妈就不爱你了吗？孩子呀！"

一句闲话险些酿成了大祸，俊能听邻居说因为自己一句话，罗亚梅家差点闹出人命，她吓得几天都不敢出门，她不停地打着自己的嘴，发誓这辈子再也不乱说话了。

　　说者无意，听者有心，生活的经验告诉我们：有时话多，会惹出好多麻烦；话少，能减少好多麻烦；沉默，可避免好多麻烦；微笑，能解决好多麻烦。其实，很多时候，语言并非人与人沟通的唯一或最好的方式。有时一个会意的眼神，一个灿烂的微笑，一个谦卑的姿态，一个开怀的拥抱，一个善意的行动，胜过千言万语。

只要你过得比我好

在部队里，青春是意志的血滴和拼搏的汗水酿成的琼浆，有美味也包含忧伤。

军队中的文化生活比较单调，韩雪觉得这种生活有些枯燥。韩雪能够当上女兵，完全是因为她父亲的心愿。父亲一辈子当兵，转业之后在市武装部工作。父亲很喜欢军旅生活，是为了多病的母亲才无奈转业回来，父亲对部队很有感情，所以就希望女儿能做个优秀的女兵。韩雪本身就漂亮，穿上军装后更是英姿飒爽。虽然韩雪体质很好，可是一个女孩子离开父母的日子，面临一个新的环境，还是会有很多的不适应。一次偶然散步时，韩雪认识了男兵江民宇。江民宇不仅长得帅气，而且特别会说话，很讨女孩子喜欢。江民宇也一眼就喜欢上了韩雪，不是江民宇年轻气盛，一时冲动，而是因为韩雪跟他是同一个省去的，而且他和韩雪曾在一起上过中学。出门在外见到老乡本来就亲切，再说韩雪还是这么漂亮的一个女校友，江民宇主动上前跟韩雪打招呼。他认出了韩雪，可是韩雪认不出他。

一段寒暄后，江民宇的俏皮话说得韩雪捧腹大笑。

一来一往，韩雪和江民宇恋爱了。

新兵训练结束后，连长把手机还给了大家。韩雪和江民宇经常通话，每次都谈得很投机，总舍不得挂掉电话。他们还会偷偷地跑出去约会，总喜欢在一起唱军歌。每次唱起军歌来，都会觉得所有的烦恼随风而逝。没人的时候，韩雪还会一个人为江民宇跳舞。在悠扬的旋律中，韩雪穿着飘逸的粉红色裙子翩翩起舞，和着灵动的节拍，踏着轻盈的舞步，时动、时静……在时明时暗的灯光照衬下，她曼妙的身姿尽显无尽柔美，江民宇深深爱上了这个女人。几年里，每天训练、站岗、执勤，过着紧张而又枯燥的生活，习惯了听军号起床、就寝，直线加方块式的日子。这一切已经融入血脉，现在要离开部队了，大家都有些舍不得，除了对部队的留恋，江民宇更加留恋的是韩雪。可是家里一直都在催着自己回去，好尽快安排工作。韩雪的父亲把韩雪安排到了市广电局上班，韩雪长得漂亮，又有从部队锻炼出来的气质，很招人喜欢，有一个富家子弟宋志喜欢上了韩雪。宋志的父亲是爸爸的老战友，回到家乡做生意发了财，母亲是个公务员。韩雪父母认为这个宋志是女儿最好的选择了。宋志每天都会给韩雪送花来，单位的同事们投来羡慕的眼光。韩雪虽然心里还惦记着江民宇，可是自从分开后就和江民宇断了联系，现在工作都几年了，世事变化，大家看问题也都不一样了。韩雪就想着江民宇肯定已经结婚了，自己就算还惦记也是枉然。考虑了一段时间，韩雪决定忘掉过去，她和宋志结婚了，婚礼办得特别隆重。江民宇回到自己家乡后，在县城里的一家国有企业上了班。企业运营得很好，江民宇很快被提拔为领导，这么些年一直在忙于自己的工作。为了结婚的事，家里人一直催着民宇，江民宇心里还想着韩雪，就请战友帮忙打听韩雪的消息，可这几年下来，大家都在忙自己的事，一直没打听到什么，江民宇也就死心了。在别人的介绍下，江民宇和城建局的一个叫翠屏的女人结婚了，生了一个胖嘟嘟的儿子。

韩雪结婚后，生了一个女儿。因为韩雪在广电局新闻部上班，整天在外边跑，从早到晚在外，宋家人很不高兴，想要给韩雪换个单位，韩雪又不乐意。韩雪接触的成功男士较多，慢慢地流言四起，宋家是要面子的人，宋志和韩雪还是离婚了，韩雪一个人带着女儿生活。

一眨眼的工夫，离开部队已经十年多了。有一天，江民宇去见一些生意上的朋友，有幸遇见了自己的一个老战友。这个老战友建议趁八一节搞个战友聚会，大家也好好聚一聚。也是，这么多年，大家都忙自己的工作，隔了这么久，都该成家立业了吧，也该聚一聚了。

第二年的八一建军节，他们组织了一个战友聚会，江民宇向来潇洒又喜欢热闹，所以也去了。大家久别重逢，吃着喝着特别高兴，虽然有些战友因种种原因还没有联系到，多数人能够在一起大家就已经很兴奋了。酒席上大家谈天说地，一个老战友，当年总喜欢跟在江民宇屁股后面的一个哥们儿说："民宇呀，你说你多风流呀，你说当年你跟韩雪那个亲热劲呀，咋就没走到一块儿呢？她现在可厉害了，市广电局上班呢，你看，号码都在我手机存着呢。"说着说着就从凳子上出溜下去了，看来这家伙是喝醉了，大家把他扶到客房去休息。手机落在了桌子上，江民宇抢着要给他送过去，想到战友刚才说的话，他不由自主地把韩雪的号码转到了自己手机上。

一次聚会彻底扰乱了江民宇的生活。

回到家里，江民宇常常回忆起过去和韩雪在一起的情景，也许得不到的永远是好的。江民宇沉默了许久，最后还是没能压抑住内心的冲动和好奇，每按着那些数字键，内心都慌慌的，他拨通了电话。韩雪的声音比过去沉重了许多，但突然听到民宇的声音，她那声音里多了一份惊喜。此后，他们还会时不时地打个电话，江民宇得知韩雪一年前已经离婚了。终有一天，他们还是相约见面了，久别重逢的惊喜，重温旧梦的热情，那一夜，江民宇没有回家。虽然相距很远，可他们还是控制不了自己愈演愈烈的感情，偶尔在市里的酒店约会。女人的感觉总是最灵敏的，江民宇的异常让他的妻子翠屏不能容忍，翠屏发火了。看翠屏已经知道了真相，江民宇就不再隐瞒，对翠屏说："我们离婚吧，财产都归你。"翠屏一气之下说："好，既然你们那么相爱，都忘不了彼此，只要你能过得好，那我就成全你们。但我要你记住，这么长时间过去了，一切都在变，你能保证那个女人对你还是真心的吗？江民宇，我会一直等到你后悔的。"江民宇离婚了，和韩雪走在了一起。江民宇没有要财产，是因为自己的工作待遇好，工资挺高。江民宇带着儿子和韩雪生活在了一起，当然还有韩雪的女儿。不久，韩雪就怀孕了，他们又生了一个儿子，三个孩子的开支，家庭的负担越来越重，两个大孩子还经常在一起吵架。更让人想不到的是，江民宇所在的企业也变得不景气，企业要改制了，民宇就做不成领导了，挣的钱也越来越少。家庭矛盾越来越多，几个孩子争争吵吵，一向在外跑的韩雪根本不能忍受这样琐碎的家庭生活。

结婚七年后，他们离婚了，民宇带着两个儿子回来了，他不知道该怎样面对翠屏。

韩雪也不知道自己以后的路该怎么走，来去匆匆，如今又回归到了原点。

玫瑰心语

失去了初恋的爱情，我们还会去爱，但是，同样的天空，没有初恋时的蔚蓝，同样的花朵，没有初恋时的鲜艳，也许更有力的怀抱，却也没有初恋时的温暖。暧昧永远都没有亲情重要，请记得，如果一个人真的爱你，是不会和你去暧昧的。如果你也爱一个人，请不要去和别人暧昧。暧昧只能填补内心一时的空虚，长久不了，有百害而无一利。一份美好的爱情，容不下一丁点儿的欺骗和虚伪，更容不下的是暧昧。过去的就过去了，现实就是现实，拥有了爱情和亲情，就别去碰暧昧。

信耶稣的女人

"整天杵在那儿，啥都不会做。"婆婆又在训斥眼前这个女人夏花，夏花端端地杵在旁边不说话。夏花认识不了几个字，长得还可以，就是门牙露出来不好看。夏花的老公离过婚，当时家里又穷，所以就娶了夏花，匆匆忙忙结了婚。自成亲进门那天她就不招婆婆待见，因为婆婆打心眼儿里就不喜欢这个媳妇。只要婆婆说干啥，夏花就得放下手里的活赶紧去做；老公国庆叫干啥，她也听话地赶紧去做。以前吃大锅饭，家里过得不宽裕。

十几年过去了，老公国庆买了一辆大吊车、一辆大货车，到处都在建房，这些车就派上了用场，他们的日子红火了起来。

这日子越过越红火，可婆婆的性情却一点儿都没变。这也怨不得婆婆，婆婆本是大家闺秀，打理一个大家是理得井井有条。看到这个儿媳妇，无论是相貌还是本事都不能拔尖，心里就有个坎过不去。

国庆长得一表人才，这几年又凭本事混得人模人样。对这个媳妇也不满意，可是嘴上从没提过。不管咋样，总是两个孩子的妈了，就这样心平气和地过着吧。

夏花穿着一件深色格子外套，包裹着一条深黄围巾，冒着大雪去学校看望儿子，儿子正和另一个孩子争吵。夏花急了，扑上去一把掀开了那个孩子，还絮絮叨叨地吵着。母亲这一举动彻底惹怒了儿子，儿子不由分说，把母亲一直推到校门口："求求你回去，行吗?"孩子大了，有了自己的心思，夏花这一掺和让儿子觉得在学校很没面子。回到家里，儿子一直对夏花不冷不热。看到儿子学习退步了，国庆回来很生气："家里啥都不让你干，让你管个孩子你还把孩子管成这样。"转身离开了家。

夏花是个农村妇女，也是一根筋的人。看着家里人对自己的态度，心里很不愉快。愈来愈不管孩子，孩子也摸着了大人的心理，说是亲人都在管，实际上都是挂个名，于是孩子也学会了钻空子捣乱。整天不是上网就是打架，不是别的孩子家长找上门来，就是老师叫家长处理事件。婆婆和老公国庆愈来愈恼，婆婆一把鼻涕一把泪地说着："哎，你说我这四个儿媳妇，人家三个都能把自己的孩子管得好好的，就这个夏花管不了自己的孩子，唉，我老太婆这心要操到什么时候呀?"

夏花听了，内心很不是滋味，就决定试着管管孩子。可是要孩子的作业，孩子不做也不给;要收孩子的手机，孩子却把夏花掀倒在床上，硬是抢了去。孩子的坏习惯，是养成得快改掉得难，现在夏花说什么孩子都不听，实在管不住了，她就给孩子些钱，孩子为了从妈妈那儿拿到钱就能听话好几天。可夏花只图一时高兴，根本就不懂自己这种做法只会让孩子更加放纵，以致放纵到日后经常旷课，老公也因为孩子的事总发火。一发火，夏花就很气恼和伤心。虽表面上不敢说，但内心已经彻底放弃了孩子，她再也不想管这个孩子了。

一家人对夏花也更加冷漠，全家也都顺其自然，再也不将教育孩子的希望寄托于夏花身上了。

为了生计，国庆又去外地赚钱了。

孩子也就更加放松自己了，违反校规的事是常有发生。

夏花没了精神寄托，什么也不管了，只要有空就去基督教信耶稣。

她只相信玛利亚神可以帮自己改变一切，再也不过问孩子的事了。她相信只要她忠诚于耶稣主，她的婚姻会幸福，她的孩子也会自己变好的。她把自己家里一些吃的用的，都拿到教堂里去参加活动，去教堂成了她必修的全部课程，每天晚上她都会在祈祷中入睡。

孩子的未来谁也不知道，但我们的内心还是希望孩子能变好，我们更希望夏花能够变得理智开心幸福。

玫瑰心语

每个人都渴望幸福，当好多女人感觉到自己的希望遥不可及时就把希望一意孤行地寄托于自认为对的一些思想，从而失去敏锐的判断力。我们不反对宗教信仰，也不反对大家有美好的理想。可是当我们抛弃现实把一切都寄托于某种思想，而让自己彻底倦怠，不靠自身努力去改变时，理想就将不再是理想，生活就失去了奋斗的意义。

亲情单选题

在每对男女组成一个幸福的家庭时，无不渴望着白头偕老，相伴一生的。但是，随着新婚激情的慢慢退却，浪漫怡然的婚姻生活也逐渐向平凡琐碎过渡。俗话说，经营婚姻也是一门难做的学问。所以，婚姻中的女人更要学会用自己的聪明头脑来约束自己。

春蕾是爸爸妈妈的心肝宝贝，从小在城里长大，可她偏偏看上了老家在农村的小伙子志恒。志恒的爸爸很早意外去世了，志恒就是妈妈的心肝宝贝，母亲一人拉扯志恒和妹妹长大，为供志恒上大学，妹妹也很早就停学打工了，全家人为了志恒，从来都是无怨无悔。

志恒找了个城里媳妇，妈妈是又喜又忧。喜的是志恒以后可以待在城里发展，忧的是城里媳妇太娇气，以后自己家的日子可就难过了。结婚的时候，婆婆要儿子回乡下办喜事，春蕾却不同意，非要在城里办喜宴。志恒是个性格温和的人，妈妈跟他说的时候他说行，女朋友给他说的时候他也说行，结果婚期马上到了，还是没有定下来。春蕾说："我们的亲朋都在这边，必须在这边办。"志恒的妈妈说："这么多年不是乡亲们帮衬着能有今天吗？现在光耀门楣了，结婚这么大的事一定要在乡下办。"婚期马上就到跟前了，最后还是春蕾的爸爸想了一个折中的办法。在城里宴请这边的主要宾客，乡下的亲朋就在乡下宴请了，最主要的直系亲属两边的婚宴都可以参加。各让一步之后，总算办完了婚事。

结婚后，志恒和春蕾一直住在娘家，这让婆婆心里很不舒服，她一定要争这口气，帮儿子在城里买套房子。村里征地，婆婆想来想去，一想到亲家理直气壮的样子，她犹豫再三还是把家里的地都卖了，带着这几年攒下来的钱来到了城里。她把所有的钱都给了儿子，她告诉儿子："你自己买套房吧，别老住在媳妇家，让别人瞧不起咱家。"看到婆婆把所有的钱都拿出来了，春蕾很是高兴，就用这些钱付了首付。

可是婆婆自从送钱来就一直没回去，春蕾就对志恒说："你有时间去问问，妈什么时候回去呀？""好好的，问这个干什么？妈把家里的田地都卖了，还回去干什么？现在房子挺大的，又不是住不下。""什么呀，原来卖地就是想赖在这不走呀！"春蕾大声地说。志恒赶紧捂住了春蕾的嘴："说什么呢，什么叫赖呀，这本来就是她的家。不说了，快睡吧，明天还要上班呢。"春蕾转过身去生气，可志恒呼呼地就睡着了。春蕾翻来覆去怎么都睡不着，春蕾从来就没想过要跟婆婆生活在一块儿，本来还以为婆婆好心呢，现在才明白原来婆婆这样做是有目的的呀。春蕾一肚子的不高兴：这才结婚几天呀，志恒就站在他妈那边了，这以后生活在一块儿，还指不定自己受什么委屈呢！

从此，她的心里就有了一个结。

婆婆从不刷牙，只是早上漱漱口，春蕾一大早起来，就看见洗手间面盆里溅的都是水沫。仔细一看，婆婆竟然还用了自己的毛巾擦脸，春蕾一脸的不高兴，把梳子摔来摔去。婆婆做好了饭，叫大家过去一起吃饭，志恒都开始吃了，春蕾还是迟迟不肯动筷子。婆婆说："这是我从乡下带来的腌白菜，可好吃了。"春蕾说："这种腌制品吃了会生病的，我还要上班呢，不吃了。"转身就走了。婆婆一声不吭，把菜端回了厨房。志恒看着妈妈不高兴，边拿公文包边对妈妈说："您别生气了，春蕾就那脾气，我先上班去了。"这事过去了，谁也都没再提起。晚上回来，春蕾说："你明天给你妈买条毛巾吧，别整天所有人都混在一块儿用。""什么你妈你妈的，是咱妈。好，我明天多买几条毛巾去，老婆，别再生气了。"十几天过去了，春蕾一直借故说加班，不在家里吃饭，婆婆心里很不高兴。

那天，婆婆闲着没事，就把春蕾的床单洗了，看着床单角落扔了一件内衣，也都扔进洗衣机一块儿洗了。她原以为是春蕾工作太忙了顾不上洗，总归是自己的儿媳吧，自己能帮点就帮点，就帮忙洗了几件衣服。春蕾下班回家想要洗澡，找来找去，找不见自己的那件内衣，抬头一看，才发现在阳台上挂着。春蕾一下子就火了，拿着那件内衣，穿着睡衣就进了婆婆的屋里："妈，这是你洗的?"婆婆高兴地说："是呀。"她本以为儿媳会很高兴，没想到春蕾气呼呼地说："谁让你洗的，我这内衣很贵的，要用专用洗衣液手洗的，你用洗衣机混洗，你看看，都有些染色了。"婆婆也生气了："不就是件内衣嘛，我明天赔给你。""我不用你赔，你别待在这儿掺和就行。"春蕾说完，甩了门就出去了。婆婆一个人哭了起来，边哭边收拾自己的东西。第二天，妈妈执意要离开，志恒不同意，说："妈，您别生气呀，春蕾心直口快，您就别放在心上了，不就件内衣嘛，我明天给她重买一件就行了。"硬是把母亲拉了回去。

自从这件事后，好长一段时间婆媳再也没吵过了，只是婆婆和春蕾也不再说什么话了。有一天，春蕾就对志恒说："如果有一天我和你妈都掉水里了，你会先救谁?"志恒笑笑说："你们女人呀，怎么就喜欢问这些无聊的问题，这种事不会发生的。"春蕾就是不肯罢休，摇着志恒的胳膊说："你说呀，你说呀。"志恒无奈地说："我跳下去，把你们俩都救上来，淹死我算了。"春蕾笑笑，打着志恒："叫你胡说，还是离你妈心近呀。"志恒说："别打了，我把我妈先救上来，然后救你上来，给你慢慢做人工呼吸呀。"说完，就抱着春蕾亲吻起来。妈妈听着孩子们亲热的话语，就决定找个借口回老家去。只要孩子们相爱，自己受点儿委屈算什么，她不想再打扰孩子的生活了，准备悄悄离开。

第二天，妈妈告诉志恒："我在城里待不惯，要回乡下住些日子。"志恒看妈妈执意要回去，就答应了，可是自己刚好要出差，就让春蕾送妈妈到火车站。春蕾看到婆婆要回去了，心里倒有点儿过意不去，决定还是送婆婆一

程。可是公司突然要材料，要她送到总部去，又加上一路堵车，等她赶回来时，婆婆已经一个人离开了。

婆婆回去之后，突发心脏病，不久就离开了人世。志恒一直觉得妈妈在城里还没享一天福就离开了，回去了还没人送妈妈，一定让妈妈伤透了心，她才这么快离开了这个世界。以后的日子里两人一吵架就会提及此事，志恒总是很生气地说："你对我妈好点儿，我妈能这么快走吗？"春蕾看到志恒把所有过错，怪怨到自己身上，就急了："你妈是好，好得死了也不肯放过我，还让儿子整天折磨我。"两人都在气头上，说话不过脑门越吵越激烈。

一个月后，他们分手了。

婆媳矛盾，本来就是一个尖锐的话题。亲情不是单选题，它是包容、理解和爱。在婆媳中间，男人起着很重要的调和作用。如果丈夫、妻子、婆婆都能多付出一点儿爱，就会化解很多的矛盾；多一点儿宽容和体谅，就会成为最亲切的一家人。

玫瑰心语

聪明的女人不要一次又一次地在自己的男人面前数落婆婆的不是。也许在你心目中，这个男人现在是属于你的，他的一切都是该和你紧密相连的。但是，每个男人的心中对一把屎一把尿把自己拉扯大的妈妈，绝对是怀着深深的感情的。当一个对婆婆心怀不满的女人一而再、再而三地在自己男人那里嘀咕婆婆的不是，甚至激动处还不时蹦出一句谩骂时，男人心中实际是无比痛苦的。也许出于内心对你的那份爱，那份情，最初几次他会沉默不作声。然而，当女人这种行为一次又一次触犯他的忍耐底线时，他就会如火山一样彻底爆发了。所以爱一个男人首先就要学会爱他的家人，爱那个生他养他的妈妈。

就这样陪你到老

古往今来，男人与女人间就有着生生不息的话题。

当走进婚姻的那一刻，我们都会在教堂里庄严地宣誓：一辈子，无论生老病死都愿意相依相守，不离不弃。可是现实生活中又有几人能坚守这一生的承诺，白小蕊和爱人夏阳却用行动履行了自己的诺言。

白小蕊和丈夫夏阳像其他夫妻一样，过着平凡而甜蜜的小日子。有一天，夏阳的好友周龙跑来和夏阳商量：你看，这年轻人都去南方打工了，每年可以挣五六万呢，这两个人待在家里还不是都闲着，不如咱也出去打工吧。小蕊和夏阳也觉得说得在理，就该趁着年轻多赚点儿钱，只是家里暂时还离不开人，就让夏阳先去，小蕊随后再去了。

夏阳、周龙及周龙的妻子，三人一起踏上了南去的列车……

夏阳很节省，半年下来也挣了不少钱，都寄了回来。那天，他兴致勃勃地打电话过来，高兴地告诉小蕊："虽然辛苦些，可是工资还是挺高的，等我攒很多钱了，也会让你住上大房子，戴上大戒指的。"小蕊总是笑着说："我不要什么大房子，我只要我们夫妻平平安安、恩恩爱爱就好。"两个人打了好长时间的电话，直到慢慢入睡。

第二天下午，厂子里就打电话过来：夏阳和周龙在工地里出事了，让家属尽快赶过去。小蕊和周龙的父母都赶到了那里的医院。小蕊看到夏阳躺在病床上，眼泪唰地就下来了。工地负责人和医院告诉家属：他们不小心从钢架上摔了下来，当时两人都晕过去了。夫妻本是同林鸟，大难来临各自飞，看那情况，周龙的妻子就拿了周龙所有的钱跑了。经过救治：周龙只是腿部骨折，脸上擦伤，恢复半年会好的。而夏阳脑部出血，还伤及了脊椎和骨盆，比较严重，可能要在轮椅上度过余生了。在医院治疗期间，医生劝小蕊放弃吧，可是小蕊坚决不同意，小蕊不仅细心照顾着夏阳，每天还坚持给沉睡的夏阳讲述他们在一起的点点滴滴。每次她都会握紧夏阳的手说："你不是要给我买大房子、大戒指嘛，你起来呀！"每每说到此处，医院的护士都会跟着落泪。天若有情天亦老，真情感动天地，有一天，夏阳的手指突然动了动，医生激动地说："奇迹呀，他有意识了，会慢慢恢复的。"整个科室都沉浸在喜悦的氛围中，小蕊更是喜出望外。

治疗了两年多，夏阳好多了，大脑很清醒，但还是需要依靠轮椅生活。这里的费用太高了，小蕊承担不起，再说乡下环境也好，她带着夏阳回到了自己的家乡。

小蕊照顾着夏阳的起居，每天为他擦身。扶不动他上床就一点点靠着椅子挪。夏阳生病了，总是怕冷，小蕊就给他搭上炉子，加了一床被子，有时还给他灌上暖水瓶。她怕夏阳闷，还坚持每天给他读报纸，有时间就推着轮椅带夏阳去外边散心。

夏阳看着小蕊这么辛苦，他多少次悄悄落泪，他真想杀了自己。有一次他故意离开轮椅想要摔死自己，结果被小蕊发现了，小蕊生气地说："你这是干什么，你要是死了，我也就不活了。"夏阳无奈地抚摸着小蕊的头发说："我不想拖累你呀，你可以离开我的，你走吧！"小蕊哭着说："你这是什么话，你要坚强地活着，这辈子我都要陪你着你。"说完，两人抱在一起痛哭。

每天小蕊都会做好汤给夏阳喝，夏阳每次都要先喂给小蕊一口自己才喝，爱变成了相濡以沫的亲情。十几年如一日，终于有一天，夏阳有了并发症，离开了这个世界。夏阳虽然不幸遭遇了人生大难，可是他却得到了小蕊最好的照顾和温情。也许夏阳的离去让小蕊的精神一下子垮了，夏阳去世不到百天，小蕊也一病不起。孩子还小，照顾不周，又没什么其他亲人。小蕊一个人忍着病痛的折磨，凄惨地离开了这个世界，她生前没有享受到夏阳所享受的那样幸福的照顾，我们为之惋惜。可是在小蕊心里却一生无悔，因为她履行了自己的诺言：陪最爱的人一起到老。她内心是幸福的，她一定会生活在天堂最美丽的地方。

玫瑰心语

在女人的世界里，男人是一座可以依赖的大山，是一尊可以给予温暖与真爱的守护神，是寒夜中一盏温情荡漾的明灯；更是每每想起，就温暖至极的一个可以铭刻一生的人。最爱的男人倒下了，女人不要怯懦，心就会因爱而强大。面对生死考验，女人，你的名字是坚强。

迷信的折磨

　　娣是那个时期一个标准的童养媳，从小生活在一个有爷爷、奶奶、婆婆、公公和三个男孩子的大家庭里。干农活纳鞋底，里里外外，啥活从小都会干，还得伺候一家老小。在她心中似乎这都是女人应该做的，而且是个童养媳必须做的。传统女人的美就在于此吧，肯认命。

　　今天她又去后山挖药，她想为家里多换点钱，一不小心滑了一跤，那件粗布格子外衣被划破了，胳膊被划了两条口子，鲜血一点一点渗出来，不是很多，但还是有些痛。漫山的树和刺，那些酸枣树上的酸枣倒也结得满满，看起来饱红饱红的。她擦了擦渗出的血，顺手还摘了个酸枣扔进嘴里，安慰自己：没事的，得赶回去喂羊喂牛了。

　　今天太阳太毒太热，娣一口气跑回去，汗水珠子咕噜咕噜往下掉，额前几绺头发也黏到了一块儿。放下笼子，就直奔院里那最大的水缸，舀了一大葫芦瓢水就仰起头灌了下去。在这个家里，唯一疼她的就算奶奶了。奶奶踮着那双小脚一摇一摇过来了："这死娃子别灌太多了，凉水不噎人可呛死人呀!"不说不打紧,一说可是呛住了,喷了奶奶一脸。娣明白,奶奶说话是难听,可却是家里唯一对自己好的人,她笑了,尽管她在家里很少这样放声笑过,除了和家里的那群羊在一起的时候。

做饭、洗衣、拉磨、织布、挑水……日子在日复一日中度过,习惯而平静。

爷爷病了很久后去世了,奶奶太伤心,也离开了这个世界。娣也跟他们家的大儿子正式住一起了,五年过去了,婆婆很生气,因为娣还没有添得一儿半女,婆婆恼了。

一天下午,天麻麻黑,婆婆告诉娣,在后山那个破窑洞里放了一捆新割的草,让娣拿回来。娣去了,婆婆也去了,村里的七姑和八婆也去了。在这个麻麻黑的下午,娣忍着剧痛躺在地上,因为那些长辈告诉娣:"你是石女,为了娃你必须这样。"她们用萝卜戳着娣的下身,她们自认为很有价值的做法。娣揪心得痛,鲜血也在一滴一滴掉着,可是她忍受着。不知道她为什么忍着,是太年轻还是真的相信这种做法有效,不得而知。总之,很多年后,娣生了很多孩子,也没有将这件事告诉别人。我们只知道,娣的孩子个个孝顺,娣做了婆婆之后断然没像她的婆婆那样,而且对媳妇加倍的好。她也许明白了当年的婆婆为什么愚昧了。

山上的树依然很青翠,红酸枣依然满满,但吃起来却有了味道,比当年的甜了很多。

玫瑰心语

迷信一旦迷了就信了,信过了也就变得残忍了。女人还是有点知识好,它会让我们不再无知,不再懦弱,让女人的内心变得强大。

丈母娘当家

"快追我呀！"颜敏喊着，黎明在后面追着，两个人的笑声在空旷的山谷里回荡。他们谈恋爱已经很久了，一有时间他们就喜欢到这幽静的山谷来。

颜敏蹦着跳着回到了家，手里还捧着一把野花，野花上的露水坠在花尖上。刚进门，母亲蒋兰就喊着："快进屋来，妈妈有话对你说，快点儿噢。""什么事呀，这么急，我把花插好就来了。"颜敏说。

颜敏进了屋，妈妈说："刚才你王阿姨来了，给你介绍个对象，做生意的，父亲也是做生意的，母亲是个医生，家里小洋楼，条件可好了，明天去见见吧。""我不去。"颜敏坚定地说。"为什么呀，这男大当婚女大当嫁的，怎么，还惦记着那黎明？我告诉你，我不同意。"

第二天，颜敏害怕母亲再让自己去相亲，就把母亲逼自己相亲的事儿告诉了黎明。黎明的母亲去世早，现在黎明只有个已经出嫁了的姐姐，家里很穷，只有三间砖房，高中毕业后一直在家待着。

为了让蒋兰死心，颜敏决定带黎明回家。黎明穿了一身整洁的衣服，买了很多东西，他希望今天正式见岳母，能给岳母留个好印象。

蒋兰看见女儿带着黎明回来了，就心里不高兴，提起东西就往门外扔，说："你城里有房吗？你有工作吗？你有什么资格娶敏敏？"颜敏挡着妈妈，把黎明拉了进来。"以后都会有的。"黎明急着说。"以后，以后多久呀，一辈子吗？我是坚决不会同意的。"蒋兰生气地推开颜敏说。颜敏说："黎明，你也别生气了，先走吧，以后再说。"颜敏准备送黎明出去，蒋兰说："让他走，你不许出去。"黎明也一肚子的火，就失望地离开了。害怕敏敏再和黎明来往，蒋兰就把女儿关在家里，任凭敏敏怎么叫喊，就是不让她出去。蒋兰每天给女儿送饭吃，说："敏敏，妈这可是为你好呀，嫁给那穷小子，你这辈子能过上好日子吗？""我受苦我愿意。"颜敏哭哭啼啼的。蒋兰只好放下饭菜退出去了。

一周过去了，咋这会儿听不见这闺女叫喊着要出去了。妈妈蒋兰推开门一看，颜敏正拿着水果刀要自杀。蒋兰害怕了："敏敏，你这是干什么呀？好了好了，你爱咋咋地，以后自己别后悔就行。"听妈妈这么说，颜敏马上跑出去找黎明去了。

从颜敏家回去之后，黎明就闷闷不乐，发誓这辈子一定要靠自己的努力过上好日子。因为颜敏以死相逼才和黎明走到了一块儿，两个人的婚礼很简单，颜敏的父母没有参加。

黎明的姐姐看弟弟挺可怜，就让老公给弟弟找份工作。黎明在姐夫的安排下，在土地局做起了临时工，几年后，有个机会他就转正了。黎明一直心里憋着股劲儿，所以工作干得特别好，和领导也处得好。在领导的推荐下，黎明被提拔为主任，日子越过越好，还生了一个小巧的女儿。女儿满月，蒋兰来看孩子，黎明很不乐意。颜敏说："都过去的事了就别提了，我这不是嫁给你了么。她毕竟是我妈，今天能来就说明她认下了你这女婿。"黎明心里不舒服，可看着敏敏还在坐月子，就不再争什么了。

黎明家这套房子有一百三十平方米，自从照顾月子开始，蒋兰就常来。蒋兰抱着孙女，嘟囔着："这什么女婿呀，整天拉着个脸给谁看。"颜敏听见了，就悄悄对黎明说："我妈毕竟年龄大了，你能不能对她好点儿，别整天耷拉着个脸。"黎明嘴里答应着，心里还是不痛快。每次看到丈母娘，他就会想起丈母娘当年把自己轰出来的情景。

有一天回家，他找材料发现自己的房产证和存折都不见了。他问颜敏，颜敏说："都在我这儿呢，你着什么急呀，不管在谁那儿，不都在咱家放着呢。""是我姥姥给妈妈的。"一听女儿这么说，黎明气呼呼地走了。颜敏赶紧抱住女儿："谁让你瞎说的，以后可别乱说话啊！"

有一天下班，黎明刚走到客厅，就听见屋里的声响，丈母娘正给敏敏说："他现在当个小官不一样了，整天在外面跑，你可得看紧了。"看丈母娘这么出主意，黎明更加生气，他压着火把颜敏拉到院子里说："让你妈别再来了，她再待下去这就成她自己的家了，以后咱们这日子还怎么过呀？""我妈只是说说，你急什么？再说我怎么好意思赶我妈走。"正说着，只听丈母娘跑过来说："你说的话我都听见了。怎么了，我女儿家我还不能来了，不是我女儿，我能来看你吗？"说着，就抱怨起了颜敏。

黎明在外面和朋友买了一大块土地，正在建设，生意越做越大，也很少回家了，他不想每天疲惫不堪地回去之后，还看到丈母娘唠唠叨叨，当自己的家。

玫瑰心语

和阳光的人在一起，心里就不会晦暗；和快乐的人在一起，嘴角就常带微笑；和大方的人在一起，处事就不小气；和睿智的人在一起，遇事就不迷茫；和聪明的人在一起，做事就会机敏；懂得感恩的人，善待他人；懂得惜福的人，善待亲人；懂得宽容的人，善待周围的一切。幸福的基础就是站在对方的立场想一想，学会爱别人才会收获别人的爱。

我 本 善 良

她是一个善良的女人，有着菩萨般的心肠，大家叫她："好婆婆。"

好婆婆姊妹多，家里穷，小学念了三年，她就回家种地了。好婆婆是一个孝顺的孩子，能让哥哥姐姐去上学，自己帮爸爸妈妈干活她很乐意。她会织布纺纱，她会种菜耕地，虽然她是个慢性子的人，做活慢，但会做得很精细。

家里穷孩子多，粮食不够吃，她每次都会把自己的小玉米面馍分给姊妹们吃，她说："我饭量小吃得少，让哥哥姐姐们吃吧。"只有妈妈看得出，小女儿是太好说话了。

赶上那年闹荒，家里的日子越过越紧张，父母把女儿就送人了，用好婆婆换了一担玉米。好婆婆就在新家开始了生活，新家比原来的家里孩子少，都是男孩，没有女孩，养父母对她很上心，好婆婆过了几年幸福的日子。

十八岁了，好婆婆出嫁了，好婆婆的男人没什么本事，可是爹妈却很能干。好婆婆的男人老雄是个传统的男人，是家里管事的，脾气有些不好，又总喜欢对家里人吆五喝六的。知道自己的男人脾气不好，好婆婆从不与他相争。男人回来，饭就端上了桌；晚上回来，洗脚水就放在炕头；好婆婆给老熊洗完脚，老熊就躺在炕头，拿起烟嘴，好婆婆就赶快把烟敷上，只有看着烟冒起来，好婆婆才去歇了。

这么贤良淑德的一个媳妇，孝顺公婆，伺候男人，该是女人做的好婆婆都去做，她从不高声说话，所以自从她生完孩子后，大家都管她叫"好婆婆"。那时候，好多人家里粮食不够吃，镇子上好多女人生了孩子后，孩子都没有奶水吃，看着那些孩子瘦里吧唧，好婆婆心急。因为自己刚生过孩子，奶水又很多，她就常喂那些没奶的孩子吃，那些孩子一拨一拨地长大了，不管大小、辈分都特别喜欢好婆婆。好婆婆不仅对孩子们好，对镇子上那些可怜的人都好。有空了就用自己的手绢裹些吃的，偷着送给那些挨饿的同乡人。

好婆婆年纪大了，自己的公公婆婆去世了，家里的好景况就一天不如一天。十一届三中全会召开以后几年，农村逐步实施家庭联产承包责任制，有本事的人都开始有了大展身手的机会。老熊这一辈子没下过苦，靠着老一辈的财产过日子，就算有了地也不肯下苦去干，儿子小熊也看父亲的样儿，游手好闲，家里只有好婆婆一个人起早贪黑地去地里干活。肯干的人都慢慢富起来了，可是好婆婆家干活人少吃饭人多，日子越过越穷。穷是穷，可是好婆婆善良的心却从没变过。那些家里劳力少还要种地的妇女，为了种地管不上孩子，只要开口，好婆婆都会帮她们带孩子，好婆婆还会把自己舍不得吃的好东西都留给这些孩子吃。

好婆婆乐于做这些事，也从不要求大家的回报，镇子上的人，老老小小，没有一个不喜欢好婆婆的。只要镇子上谁家干活需要帮忙，好婆婆都会去帮忙的。

好婆婆脸上的皱纹多了起来，她自己老了，什么都干不动了。村里各家各户，盖房的盖房，娶媳妇的娶媳妇，就好婆婆家还住在祖上留下的石头砌的老房子里，走进去漆黑黑的，伸手看不清五指。自己家这两个男人全被懒惰害了，好婆婆天天劝说都顶不上用，自己又不能看着这老丈夫老儿子的都饿死吧。想来想去，好婆婆做了一个让大家震惊的决定。

好婆婆改嫁到了一个很远的地方，偶尔还会回来。听说好婆婆在改嫁时给对方说得清楚：自己会对新家很好，但只要对方允许自己偶尔看看老熊父子俩便可。

好婆婆心地善良，那家人对好婆婆很有好感，在那个新地方，好婆婆也留下了勤劳贤惠的好名声。

好婆婆走后，常给老熊父子寄钱过来，偶尔回来还会给他们纳上几套棉衣留下，再把地里那半人高的草砍了，做上一顿丰盛的饭，留些钱就离开了。

老熊就算饿成皮包骨，也懒得去种地，小熊倒是身强力大，可是经常会去赌个牌，到处混吃混喝，乡亲们心里都很讨厌，可是碍于好婆婆对大家这么多年的好，也不好说什么。

好婆婆一生善良，从未想过自己。

好婆婆去世不久，就听说前夫老熊被饿死了，小熊也不知道去哪儿了。

认识好婆婆的人都很怀念她，总说："多么好的一个女人呀，一辈子善良，一辈子对人好，从没想过自己呀！"善良的人活在大家心中，永远不会被遗忘。

玫瑰心语

一个女人一定要有一颗温柔善良的心，也就是对他人要满怀恭敬之心、慈悲之心、豁达之心。对人恭敬，就是在庄严你自己；对人慈悲，上帝也会给予你慈悲的。拥有一颗无私的爱心，你便拥有了一切，人生的真理，只是藏在平淡无味之中。请不要欺骗伤害善良的女人，一生能遇到善良的女人很难，也是缘，遇到了，要善待更要珍惜。

其实不想走

怀念校园里的那棵梧桐树，那一树银花，那树下的他。

美珍一个人躲在屋里哭，她最喜欢的那个人要结婚了，八年的恋情就这样说完就完了，那个男人抛下自己，找的是一个富家小姐。所以父母给美珍介绍了一个对象，希望她可以尽快地忘了那些过去的事。美珍打量了一番眼前这个长相一般、有些显老的男人，说："好，我同意，三天后结婚吧。"那个男人盯着美珍一秒钟，然后说："好，好……"就笑了笑离开了。爸爸也瞪着美珍说："以前我们给你介绍对象你都不乐意的，你可别一时冲动呀！"妈妈倒了杯水，端了过来，迟疑地问："美珍，你真的想好了？""妈，我都说了，我乐意，都要结婚了，你还不去准备呀？"美珍说。"好，好，我们美珍要结婚了。"妈妈笑着出去了。也许只有美珍清楚，自己是真的赌气才要结婚的。

三天后，美珍成了那个男人党耀宗的妻子。

美珍根本不熟悉这个男人，虽然结婚了，可是她很少和耀宗说话。耀宗比美珍长几岁，又很喜欢美珍的善良直率。就算美珍不理自己，耀宗也从不抱怨。他想：美珍肯定还不适应两个人在一起的生活，给她一段时间，让她慢慢接受。结婚以后，突然要跟一个陌生人睡在一张床上，美珍真的觉得很奇怪，她一个人把被子卷得紧紧的就睡着了。

一个月过去了，耀宗不但没有怪怨自己，还每天在自己还没起来之前，就做好早餐放在自己身边。美珍觉得这个男人好大度啊，自己这么冷漠地对他，他还是对自己这么好，想想是不是自己做得太过分了。这天晚上，美珍没有将被子裹得那么紧，她偷偷从被子里探出头来看着耀宗。耀宗轻轻地将美珍的头搂向自己怀里，美珍感到了从未有过的安全感和幸福感。她任凭这个男人把自己搂得越来越紧。第二天美珍很晚醒来，一醒来，她就看见耀宗一直坐在床边看着自己，等着自己起床，美珍冲着耀宗微微一笑。

耀宗越来越喜欢美珍，尤其是那一夜之后，他知道美珍还是一个纯洁的女孩子，他知道了，眼前的这个女人就是自己一辈子要宠要爱的女人。

耀宗做生意很忙，可是不管回来多晚，他都会打个电话给美珍。他拼命挣钱，只为能为美珍创造更好的物质生活。别的女人拥有的他希望自己最爱的妻子都拥有。

原来自己最喜欢的未必是最适合自己的，有一个爱自己的人美珍感觉到了这一生从未有过的快乐。听耀宗的表妹说，耀宗以前脾气特别的坏，发起火来可吓人了。美珍没想到这个爱发火的男人却从未在自己面前发过火，无论自己做错什么。自己曾经把水洒在他的账单上，自己曾经老不理他，自己曾经做饭烧煳了菜，自己曾经丢了他买给自己的戒指，这个男人都只是对自己笑笑。

早上他出去前会为美珍做好早点，晚上回来还总要为美珍掖好被子。有一次美珍感冒，一直在咳嗽，他给美珍请来了医生，自己亲自熬了红枣核桃汤给她喝，希望美珍能好得快一点儿。美珍好了，他为美珍买了鲜花和水果来庆祝。只要美珍想要的，哪怕她只是随口一说，耀宗也会给她弄来。

十年如一日的真情让美珍感动。美珍已经觉得自己被宠得习惯了，她再也离不开这个男人了。

十年了，耀宗对自己的好从来没有变过。

可是有一天，自己打碎了一个杯子，耀宗竟然冲着自己大吼。难道这个男人的本性根本没变，不会呀，他不会十年间都伪装自己，美珍不说话。以后耀宗隔三岔五地就会找碴儿发脾气，美珍实在无法忍受。

难道这个男人真的不再爱自己了，美珍很生气，就说："我们离婚吧。"美珍只是一时冲动说说而已，没想到耀宗竟然痛快地答应，为了离婚还放弃了所有财产权，净身出户。美珍哭着："莫不是这个男人外边有女人了，这也变得太快了。"

美珍最近总恶心，就去医院检查。在医院的走廊里，刚做完检查的她碰见了耀宗的表妹，问："你来这里干什么？""我，我……"表妹说，"我忍不了了，表哥不让我说，我今天一定要告诉你。表哥不是故意的，他得了胃癌，他怕你伤心，才那样做给你看的。今天我来给他送饭。"美珍拉住表妹的手："快说，在哪个病房，你快领我过去。"见到耀宗瘦了很多，她半跪着，轻轻抚着耀宗的脸说："你怎么能这样做呢？有什么困难我们一起来承担。"耀宗笑笑说："其实我不想走，其实我想留在你身边，可是我怕我有一天离开，你会不再习惯。我不怕死，可我不想死在我最爱的人面前。我很自私，我不想孤独难过。这一生我什么困难都不怕，可我怕生离死别，尤其是看着你。不过现在好了。医生说发现早，已经做了手术，没事的，你别伤心了。"

美珍开始像耀宗照顾自己一样，仔细地照顾着耀宗。她正给耀宗喂汤，突然想起一件事来，她兴奋地说："耀宗，忘了告诉你，我们有孩子了，我怀孕了，你一定要好好活着，等待我们的孩子出生。"耀宗看着美珍天真的脸庞，使劲点点头。

树叶落了生，生了落，四季轮回。

夕阳下，一对老人：美珍和耀宗，漫步于湖边，构成了一幅唯美的图画。因为有了真爱，所以他们共同诠释着"执子之手，与子偕老"的真谛，清风轻轻拂过美珍的发梢，耀宗耐心地为年迈的妻子理着头发，从美珍满足的笑容中，体会出了他们对彼此的深情，虽平平淡淡，却情意浓浓。望着他们渐渐远去的背影，清风再也不忍打扰，默默离去，此刻，我们体会到了相扶到老的深情，体会到了"爱"的真谛，也体会到了人生中的处处真情、处处感动……

当一个深爱着你的人为你而改变，那是因为他爱你；当你遇到一个人，不管你有再多的缺点，他还是为你收起他的顽固脾气，也因为他爱你；他把你的兴趣变成了他的兴趣，还是因为他爱你。如果你发现身边有这样的人，请你好好珍惜。溜掉的小鱼，总是最美丽的；经历了太多，才发现他才是最爱你的；才明白，你们是彼此的宿主。见过许多伴侣，既爱且恨，也还是地久天长。

铁窗内外

秀英赤身裸体地倒在屋里，地上一摊摊的鲜血，她的胸前、腰间都被砍到了，那把菜刀跌落在秀英那件被撕烂的花衬衫上。秀英离开了这个世界，警察正在整理现场，女儿声嘶力竭地叫着，想要扑过来："妈，妈!"家门口围了很多人，人群中不断有人在叹息。秀英的家本来很幸福，丰成本来不喜欢秀英，可是拗不过自己的母亲，才把秀英娶进了家门。丰成是姊妹五个中最小的一个，也是母亲最宠爱的小儿子。看着自己年纪越来越大，母亲当然着急了，就替丰成做了主。丰成心里本不愿意，可是看着母亲越来越苍老的脸，也就说了句：随你们了。婚后秀英和丰成虽然话不多，日子还是像村里其他人一样简单而幸福。

可是孩子的出生打破了这个家庭的平静。

本来所有的人都将未来的期盼寄托于这个孩子身上，丰成也决定定下心来好好过日子，希望这个孩子可以成为培养感情的根基。生活有时候抱的希望越多，就不敢想象失望会有多大。这个小男孩的降临却伴随着弱智而来，整个家庭比往日更加沉寂。孩子越来越大，有时候很乖，好像什么都懂似的，可是有时候又那么地让人气恼，不是把朋友家的家电弄坏了，就是把邻居的汽车划烂了。总之，隔三岔五就有人找上门来。日子本来就过得紧，秀英瞪着总惹事的儿子，可是她不敢发火，她只能偷偷地在没人的时候哭。她每次都不敢让丈夫知道儿子惹事了，如果丈夫知道了，整个家里又得翻个底朝天，摔东西声、哭声、吵闹声，整个家里就像炉中火在烧。秀英不管受多大的委屈，都不愿再让这种场景上演了。

二儿子的出生让家庭紧张的气氛有所缓和，丰成也全力以赴去附近的厂子打工来补贴家用。小女儿的出生让家庭更加温暖的同时也加重了丰成的负担。上有老下有小的沉重负担，压得丰成这个普通且没有多少文化的五十来岁的男人承受不了。那个夜，有些黑，丰成偷了工地的材料被厂子抓住了，工作也没了。被放出来的丰成彻底改变了，不是喝酒就是打牌，只要看到大儿子，脾气就比往常更大。

那天中午，丰成拿着半瓶酒摇摇摆摆地回家了。进门看到大儿子，他就更火了。秀英絮絮叨叨地埋怨着："这做什么孽了，儿子不像儿子，老子不像老子。"丰成和秀英吵了起来，酒精的刺激让丰成的大脑彻底混乱，他双手抱着头，一口气奔到厨房拿了把菜刀。等大家赶来，秀英就已经倒在血泊中了。

丰成被公安局带走了。

二儿子无奈，为了撑起家去城里打工了。女儿出嫁了。留下年迈的母亲和痴傻的大儿子相依为命。雪上加霜的事情总是让人出乎意料，在一次操作事故中，二儿子失去了左胳膊，整个家庭失去了臂膀。女儿只能常回来接济家用。

丰成一年后才知道这个消息，内心充满了悔恨，他再也不想好好改造了。端坐于自己的床上，呆呆地看着面前的铁窗。阳光透过钢筋偷偷地射了进来，照在他斑白的头发上，闪闪发光。他用手挡在额前，遮住这刺眼的光。他不想看见这光，也不想看见外面的世界。他的心冷到了极处，五十多岁的他打算把这牢底坐穿。

经过管教的劝说，丰成的思想才缓过来；经过奶奶的劝导，也才说通孩子们。在二儿子和父亲的这场双方都不敢相信的第一次会面中，双方紧紧相拥，泪如雨下。坐下后，父亲握着二儿子的右手，激动地说："把爸爸的左臂移植给你吧，你以后的路还长着呢，爸爸对不住你们呀！"儿子对父亲的所有怨恨在这一瞬间的拥抱中崩塌，二儿子哽咽着说："你不用担心，我会把家撑起来的。"

铁窗内外曾经有恨，而今充溢的全是爱。

任何困难都不该成为伤害的理由。无论是男人，还是女人，谁都会犯错。当我们在精神最困顿的时候能三思而行之，悲剧就会少一些，爱就会多一点儿。女人比男人在面对困难时更有韧劲，所以无论生活多么艰难，女人都要学会用智慧和坚强改变现状，挽救自己的幸福。

谁都没有理由嘲笑母亲

故事一：年轻妈妈的痛

"快救火呀，孩子，孩子……"马莱大声地叫喊着，自己直奔火海中。几个孩子在一起玩躲猫猫的游戏。因为常常看见电视上的剧情，另几个孩子就觉得玩火好玩，把马莱的女儿静远躲藏的那所房子点着了，火苗借着风势顺着柴草堆呼呼地向着房顶蹿上去。

马莱长得漂亮端庄，苗条的身材，女儿静远都六岁了，可是马莱还是一点不显老，那么年轻，那么白皙，可算是村里数一数二的漂亮妈妈了。

在众人的救助下，静远被救了出来，可是因为烧得太严重，被送进了市医院。据该院烧伤整形科医生介绍，由于静远全身的烧伤创面高达百分之四十，静远是个小女孩儿，身上可用于植皮的皮肤不多，马莱同意了医生的建议，愿意从自己这里为女儿取皮做手术。按计划，马莱提前剃了个光头，手术中有可能需要取一部分她的头皮。为了进行取皮手术，她强抑制住悲伤，

勉强自己好好休息。在等待手术的过程中，孩子需要禁食，一直喊"饿"，可是马莱不敢让孩子吃。

静远手术结束回到病房时，她疼得不停地哭喊着妈妈，可是妈妈根本听不见，护士们着急得不知该做些什么，急得眼泪在眼眶里打转。虽然疼痛感还在，但在静远的身体上，来自妈妈的皮肤正保护着她受伤的身躯。

在另一个病房，取皮手术后的马莱，也刚刚苏醒不久，她比静远要提前近两个小时进入手术室。"一定要成功，会成功的。"由于不能下床，马莱还不知道女儿的手术情况如何，只能躺在病床上给自己鼓劲。在手术中，医生仅选取了马莱背部的皮肤，移植到了静远的身上。主治医生介绍，手术中从静远身体上取了一些皮肤，把其切割成小颗粒，再放到从妈妈背部取下的皮肤上，最后才一起移植到了静远的躯干上。这其中，妈妈的皮肤只是一个保护层，防止创面与外界接触感染，为静远自体微粒皮的生长提供保护。"手术很顺利，但能否成功植皮还需要观察。"

静远还需要做多少次手术，还要看情况听医生的安排。马莱很难过，她的背部红彤彤，她再也没有了洁白无瑕的皮肤。马莱不适应麻醉药，医生按量使用麻醉药，麻醉的效果并不好，医生也不敢私自加大使用量，因为药量大了会有生命危险的。马莱很痛，可是她不敢大叫，更不敢让医生知道自己痛，其实她最大的痛不在身上，而在心里。看到女儿烧成这样，她的心都要碎了，为了女儿牺牲自己、牺牲美丽又算得了什么呢？

看着病床上的女儿，马莱的心一直很痛。

故事二：中年妈妈的哀

彩玲的老公是个货车司机，彩玲闲暇时就在超市卖货，彩玲的女儿五岁时，他们夫妻就想着再生个儿子。一年后如愿，儿子的降生，给这个幸福的小康家庭增添了很多喜悦，但是好景不长，孩子两岁时，他们发现孩子的目光有时会很呆滞，有时甚至还会乱跑。他们带孩子去医院看了看，也没查出什么大的问题。彩玲为了照顾好两个孩子，就辞去了超市的工作。眼看着孩子越来越大，可是惹的事也越来越多，不是今天把小区的玩具砸坏了，就是明天把别的小朋友弄伤了，不是给东家赔东西就是给西户赔钱。彩玲盯着他，他也没事，可是一会儿瞅不见，儿子就会惹出事端来。实在无法，彩玲就和老公一起带着孩子去外地看病了，医生告诉他们：孩子的智商有问题，所以会出现时好时坏的现象。他们奔走了太多的医院，花了很多的钱，可是依然治不好。孩子都八岁了，总不能老待在妈妈身边吧，彩玲把儿子送进了学校。儿子不仅年龄比其他孩子大，而且什么也学不会，越不会越留级，越留级年龄越大。不学也就罢了，不是把学校的门锁塞了东西打不开了，就是把同学的头打烂了，总是做一些蹊跷离谱的事。

孩子的父亲实在看不下去孩子这样，宁愿在外地多出车也不愿回家来。彩玲也伤透了心，这孩子越来越大，心思越来越多，力气也越来越大，再要做什么坏事谁能拦得住呀？有一次，差点儿把别的孩子眼睛伤了。彩玲气得拉住就要打他，可是他好像忽然又很懂事地低声说："妈，我给你买饭去吧。"孩子拿了几块钱出去了，彩玲气得大哭起来："你说，这孩子以后可咋办呀，我有时都作孽地想：还不如出门被车……可是这是条命呀，有时候好起来乖巧的样子又叫人心疼。"孩子这么惹事，小区是住不下去了，彩玲就在外面的小巷里租了间房子住，可孩子老拿人家主人家的东西玩，主人很不高兴。这时候，小巷里的孩子就会指指点点："那是个傻子，别跟他玩。"彩玲远远地听见，眼泪止不住地往下流。除了自己，谁还能管这个孩子呀？她不知道自己有一天离开了，这个孩子还会怎么活？

彩玲的哀全压在了心里，很重。

故事三：老年妈妈的悲

风呼呼地刮着，她穿着一件黄色的长风衣，提着一个篮子去菜市场买菜。她叫明芳，在这个旧小区里，她有些不招人喜欢，因为她有时很爱占邻里的小便宜。不喜欢归不喜欢，她还是喜欢主动去找那些老太太说说话，就算别人不愿意理她。

明芳不喜欢待在那个两室一厅八十平方米的房子里，因为儿子在家。她不愿意回家，那家伙老让自己伤心。出门之后，自己心里会舒服多了，也会想起以前的幸福时光。以前明芳和丈夫都是国企的干部，所以才分了这套房子，她现在穿的这件长风衣就是以前老公买的，放到现在她是绝对舍不得花这个钱的。后来生了一儿一女，过着赛神仙似的日子。天有不测风云，人到中年，老公得病去世了。女儿出嫁了，老公去世后就没人管得住儿子，儿子不知跑哪儿去了，总是不见人。等到儿子回来的时候，儿子就不怎么说话了。人是找回来了，可是债主也都带来了。原来儿子这半年来一直跟着别人玩老虎机。老虎机、角子机或全名吃角子老虎机（Slotmachine），另称拉霸机或柏青嫂（日文），是一种经常在赌场见到的赌博机器，甚至有专玩角子机的娱乐场所，玩法是硬币投入，接着会随机出现不同图案，如停定时出现符合相同或特定相同图案连线者，即依其赔率胜出。同一公司经营之角子老虎机通常会联网，以投注额厘定大奖（Jackpot）金额。为增加吸引性，赌场还附有特大显示屏显示在显眼处，随时更新之大奖金额以做招徕。儿子越输就越想赢回来，就借钱再玩，别人追债追得无处躲的时候，他就精神失常了。出了事后，将近三十岁的儿子就变得疯疯癫癫，什么都不做，不是砸东西就是懒散地待在家不肯出门。以前还好，现在越来越严重，有时候自己饭做得不好了，他就发脾气，发起脾气来连母亲明芳也打。明芳生气，可是跟儿子又讲不清道理，明芳年纪越来越大，她不敢想以后，因为她不知道自己百年以后这个孩子会怎样活着。她，一个年老的母亲，只想着多活一天多照顾儿子一天，只是靠着自己那点退休金。就算孩子发病了打自己，这个母亲也能忍受。她什么都能承受，唯一不乐意的就是别人说起往事，说自己的孩子是个赌博的坏孩子。

她就这样拖着沉重的脚步风里来雨里去。

明芳满是皱纹的脸上布满了悲伤。

玫瑰心语

母爱就像太阳，无论时间多久，无论走到哪里，都会感受到她的照耀和温热。可是母爱到底是什么？我给不出确切的定义，我只知道在母亲们的手中有拯救世界的力量：出生避世之前她就急切地等待着孩子，在孩子成长中呵护着孩子，环绕着孩子，这种爱渗入孩子的每一个毛孔，直至耗尽她自己，而孩子们却很晚才会懂得。在世上没有比母亲的抚爱更美好更深沉更无私更真切的感情了，只有母亲才明白什么是爱和幸福，所以我们没有任何理由嘲笑母亲。

竞 聘 上 岗

考核、面试；面试、考核，有多少人在为竞争到一个好的工作岗位而奔忙，你知道吗？

马丽嫒再过两个月就到临产期了，婆婆和自己的妈妈都赶过来照顾她，马丽嫒总是对老公说："我觉得我太幸福了，你说别人家都是婆媳关系搞不好，可是你看你妈对我多好呀，一会儿给我做这个汤，一会儿给我做那个菜，连我妈都有点嫉妒了。"老公说："那你知足吧，等生了孩子你就更幸福了。"

"我不行了，我肚子疼。"丽嫒突然觉得不舒服。婆婆说："是要生了吧？赶快去医院。"老公抱起丽嫒就向楼下跑，婆婆、妈妈都跟着去了医院。

妈妈也打电话把丽嫒的爸爸叫了过来，大家都在妇产科门口焦急地等待着。因为离预产的日子提前了两周，虽然孩子也算正常，但还是要在保温箱里待几天。全家人都着急地等待着看孩子，可护士说按规定只能一个人进去看。这可咋办，婆婆和妈妈都要抢着进去，急得吵了起来。这两亲家一直相处得那么好，没想到头一次吵架就争得这么凶。护士生气了："这是医院，你们吵什么，还为了孩子好呢。我看你们是不愿意看孩子了吧，一会护士长来了，想看都看不成了。""行，你们都别去了，还是我进去吧。"丽媛的老公挤了进去。

孩子从医院接回来了，婆婆抱着孙子不肯放手，乐呵呵地说着："你看，丽媛你现在可是我们家的大功臣呀，要多喝点猪蹄汤，才会快点下奶的。"丽媛躺在床上笑着不说话。妈妈说："喝什么猪蹄汤呀，多喝鱼汤补。"妈妈不高兴地补了一句。妈妈从超市给孩子买了很多的尿不湿带了回来，可是婆婆不许用："说那玩意儿用着，孩子屁股容易红的，还是用尿布吧，我做的那些可不是旧的，都是我新扯的棉布做的，好着呢！"

"给孩子用奶嘴吧，孩子好玩儿就不哭了。"

"不行，这对牙齿不好。"

"我是孩子的奶奶还做不了主了。"

"我就一个闺女嫁到你们家，我还是姥姥呢！"

丽媛没想到，以前这俩老人处得不是挺好的吗，自从孩子生了，就整天地掐，烦死了。丽媛想来想去，想了一个办法。那天，她把婆婆妈妈都叫到了跟前："妈妈、婆婆，你们别再争了，我八千块请了个月嫂，你们就可以多歇一会儿了。"

"什么？八千呢，这么多呀，我在咱小镇卖菜半年也挣不了这么多呀！我孙子没爷爷了，可是有奶奶呀，请什么月嫂？"妈妈也凑过来："说的是呀，这外人哪能有自己人带得好，自己人闲着却花这冤枉钱。"

丽媛说："不是不让你们带，人家是金牌月嫂，培训过的，什么都会呀。你们要想带可以呀，你们愿意去培训吗？"

丽媛原以为这么一说，俩老人就打退堂鼓了，没想到两人异口同声地说："培训就培训。"这是有了孩子之后，两个人第一次这么默契。

为了竞聘带孙子这个岗位，两个老人展开了培训三个月的强力比拼。妈妈是有文化的人，在学校培训完之后，还买了碟片回家再反复着看。婆婆知道自己只有中学毕业，所以学得比妈妈更用心，每天都认真地做好课堂笔记，还专门去书店买了一本字典随身携带着。

丽媛的爸爸看到爱人在那儿用功，就笑着说："你能不能别再看了，这老了还学什么呀，这爸妈带亲孙子还得考核考证，真想得出来。"丽媛妈妈说："那可不行，我要是不用心拿不到证，那以后可就是她婆婆带孩子了，孙子就离咱们心远了。"

看着丽媛妈妈专注的样子，丽媛爸爸无奈地摇摇头。

　　都说这"隔代亲"，果然如此。想当初，爸爸妈妈也是像你们疼你们的孩子一样地疼你们，可后来得到多少回报呢？如今为了看自己亲孙子还得考个证，真是可怜天下父母心，不求报得三春晖。

孤巢人黄昏恋

　　秋风簌簌，每棵树上都有树叶儿在慢慢地变黄，有几片已经开始悄然落下。看来秋分过了，天气真的就冷了。一个白发苍苍的老妇人一个人慢慢走着，看起来很慈祥，看那样子就能猜出年轻时也算一位美人吧！忽然，她停下来，在田间小路上找了一块大石头，从脖子上拉下一条半蓝的三角纱巾，拍了拍石头上的灰尘，一屁股就坐了下来。不知道石头上的尘土是否拍净了，老人顾不得多想，只是沉默，坐着。

　　天气是一天比一天凉，可是老人的心更凉，她将深灰夹衣两边的衣襟拉了拉，似乎只有这样，才能让心里暖和一些。十年了，丈夫去世十年了，这十年她不知自己是怎么过来的。在别的老太太心中，她几乎是最幸福的，老公曾是国家干部，有两儿两女，虽不能说锦衣玉食，可是也算衣食无忧了。儿女都算孝顺，大儿子和儿媳都在上班，时不时会拿点儿钱回来；老人年纪大了，跟着小儿子过，小儿媳虽然不大喜欢老人，但也从不说什么，大家还是在一起相安无事地生活着。老人就是自己受委屈也从不生事，只盼着全家和乐，自己就高兴。所以家里做饭、农活，总之苦点累点的活她都抢着干，她帮着把大儿子的孩子和小儿子的一儿一女都带大了。她心想：或许这样，她最心疼的那个小儿子就可以减轻点负担，儿媳也会高兴。村里人都夸老人身体好，顶个好小伙儿，啥活都能干，只有老人明白，自己的眼睛已多少有些模糊，自己的两条腿在每个干完活的晚上，总会不听使唤地一阵一阵疼。吃晚饭时她也想说，可是看见儿子一家其乐融融，她就张不开嘴，她只能忍忍痛挪回到自己那个小屋，半躺着敲敲自己的腿，听着电视上的秦腔声就这样半盖着慢慢睡着了。

夜里，老人常常会惊醒，不知道是不是自打老公突然过世后，这夜就变得一天比一天长，还是这人老了就真的没瞌睡了。老公过世后，也有朋友邻里给自己介绍过一些伴，希望她相相看，她不乐意。一想到自己还能帮孩子们干几年，她就不愿意相老伴，把相亲的事都推了。可是当自己一个人住的时候还是会孤单，尤其孙子们都大了，各做各的事，这家里就更冷清了。

有一天，门前自己刚过门时亲自种的那棵大树上有几只喜鹊跳来跳去，老人看到了：这冷了十年的家还会有什么喜事呢？正盯着出神，听着有人喊："老嫂子，我的一个老表哥，几年不见了，今天才碰到。人不错，你看看吧，没准还能看上呢！"边说边拽着走，一路上嘀咕着对方的情况。自从去了之后，老人就决定不再坚持了。因为对方从言谈举止来看都挺不错，说了几句话也能谈得来。想想自己也是一个开明有文化的人，可是这么多年为了孩子也愣是没提过此事，净是委屈自己过了这么多年。而今，也该为自己活一回了，于是，便和对方决定先做朋友交往交往，觉得行了随后再告诉孩子们。

有个人陪自己说话，老人突然觉得眼前有了几道亮光，开心了许多。也许，人老了，就像孩子一样，真的需要有个伴。两周以后，两位老人都向家里谈及了此事，可是让他们心灰意冷的是双方都有孩子坚决不同意。两个老人一下子从当初千难之中觅得知己的喜悦中，跌落到无限的矛盾和痛苦中。

双方都不得不在各自家中开了个不知算不算家庭会议的小会。

在老妇人的家中，大儿子闷不作声，可是大儿媳说话了："妈，你不行搬我那儿去，你这么做，你儿子在单位上班，这不是让别人笑话，还以为我们不管你呢！""也是，妈，嫂子说得对，这是缺你吃还是咋的了？你这么大年纪了，不怕人笑话，我还怕村里人笑话呢！你要执意这么做，你就从家里搬出去。"小儿媳嘀咕着。小儿子拉了拉媳妇："别说了，只要妈觉得人好就行。"就这样，一家人不欢而散。那个老汉的家中可想而知，也经历了一番唇枪舌剑，结果不同的是老汉的孩子们最后还是勉强让步答应了。

就这样，事情一直放着，就出现了开头老人那无奈的一幕。

秋去春来，天暖和了，花也开了，老妇人却愈加显得苍老，她不知道自己到底做错了什么。回味着和孩子他爸在一起的那些幸福时光，靠回忆打发着日子，她不知道自己到底能在这个曾经认为幸福美丽的世界活多久，可是她知道时间不会太多了，因为彼此年过古稀，老汉也时不时提醒她，说不想再等了，怕等不起。

春去秋来，老妇人不再纠结了，她要珍惜属于自己的时光，她决定了。为了让子女放心，两个老人签了协约：在世两人自己生活相互照顾，不拖累儿女不让儿女再管；死后各回各家坟地。当然，还有些约定的具体细节内容。

我知道这一纸协约仍然不能让儿女们高兴，可是我知道这是老人唯一能做的了。他们只是想老了有个人说话，有个人在身边照顾；他们只是想自理自立，不要拖累儿女；他们只是不想此生在孤独中度过余生，这个愿望过分吗？这个愿望有错吗？

一个人的黄昏，依然美丽，可是很短暂；一个人的阳光，依然明媚，可是不温暖；一个人的工作，依然忙碌，可是很寂寞；一个人的生活，依然有规律，可是没惊喜；一个人的道路，依然有方向，可是很漫长。如果两个人呢？

当我们因为世俗种种原因反对老人再结合时，请想想自己年轻时喊着恋爱自由。反对父母包办时的那股冲劲吧，或许就会明白老人为什么这么执着了，或许还会明白，老人比年轻人还要多一点儿的是孤独，深深的孤独。

玫瑰心语

即便是黄昏，日光还是会灿烂一会儿，因为那会让人觉得温暖、亮堂。没有了晚霞便不会迎来朝霞，女人一生都需要爱情和呵护，犹如生活每刻都需要阳光。

后妈亲妈

妈妈离开的那天，陈建刚上小学一年级，他拽着妈妈的衣服哭得天昏地暗，仿佛天塌了一般。妈妈杨美容要改嫁了，跟着一个条件好的男人到外地去，她说她再也不想跟孩子他爸陈国过这穷日子了。陈建的父亲陈国没有理妻子，任凭她在家里翻来翻去，找自己要拿走的东西。可是陈建一直哭，他哭哑了嗓子，可是妈妈杨美容还是拽开了自己的手，快步离开了。陈建哭着追着，直到妈妈踏上了出租车，车缓缓驶去，拐过弯就再也看不见了。

自从陈美容离开后，三十四岁的陈国好像一下子老了十几岁，整天不说话。

别人都劝陈国再找一个，好歹能照顾孩子，再说一个家也缺不了女人。可陈国就是不同意，这亲妈都这样嫌贫爱富，丢下孩子不管了，还指望什么后妈呀，陈国心都死了。可是，男人管孩子还是心粗。那天，陈建要参加一个节目，学校要家长自备一套衣服，回来还要辅导孩子练习，陈建总是做不好，陈国也不会给孩子教，想起这些麻烦事，就对前妻杨美容恨得咬牙切齿。

每次，陈建生病了，都会哭着喊着要找妈妈，陈国看着孩子的样就心酸，整晚整晚都睡不好。陈国再也不相信这些女人了，可他的大脑无法停歇：自己一辈子单过无所谓了，可孩子这样没有妈不行呀，再说找个后妈能对孩子好吗？他的心里装上了事，看着陈建就一阵难受。

邻居赵婶看着陈国一个人是又当爹又当妈的，实在看不下去了，就要给陈国介绍个对象，陈国勉强答应了：那行吧。听说陈国不再娶妻的想法动摇了，好多熟人都给陈国操了这个心，进门相亲的人很多，但是人家一看，家里还有个男孩子，就叹着气离开了，根本就没有商量的余地。陈建不想找后妈，因为学校里的小朋友都说：后妈都很厉害的，小雨的后妈就经常打她，还让她老干活，所以陈建因此憎恨那些给爸介绍对象的人。

三年后的一天，二姨领着一个很丑的妇人进了家，瘦瘦的脸上一块红色胎记，个子赶到陈国半腰，只要陈国乐意，一只胳膊就能夹起这个女人。二姨对陈国说："她是四川过来的，丈夫在矿上做民工被砸死了，也没个孩子，没人管她了。人是丑了点，可是心眼好，能干活，就是岁数比你大三岁，不过女大三抱金砖，还行。"陈国回头看了满脸怒气的陈建一眼，说："我再和赵婶商量商量吧。"陈国他们没几个亲戚，就邻居赵婶心眼好，常常做了好饭就给孩子送些来，陈国心里一直很感激。看着陈建也听赵婶的话，就想征求一下赵婶的建议。赵婶说："岁数大点儿算啥？对孩子好就中呗！你看你这几年过的啥日子，家里没个女人这哪还像个家？"陈国终于点头了。可是陈建吵着闹着说："我不要后妈，我不要后妈！"二姨说："傻孩子，你怎么这样不懂事？你看这几年下来你爸成啥样子了？家里外头地忙，你咋一点儿不知心疼呢？你都十岁了，该懂点事了！"陈建扑进赵婶的怀里，哭着说："我不要这个丑女人做我妈！"赵婶搂着陈建，语重心长地说："你妈走了，你看你爸现在忙里忙外的，婶知道陈建懂事，会心疼你爸的。"想想爸这几年来拉扯自己的日子，想想父亲一下子就老了好多，陈建一阵心疼，点了点头。就这样，那个叫樱桃的女人进了陈家的门，比陈国大三岁。

她是真正的进门就当家，甚至还没和爸说上几句话，就开始屋里屋外地忙上了。陈建用有些惊恐的目光看着这个其貌不扬的女人，从心里往外地讨厌她。当这个女人翻出一大堆脏衣服，堆在院子里的大铁盆里准备洗的时候，陈建突然冲了过去，把他自己的衣服拣了出来，说："不用你洗！"樱桃一下子愣在了那里。陈国跑过来说："陈建，你这孩子干啥呢，快叫妈。"陈建盯着樱桃说："我不叫，别人都说了，后妈没一个好的。"转身就跑了。陈国不好意思地说："对不起呀，你看这孩子，真不懂事。"樱桃笑着说："孩子还小，爱叫什么就叫什么，没事的，慢慢来吧。"说完，就去洗衣服了。

虽说陈建答应父亲，让这个女人进门，可是心里还是有一种巨大的失落感和一丝隐隐的恐惧。

新的一家三口的小日子终于又开始了。樱桃的确很能干，无论家里还是田间，都比陈国干得好。她很勤快话也少，一天很少有闲着的时候，总能找出一些活来干。可是陈建还是无法把樱桃这个女人放到自己亲妈的那个位置上，搭起话来也是没有称呼，可樱桃从来没有因此抱怨陈建。

家里太穷，为了日子好过些，樱桃给地里种了苹果树、桃树，还种了烟草，一年下来还真收入不少，就这还不算家里养的那四五头猪的收入。在樱桃的辛勤付出下，家里重修了房子，还买了电视。那天，陈建拉肚子，不小心拉到了裤子上，可是他不敢说出来，怕别人笑话，更怕后妈看见。就悄悄脱下来藏在床下，然后自己悄悄钻进被窝睡了。可陈建异常的表情，早被樱桃看见了，她只是害怕自己直接说出来伤了陈建的自尊心，于是她才假装什么都不知道。等到陈建睡熟了，她就把陈建的裤子拿出去先擦，擦了再刷，刷了再洗，最后总算弄得干干净净了。那时已是冬天，樱桃的手冻裂了几个口子，她忍着痛洗完后又把衣服拧干拿回来，用手捧着在炉火上烤。修了一天的猪舍，她已经太累了，眼睛受不住，打了一下瞌睡，觉着手发烫她才惊醒了："这怎么就睡过去了，幸亏孩子的裤子没烧着。"她怨着自己，使劲瞪大眼睛，紧盯着裤子，等裤子彻底烘干才去睡。第二天早晨，陈建起床发现自己的衣裤整整齐齐地叠放在自己炕头，心里一阵温暖。陈建想对樱桃说声谢谢，可是没有这个勇气，就去上学了。

第二天早上，吃早饭的时候，樱桃很小心的样子，给陈建碗里夹了一块红烧肉。陈建再也忍不住了，说："谢谢，阿姨。"听着陈建主动叫自己，樱桃使劲笑着，脸上乐开了花，满足得像过年一样。看见陈国也在一旁憨憨地笑着，樱桃转过身去偷偷地擦着眼睛，这擦的可是高兴的眼泪。

看着陈建和樱桃的关系越来越好，陈国打心里高兴，他放心地去外地打工了。

就这样阿姨、阿姨地叫着，陈建上了中学。这几年里，陈建已经习惯了樱桃的存在，习惯了樱桃对自己的照顾，他完全被感化了。谁说后妈不好，自己的后妈就最好，陈建心里很高兴，他再也不想提起自己的亲生母亲，那个弃父亲和自己而去的女人。虽然还是叫阿姨，可陈建明白在自己内心最深处，已经完全接受樱桃做亲妈了。

陈建上了县里的重点高中，花费也多起来。樱桃就每天起早贪黑地干，希望多挣点钱，让孩子生活得幸福。她总说："孩子在外边，不能受罪的。"她自己省吃俭用，却从不会延误给陈建生活费的时间。每当过节，樱桃总会烙些饼、做些好吃的给陈建捎去。陈建的好友们尝着，羡慕地说："你妈做得真好吃，你真幸福！"陈建开心地笑着，没有人知道，樱桃是陈建的妈妈，因为她不愿意进学校来，说是怕自己一个农村人，让孩子没面子。

为了照顾好陈建，樱桃没再生孩子，她怕自己生了孩子后不会再对陈建全力以赴了。

樱桃是爱陈建，可是当陈建做错了事却从不会迁就。一次，陈建晚上偷跑出去上网，被老师知道，叫了家长去。樱桃一直给老师道歉，说怪自己没有管教好孩子。以后几天，她每天晚上都守在网吧门口，直到陈建不再去网吧，肯安心复习她才放心地离开。当时，陈建心里还是有些埋怨后妈的，等上了大学后他就明白了：如果不是自己的后妈督促照顾自己，自己就考不上大学了。

陈建收到大学录取通知书的时候，樱桃是全家最高兴的人。不识字的她用手抚摸着通知书，一遍一遍地看着，因为激动手在不停地颤抖。临走的那一天晚上，一向节俭的樱桃买回一大堆好菜，还有陈建路上要带的东西，都准备齐全了。收拾停当，她便进厨房里忙上了。陈建和爸在里屋说着话，一转头，透过墙上的玻璃窗看见了灯光里后妈的侧影，突然有了一种说不出的感动。那是一个标准的母亲的身影，因为儿子就要远行了，兴奋、担忧、祝福、牵挂……一切尽在不言之中。灯光下的后妈显得那样的苍老，想想这十几年来她为这个家所操的心，所付出的艰辛，一瞬间，陈建有一种想哭的冲动，真想开口叫一声"妈!"然而，终究没有叫出口。在外地上学的日子，樱桃每个月都给陈建准时寄钱来，还会每周都打电话问候。陈建要结婚了，樱桃高兴地帮他缝着喜被，逢人就夸："我儿子有出息了，上了大学现在又要结婚了，用不了多久我就要当奶奶的。"陈建结婚那天，看着樱桃幸福的样子，陈建稳稳地叫了一声"妈"，这一叫又叫出了樱桃满眼的泪水。十几年了，她终于等来了这声"妈"。十几年了，她毫无保留地为这个家做着奉献，而自己却这样吝啬那一个字，陈建有些后悔。

陈建结婚后住在城里，可他每周都要回去看樱桃和自己的父亲，因为他们不愿意搬到城里来，他们喜欢乡下的生活。陈建不管多忙也会回去，因为他已经习惯了妈妈那温暖的声音，那不是亲妈胜似亲妈的温暖的唠叨。没人能取代后妈在陈建心中的地位，谁也不能!

后妈老了，她用自己的一生照顾着陈建，无怨无悔，可一句"妈"就足以让这个后妈满足了。

玫瑰心语

孩子在没有了亲生母亲之后，心灵的创伤需要更多的时间来愈合。只要多一些关爱，从心理上把包容孩子作为一项重要的义务来做，就会用真诚和大爱融化自己作为后母内心的委屈和孩子内心的失落。后妈，一个特殊而难做的身份，可是只要是真心并且用心，就能融合一家的亲情，成为真正超越血缘的最亲的亲人。

谁来为我养老

　　严正躺在病床上，伺候自己的是爱人张菊花。儿子严格做工程，出差在外，并不知情。严格是独生子，大学毕业后就在外地工作，爱人刘晓红是乒乓球运动员，经常去各地参加比赛。

　　严正是"三高"人群，一生病就要住院。每次住院，张菊花想要告诉儿子，他都不肯："现在社会竞争这么激烈，孩子们那么忙，我这隔三岔五地进医院，就别告诉孩子们，让他们操心了。"张菊花为病床上的老伴擦了擦脸，说："哎，你这老头，装什么硬汉子，还不让告诉孩子，孩子这两三年回来不了一次，每次过节时你还不哭得跟泪人似的？你以为你躲在里屋，我就不知道了？"严正不好意思地笑笑："你都瞧见了，你说这孩子小吧，盼着孩子长大，孩子长大吧，盼着有出息。这工作了吧，是有出息了却见不着面了。唉……我现在倒是羡慕老李头两个孩子了，虽没上到什么学，可都能守在自己老爹身边。"说完，长长的一声叹息。

　　严格工程做完休息一天，就回到丈母娘家看自己两岁的儿子，晓红正在广州打比赛还没回来。小红的妈妈说："这回回来待几天呀，龙龙这孩子越来越淘气了，我的风湿病犯了，这一段多亏你爸看孩子了。"正在厨房切菜的老刘开腔了："你说的这是啥话，我带的是自家孙子我乐意，再说，现在能给孩子帮点儿就帮点儿吧。"严格说："妈，我这回休息两天，晓红打完这场比赛可以休息一周呢，让她带龙龙几天。妈，您歇着，我去厨房帮爸了。""快过来，龙龙，到姥姥这儿玩。"晓红妈妈躺在床上叫着孙子。

两天后晓红带着龙龙回到了家，她打电话给严格："我看我妈这身体越来越不好了，我爸这一个男人，又要照顾老的，又要伺候小的，太辛苦了。这天也慢慢热了，不行咱把孩子送到你爸妈那儿住一段吧。"严格说："行，我也好久没回去看爸妈了，过几天我请几天假，咱一块儿送孩子回去。"

十天后，严格和晓红带着龙龙回到了老家。一路上，望着车窗外的果园、盐场、菜地时远时近地闪过，严格松了口气，说："这都多久没出来了，你不知道，我为了请这几天假给领导说了多少好话，这嘴皮子都磨破了。"晓红笑笑说："就你们忙，我们也忙，我这次回去要训练，教练说我是要进国家队的苗子，生过孩子体质还不好，必须要加强训练，估计以后都没假了。"一家人一路说说笑笑就到老家了。

"龙龙，我的乖孙子，你咋回来啦，快让奶奶亲亲。"听着他们喊爸妈，严正夫妇迎了出来。"妈，我爸这走路咋不利落了呢？"严格把妈拉到墙角问。菊花说："前一段你爸中风了，我要告诉你，可他非不让说。病是好些了，可这腿走路不利落了。"

一家人正吃饭呢，晓红的电话响了："什么，我爸出去买菜被车撞了？妈，您别着急，我马上回来，别着急噢！"

"老头，我们也收拾东西一块儿去。"婆婆菊花看到晓红这么着急，就决定一块儿跟去。这回来还没休息呢，就又要返回去了。

他们赶到了医院，晓红看到了打热水的妈妈："妈，爸现在怎么样？"晓红妈妈说："医生说，没有什么危险，就是腿骨折了，胳膊擦伤，得养一段时间。"一家人这才松了口气。晓红和严格商量："不行雇个护工吧，你看单位又催上班了。"这话被严正听到了，说："雇什么人呀，这外人哪有自己家人看得好，有我和你妈帮忙，你们赶紧上班，各忙各的去。"

严格和晓红都回各自的单位了，严正和爱人菊花除了带孩子还帮着亲家母照顾亲家公。亲家公慢慢就好起来了，这个时候需要适当地去外面锻炼，这关了一百多天，正好出去透透气。

　　严正自己走路不太稳当，还扶着亲家公在小区慢慢走着。这里散步的老人很多，看见这对亲家，赵大妈乐呵呵地说："看你们这两亲家处得多亲呀，羡慕。"晓红爸笑着说："哎，这孩子们忙，养个女儿还不如亲家公亲呢。"赵大妈笑笑说："哎，现在都是独生子女，两个孩子四个老人一个娃，工作又那么紧张，养儿防老不行了，还是自己照顾好自己，省得为孩子们添麻烦。"

　　晓红爸身体慢慢好了，可是晓红却有心事了："这以后老人年龄越来越大了，再有事了可咋办呀，总不能都送敬老院吧，何况婆婆老家是乡下，那边还没建好敬老院呢。真不敢想以后，走一步算一步吧！"

　　两年后，严格的父亲严正去世了，严格没能见到父亲最后一面。听妈妈说："你爸临去世前一直看着大门口，他是盼着看儿子孙子最后一眼呀，最终还是没等着。"严格听妈妈这么说，一直很后悔，他埋怨自己没能在父亲弥留之际陪在老人家身边。

玫瑰心语
_____

　　中国老龄化越来越严重，"子欲养而亲不待"，独生子女的负担越来越重，独生女承担着和独生子一样的责任。都说人老了就像孩子，什么都不想要，就盼着全家能够平平安安、团团圆圆，老年人如何过好晚年，值得我们每个人深思，因为人人都会老的。

红 颜 薄 命

　　几乎所有的女人都羡慕漂亮女人那妩媚的容颜，曼妙的身姿。玲珑就是这样一个让人羡慕而嫉妒的女人，可是上天不知怎地却让她承受了别人最不敢想象和承受的磨难。玲珑从出生就没有看到过自己的父母，是奶奶抚养自己长大的。奶奶不愿提及玲珑的身世，玲珑也不愿去奶奶那儿打听，懂事的她怕又勾出奶奶的伤心事。只听附近的人说，父母因为一场意外的车祸而丧生。

　　玲珑不仅长得漂亮，而且手很巧，什么样的窗花都会剪，什么样的针线活都会做。因为父母过世得早，玲珑就希望找个实在的人过日子，嫁得近一点，也方便照顾奶奶。她嫁给了邻村一个做木匠的，那个时候，想做木活和家具的人很多，木匠是个挺红火的职业，一家人也过得其乐融融。玲珑生了一个闺女，一个儿子，过着赛神仙的日子。她得到了女人该有的幸福。

　　生活总是祸福相依，谁也不知道明天会怎样，大女儿十二岁得了一场怪病夭折了。玲珑很难过，可是也没有办法。看着儿子慢慢长大，心里总算有所安慰，失去女儿的痛苦也在慢慢退却。

两口子一个主外，一个主内，在忙碌的生活中为儿子成了家，总算是了却了一桩心事。因为长期的奔波劳累，丈夫不到五十岁就得了肺癌，一年后也离开了这个世界。

玲珑没事就去给儿子家帮忙干活，填补失去丈夫的失落。人只要做了母亲，无论孩子多大，都会永远牵挂，时时操心惦记。

儿子要盖新房了，她去帮忙做饭。旧房子要全部拆掉，只剩最后一堵墙了，想着活不多了就没有再叫村里人帮忙，自己一家人拉着绳放墙。不知是绳子太旧了，还是人没有注意到，墙忽然倒下来砸住了儿子，等到把儿子送进医院，医生说已经停止了呼吸。大家骗玲珑，只说儿子只是砸伤了在西安住院，过一段时间就会回来。村里人怕玲珑受不住，瞒着她给儿子办了丧事。

等到玲珑知道，已经下葬一个月了，玲珑抑制不了自己内心的悲伤，病倒了，在医院住了一个多月。

出院后，她总是一个人去坟地里哭，哭够了就用双手使劲刨着坟上的土，她连儿子最后一面也没见着呀！傍晚，风卷着尘，土卷着没有烧尽的几片纸钱，弥漫在整个坟场上空。

人常说：一辈子最大的悲哀莫过于少年丧母，中年丧偶，老年丧子。玲珑想不明白：自己一生与人为善，为何会如此命运多舛？

玫瑰心语

很多人在经历了一些人生变故后，就再也承受不了生活。这无可厚非，人总是有感情的，面对亲人的离去更是难以接受。既然事实无法改变，我们在痛心之后，一定要学会坚强地面对。所以要学会珍惜，在有生之年为我们活着的亲人创造更多的幸福，也让我们逝去的人能够放心。女人记住，可以哭，可以恨，但是不可以不坚强。你示弱时所得到的同情，除了让你更加怯懦之外，无法让境遇得到任何改变。心有坚毅，心中有爱，则事无所惧。

天长地久有多久

　　相信这个世界，有些人有些事有些爱，在见到的第一次，就注定要羁绊一生，就注定要像一棵树一样，生长在心里，生生世世。

　　大海六岁了，天真活泼的男孩子，一出去玩就是大半天。今天是个欢天喜地的日子，邻村有人要结婚了。孩子们都跟去看热闹了，随着长长的迎亲队伍奔跑着，那些小脑袋在人群中穿梭，活像一条条小鱼。大海的小脑袋好不容易挤了出来，他看见了，看见了那身着红装的二十一岁的新娘，那弯弯的柳叶眉，那娇羞的脸庞，那深情的回转，永远地定格在大海的心中：好美呀！

　　真心等你的人，他总会真心等下去；不愿意等你的人，总是一转身就牵了别人的手。我相信，一个人如果真心爱你，那无论时间多久他都会等下去。

　　十五年后，大海长大了，他开始了自力更生的生活。每月他都会带一些新挖的药材去城里的集会上卖。他还没有结婚，因为他忘不了那个穿着红装的新娘。每个夜里，他都会在梦里看到一个宛若神仙的女子向自己轻轻走来，就是那张熟悉的脸庞，愈来愈近，慢慢地清晰，等到自己想要亲近的时候却又忽然消失了。

那里的集会很热闹，卖什么的都有，保持着最原始最淳朴的交易方式，在这里不会缺斤少两，更不会以次充好。他挑着担子使劲地从人群中挤过，"啊"一声，突然发现一个女人被挤倒了，这个女人慢慢从地上爬了起来，一直说着："没事，没事！"大海赶紧帮忙去搀扶。那个女人慢慢抬起头来，大海怔住了：这张脸尽管比以前苍老了一些，但这分明就是自己记忆中那张熟悉的脸，自己梦中飘逸的深情女子，只是更多了几分成熟女人的韵味。这个女人叫蓝天，大海带蓝天去附近的卫生所包扎，一路上两人谈了很多。从谈话中得知，蓝天的丈夫半年前已经得病去世了，丈夫离开的这半年，蓝天的生活过得很艰难。

以后的日子里，大海常常帮蓝天干活，蓝天被感动了，三个月后，两个人在这个山村里举行了一场简单的婚礼：一个"囍"字，两根红烛；一片真情，两位新人。结婚那天，大海对蓝天倾诉了自己昔日的一见钟情，今日的倾心依旧。十几年如初的痴情，蓝天岂能不珍惜，两人结婚后过上了幸福恩爱的生活。

山下的房子已经很破旧了，他们决定搬到深山里去住。山上松树、柏树郁郁青青，还有核桃、山楂等各种野果树下那红红、黄黄的小野花招引了不少的蜜蜂和蝴蝶。这里的天很蓝，这里的山很美。

大海砍了些树，锯成板子，在山上盖了几间房子，一个人搭盖了两个多月。他在山腰上开了几片地，种了些小麦、玉米和蔬菜，还有一些瓜果。葡萄藤很茂盛，一直蜿蜒到木房子顶上，形成一个天然的绿色帐篷，他们会在这阴凉下吃饭、唱歌，感悟生命的纯净。

蓝天是个柔弱的女人，每天从这边山头住的地方赶到对面的田里去干活，上山下山都很吃力。大海看在眼里很心疼，他决定为蓝天修一条稳当的路。他每天干完活后都要晚回去一会儿，用镢头刨出几个土台阶来，第二天再去附近的小河边拣些合适的小石头铺在上面，几年下来，上上下下一共修了五百二十一层台阶，好多人知道了就把这条路叫作爱情路。

蓝天怀孕了，生了一个男孩子，因为不方便，就是大海自己接生的。大海很高兴，把竹竿削成一片片的竹片，钉在一起，为孩子做了个小摇床，孩子可以躺，可以坐。蓝天每天都陪着孩子玩，做好饭菜和儿子一起等丈夫归来。这是桃花源，但比桃花源更温馨，更宁静。

岁月在幸福中总会流逝得很快，他们有了四个孩子，三儿一女，快乐的一家。人多了，需要的生活器具也多了，家里那些大大小小的器具都是大海亲手做的。大海无悔，因为他深爱着眼前这个女人，他觉得蓝天就是上天赐给他的最珍贵的礼物。他爱她，所以总会有时间给她做各种事情，也许在别人眼里看似渺小的事。如果一个人真的足够在乎你，无论他多忙，多累，多辛苦，他总能挤出时间来陪你，没有借口，没有谎言，没有不兑现的承诺。

很多年了，他七十三岁，而她八十八岁了。

一成不变的朴素生活，相依相守的永恒爱情。

蓝天、大海两人靠在一块儿，在阳光的沐浴下，在木房子前，眺望着远方，回忆着往昔，长长久久。

我们能为之肝胆涂地的爱情，最后都会变成平淡如水的亲情。谁不想在白发苍苍时，在暖暖的阳光下牵着老伴一起散步？年轻时陪你奔跑的人，年老了与你一起散步，这一种幸福，我们愿用一生去追逐。在漫长生活里，感悟简单的幸福。

玫瑰心语

我不相信天长地久的爱情，因为我不知道天长地久是多久。我不相信永远，因为我无法计算永远的时间有多长。但是我真的相信世间有真爱，当两颗相爱的心连在了一起，他们的爱会与天地共存，与生命同老。他们会牵手到白头，不离不弃，幸福终老。原来，这样的爱才是一辈子。

340

跋：海，蓝给自己看

你是孱弱的星，
漫漫长夜里，
划过长空，
透过窗扉，
亮起不眠的风景。

我是闺中榻，
心在抽丝，
梦在颤动，
无尽的黑暗中，
洒落瓣瓣如花的哀伤。

你照亮我的一角，

我温暖你的天空。

抚去凡尘，

柔软的心海，

泛起一片蔚蓝。

让我爱的人和爱我的人都开心，就是我一生最大的幸福。

女人是爱和美的最佳诠释，如果拥有了大女人的智慧、坚强、自信和执着，同时兼备小女人的善良、才气、柔情和别致，即便生活很辛苦，依然会倾听到幸福的声音，那么此生就是最幸福的女人了。

愿天下女人都能享受到作为女人的快乐，多彩一生。

——张　妮